DUMONT

Im Garten einer Stadtvilla in Amsterdam wird ein grausiger Fund gemacht: ein menschlicher Schädel. Der Körper der Leiche fehlt. Das Haus befindet sich in direkter Nachbarschaft des Elternhauses von Kyra Slagter. Die junge Kriminalistikstudentin ist höchst alarmiert. Liegt ihre spurlos verschwundene Schwester womöglich auf dem Grundstück begraben? Während die Polizei versucht, die Identität des Leichnams zu ermitteln, werden immer weitere Schädel freigelegt – insgesamt zehn. Bei allen fehlt der Körper. Ein Ritualmord? Kommissarin Maud Mertens, die die Ermittlungen übernimmt, steht vor einem Rätsel: Handelt es sich um ein Verbrechen aus der Vergangenheit, oder lebt der Mörder noch und sucht schon nach seinem nächsten Opfer? Ein Wettlauf gegen die Zeit beginnt, der zu Schauplätzen in ganz Nordholland führt.

ISA MARON

SCHWARZES WASSER

DIE NORDSEE-MORDE

Ein neuer Fall für
Maud Mertens und Kyra Slagter

Aus dem Niederländischen
von Stefanie Schäfer

DUMONT

Von Isa Maron sind bei DuMont außerdem erschienen:
Dunkle Flut
Kalte Brandung

FSC
www.fsc.org
MIX
Papier aus verantwortungsvollen Quellen
FSC® C083411

Deutsche Erstausgabe
Juni 2017
DuMont Buchverlag, Köln

Published by agreement with Overamstel Uitgevers B.V.
Die niederländische Originalausgabe erschien 2015
unter dem Titel ›Ritueel‹
bei Uitgeverij Mistral (The House of Books), Amsterdam.

Umschlaggestaltung: Lübbeke Naumann Thoben, Köln
Umschlagabbildungen: Düne und Haus © haiderose – Fotolia.com;
Vogel © Henner Damke – Fotolia.com;
Wasser © underwood – Fotolia.com
Redaktion: Bärbel Brands
Satz: Fagott, Ffm
Gesetzt aus der Garamond und der DIN
Druck und Verarbeitung: CPI books GmbH, Leck
Gedruckt auf säurefreiem und chlorfrei gebleichtem Papier
Printed in Germany
ISBN 978-3-8321-6418-8

www.dumont-buchverlag.de

SCHWARZES WASSER

1

Klonk.

Auch das noch. Simon hält inne und blickt hinunter auf die schwarze, feuchte Erde, in die er seine Schaufel gerammt hat. Mit klopfendem Herzen wartet er ab, rechnet jeden Moment mit einer Katastrophe, einer Wasserfontäne, knisternden Funken oder zischendem Gas, aber nichts passiert. Langsam atmet er aus und wischt sich mit dem groben Arbeitshandschuh die Nase ab.

Er steht im weitläufigen Garten einer stattlichen Villa unten am Nieuwendammerdijk. Sie liegt unmittelbar neben dem Jachthafen an einem Seitenarm des IJs, etwas abseits der Nachbarschaft, als wolle sie nichts mit ihr zu tun haben. Simon packt die Schaufel wieder am Griff und treibt sie nochmals in die Erde, stößt aber erneut auf Widerstand. Was immer dort auch steckt, er wird es ausbuddeln müssen, bevor er weitergraben kann. Noch etwa vier Meter, dann ist er endlich fertig. Schon seit Stunden steht er hier im Schlamm, um den neuen Teich ein wenig zu verbreitern.

Vorsichtig wackelt er mit dem Holzstiel der Schaufel hin und her, zieht sie heraus und sticht sie noch einmal in den Boden. Bisher war die Erde weich und geschmeidig wie frische Knete. Er hockt sich hin, aber im schwarz glänzenden Schlamm ist nichts zu sehen. Vielleicht ein Stein? Oder etwas Wertvolles, ein Schatz. Wer auch immer früher hier gewohnt hat, muss reich gewesen sein, davon zeugen die Elf-Zimmer-Villa und das zweitausend Quadratmeter große Grundstück in dieser Gegend von Amsterdam, am Deich, wo Schauspieler und Politiker in großen hölzernen Schifferhäusern wohnen, während sich in den kleinen Arbeiterhäuschen weiter hinten diejenigen drängen, die sich in ihrem Ruhm sonnen wollen.

Langsam richtet Simon sich auf.

»Wenn du fertig bist, kannst du die Schaufel einfach stehen lassen«, hat Jelmer gesagt. »Nur noch das kleine Stück. Ruf an, wenn etwas ist.«

Jelmer behandelt ihn wie einen Idioten, nur weil er eine Therapie hinter sich hat. Mit sechzehn, kurz nach dem Tod seines Vaters, ist Simon an einer Angststörung erkrankt, er wagte sich nicht mehr nach draußen. Jetzt, drei Jahre später, geht es ihm viel besser; er hat seine Krankheit gut im Griff.

Simon blickt zu dem Haus empor, das vor ihm aufragt, dann hinüber zur Straße. Dort, wo er steht, kann ihn niemand sehen. Er schluckt, atmet tief ein und schaufelt noch ein wenig von der schwarzen Erde beiseite.

Hab keine Angst. Sei stark, lass dich nicht von der Angst überwältigen.

Er erschrickt, als etwas Dunkelbraunes zum Vorschein kommt. Der Gegenstand gleicht einem Fußball. So einem ledernen antiken Teil – nur scheint dieses Leder versteinert zu sein, als hätte es sich im Laufe der Zeit gegen Angriffe gewappnet. Also keine Schatzkiste, denkt er und ist ein wenig enttäuscht. Er hätte mal ein bisschen Glück gebrauchen können.

Mit seinen Händen und klopfendem Herzen schaufelt Simon die Erde rings um den Gegenstand beiseite. Die Arbeitshandschuhe zieht er aus, weil er die Finger in den steifen Dingern nicht richtig bewegen kann. Schwarzer, teerartiger Schlamm klebt an seinen Händen, und plötzlich erkennt er, worauf er gestoßen ist. Es ist ein Schädel! Ein menschlicher Schädel! Die Nasenöffnung ist mit Erde gefüllt, und über den größtenteils zahnlosen Oberkiefer windet sich in einer pulsierenden Bewegung ein rosafarbener Regenwurm ins Innere. Simon sieht verklebte Haarbüschel und Hautreste seitlich am Kopf. Er keucht, atmet stoßweise aus. Ihm ist schwindelig. Er hat den ganzen Nachmittag auf einem Friedhof gearbeitet!

2

»Es gab keinen Speck heute Morgen.«

Die alte Frau runzelt ihre faltige Stirn und schwenkt den dünnen Zeigefinger hin und her.

»Kein Stückchen!«

»Wie ärgerlich, Mama«, erwidert Maud Mertens geduldig. Sie kann noch immer nicht fassen, wie klein die Welt ihrer Mutter geworden ist. Seit fast fünf Jahren kreist sie ausschließlich um das Frühstück. Sie sitzt vor ihr, das graue Haar dünn, der Hals so schmal, als könne er den Kopf kaum noch tragen. Mit einem gurgelnden Geräusch betont sie ihren Unmut über das Essen.

Roos blickt Maud an, verdreht die Augen und schüttelt leicht den Kopf. Sie kennt ihre Großmutter als demente alte Frau. Dass sie als kleines Kind ein so enges Verhältnis zu ihr hatte, weiß Roos nicht mehr. Manchmal versucht Maud, sie an die frühere Großmutter zu erinnern, die schließlich noch immer in der Frau steckt, zu der sie geworden ist. Aber Roos ist dafür nicht empfänglich. sie reagiert mit der typischen Ungeduld einer Siebzehnjährigen, die das Alter als eine Krankheit betrachtet, die sie niemals bekommen wird.

»Es gab Joghurt«, fährt Mauds Mutter mit angewidertem Gesichtsausdruck fort. »Mit so widerlichem süßem Zeugs drin.«

Maud blickt sich um. Schwere Kiefernstühle stehen an ebenso schweren, mit Plastiktopfpflanzen dekorierten Holztischen. An der Wand hängen Bilder und andere Kunstwerke, die die Bewohner des Pflegeheims angefertigt haben.

Ihr Handy klingelt. Sie zieht es aus der Jackentasche und schaut auf das Display.

»Arbeit«, sagt sie fast unhörbar leise zu Roos und nimmt das Gespräch an. Konzentriert hört sie ihrem Kollegen Niels Bingsten zu, während ihre Tochter sie hoffnungsvoll ansieht und ihre Mutter mit glasigem Blick zum Fenster hinausstarrt.

»Ich muss los«, sagt Maud, als sie das Gespräch beendet hat.

Roos springt auf, räumt die Teetassen ab und bringt sie in die Küche. Zwei Damen mit identischer Frisur gaffen das ganz in Schwarz gekleidete junge Mädchen misstrauisch an. Roos' schwere schwarze Springerstiefel poltern über den Boden. Seit einer Woche trägt sie ein paar neonblaue Strähnen im schwarzen Haar – um ihre Erscheinung ein wenig aufzupeppen, oder um durch den Kontrast das Düstere daran noch betonen? Wenn Maud es doch nur wüsste. Wenn sie es nur verstehen könnte.

Mauds Mutter ist aufgestanden.

»Gehen wir nach Hause?«, fragt sie. »Endlich. Mir gefällt es hier nicht.«

Maud sieht das hoffnungsvolle Leuchten in ihren Augen. Sie wendet den Blick ab und betrachtet die Hände ihrer Mutter, die wie knorrige Baumwurzeln auf dem Tisch liegen.

»Vielleicht gibt es morgen wieder Speck, Oma«, tröstet Roos ihre Großmutter und umarmt sie. »Das wäre doch schön, oder?«

Maud beugt sich nach vorn und küsst ihre Mutter auf die faltige Wange. »Ich muss gehen, Mama. Die Arbeit. Ich komme bald wieder.«

»Sei nur vorsichtig, Schatz.« Ihre Mutter lächelt traurig, und ihre Stimme klingt auf einmal sanfter als seit Monaten. Langsam lässt sie sich wieder auf den Stuhl sinken. Sie sucht den Tisch ab, und da es keine Teetasse mehr gibt, an die sie sich klammern könnte, zieht sie eine Plastikpflanze zu sich heran.

»Immer dieses Theater um das Frühstück«, bemerkt Roos abfällig, während sie mit großen Schritten auf die Beifahrerseite des Autos zueilt.

Maud steigt ein, schnallt sich an und startet den Wagen. Schweigend stellt sie das Navi ein, obwohl sie den Weg kennt.

»Es ist schade, dass du das Café von Opa und Oma nicht mehr gekannt hast«, erwidert sie, wirft einen Blick auf die lange Schlange vor der Ampel und schert aus auf die Straßenbahnspur. Als die Ampel auf Grün springt, ist sie die Erste in der Schlange. »Dort gab es das beste Frühstück am ganzen Dappermarkt. Jeder, der einen guten Start in den Tag wollte, ging dorthin. Gebratene Eier mit dicken Scheiben Weißbrot. Und Speck. Dafür waren sie berühmt, für den guten Speck. Den besten Speck von Amsterdam.«

Einen Augenblick lang herrscht Stille im Auto.

»Was ist eigentlich los?«, fragt Roos. »Wo fahren wir hin?«

Maud zuckt mit den Schultern. »In einem Garten in Amsterdam-Nord hat jemand einen halb verwesten Kopf ausgegraben.«

»Wo treffen wir uns?« Kyra Slagter stellt ihr Handy auf Lautsprecher und strafft den Rücken. Je weiter sie sich von ihrem Zeichentablet entfernt, desto besser gefällt ihr das in graublauen Tönen gehaltene Bild. Vor allem die Brandung ist ihr gut gelungen. Die verschwommene Gestalt am Strand – im Wind flatterndes Cape, langer Stab mit funkelndem Stein am Knauf – verleiht ihm Tiefe und etwas Rätselhaftes. In der Ferne, am dunstigen Horizont, ist ein kleines Segelschiff zu sehen. Kyra reckt sich.

»Okay«, sagt sie zu Antoine. »In der Brauerei, um sieben. Bis nachher!«

Mist, schon fünf Uhr! Sie muss noch duschen, ihre Klamotten in den Trockner stecken und mit dem Hund gehen.

Sie steht auf, nimmt ihren Pulli vom Stuhl und bleibt einen Moment still stehen. Sarina lacht sie vom Achtersteven eines Segelboots aus an, die Nase ein wenig verbrannt, vom Wind zerzauste blonde Strähnen im Gesicht. Dave hat den Arm um sie gelegt. Sie muss glücklich gewesen sein.

Kyra hat das Foto an die Wand geheftet, mit einer rosafarbenen Reißzwecke aus der Schachtel mit Schreibutensilien, die sie in der letzten Grundschulklasse von ihrer Großmutter bekommen hat. Sie enthielt Stifte in allen Farben, rosa Klebeband mit roten Herzen, ein rosa Etui mit Glitzer, sogar rosafarbene Büroklammern. Dieses Jahr hat sie ein sündhaft teures Zeichentablet bekommen, für ihr Studium. Sarina wüsste nicht mal, was das ist und wozu man es braucht. Wäre sie in ein Zeitloch gefallen und würde plötzlich wieder auftauchen, würde sie ihre Schwester fragen, warum sie nicht auf Papier male. Digitale Kunst, DeviantArt, das würden für Sarina böhmische Dörfer sein. So lange ist sie schon weg.

Kyra hält den Atem an. Sie hört die Wanduhr im Erdgeschoss ticken.

Tut mir leid.

Tränen steigen ihr in die Augen und kullern über ihre Wangen.

Vielleicht sollte sie die Fotos abhängen, und auch die Nordsee-Karte mit der eingezeichneten Route, die Sarina mit Dave zurückgelegt hat, oder allein, oder gar nicht – sie hat keine Ahnung – und dazu auch alle anderen Aufzeichnungen, die Pfeile, die von Mensch zu Information zu Ort führen. Sie sollte alles überstreichen.

Als sie Grigor traf, Daves Vater, hoffte sie, die Suche nach ihrer Schwester würde einen entscheidenden Impuls erhalten, doch stattdessen verwandelte sich der ganze Fall erneut in eine stehende, stinkende Pfütze. Sie stöpselt ihre Ohrhörer ein und schaltet Musik an. George Ezra singt fröhlich, man dürfe ihm die Schuld an allem geben. *What are you waiting for?*, fragt er mit seiner rauen Stimme. Ja, denkt Kyra, worauf warte ich eigentlich?

Auf Neuigkeiten, eine Nachricht, den Durchbruch. Was sagt es über Sarina, wenn sie die Suche aufgibt? Was sagt es über sie? Wann schlägt sture Dickköpfigkeit in armseliges Klammern um?

Kyra zieht sich den Pulli ungeduldig über den Kopf und bläst die statisch aufgeladenen Haarsträhnen aus dem Gesicht.

»Vielleicht solltest du sie loslassen«, hat Antoine ihr diese Woche einmal mitfühlend geraten. *Schau nach vorn*, wollte er wohl damit sagen, und er hat recht.

Maud parkt ihr Auto oben auf dem Deich, an der Ecke einer Seitenstraße, wo sie nicht den Verkehr behindert. Es ist ein sonniger Tag, der Wind rauscht sanft im Laub der Bäume und unten am Deich schlagen sich ein paar schneeweiße Ziegen mit dem saftigen Gras und dem zarten Weißklee den Bauch voll. Idyllisch, könnte man denken, wenn nicht ein paar Meter weiter eine Leiche im Garten läge.

»Du kannst nicht mitkommen«, sagt Maud zu Roos, die ihr folgt.

Roos sieht sie schweigend an.

»Das ist ein Tatort«, fügt Maud hinzu, als ihre Tochter nicht reagiert.

»Ich warte hier auf dich«, erwidert Roos und lehnt sich entspannt gegen einen Pfeiler neben dem Zugangstor. »Wenn es mir zu lange dauert, gehe ich einfach zu Fuß nach Hause.«

Maud nickt und dreht sich um. In Gedanken geht sie die Liste der Punkte durch, die abgehakt werden müssen. Fundort untersuchen, Rechtsmediziner und Forensisches Institut kontaktieren, Nachbarn befragen.

»Liegt offensichtlich schon eine ganze Weile da«, verkündet Mauds Kollege Niels Bingsten zur Begrüßung. Der große, magere Mann kommt mit langen, schlenkernden Gliedern auf sie zu. Sein Gesicht ist vom jahrelangen starken Rauchen gezeichnet, obwohl er vor ein paar Monaten aufgehört hat.

»Jahre?«, fragt Maud, als Niels sie erreicht hat. »Oder Monate?«

»Ich würde sagen Jahre«, antwortet er. »Aber das ist nur meine Vermutung. Die Kollegen fangen gerade an, weiterzugraben.«

Maud nickt. Das Grundstück ist weitläufig; eine große Villa ragt auf einer Art Steinsockel empor. Sie ist auf drei Seiten von einer schmalen Terrasse umgeben, deren verschnörkeltes weißes gusseisernes Geländer frisch gestrichen zu sein scheint.

»Wer wohnt hier?«, fragt Maud.

»Dieser Typ aus dem Fernsehen, dieser Edward Narcing. Er hat das Haus erst vor Kurzem gekauft und von Grund auf renovieren lassen.«

»Wer, hast du gesagt?«

»Dieser Survival-Spezialist. Er veranstaltet Expeditionen in unwegsame Gebiete und gibt Tipps, wie man dort überleben kann. Er leitet auch die Kampagne für den WWF.«

»Ach, der. Ich weiß, wenn du meinst.«

»Er ist im Ausland, und seine Frau ist nicht zu Hause.«

»Weiß man, wo sie ist?«

»Keine Ahnung. Wir versuchen, über die Leitstelle ihre Nummer zu ermitteln.«

»Keine Kinder?«

»Doch, zwei, im Teenageralter. Sind auch nicht zu Hause.«

»Und sie sind gerade erst eingezogen? Wer hat vorher hier gewohnt?«

»Das ermitteln gerade die Kollegen im Präsidium.«

Maud geht zum Zelt, das die Kriminaltechniker inzwischen

aufgeschlagen haben, und begrüßt die dort beschäftigten Kollegen.

»Der Gärtner hat die Leiche gefunden«, erklärt ihr Niels. »Ein junger Typ, der den Teich erweitern sollte. Er sitzt da drüben, auf der Treppe vor der Tür.«

»Ich rede gleich mit ihm«, sagt Maud und nähert sich dem Fundort.

»Habt ihr sonst noch etwas gefunden?«, fragt Niels die Kollegen in den weißen Plastikoveralls. Wie immer haben sie sich in großen konzentrischen Kreisen auf den Schädel zu gearbeitet und dabei die Umgebung gründlich nach Spuren und Beweismitteln abgesucht. Jetzt arbeiten sie dicht am Kopf.

»Nichts«, antwortet einer von ihnen und deutet auf die Grube. »Wir fangen jetzt damit an, weiterzugraben.«

Maud hockt sich hin, um den teilweise freigelegten Schädel besser betrachten zu können. Er sieht von dieser Seite ziemlich unversehrt aus, abgesehen von einem klaffenden Riss, der wahrscheinlich von der Schaufel des Gärtners stammt. Der Kopf liegt in einem Winkel von etwa fünfundvierzig Grad da, das Kinn auf der Brust – wenn man den Rest der Leiche sehen könnte. Vom Unterkiefer ragt nur ein kleines Stück über die schwarze Erde hinaus. Dieser Kopf hat geredet, geweint, gelacht, sich über Schularbeiten gebeugt und sich gesorgt, und jetzt liegen hier die Reste dieses denkenden, atmenden Menschen. Maud steht auf und kehrt zu den Kollegen zurück. Jetzt muss erst die SpuSi ihre Arbeit tun, und dann gleich der Rechtsmediziner. So lange kann sie dem jungen Mann schon einmal ein paar Fragen stellen.

Bei der Villa tut sich irgendetwas. Schon seit Monaten wird dort umgebaut, aber diesmal scheint es etwas anderes zu sein. Kyra zieht Lot etwas näher zu sich hin und überquert die kleine Brücke zum geschlossenen Zugangstor. Ein Mädchen mit schwarzblauem Haar und Gothic-Klamotten lehnt an einem der Pfeiler. Sie tippt ununterbrochen auf ihrem Handy herum. Lot wedelt mit dem Schwanz, aber das Mädchen reagiert nicht auf den Hund.

»Was ist denn da los?«, fragt Kyra.

Das Mädchen blickt auf. »Eine Leiche im Garten«, antwortet sie.

»Eine Leiche?«

»Ja, eine Leiche, eine tote Person, ein Skelett, ein Gerippe.« Das Mädchen sieht sie mit dunkelbraunen Augen spöttisch an. Im rechten Ohr trägt sie vier kleine Ringe und ihre Augen sind dunkel geschminkt. Viel älter als sechzehn, siebzehn wird sie nicht sein. Kyra nickt. Wie zum Teufel kommt eine Leiche in den Garten von Familie Narcing? Ihr läuft es kalt den Rücken hinunter.

Nein!

Unmöglich! Wie kann Sarina auf der Nordsee verschwinden und dann hier im Garten eines Nachbarhauses auftauchen? Das kann wirklich nicht sein.

Kyra greift sofort zum Handy und versucht Maud Mertens zu erreichen, aber sie meldet sich nicht. Soll sie ihre Eltern benachrichtigen? Müssen sie Bescheid wissen? Mein Gott, wenn es ihre Schwester ist, wenn …

Nein, das kann nicht sein. Sie weiß genau, dass Sarina von einer Segeljacht irgendwo im Norden des deutschen Wattenmeers verschwunden ist, vielleicht in Dänemark.

Aber nichts ist unmöglich. Milly Boele wurde nach ihrem Verschwinden ebenfalls im Garten eines Nachbarn gefunden. Eines Polizisten sogar, jemanden, den man nie verdächtigt hätte, junge Mädchen zu töten.

Sie muss Sebastian Bescheid sagen. Sie schickt ihm eine SMS. *Wo bist du?* Er antwortet nicht. Die Familie wohnt erst seit ein paar Monaten hier. Kyra hat Sebastian beim Spazierengehen mit Lot kennengelernt, er hat auch einen Hund. Seine Zwillingsschwester und seine Eltern hat Kyra nur einmal gesehen.

»Du musst Kyra Slagter sein«, sagt das fremde Mädchen plötzlich zu ihr.

Kyra dreht sich zu ihr um. »Ja, und wer bist du?«

»Ich bin Roos, die Tochter von Maud Mertens«, antwortet sie. »Meine Mutter hat viel von dir erzählt. Du wohnst doch hier in der Nähe, oder? Und das muss der Hund eurer Nachbarinnen sein.«

»Ist deine Mutter hier?«, erwidert Kyra. Maud hat also zu Hause von ihr erzählt. »Ich wusste gar nicht, dass Maud Kinder hat. Ich muss sie unbedingt sprechen.«

»Ich bin ihre einzige Tochter«, entgegnet Roos, hält ihr Handy am ausgestreckten Arm von sich weg und macht ein paar Fotos. »Sie ist da drin.«

Kyra versucht das Tor zu öffnen, aber es ist abgeschlossen. Sie könnte darüberklettern, aber das ginge zu weit.

»Ich muss mit Mevrouw Mertens sprechen!«, ruft Kyra einem Polizisten zu, der vor der Garage steht. »Hauptkommissarin Maud Mertens!«

Der Mann gibt ihr zu verstehen, er würde gleich zu ihr kommen.

»Deine Mutter ist da drin?«, fragt Kyra das Mädchen. »Bist du ganz sicher?«

»Klar«, sagt das Mädchen, ohne aufzublicken. Wieder tippt sie eine Weile auf ihrem Handy herum und steckt es dann in ihre Jackentasche.

»Ist es eine Frauenleiche?«, fragt Kyra.

»Keine Ahnung.« Roos blickt hinüber zu dem geschäftigen Treiben im Garten des Hauses. »Der Gärtner hat einen Kopf gefunden. Die anderen Leichenteile müssen sie wohl noch ausgraben.«

Sarina mit ihren langen blonden Haaren und dem mageren Körper. Die Schwester, die nach jeder Klassenarbeit weinte, in der Überzeugung, sie hätte sie völlig verhauen, und die überglücklich war, als sie das Abi geschafft hatte. Von einem Ohr zum anderen grinsend war sie zu einem Mädelsurlaub mit Freundinnen nach Texel aufgebrochen und von dort nicht mehr zurückgekehrt.

Kyras Herzschlag beschleunigt sich, und sie versucht nochmals Maud zu erreichen, die sich immer noch nicht meldet. Es erscheint ihr plötzlich so logisch. So offensichtlich. *Nein, reiß dich zusammen*. Sie atmet tief ein und versucht sich einzureden, dass es sich bei der gefundenen Leiche nicht um Sarina handeln kann. Sarina ist irgendwo in Dänemark, Schweden, Norwegen oder auf dem Grund der Nordsee, aber nicht in Amsterdam. Kyra hat genügend Hinweise darauf, dass ihrer Schwester etwas zugestoßen ist, aber nicht hier in der Nähe.

»Langweilig, diese Polizeiarbeit«, bemerkt Roos. »Ich stehe jetzt schon seit einer Viertelstunde hier, und nichts tut sich.«

»Bei Polizeiarbeit denken alle gleich an wilde Verfolgungsjagden«, erwidert Kyra. »Dabei besteht sie in Wirklichkeit hauptsächlich aus mühsamer Spurensuche und langwieriger Tüftelei.« Stundenlang hat sie mit ihren Kommilitoninnen und Kommilitonen geübt, Spuren zu sichern und ohne den Tatort zu kontaminieren kleine Schilder neben Beweismaterial aufzustellen, endlose Reihen von Fotos zu machen, Fingerabdrücke aufzuspüren und zu dokumentieren. Alles zu Protokoll zu nehmen und anschließend digital zu verwalten, sodass alle Kollegen jederzeit darauf zurückgreifen konnten. Kriminalpolizeiliche Ermittlungen glichen dem Zusammensetzen eines Puzzles mit tausend blutigen Teilen. Wenn nicht noch mehr.

»Ich habe gehört, du studierst Kriminalistik und willst später auch zur Kripo«, bemerkt Roos.

Kyra nickt. »Zwei Semester habe ich schon fast hinter mir.«

»Und? Macht's Spaß?«

»Klar. Und was willst du nach der Schule machen?« Kyra schaut Roos an und versucht sich einen Beruf vorzustellen, der zu ihrem Äußeren passt. Rausschmeißerin vielleicht. Tattookünstlerin. Wo bleibt Maud bloß? Kyra winkt dem Polizisten vor der Garage zu, der noch immer am Handy telefoniert. Er winkt zurück, rührt sich aber nicht von der Stelle.

»Keine Ahnung«, antwortet Roos. »Vielleicht auf die Kunstakademie gehen. Fotografie studieren.«

»Cool.«

»Da ist ja meine Mutter«, sagt Roos, als Maud Mertens an der Ecke der Villa erscheint. Kyra winkt ihr so hektisch zu, dass sie sie gar nicht übersehen kann. Mit hochgezogenen Augenbrauen kommt Maud zu ihr rüber. Kyras Handy meldet sich, und sie sieht, dass Sebastian online ist. Schnell schreibt sie ihm, er solle dringend nach Hause kommen und seine Eltern benachrichtigen.

Was ist denn los?, schreibt er zurück.

Gruseliger Fund in eurem Garten, antwortet Kyra. *Komm her, so schnell du kannst.*

»Hallo, Kyra«, begrüßt Maud sie und sagt dann zu Roos: »Es kann noch eine Weile dauern. Geh lieber schon mal ohne mich nach Hause.«

»Meinen Sie, es könnte …«, stottert Kyra. »Also, könnte es vielleicht sein, dass …«

»Ich weiß es nicht«, antwortet Maud, die sofort begreift, worauf Kyra hinaus will. »Ich halte es aber für sehr unwahrscheinlich«, fügt sie hinzu. »Sarinas Spur endet auf Norderney. Wie sollte sie von dort hierhergekommen sein? Und warum? Warum hätte der Täter in dem Fall nicht schon in Amsterdam zuschlagen sollen?«

Kyra schweigt.

»Sie hat recht«, sagt Roos. »Es wäre schon ziemlich verrückt, wenn das deine Schwester wäre.«

Maud schaut Roos an, sichtlich erstaunt über die Unterstützung von ihrer Seite.

»Ich muss mit der Familie reden«, fährt sie fort. »Aber es ist niemand zu Hause. Ich habe Mevrouw Narcing auf die Mailbox gesprochen, aber sie hat sich noch nicht gemeldet. Ihr Mann ist im Ausland, soweit ich weiß. Kennst du die Narcings?«

»Ich habe dem Sohn gerade eine SMS geschickt«, antwortet Kyra und wirft einen Blick auf ihr Handy. »Sebastian heißt er. Er ist unterwegs.«

Maud lacht. »Ich hätte es wissen müssen«, sagt sie kopfschüttelnd. »Warum habe ich dich nicht gleich angerufen?«

Kyra zuckt mit den Schultern. Lot zerrt ungeduldig an der Leine. Sie sollte den Hund besser nach Hause bringen.

»Na gut, dann gehe ich jetzt.« Roos sieht ihre Mutter missmutig an und zückt wieder ihr Handy.

»Bis gleich«, erwidert Maud. »Sag Papa Bescheid, dass ich arbeiten muss.«

»Das weiß er auch, ohne dass ich es ihm sage«, antwortet Roos, wirft sich einen kleinen Rucksack über die Schulter und macht sich auf den Weg.

»Es macht übrigens ziemlich viel Spaß«, ruft Kyra ihr nach. »Das Studium, meine ich.«

Roos schaut sich grinsend um, hebt die Hand und geht weiter, ohne sich noch einmal nach ihrer Mutter umzusehen.

»Maud?« Der Rechtsmediziner ruft sie, und Maud nickt ihm zu.

»Was weißt du über die Familie?«, fragt sie Kyra.

»Ich bringe am besten erst mal den Hund weg«, erwidert Kyra. »Ich bin gleich wieder da, und dann erzähle ich, was ich weiß.«

»Einverstanden«, antwortet Maud.

Kyra dreht sich um und rennt los, wobei sie den Hund ermahnt, artig bei Fuß zu bleiben.

Maud schaut ihr nach. Irgendwie wundert sie sich gar nicht darüber, hier auf Kyra gestoßen zu sein. Die junge Frau taucht immer dann auf, wenn man nicht mir ihr rechnet. Obwohl: So abwegig ist ihre Anwesenheit auch wieder nicht, schließlich wohnt sie nur ein paar Häuser weiter am Deich. Auch der Gedanke, es könne sich um die Leiche Sarinas handeln, ist nicht so absurd, wie es auf den ersten Blick scheint. Maud hat selbst bereits daran gedacht, aber die Möglichkeit schnell verworfen. Es gibt sehr deutliche Hinweise darauf, dass das Mädchen weit weg von hier verschwunden ist und sich unmittelbar zuvor in der Gesellschaft von Leuten befunden hat, die nicht das Geringste mit der Familie Narcing zu tun haben. Maud kehrt zu dem weißen Zelt zurück und meldet sich beim Rechtsmediziner.

»Ich muss dich enttäuschen«, verkündet dieser. »Oder vielleicht auch nicht.«

»Nämlich?«

»Es gibt keine Leiche. Hier liegt nur ein Kopf.«

3

Er ist gekommen, um es zu vollenden. Schon seit Monaten fiebert er dieser Phase entgegen. Dem Höhepunkt jedes Jahres. Danach zehrt er zunächst davon, dann träumt er schon vom nächsten Mal.

Ohne Eile geht er die Stufen hinunter. Den Weinkeller hinter der Glastür beachtet er nicht und öffnet stattdessen die gepanzerte und kaum sichtbare Pforte rechts davon, indem er einen Code auf dem Tastenfeld der Klimaanlage eingibt, die nicht nur für den Wein installiert wurde. Mit einem leisen Klicken springt das Schloss auf; dann schwenkt die dicke Metalltür geräuschlos nach innen. Als er den Raum betritt, leuchtet weiches gelbes Licht auf, das allmählich heller wird.

Der Raum ist quadratisch, makellos sauber und glänzend weiß gestrichen. Sofort steuert er auf die linke Ecke zu und bleibt dort stehen. Er zieht sich aus, faltet seine Kleidung sorgfältig zusammen, geht und legt sie auf einen schmalen Tisch an der Wand. Dann kehrt er in die Ecke zurück, wendet sich seinem Heiligtum zu und verharrt wie in Trance.

Nach einigen Minuten breitet er seine Arme in Schulterhöhe aus, die Handflächen geöffnet, die Finger gespreizt, und atmet mehrmals tief ein und aus. Er zittert, stöhnt, spürt das Leben in seinem Körper pulsieren. Dies ist seine Bestimmung, hierfür lebt er. Noch. Wieder.

Er spürt, dass sie da sind, dass er das Zentrum ist, der, auf den alle Blicke gerichtet sind. Das Zittern wird heftiger, doch er zwingt sich, stehen zu bleiben und seine Hände nicht zu gebrauchen. Doch er spannt die Gesäßmuskulatur an und stößt das Becken rhythmisch nach vorn, bis er den Kopf in den Nacken legt, alle Spannung aus sich herausfließen spürt und den tiefsten Seufzer seit langer Zeit ausstößt.

Dann zieht er sich wieder an, säubert gründlich den Fußboden und geht hinauf.

Er steigt ins Auto, fährt in die Stadt, lässt es dort in seiner Garage zurück und geht zu Fuß ins Zentrum.

Der Damm ist immer ein idealer Ausgangspunkt. Hier nimmt die Spannung wieder zu, Herzschlag und Atem beschleunigen sich, seine Geilheit wird stärker. Für einen kurzen Moment spürt er jenes Prickeln auf der Haut, das von der Gefahr ausgeht, von dem Bewusstsein, dass sein Vorhaben scheitern könnte, dass er einen fatalen Fehler begehen und in den Abgrund stürzen könnte, weil das Seil zu dünn oder zu schlaff ist und er – natürlich – ohne Netz balanciert. Aber was für einen Sinn hätte sein Unternehmen, wenn er dabei kein Risiko einginge?

Er schlendert scheinbar entspannt daher, doch all seine Sinne sind geschärft. Sein ganzer Körper ist angespannt, bereit, im Bruchteil einer Sekunde zuzuschlagen. Hier auf den breiten Stufen rund um den hohen Obelisken mit den Skulpturen, die Verzweiflung und Elend ausdrücken, geschützt von der halbrunden Gedenkmauer, sitzen so viele, dass er reichlich Auswahl hat.

Erde, durch Opfer geweiht …

Er hat weder Augen für die in Stein gemeißelten Worte, noch für die mit Erde gefüllten Urnen, sondern konzentriert sich auf die jungen Mädchen. Was ihn nicht interessiert, nimmt er kaum wahr. Da, eine Blondine auf zwei Uhr. Nein, zu dick. Eine andere direkt vor ihm. Interessant. Sie lacht. Doch ihre quietschende Stimme enttäuscht ihn, und er geht weiter. Eine halbe Stunde später wendet er sich in Richtung Straßenbahn, blickt sich um und überquert den Platz. Vor dem Palast stehen zahlreiche Touristengruppen. Keine Eile, er hat keine Eile, mehr noch, es ist das Spiel, die Jagd, die unberechenbare, unsichtbare Gefahr, die von ihm ausgeht, welche ihm Genuss bereitet. Dort, diese – die Große da. Er nähert sich dem Mädchen und lächelt ihm zu. Anmutig streicht es eine Locke hinter das Ohr.

Ein großer Typ mit dicken Muskeln wirft ihm einen misstrauischen Blick zu, und er setzt seinen Weg langsam fort. Aus ein paar Metern Entfernung betrachtet er das Mädchen eingehend, und je länger er es anblickt, desto länger verweilt er bei seinem Gesicht, desto stärker werden seine heißen, wilden Fantasien angefacht. Wundervoll. Es würde wundervoll mit ihr werden.

4

»Aber wo ist der Rest?«, fragt Niels Bingsten, der sich breitbeinig vor dem Rechtsmediziner aufgebaut hat, die Arme verschränkt. Er starrt sein Gegenüber an, als mache er es dafür verantwortlich, dass nur ein Kopf im Garten liegt, und keine Leiche.

»Wir müssen weitersuchen«, sagt einer der Männer in Weiß zu Maud. Seine Stirn ist schweißnass. »Wahrscheinlich liegt der übrige Teil an einer anderen Stelle im Garten.« Er deutet auf den Fundort. »Wir fangen mit der Rasenfläche vor dem Haus an.«

Maud nickt. Sie weiß, dass es keinen Sinn hat zu fragen, wie lange sie brauchen werden.

»Wie lange liegt der Kopf schon da, was würdest du sagen?«, fragt Maud, wieder an den Gerichtsmediziner gewandt, einen kleinen, ernsten Mann indonesischer Herkunft.

Er zuckt mit den Schultern und antwortet gedehnt: »Tja, eine ganze Weile. So auf den ersten Blick würde ich meinen, etwa zwei Jahre. Aber du weißt ja, wie das ist. Der Boden hier ist ziemlich feucht und enthält viele Kleinlebewesen. Einerseits kann das zu schnellerer Verwesung und Zersetzung führen, andererseits sorgt der torfartige Boden manchmal sogar für eine bessere Konservierung bestimmter Teile der Leiche. Wie du siehst, ist hier auf der Seite noch ziemlich viel Haut erhalten.«

»Ein Kopf in gutem Zustand«, bemerkt Niels. »Dank eines ausgiebigen Schlammbads.«

»Auf Anhieb kann ich auch das Alter des Opfers nicht bestimmen«, fährt der Arzt fort und übergeht Niels' Einwurf. »Ich vermute jedoch, dass es sich um den Schädel einer Frau handelt, obwohl ich das zu diesem Zeitpunkt natürlich noch nicht mit Sicherheit sagen kann. Das Kopfhaar ist jedenfalls lang.«

»Wir sollten vorerst noch keine Schlüsse ziehen«, unterbricht ihn Maud.

»Falls es dich interessiert«, erwidert der Gerichtsmediziner kühl, »um den Hals des Opfers – oder besser dem, was davon übrig ist – liegt ein Stück Seil.«

»Erwürgt«, sagte Maud.

»Kann sein.« Und mit herablassendem Grinsen fügt er hinzu: »Wir sollten vorerst noch keine Schlüsse ziehen.«

Niels lacht leise in sich hinein, und Maud seufzt unauffällig. Nicht ablenken lassen. Es ist Freitagnachmittag, und eigentlich wollte sie schon mit einem Bierchen im Garten sitzen. Sie darf nicht vergessen, Edwin noch anzurufen. Bestimmt ist er schon dabei, das Abendessen zuzubereiten.

Die Kriminaltechniker beginnen mit der Absperrung der größeren Parzelle, die umgegraben werden soll.

»Und, was machen wir?«, fragt Niels, als sie zur Auffahrt vor der Garage zurückkehren, um nicht im Weg zu stehen.

»Ich möchte mit den Bewohnern des Hauses sprechen«, antwortet Maud. »Hat die Leitstelle sie schon erreicht? Ruf doch bitte mal im Präsidium an und erkundige dich, ob man schon weiß, wer der Vorbesitzer des Hauses ist.« Sie deutet mit dem Kinn zum Zugangstor. »Ich unterhalte mich solange mit Kyra, sie scheint die jetzigen Besitzer zu kennen.«

»Kyra Slagter«, sagt Niels, als er die junge Frau auf sich zukommen sieht. »Sieh mal einer an.«

»Sebastian Narcing ist unterwegs«, verkündet Kyra, als sie etwas außer Atem durch das Tor tritt. »Seine Mutter kommt auch gleich.«

»Was weißt du von der Familie?«

Kyra erzählt, dass das Haus monatelang umgebaut wurde.

»Aber kennengelernt habe ich bisher nur Sebastian«, fährt sie fort. Scheinbar hat sie die Befürchtung, sie könnten den Kopf Sarinas gefunden haben, bereits verdrängt.

»Er ist vierzehn«, fährt das Mädchen fort, »und er hat eine Zwillingsschwester, Jacomien. Seinen Vater habe ich nur mal von Weitem gesehen, und seiner Mutter Claire habe ich einmal die Hand geschüttelt, aber das war's. Ich habe das Gefühl, dass die Leute ständig unterwegs sind. Der Vater wegen seiner Fernsehsendungen und Verpflichtungen als Moderator, die Mutter wegen ihres Online-Designermodeshops. Beide Eltern sind oft im Ausland.«

»Und was ist mit den Kindern?«

»Die sind in der Schule, beim Sport, beim Nachhilfeunterricht – das Übliche halt.«

»Ich meine, wenn die Eltern unterwegs sind.«

»Sie bleiben solange allein zu Haus. Alt genug sind sie.«

»Aber du hast doch gesagt, sie wären erst vierzehn?«

»Früher hatten sie Au-pair-Mädchen. Sogar zwei auf einmal. Sebastian sagt, er wäre heilfroh, dass sie die los seien.«

Einen Moment lang blicken beide gedankenverloren auf die Grabungsarbeiten im Garten. Niels gesellt sich wieder zu ihnen, und seine ganze Haltung drückt aus, dass er Neuigkeiten hat.

»Das Haus hat früher Ina Demsterwold gehört«, verkündet er atemlos. »Der Witwe von Ruud Demsterwold.«

»Das hätte ich Ihnen gleich sagen können«, erwidert Kyra, aber Niels und Maud achten nicht auf sie.

»Demsterwold?«, fragt Maud erstaunt. »Du meinst … Aber hat der denn nicht in Den Haag gewohnt?«

»Das dachte ich auch, aber seine Frau und seine Kinder haben hier gewohnt. Das hier war der Familiensitz, und die Wohnung war nur ein …«

Rasch schneidet ihm Maud mit einer Geste das Wort ab, damit Kyra nicht alles mit anhört. Wie bitte, Demsterwold könnte in diesen Fall verwickelt sein? Eine öffentliche Person mit zahlreichen Flecken auf der weißen Weste. Ein Mann, über den Niels seine ganz eigene Meinung hat, da sie bei einem früheren Fall schon einmal auf seinen Namen gestoßen sind.

»Verdammt!«, flucht Niels und läuft einmal hin und her. »Maud, du weißt, was das bedeutet … Verdammt!«

»Im Moment bedeutet das noch gar nichts, Niels.«

Kein Aufstand jetzt. Nicht hier, mitten in der Öffentlichkeit. Ruhe bewahren. Demsterwold ist vor zwei, drei Jahren verstorben, so lange liegt der Kopf hier noch nicht. Möglicherweise hat er gar nichts damit zu tun.

Nervös läuft Niels in Richtung des Fundorts und kehrt dann wieder zurück. Er atmet tief durch. »Das wird … interessant …«, sagt er schließlich. »Du hast recht. Wir reden gleich weiter.«

»Genau«, sagt Maud, und in ihrem Kopf hallt das Echo einer Frauenstimme wider: *So viele blaue Flecken hatte sie nun auch wieder nicht.*

»Ein Schritt nach dem anderen«, sagt sie, ebenso zu sich selbst wie zu Niels. »Erst die Fakten, nur die reinen Fakten. Wir sollten uns auf das konzentrieren, was wir bis jetzt haben.«

Sie entfernt sich von Niels und Kyra. »Ich muss ein paar Leute anrufen«, sagt sie über die Schulter hinweg. »Bin gleich zurück.«

Sie muss sich überlegen, wie sie an den Fall herangehen soll. Sie muss Niels in der Spur halten. Die Presse auf Abstand. Ihre Vorgesetzten bei Laune. Das hier ist die Gelegenheit, alles richtig, alles perfekt zu machen. Sie ruft ihren Chef an, Erik Tijssen, hinterlässt ihm eine Nachricht, in wessen Garten sie steht und warum, legt auf und kehrt zurück. Er wird die Nachricht auch über andere Kanäle erhalten, aber es ist sinnvoll, ihn selbst zu informiert.

»Wie lange hat die Familie Demsterwold hier gewohnt?«, fragt sie Niels, während sie an der Hauswand entlangschreitet und versucht, sich eine Vorstellung vom Inneren des Hauses zu machen.

»Der Kopf muss zu der Zeit hier vergraben worden sein, als sie noch hier wohnten«, antwortet Niels. Noch immer aufgeregt läuft er neben ihr her. »Kyra«, sagt Maud. »Wir müssen hier jetzt unsere Arbeit tun, also vielleicht könntest du …« Nach Hause gehen, will sie fortfahren, wartet aber erst, ob Kyra es von selbst begreift.

»Ich will die Narcings sprechen«, sagt Maud. »Ich will mehr über die Demsterwolds und über dieses Haus wissen.«

»Du willst vieles wissen«, sagt Niels verbissen, »von vielen Leuten.«

Kyra bleibt einfach stehen, und Maud ist beinahe belustigt. Die junge Frau handelt noch genauso dreist und beharrlich wie vor einem Jahr, als sie als eine der Ersten bei der Leiche von Marc Gaullier gewesen ist. Sie steckt noch immer ihre Nase in Dinge, die sie nichts angehen, doch sie scheint Gott sei Dank wesentlich ruhiger und vernünftiger geworden zu sein. Gleich wird sie wieder fragen, wie es um die Ermittlungen im Fall ihrer verschwundenen Schwester bestellt ist.

»Kyra«, sagt Maud. »Du musst jetzt wirklich gehen.«

Die junge Frau holt Luft, um etwas zu erwidern, doch da ruft einer von Mauds Kollegen: »Maud!«

Der weiß gekleidete Techniker winkt ihr zu. Maud eilt zur Grabungsstelle.

»Noch ein Kopf«, verkündet der Gerichtsmediziner und deutet auf einen Schädel, der gut einen Meter vom Fundort des ersten entfernt liegt.

5

Letztes Jahr im Dezember

Sie haben sich im »Stork« verabredet, dem Fischrestaurant am IJ. Intim genug, um in Ruhe miteinander reden zu können, und groß genug, um ein ungestörtes Eckchen zu finden. Sie sitzen an einem großen Tisch, Kyra, Jarno, ihre Eltern und Daves Vater, der aus den USA angereist ist.

»Wir wissen nicht, an welchem Tag genau Dave verschwunden ist«, sagt er, nachdem er einen Schluck von seinem Wasser getrunken hat. »Aber nachdem wir gut eine Woche lang vergeblich versucht hatten, ihn zu erreichen, wussten wir, dass etwas passiert sein musste.«

Daves Vater Grigor Kowzinsky spricht amerikanisches Englisch mit einem leichten slawischen Akzent. Er ist ein großer, athletisch gebauter und außergewöhnlich attraktiver Mann, obwohl sein Gesicht und seine Haltung Spuren eines harten Lebens und großer Sorgen zeigen. Er erzählt davon, dass er bereits seit vierzig Jahren in Amerika lebe und mit großem Erfolg eine Sicherheitsfirma aufgebaut habe – er installiere Alarmanlagen bei den Reichen und Berühmten –, sich aber seit Daves Verschwinden nicht mehr richtig auf die Arbeit konzentrieren könne.

»In den ersten Wochen habe ich praktisch rund um die Uhr nach ihm geforscht«, berichtet er. »Ich bin mit meiner Frau nach Deutschland geflogen, und wir haben auf Norderney nach Dave gesucht, weil wir wussten, dass er dorthin wollte. Von da aus sind wir seiner Spur in die Niederlande und dann nach Dänemark gefolgt, aber dort hat sie sich verloren. Handy, Funk, Post – er war nicht mehr zu erreichen. Die Jacht, mit der er unterwegs war, sollte noch in diesem Sommer in unserer Filiale in Monaco mit modernster Technik ausgerüstet werden, Antidiebstahlsystem, Ortungssystem, alles, was machbar war. Ich habe mich furchtbar mit dem Gedanken gequält, dass meine eigenen Anlagen das Unglück hätten verhindern können.«

Für einen Moment sagt niemand etwas.

»Und dann kam plötzlich die Nachricht, er sei gefunden worden. Nur er, nicht die Jacht.« Daves Vater schweigt einen Moment und blickt Kyras Mutter an. Kyra sieht, wie sie mit den Tränen kämpft.

»Nach der Beerdigung habe ich mich auf die Suche nach der Jacht konzentriert«, fährt Grigor fort. »Ich habe den Kontakt zu allen Häfen hergestellt, die er möglicherweise angelaufen hatte. Wir schickten eine Beschreibung und ein Foto des Schiffs, und natürlich von Dave, und wir setzten eine Belohnung für den entscheidenden Hinweis aus. Wir vermuten inzwischen, dass das Schiff in schwedischen und norwegischen Häfen angelegt hat, aber wir gehen auch davon aus, dass Dave da bereits nicht mehr an Bord war.«

Kowzinsky holt einen Stapel Fotos aus seiner Tasche, legt sie verdeckt auf den Tisch und breitet seine großen Händen darüber.

»Ich wusste nichts von eurer Tochter«, fährt er heiser fort. »Dave hat mir nicht erzählt, dass er einen Passagier an Bord genommen hatte. Dabei war es ganz untypisch für ihn, jemanden mitzunehmen und uns nichts davon zu erzählen. Das hatte er noch nie zuvor getan. Jedenfalls soweit ich weiß. Ich weiß inzwischen nicht mehr, was ich glauben soll. Ich muss etwas Entscheidendes übersehen haben, irgendein Zeichen, etwas, das ich als Vater …«

»Mit solchen Gedanken haben wir uns auch gequält, Grigor«, unterbricht ihn Kyras Mutter mit leiser Stimme. »Was geschehen ist … Man fällt und fällt, ohne je wieder festen Boden zu erreichen. Seitdem Sarina weg ist …« Sie schweigt und trinkt einen Schluck von ihrem Kaffee. »Aber eines kann ich dir versichern: Auch für uns ist es bis heute unbegreiflich, dass Sarina Hals über Kopf zu deinem Sohn an Bord gegangen ist. Ohne uns etwas davon zu sagen. Das lässt im Grunde nur zwei Schlüsse zu: Entweder waren unsere Kinder ganz anders, als wir geglaubt haben, und führten ein Leben, von dem wir nichts wussten. Und irgendwie sind sich diese beiden Geheimnistuer begegnet und zusammen durchgebrannt, mit welchem Ziel auch immer. Das wäre möglich. Oder aber unsere Kinder sind von einem Gefühl erfasst worden, das größer war als sie selbst und sie in einem herrlichen, schwindelerregenden Strudel mitgerissen hat. Und sie konnten sich nicht dagegen wehren, weder gegen die Anziehungskraft, die sie aufeinander ausübten, noch gegen ihre Gefühle, noch gegen das Schicksal.«

»Die Liebe«, flüstert Daves Vater und räuspert sich kopfschüttelnd. »Trotzdem erklärt das immer noch nicht, warum mein Sohn tot und eure Tochter spurlos verschwunden ist.«

Er dreht das oberste Foto um.

»Das Schiff hieß Den Schuymer. Weil der Name für uns zu schwer auszusprechen war, wollten wir es umtaufen.« Der große Mann mit den breiten Händen lacht wehmütig. »Aber auch dazu waren wir noch nicht gekommen. Ich habe im Laufe der Zeit immer wieder einmal Schiffe gekauft. Klassische Jachten, die ich restaurieren ließ. Manchmal habe ich sie weiterverkauft. Manchmal habe ich eine behalten. Inzwischen segle ich nicht mehr.«

Er lässt das Foto herumgehen und Kyra starrt auf ein schlankes weißes Schiff, das schräg auf den Wellen liegt.

»Sie war zwölf Meter lang und hatte drei Kabinen, eine im Bug und zwei in der Achterkajüte.«

Er nennt weitere Einzelheiten, Geschwindigkeit, Baujahr, Konstrukteur und ehemalige Eigner, aber Kyra hört kaum noch zu. Also das ist das Schiff, mit dem ihre Schwester abhauen wollte. Darauf hat sie gewohnt, jedenfalls ein paar Tage lang, aber geplant waren mehrere Monate, mit Dave, der Liebe ihres Lebens, bis irgendetwas oder irgendjemand ihren Traum brutal zerstörte.

»Wo ist die Jacht jetzt?«, fragt Kyra.

»Verkauft«, antwortet Grigor. »An einen Franzosen. Wahrscheinlich liegt sie jetzt irgendwo im Mittelmeer. Zwei Jahre nach Daves Tod erhielten wir die Nachricht, dass sie in Norwegen lag, in einem kleinen Fjordhafen. Die Liegegebühr war zwei Jahre im Voraus bezahlt worden, cash. Erst als die Miete wieder fällig wurde, machte man sich auf die Suche nach dem Besitzer.«

»Bestimmt waren keine Spuren mehr an Bord?«, fragt Kyra.

Grigor schüttelt den Kopf. »Nichts«, sagt er. »Wir haben jeden Zentimeter akribisch abgesucht, aber nichts gefunden, was auch nur den kleinsten Hinweis ergeben hätte.«

»Haare?«, fragt Kyra. »Hautschuppen? Blutspuren?«

Irgendetwas muss es doch gegeben haben!

»Nichts Brauchbares. Glaub mir.«

Grigor dreht das nächste Foto auf dem Stapel um. Eine strahlende Sarina und ein breit lächelnder Dave schauen in die Kamera.

6

»Das ändert die Sachlage«, sagt Niels und schüttelt den Kopf. Maud weiß, welchen massiven Widerwillen der Name Demsterwold bei ihrem Kollegen auslöst, aber in diesem Augenblick wirkt er eher fassungslos. Vor einigen Jahren hat er den Politiker verdächtigt, an dem Missbrauch und anschließenden Mord an einem kleinen Mädchen beteiligt gewesen zu sein, das in Einzelteilen über das ganze Land verteilt gefunden worden war. *So viele blaue Flecken hatte sie nun auch wieder nicht* ... Maud hatte sich damals auf die Eltern konzentriert, vor allem die Mutter. War es nicht ihre Aufgabe gewesen, ihre Tochter zu beschützen? Gegen den Stiefvater, ja, egal gegen wen. Dass ein Pädophilennetzwerk dahintersteckte – ob mit oder ohne Demsterwold –, konnte nie bewiesen werden, und die Verdächtigungen hatten nach Mauds Geschmack zu sehr nach einer hysterischen Verschwörungstheorie geklungen.

»Wir werden den ganzen Garten umgraben müssen«, stellt Maud fest. »Wer weiß, was da sonst noch alles liegt.«

Vor dem Haus erstreckt sich ein ziemlich großer Rasen, und auch ringsum ist es von gepflegten Grünflächen umgeben. Maud starrt die Töpfe mit den Buxuskugeln an, die die Garage flankieren, den blühenden Flieder und den Grünstreifen, auf dem Enten watscheln. Zweitausend Quadratmeter, die auf der Suche nach Leichenteilen umgegraben werden müssen ... Wieder geht ein Wochenende dahin, das sie eigentlich ihrer Familie versprochen hatte.

»Siehst du, dass es nicht Sarina sein kann?«, sagt Maud so entschieden wie möglich. Irgendwie neigt sie immer dazu, Kyra beruhigen zu wollen. »Wenn es eine einzige Leiche wäre«, fährt sie fort. »Aber zwei … Ihr Verschwinden wurde nie mit einem anderen Fall in Zusammenhang gebracht. Nur mit dem Tod von Dave, und seine Leiche wurde gefunden. Aber abgesehen davon …«

Kyra schweigt eine Weile. Sie ist eine hübsche junge Frau mit einem offenen, fröhlichen Gesicht, doch Maud hat in den letzten Jahren auch ihre ernste und verbissene Seite kennengelernt. Kyra sieht bleich und angespannt aus.

»Hi, Sebastian!«, ruft sie auf einmal einem dunkelblonden Jungen zu, der auf dem Fahrrad angeflitzt kommt. Er lehnt das Rad an die Garage und eilt mit großen Schritten auf Maud und Kyra zu. Auf den ersten Blick wirkt er sympathisch, groß und muskulös für sein Alter, wenn auch mit der leicht gebeugten Haltung des Halbwüchsigen, den seine neue Gestalt noch unsicher macht. Er lächelt Kyra freundlich und ein wenig verlegen an.

»Was ist denn passiert?«, fragt er aufgeregt.

»Kleines Geschenk vom Vorbesitzer«, antwortet Kyra, und als Maud sie verärgert ansieht, fährt sie rasch fort: »Könnte doch sein, oder vielleicht vom Vor-Vorbesitzer oder sonst wem.«

»Was haben Sie denn gefunden?«, fragt der Junge, an Maud gewandt. »Entschuldigung.« Er streckt ihr die Hand hin. »Ich bin Sebastian Narcing.«

»Wir haben menschliche Überreste in eurem Garten gefunden«, erwidert Maud und schüttelt ihm die Hand. »Genaueres kann ich augenblicklich leider noch nicht sagen.«

»Ich habe ihm schon gesagt, dass es ein Schädel ist«, gibt Kyra leise zu. »Als ich ihn gebeten habe, nach Hause zu kommen.«

Maud nickt schweigend. Jetzt muss sie Kyra wirklich wegschicken. Wenn es eines gibt, das im Umfeld kriminalpolizeilicher

Ermittlungen absolut tabu ist, dann aus dem Nähkästchen zu plaudern.

»Ich hoffe, dir ist klar, wie heikel solche Informationen sind«, mahnt sie kurz angebunden.

»Natürlich«, antwortet Kyra. »Ich dachte nur …«

»Das wird meiner Mutter aber gar nicht gefallen«, bemerkt Sebastian mit einer Mischung aus Neugier und Angst. »Kein schöner Fund.«

»Wenn man vom Teufel spricht …« Niels deutet auf eine große, magere Frau mit ellenlangen Beinen, die auf Stilettos zu ihnen herüberstolziert.

»Was ist hier los?«, ruft sie. »Was machen Sie denn da, zum Teufel noch mal!«

Plötzlich weiß Maud, woher sie sie kennt. Aus einem Werbespot für eine Zahnpastamarke – oder war es eine elektrische Zahnbürste? Daher hat sie wohl die Marotte, bestimmte Wörter übertrieben zu artikulieren. Wutentbrannt baut sie sich vor Maud auf.

»Mevrouw Narcing?«, fragt Maud.

»Wer sonst?«, erwidert die Frau. »Also, was geht hier vor?«

»Ihr Gärtner hat beim Graben menschliche Überreste gefunden«, erklärt Maud so sachlich wie möglich. »Dies erfordert selbstverständlich eine nähere Untersuchung.«

»Sie können doch nicht ohne vorherige Rücksprache meinen ganzen Garten ruinieren!«

»Wir haben mit allen Mitteln versucht, Sie oder Ihren Mann zu erreichen«, entgegnet Maud ruhig. »Aber Sie werden wohl verstehen, dass wir nicht darauf warten konnten, bis einer von Ihnen sich meldet.« Das Wort »endlich« verschluckt sie gerade noch rechtzeitig.

»Edward, mein Mann, ist in Alaska. Natürlich ist er nicht erreichbar, wenn er bei der Arbeit ist.« Dekolleté und Hals der Frau sind mit roten Flecken bedeckt. »Ich bin nicht damit einverstanden, dass Sie hier weitere Untersuchungen durchführen. Sie müssen sofort damit aufhören.«

Mit dem Zeigefinger streicht sie eine lange Locke aus der Stirn.

»Es tut mir leid«, erwidert Maud kühl. »Aber Ihr Garten ist ein Leichenfundort, und es ist unsere Pflicht, ihn zu untersuchen.«

»Ich rufe jetzt meinen Anwalt an«, zischt die Narcing. Ihren Sohn scheint sie bisher gar nicht bemerkt zu haben. »Ich akzeptiere das nicht. Das muss sofort aufhören.« Wütend zieht sie ihr Smartphone hervor und wendet sich von der Gruppe ab.

»Erik ist da.« Maud macht Niels auf ihren Chef aufmerksam, der mit großen Schritten auf sie zukommt. Schon wieder jemand, der es eilig hat. Schon wieder jemand, der überaus gereizt aussieht.

»Maud«, sagt er in barschem Ton. »Ich muss dich kurz sprechen.«

Sie geht ein paar Schritte auf ihn zu. »Ja, was gibt's?«

Noch bis vor knapp einer Stunde hat sie sich auf einen faulen Freitagabend gefreut, den perfekten Start in ein Wochenende ohne allzu viele Pläne, und jetzt steht sie hier, in einem Garten mit Leichen, umgeben von aufgebrachten Leuten.

»Irgendjemand hat auf Instagram einen Bericht darüber gepostet, was hier vor sich geht.« Erik Tijssen schäumt vor Wut. »Mit Foto und allem Drum und Dran!«

»Kyra!«, stößt Maud hervor, dreht sich um und wirft der jungen Frau einen zornigen Blick zu.

»Ich war das nicht«, erwidert Kyra beleidigt. »So etwas würde ich nie tun.«

Maud ist sich sicher, dass auch Sebastian keine Fotos gemacht hat und von ihren eigenen Leuten kommt niemand infrage.

»Vielleicht ein Passant«, meint Niels. »Auf dem Deich gehen andauernd Leute vorbei. Ein Foto ist schnell gemacht.«

»Mein Anwalt ist unterwegs«, unterbricht sie Claire Narcing. »Ich akzeptiere das alles nicht.« Sie wendet sich an Erik Tijssen. »Und Sie sind?«

»Mevrouw.« Maud spürt, wie ihr allmählich der Geduldsfaden reißt. Sie versucht hier verdammt noch mal zu ermitteln, und dann muss sie sich auch noch mit einer hysterischen Zicke und einem wütenden Chef herumschlagen. »Sie werden doch wohl verstehen, dass wir …«

»Es war Roos, Maud«, flüstert Tijssen mit zusammengebissenen Zähnen. »Sie hätte auch gleich die Adresse danebenschreiben können.«

Roos. Immer wieder unterliegen Ermittlungen Einflüssen, die sich der Kontrolle der Kripo entziehen, aber das? Ihre eigene Tochter! Wie oft hat sie Roos das heikle Verhältnis zwischen Polizei und Medien geschildert! Sie kann doch nicht allen Ernstes ein Foto vom Leichenfundort auf Instagram gepostet haben? Unmöglich!

»Was ist jetzt schon wieder los?«, giftet Claire Narcing, die inzwischen wieder neben ihr steht. »Wird der Skandal schon im Internet verbreitet? Weiß inzwischen alle Welt, was in meinem Garten los ist? Was bilden Sie sich eigentlich ein?«

Oben auf dem Deich postieren sich zwei Fotografen mit ihren Kameras und Teleobjektiven.

»Selbstverständlich hat niemand von uns …«, beginnt Erik Tijssen, doch Claire Narcing fällt ihm ins Wort.

»Oh, nein!«, flüstert sie entsetzt und wirkt für einen Augenblick fassungslos. »Jetzt geht der Zirkus los.« Sofort verhärtet sich ihre Stimme. »Sehen Sie, was Sie angerichtet haben? Das wird eine Katastrophe! Eine absolute Katastrophe!«

»Eines verstehe ich nicht«, mischt sich Kyra ein, so empört, dass Maud aufhorcht. »Denkt eigentlich irgendjemand daran, dass hier

Menschen begraben liegen? Mordopfer? Menschen, die vermisst werden, zum Beispiel von ihren Eltern oder Geschwistern?«

»Wohnst du nicht in der Nachbarschaft?«, fragt die Narcing. Sie scheint in ihrer Härte und Arroganz kaum etwas mit ihrem Sohn gemein zu haben, der offen und sympathisch, fast schüchtern wirkt.

»Stimmt«, antwortet Kyra freundlich.

»Und, was hast du hier zu suchen?« Ihre Stimme klingt rasiermesserscharf.

»Ich bin rein zufällig vorbeigekommen«, antwortet Kyra, »ich war mit dem Hund unterwegs. Da ich Sebastian kenne und auch einige der Ermittler hier und man Sie nicht erreichen konnte, dachte ich …«

»Dachtest du: Dann stelle ich das hier mal schnell ins Internet. Bravo! Und jetzt mach, dass du wegkommst, du hast schon genug Schaden angerichtet. Ich will dich hier nicht mehr sehen!«

»Aber ich habe doch gar nicht …«

»Spar dir deine Ausflüchte!« Claire Narcing sieht aus, als könne sie jeden Moment auf Kyra losgehen. Kyra weicht einen Schritt zurück.

»Ich gehe ja schon«, sagt sie. Sebastian setzt verzweifelt zu einer Bemerkung an, aber Kyra hält ihn mit einer Kopfbewegung davon ab. »Ich gehe ja schon«, wiederholt sie. »Alles klar.«

Als sie sich auf den Weg macht, sieht sie die leichte Panik in Mauds Blick.

Oben auf dem Deich wird Kyra von einem der Fotografen angesprochen.

»Was ist denn da unten los?«, fragt er. »Weißt du Genaueres?«

Ohne ihm zu antworten geht sie weiter. Zwei Totenschädel in einem Garten nicht weit von ihrem zu Hause entfernt. Was kann da passiert sein? Wie lange dauert es wohl, bis die Genanalysen fertig sind? Sie beschließt, Maud danach zu fragen und greift nach ihrem Smartphone, überlegt es sich aber anders. Lieber erst morgen. Vielleicht ist es sogar besser, persönlich bei ihr vorbeizuschauen. Sie muss unbedingt mit Sophie reden. Gleich, wenn sie sich auf ein Bier treffen.

Zu Hause angekommen ruft Kyra laut, dass sie zurück sei, aber niemand antwortet. Sie geht die Treppe hinauf in ihr Zimmer. Jarno, ihr Bruder, ist schon vor einem Jahr ausgezogen, und sie vermisst ihn noch immer. Ihre Eltern sind wahrscheinlich noch bei der Arbeit. Sie sind beide immer seltener zu Hause. Nicht, dass sie das stört. Sie hat überlegt, sich irgendwo ein Zimmer zu mieten, aber wozu, solange sie hier alle Freiheiten genießt?

Kyra schaut auf ihren Wecker. In einer halben Stunde muss sie in der Stadt sein. Rasch zieht sie ein frisches T-Shirt über, wirft einen flüchtigen Blick in den Spiegel und steckt ein paar vorwitzige Locken ihres langen blonden Haares mit der Spange am Hinterkopf fest. Dann bleibt sie mitten im Zimmer stehen und betrachtet die Wand, an der sie die Informationen rund um das Verschwinden ihrer Schwester systematisch angeordnet hat.

Loslassen. Das ist doch einfach nur ein Wort. Ihr Leben weiterleben. Nichts als ein gut gemeinter Ratschlag.

Das Foto der Segeljacht hängt an einer Karte von Norderney, und daneben die von Texel. Auf Norderney wurde Sarina zum letzten Mal gesehen. Ausgehend von der Segeljacht verläuft eine gestrichelte Linie quer über die Karte, und von dort aus weiter über die von Texel, entlang der Westküste Dänemarks bis zur Südküste Norwegens. Eine weitere dünne, gestrichelte Linie, über der ein Fragezeichen steht, zieht sich in einer Schlaufe an Südschweden entlang. Die Namen der Häfen, von denen Grigor lediglich vermutet, dass das Schiff dort angelegt hat, sind auf der Karte vermerkt. Hvaler. Kjøkøysund. Sandefjord. Tananger. Våge. Kyra hat die Karte von Norwegen bis ins kleinste Detail studiert; noch nie hatte sie eine Küstenlinie mit so vielen Einschnitten, Inseln und Sunden gesehen. Es muss Tausende Orte geben, deren Namen nur die Bewohner der Umgebung kennen, verlassen und windig, mit einigen wenigen Fischerhütten hier und da. Sie starrt auf das Foto des Hafens, in dem das Schiff schließlich gefunden wurde. Ein kleines Schiff auf glitzerndem Wasser unter einem düsteren Himmel, im Vordergrund ein Knäuel Taue und ein großer Felsbrocken. Dave wurde auf der Insel Fanø in Dänemark angespült, das Boot wurde in Norwegen gefunden, aber Sarina ist noch immer spurlos verschwunden und das Indizien-Wirrwarr hat noch immer nicht zu einem konkreten Hinweis geführt. Stattdessen liegt plötzlich eine Leiche im Garten der Nachbarn.

Neben der Übersicht hängt an rosafarbenen Reißzwecken das Foto von Dave und Sarina. Unverändert erheben sie das Glas in Richtung Kamera, lachend, strahlend, und nirgendwo am hellblauen Himmel ist auch nur der Schatten jener Gewitterwolke zu sehen, die in ihre Richtung zog.

7

Erik hat die wütende Claire Narcing beiseitegenommen, und Maud hört, wie er mit seiner tiefen Stimme beruhigend auf sie einredet. Währenddessen treffen weitere Mitglieder des Ermittlungsteams ein. Der Fund des zweiten Schädels hat die Bedeutsamkeit des Falls derart erhöht, dass mehr Einsatzkräfte zur Verfügung stehen und es statt eines Interviews mit dem Pressesprecher zwischen Tür und Angel eine veritable Pressekonferenz geben wird. Es droht die Gefahr, dass sich diese verflixte Staatsanwältin einmischt oder, schlimmer noch, der Bürgermeister.

Niels Bingsten kommt auf Maud zu: »Ina Demsterwold ist seit zehn Monaten in einem Altenheim in Gooi untergebracht«, sagt er.

»Hast du herausfinden können, wie lange die Familie Demsterwold insgesamt hier gewohnt hat?«

»Nein, bisher noch nicht.«

»Hast du die genaue Adresse des Altenheims? Dann lass uns gleich losfahren.«

Bei der Untersuchung des Tatorts ist Maud ohnehin überflüssig. Sie kann im Augenblick nur auf die Ergebnisse der noch anstehenden Grabungen warten. Mit der Familie Narcing kann sie sich später unterhalten. Wahrscheinlich wurden die Überreste schon vor ihrem Erwerb des Hauses hier abgelegt. Wenn jemand etwas wissen kann, ist es Ina Demsterwold, und Maud will die alte Dame sprechen, bevor ihr jemand zuvorkommt – oder ihr Steine in den Weg legt. Was immer dann vorkam, wenn sie die mutmaßlichen kriminellen Machenschaften Ruud Demsterwolds unter die Lupe nehmen wollten. Es wäre also nicht das erste Mal …

Nachdem Maud und Niels sich kurz mit dem Leiter der Tatortgruppe ausgetauscht haben und zu Mauds Auto gehen, ruft Erik Tijssen Maud noch einmal zurück.

»Geh schon mal vor«, sagt sie zu Niels und gibt ihm den Autoschlüssel.

»Maud«, beginnt Tijssen barsch. »Bei dieser Ermittlung wird jeder unserer Schritte mit Argusaugen überwacht werden.«

Maud nickt nur. Alles klar. Es sind schon viele Ermittlungen im Umfeld von Demsterwold in einer Sackgasse gelandet. Erik mustert sie mit kühlem Blick. Sein lockiges Haar hat er mit Gel geglättet und trägt einen coolen Dreitagebart. Er wendet sich zum Gehen, dreht sich dann aber noch einmal um.

»Tritt nichts los, was du anschließend nicht im Griff hast«, rät er und legt dann eine bedeutungsvolle Pause ein, typisch. »Ich habe für heute Abend um neun ein Briefing anberaumt. Wohin willst du jetzt eigentlich?«

»Zu Ina Demsterwold.«

Mit warnendem Blick sieht Tijssen sie an, und als er zum Fundort zurückkehrt, ruft er ihr über die Schulter hinweg zu: »Halte deine Tochter an der Kandare! Du hast Glück, dass der Fall sowieso in den Medien breitgetreten werden wird und ihr Posting im Lärm untergeht.«

»Fährst du?«, bittet Maud. »Ich muss mal kurz telefonieren.«

»Eine Woche lang nur Wasser und Brot«, rät ihr Niels, schiebt den Sitz nach hinten und legt den Sicherheitsgurt an.

Maud murmelt irgendetwas, wählt die Nummer ihrer Tochter

und wirft gleich darauf frustriert ihr Handy auf das Armaturenbrett.

»Immer diese bescheuerte Mailbox! WhatsApp, Snapchat, Messenger-Nachrichten, aber normal miteinander reden: keine Chance! Nichts als Blödsinn im Kopf! Nur immer diese ...«

Maud ist stinkwütend, unterbricht aber ihre Schimpfkanonade.

»Das wird schon keine ernsten Konsequenzen haben«, beruhigt sie Niels.

Maud blickt aus dem Fenster. Wie schafft es ihre Tochter bloß, immer genau das zu tun, was sie am meisten aufregt? Und immer völlig überraschend? Ihr Handy klingelt, und Maud muss den Sicherheitsgurt lösen, um es vom Armaturenbrett zu nehmen. Sofort ertönt ein vorwurfsvoller Warnton. Sie klemmt das Handy zwischen Ohr und Schulter und versucht sich umständlich wieder anzuschnallen, aber ihr Mantel ist im Weg.

»Ich habe die Informationen über die Familie Demsterwold«, meldet Thomas Kuipers. »Die Familie hat fast dreißig Jahre lang in dem Haus gewohnt.«

»Das ist eine lange Zeit.«

»Es ist das Elternhaus von Ruud Demsterwold. Schon seine Eltern haben es fast fünfzig Jahre lang bewohnt, bevor sie es ihrem Sohn überschrieben haben.«

»Interessant«, sagt Maud und dankt Thomas für die Informationen.

»Also, wenn ich das richtig verstehe«, sagt Niels, nachdem Maud ihm alles weitergegeben hat, »hat dieses Haus schon immer Ruud Demsterwold gehört, aber er selbst hat nicht dort gewohnt, sondern in seinen diversen Dienstwohnungen im Ausland und später in seinem Apartment in Den Haag.«

Maud nickt nachdenklich. »Ich weiß genau, was du denkst«, sagt sie, »und ich denke dasselbe, aber wir wissen beide, dass es vernünftiger ist, uns im Moment an die reinen Fakten zu halten: zwei Totenschädel im Garten der Familie Narcing, und niemand weiß, wie lange sie dort schon liegen. Wir reden jetzt mit Ina Demsterwold, solange es noch möglich ist und bevor uns jemand Knüppel zwischen die Beine wirft. Ansonsten möchte ich das Thema Demsterwold vorerst ruhen lassen.«

»Warum?«, fragt Niels mit mürrischem Gesicht.

»Weil wir hier einen Mordfall mit zwei Opfern haben. Das ist schon kompliziert genug, und ich habe wenig Lust dazu, diese Ermittlungen mit anderen Fällen zu vermischen, die außerdem vorbelastet sind und sehr viel Widerstand auf den Plan rufen können. Wir sollten uns jetzt auf die Frage konzentrieren, wie lange die Köpfe dort schon liegen, und sie identifizieren.« Maud blickt ihren Kollegen an, der sich auf die Straße konzentriert. »Irgendwann kommt alles ans Licht«, sagt sie. »Da siehst du's mal wieder.«

»Zu spät, er ist tot.«

»Aber sein guter Ruf nicht«, erwidert Maud. »Und die Leute, die ihn geschützt haben, auch nicht.«

»Kann sein«, sagt Niels. »Kann sein.«

8

Diese Idioten haben ihm dazwischengefunkt! Irgendwann musste es wohl so kommen, aber er war davon ausgegangen, dass wenigstens bis zu seiner Letzten alles nach Plan laufen würde.

Er flucht, als der Autofahrer vor ihm nicht ausweicht, obwohl er an seiner Stoßstange klebt. Er bedrängt ihn mit der Lichthupe, keine Reaktion.

Eine Änderung seiner Vorgehensweise birgt Risiken. Und mindert die Befriedigung. Er muss sich etwas einfallen lassen. Und zwar schnell.

Wie kommen die nur auf die Idee, im Garten einen Fischteich anzulegen? Wo doch praktisch vor ihrer Tür der Kanal vorbeiführt?

Alles sollte unangetastet bleiben! Jungfräulich! Sein Eigen. Verdammt noch mal! Wenn er daran denkt, dass er nun nicht wird tun können, was sich gehört, dass er nicht alle Schritte wird unternehmen können, dass das Ritual, das er selbst erschaffen hat – sein heiliges, reines Ritual – nicht ausgeführt werden kann, verzehrt ihn lodernde Wut. Er hält den Atem an, wie zur Selbstbestrafung, aber das steigert seine Gereiztheit noch.

Er schlägt auf die Hupe einmal, fünfmal, zehnmal. Lang, kurz. Endlich fährt der Trottel beiseite, und er tritt das Gaspedal durch. Sein Wagen beschleunigt rasant, und er lacht über all die Idioten rechts von ihm in ihren VWs oder Volvos und mit ihren spießigen Bürgerleben.

Er nimmt die nächste Ausfahrt und geht vom Gas. In einem Schwenk biegt er auf die schmale Straße zwischen den Weiden ein. Kühe. Kirchtürme. Schmale Wassergräben. Jetzt, wo er im Schneckentempo durch die grüne Natur rollt, lässt er das Verdeck herunter. Er genießt den Geruch von saftigen Weiden und Vieh, den Wind in seinen Haaren und die Tatsache, dass er ein Auto wie dieses besitzt.

Als er das Haus erblickt, fällt ihm wie immer auf, wie schön es ist, und er gratuliert sich dazu. Gut gemacht! Einfach und elegant, der alte Teil klassisch, der Anbau schlicht und modern. Die bescheidene Vorderfront verrät dem ahnungslosen Passanten nicht, wie viel Wohnfläche sich dahinter verbirgt. Ein Makler hat einmal bei ihm nachgefragt, ob er die Immobilie verkaufen wolle, doch als er seinen Preis nannte, lachte der Mann ihn aus.

»Wenn ich es verkaufe, dann für keinen Cent weniger«, hatte er dem Deppen erwidert. Es waren keine weiteren Anfragen gekommen.

Im Laufe der Jahre hatten die Nachbarn immer mal wieder versucht, mit ihm ins Gespräch zu kommen, neugierig, wie sie waren, auf die Umbauten, die er durchführen ließ, aber auch diesen Kontakt hat er abgeblockt. Mit Mittelmaß gibt er sich nicht ab.

Das Tor der Garage – ein rechteckiges, nüchternes Gebäude unmittelbar neben dem Haus – öffnet sich geräuschlos, und er parkt den Wagen in dem ansonsten leeren Raum. Er nimmt die Tasche mit Einkäufen vom Rücksitz und räumt kurz darauf alles in die Schränke, stellt das neue Paket mit zartbitteren Schokostreuseln hinter das angebrochene und nimmt sich einen Augenblick Zeit, alles geradezurücken. Auf der Anrichte aus schwarzem Marmor stellt er die Zutaten für sein Abendessen zurecht. Das Gemüse legt er nebeneinander, sortiert von hell nach dunkel, daneben stellt er die Schachtel mit den Nudeln. Er dreht sich um, greift nach der

Fernbedienung für den großen Flatscreen an der Wand und schaltet einen internationalen Nachrichtensender ein. Danach liest er auf dem iPad die Nachrichten und grinst. Alles verläuft glatt.

Als die Pastasauce köchelt, geht er hinaus. Er kontrolliert das Bewässerungssystem auf der Vorderseite des Hauses, folgt dem Schlauch von Pflanzenkübel zu Pflanzenkübel und stellt zufrieden fest, dass alles so funktioniert, wie es soll. Dasselbe Ritual wiederholt er auf der Rückseite des Hauses, wo auf zwei Seiten der Terrasse blühende Sträucher in breiten Kästen stehen. Auch dort funktioniert das System tadellos. Er kehrt in die Küche zurück, setzt Wasser für die Farfalle auf und sieht sich im Fernsehen die internationalen Nachrichten an. Zufrieden folgt er den Berichten über den ungewöhnlich frühen und heftigen Orkan über Amerika und betritt das Wohnzimmer, um den Computer einzuschalten. Naturgewalten boten ebenso wie menschliche Gewalttaten ausgezeichnete Gelegenheiten zum Geldverdienen.

9

Das Altenheim ist ein weiß verputztes Gebäude mit Reetdach, das geschützt im Waldgebiet in der Nähe von Bussum liegt. Sie werden von der Direktorin empfangen.

»Ich befürchte, Mevrouw Demsterwold wird Ihnen nicht viel erzählen können«, sagt sie mit bedauerndem Lächeln. »Gegenwart und Vergangenheit geraten ihr oft durcheinander, verstehen Sie?«

»Wir möchten es trotzdem gern versuchen.«

»Natürlich. Vor allem in einem solchen Fall. Ich habe es von Ihrem Kollegen gehört, klingt ja ziemlich furchtbar …« Sie bleibt kurz stehen und blickt Maud an, als erwarte sie nähere Informationen. Dann dreht sie sich um. »Wenn Sie mir bitte folgen würden.«

Der Fußboden knarrt, als sie durch eine breite Eingangsdiele in ein geschmackvoll eingerichtetes Wohnzimmer geführt werden. Ringsum stehen Stilmöbel, der Boden ist mit dunkelgrünem Teppichboden ausgelegt und an den Wänden hängen Bilder. Echte Gemälde, Landschaften und Stillleben – keine Klecksereien von Bewohnern. Sie nehmen auf den breiten Chesterfield-Sesseln vor dem elektrischen Kamin Platz. Ina Demsterwold ist eine verhutzelte alte Frau mit groben Gesichtszügen. Ihre Nase ist klein und ein wenig nach oben gebogen, wodurch ihre Nasenlöcher sichtbar sind. Ihre Augen stehen ein bisschen zu weit auseinander. In sich zusammengesunken sitzt sie ihnen gegenüber und lächelt Maud verlegen an.

»Ina«, spricht die Direktorin sie an. »Das ist Mevrouw Maud Mertens von der Polizei. Und das ist ihr Kollege Niels Bingsten. Sie wollen Sie etwas fragen.«

»Wie nett«, antwortet die alte Dame. »Wirklich sehr nett.«

»Guten Tag, Mevrouw Demsterwold«, beginnt Maud. »Wir wollten Sie etwas wegen Ihres ehemaligen Hauses fragen. Es geht um den Garten …« Die Augen der alten Frau gleichen denen ihrer Mutter. Dieser Grauschleier. Das Wässrige. Wie fragt man eine alte Frau, ob sie weiß, wessen Köpfe in ihrem Garten begraben liegen?

»Nur zu, Kindchen«, sagt Ina. »Keine Angst.«

»In Ihrem Garten sind ein paar merkwürdige Dinge gefunden worden«, beginnt Maud behutsam. »Da habe ich mich gefragt, ob Sie vielleicht etwas darüber wissen.«

»Wie nett«, sagt Ina und fährt sich mit einem gekrümmten Finger nachdenklich über die Nase. »Der Garten ist sehr schön. Sehr schön. Wirklich sehr schön.«

»Die neuen Besitzer haben dort angefangen, eine Grube auszuheben. Sie wollen einen Teich anlegen.«

»Wunderbar!« Ina nickt beifällig. »Haben Sie Vince gesehen? Er mag Fische. Er darf nicht zu spät kommen.«

»Wissen Sie, was in Ihrem Garten begraben liegt, Mevrouw Demsterwold?«

»Ich mag es nicht, wenn er nach Einbruch der Dunkelheit nach Hause kommt.« Ina Demsterwold sieht Maud ängstlich an. »Er ist noch so jung!«

Die alte Dame beginnt zu zittern.

»Polizei?«, fragt sie plötzlich laut. »Was wollen Sie hier?« Sie schaut Maud verschlagen an; dann scheint sie wieder große Angst zu haben. »Was wollen Sie hier? Ist es Vince? Geht es um Vincent? Oh Gott, es ist unser Vince! Vince!« Die alte Frau fuchtelt mit den

Armen und versucht, sich vom Sofa zu erheben. »Verdammt noch mal, Vince!«, kreischt sie auf einmal wütend.

»Mit Vincent ist alles in Ordnung«, erwidert Niels. »Es geht ihm gut.«

»Es geht ihm gut«, bestätigt auch Maud, aber die alte Dame scheint es nicht zu hören.

Die Direktorin winkt einem der Pfleger, der an der Tür erschienen ist.

»Wir geben ihr etwas zur Beruhigung«, sagt sie zu Maud. »Könnten Sie bitte im Foyer warten?«

Bald darauf wird Ina Demsterwold auf einer Liege vorbeigeschoben.

»Dieser Junge«, murmelt sie im Vorbeifahren mit wütendem Blick. »Dieser Lümmel ...«

»Das kommt bei ihr öfter vor«, bemerkt die Direktorin. »Wir bringen sie auf ihr Zimmer. Sie wird jetzt wohl erst mal ein wenig schlafen.«

Sie wendet sich zur Eingangstür, um den Ermittlern zu bedeuten, dass sie jetzt besser gehen sollten.

»Mevrouw Demsterwold leidet an Alzheimer«, erklärt sie, während sie den beiden vorausgeht. »Sie kam zu Hause noch relativ lange allein zurecht, da ein Krankenpfleger bei ihr wohnte, aber irgendwann ging es nicht mehr. Leider hat sich ihr Zustand während ihres Aufenthalts hier nicht verbessert.« Für einen Moment lässt sie ihre professionelle Maske fallen. »Ihr Kurzzeitgedächtnis funktioniert nicht mehr; sie kann sich nicht länger als ein paar Minuten an etwas erinnern. Sie leidet stark unter Stimmungsschwankungen, manchmal auch Angstzuständen.« Sie atmet tief ein und streicht mit einer Hand über ihre lachsfarbene Bluse. »Wie gesagt: Ich befürchte, dass Sie von ihr nichts erfahren werden.«

»Diese Zustände«, fragt Niels. »Diese Aufregung und die Angst. Wissen Sie, wovon sie ausgelöst werden? Vielleicht von einer Situation oder einer bestimmten Person?

»Nicht, dass ich wüsste. Ich müsste den Psychiater fragen, aber der kann, wie Sie sicherlich verstehen, nicht ohne Weiteres Informationen preisgeben.« Sie verzieht säuerlich den Mund. »Ich persönlich habe nie einen Zusammenhang zwischen ihren Ängsten und dem, was sie sagt, entdecken können. Meistens ist sie guter Laune, lacht viel und benimmt sich höflich. Doch dann schlägt ihre Stimmung plötzlich um, und sie wird ärgerlich. Oder ängstlich, furchtbar ängstlich.«

»Ohne bestimmten Grund?«, fragt Maud.

»So scheint es.«

»Haben Sie die Kontaktdaten ihrer Familie, sodass wir sie erreichen können?« Maud gibt der Direktorin ihre Karte. »Bitte sagen Sie mir Bescheid, wenn Ihnen noch etwas einfällt oder Sie in der nächsten Zeit irgendetwas Außergewöhnliches feststellen.«

»Es gibt jemanden, der sich um ihre Angelegenheiten kümmert, einen gesetzlichen Betreuer sowie einen Sohn und eine Tochter, aber die wohnen beide im Ausland. Ich maile Ihnen die Adressen.«

Der Kies knirscht so laut unter Mauds Stiefeln, dass sie beinahe ihr Handy überhört hätte. Es ist der Leiter der Tatortgruppe.

»Ich glaube, du kommst besser noch mal vorbei«, sagt er.

»Was gibt's?«, fragt Maud.

»Hier liegen nicht einer, nicht zwei, sondern vier Schädel«, antwortet der Kollege. »Aber vor allem die Art, wie sie hier liegen, solltest du dir unbedingt ansehen.«

Es ist voll in der Kneipe, wie immer am Freitagabend. Antoine hebt sein Bierglas.

»Auf alle brillanten Studenten, die das Propädeutikum bestanden haben«, sagt er grinsend.

»Du hast leicht reden«, meckert Sophie und streckt ihrem Freund die Zunge heraus.

»Ich hab das Propädeutikum doch auch noch nicht«, bemerkt Kyra schulterzuckend.

»So ein Quatsch«, schimpft Antoine. »Du hast doch alle Prüfungen bestanden.«

»Ja, aber das Referat finde ich richtig bescheuert.«

»Aber du hast doch bestanden? Mit einer Zwei minus, hast du letzte Woche gesagt.«

»Zwei Komma drei.«

»Mein ich doch.«

»Ja, aber das war ein blöder Fall mit einer bescheuerten Auflösung. Ich will nicht, dass das mitzählt.«

Sophie, Antoine und Chantal starren sie an. Sie hätte wohl besser den Mund gehalten.

»Das ist echt blöd!«, versucht Kyra sich zu verteidigen. »Ich will es einfach nicht abgeben, dann kommt es in meine Unterlagen, und ich werde es nie wieder los. Wettereinflüsse und Gipsabdrücke, dass ich nicht lache. Ich will im Fall der Schädel-Funde bei uns auf dem Deich ermitteln. Das ist viel spannender.«

Narcings Horrorvilla hält die Medien in Atem und erhitzt die Gemüter ihrer Freunde.

»Dieser Mord muss etwas mit dem Haus oder mit den Bewohnern zu tun haben«, fährt sie fort. »Ich will unbedingt herausfinden, was da passiert ist, wie die Identifikation der Opfer abläuft, und wenn ich meine Hausarbeit im Zuge der laufenden Ermittlungen schreibe, dann …«

Komme ich schneller dahinter, ob Sarina unter den Opfern ist, hätte sie beinahe hinzugefügt, aber sie sagt nichts.

»Du bist echt nicht ganz dicht«, sagt Antoine und steht auf. »Ich geh mir noch ein Bier holen. Wer möchte auch noch eins?«

»Ich, ein Chouffe«, sagt Kyra. »Und danach gehe ich nach Hause.«

»Das ist doch nicht dein Ernst, oder?«, fragt Sophie, als Antoine in Richtung Theke verschwunden ist. »Du kannst jetzt schon dein Propädeutikum schaffen, also tu das gefälligst.«

»Es geht mir nicht um die Note«, erwidert Kyra. »Es ist das Thema. Ich will einfach ...«

»... bescheuert sein«, unterbricht sie Antoine, als er das Bier auf den Tisch stellt. Er muss laut reden, um das Stimmengewirr der Kneipengäste zu übertönen. Dann hebt er wieder sein Glas. »Auf ... Ach, schau mal, da kommt Tom.«

Kyra blickt auf, und ein seltsamer Schauder überkommt sie. Seitdem ihr Tom im kalten Noordhollands Kanaal bei der Suche nach dem kleinen Jesse geholfen hat, hat sie ihn erst zweimal gesehen, beide Male, um mit dem Jungen einen Spaziergang zu machen und ein bisschen zu plaudern. Jesses Psychologin hält das für eine gute Idee.

»Tom!« Antoine winkt ihm enthusiastisch zu. »Trinkst du ein Bier mit uns?«

»Ich bin mit meiner Schwester hier«, erwidert Tom. Er trägt eine alte Lederjacke, dunkelbraun, genauso dunkel wie sein volles, wuscheliges Haar. Er grinst Kyra zu und nickt zur Begrüßung.

»Setzt euch zu uns.« Antoine deutet auf eine Ecke des Tisches. »Hier ist noch Platz.«

Kyra trinkt einen großen Schluck Bier und sagt: »Ich muss sowieso gleich weg. Dann kannst du dich hierher setzen.«

Antoine beginnt schamlos über ihr Studium zu prahlen. Um es noch interessanter zu machen, behauptet er, Kyra würde für die Uni im Fall der Horrorvilla der Narcings ermitteln. Oh nein, er stellt sie gerade als Nerd mit einer Obsession für Mord dar!

»Ich bin nur zufällig an dem Haus vorbeigekommen«, erklärt sie. »Ich kenne die ermittelnde Kommissarin von … einem früheren Fall.«

Das klingt idiotisch. Großspurig.

»Die Nachbarn waren nicht zu Hause, da habe ich ihr angeboten, dem Sohn Bescheid zu sagen. Ich habe ihm eine WhatsApp geschrieben, deswegen stand ich da, als …«

Mist, beinahe hätte sie etwas über den zweiten Schädel verraten, obwohl darüber noch nicht in den Nachrichten berichtet wurde.

»Wie sah der Totenschädel aus?«, fragt Toms Schwester. »Stimmt es, dass er schon sehr lange dort gelegen hat? Hingen noch Hautreste oder so etwas dran?«

»Meine Schwester liebt Horrorfilme«, entschuldigt sich Tom.

»Tut mir leid, mehr weiß ich nicht darüber«, erwidert Kyra.

Sie sollte besser gehen. Dann kann sie auch nichts Falsches sagen. Außerdem schaut Tom sie die ganze Zeit so merkwürdig an.

»Kyra macht sich Sorgen«, fährt Antoine fort. »Sie hat Angst, das Opfer könnte ihre Schwester sein. Die wird schon seit fünf Jahren vermisst.« Das hat gesessen. Kyra schluckt.

Tom blickt sie mit gerunzelter Stirn an. Nach dem Schweigemarsch letztes Jahr haben sie einmal kurz darüber geredet, aber Einzelheiten hat sie ihm nicht erzählt.

Toms Schwester legt ihr die Hand an die Wange. »Wie furchtbar!«

Sie muss Ende zwanzig sein und sieht aus wie einem Modemagazin entstiegen. Ihre Lippen sind sorgfältig geschminkt, ihre Wimpern überlang. Sie hat sich vorgestellt, aber Kyra hat ihren Namen schon wieder vergessen.

»Sie war im Urlaub auf Texel«, erklärt Kyra und zupft an ihrem T-Shirt. »Und von da aus ist sie irgendwie verschwunden. Sie muss auf eine Jacht gegangen sein. Wir wissen es nicht genau. Es ist schon lange her.«

»Und jetzt befürchtest du, dass sie da im Garten liegt?«, fragt Tom zögerlich.

»Furchtbar«, wiederholt seine Schwester und streicht sich mit einer anmutigen Geste ihr langes Haar über die linke Schulter.

»Nein, nicht ernsthaft«, erwidert Kyra auf Toms Frage. »Wie sollte sie dorthin gekommen sein? Sie hatte nichts mit den früheren Nachbarn oder den jetzigen Bewohnern zu tun.«

»Wie dem auch sei«, wirft Antoine ein. »Wenn es irgendetwas mit Sarina zu tun hat, wird Kyra es herausfinden, denn wenn sie sich einmal etwas in den Kopf gesetzt hat …«

Rasch trinkt Kyra ihr Glas aus und versetzt Antoine unter dem Tisch einen Tritt. Dieser tut so, als habe er nichts bemerkt und erzählt weiter, wie sie vor einem Jahr im Mord an ihrem Lehrer Marc Gaullier ermittelt und sich furchtlos seinem Mörder entgegengestellt habe. So sehr sich Kyra auch anstrengt, ihr fällt keine einzige geeignete Bemerkung ein, um das Gespräch auf ein anderes Thema zu lenken. Jedes Mal, wenn sie etwas sagen will, schlägt ihr Herz schneller, und sie beschließt, doch lieber den Mund zu halten. Tom schaut sie mit seinen außergewöhnlich blauen Augen an und lächelt. Mit Grübchen in den Wangen.

»Ich gehe jetzt nach Hause«, sagt Kyra. »Ich muss morgen früh raus.«

Sophie sucht Kyras Blick und nickt in Richtung Tom. Oh nein, auch das noch. Wenn sie jetzt nicht zusieht, dass sie schnell wegkommt, macht sie sich noch lächerlicher.

»Tut mir leid, ich muss wirklich los«, sagt sie, viel zu laut lachend und gestikulierend. »Vielen Dank! Wir sehen uns bald!«

Vielen Dank? Wofür? Was war das jetzt wieder für ein Quatsch? Sie schlüpft durch die schweren Vorhänge, die als Windfang vor der Kneipentür hängen. Draußen empfängt sie kühle Abendluft. Sophie und Antoine. Die beiden wetteifern geradezu darum, wer die dümmsten Sprüche reißt. Alles gut und schön, solange sie nicht darunter leiden muss.

Rasch steigt Kyra auf ihr Fahrrad und kurvt zwischen den angetrunkenen Studierenden und den unaufmerksamen Touristen hindurch. Sie nimmt sich vor, am nächsten Morgen wieder zur Villa zu fahren und Ausschau nach Maud zu halten. Was wäre der beste Ansatz für ein Referat über den Fund bei der Villa? Die Opfer? Die Identifikation oder die Strategie der Untersuchung? Der Tatort?

Plötzlich hofft sie, dass ihre Mutter zu Hause ist. Dann könnten sie sich noch einen Film oder eine Folge von *Transit in den Tod* auf Netflix anschauen. In letzter Zeit ist die Atmosphäre zu Hause etwas lockerer. Da sie einander nicht allzu oft sehen, gehen sie entspannter miteinander um. Manchmal ist es richtig nett.

Kyra überquert den Damm und fährt den Fahrradweg am Bijenkorf entlang in Richtung Beurs van Berlage. Vielleicht sollte sie mal mit ihrer Mutter einen trinken gehen. Sophie macht so etwas auch mit ihrer Mutter. Jetzt, da Sarinas Abwesenheit im Haus nicht mehr jede Stille ausfüllt und sich der Druck ein klein wenig verringert hat, ist das vielleicht eine gute Idee. Mutter und Tochter. Mutter und ihre noch verbliebene Tochter.

An der Prins Hendrikkade ist die Ampel rot, und Kyra biegt gegen den Verkehr nach links ab.

An der Ecke des Victoria Hotels sieht sie plötzlich ihren Vater. Sie will seinen Namen rufen, aber dann beobachtet sie, dass er sich vorbeugt und eine Frau, die sie noch nie zuvor gesehen hat, auf den Mund küsst. Ein Roller saust hupend vorbei, und Kyra gerät derart aus dem Gleichgewicht, dass sie beinahe stürzt. Papa? Eine dunkelblonde Frau auf Stilettos? Da stimmt doch etwas nicht! Das war sicher gar nicht ihr Vater – doch, er war es, sie ist sich sicher. Erschrocken fährt sie weiter, bleibt aber kurz darauf stehen und blickt sich noch einmal um. Er ist es. Tatsächlich. Er achtet nicht auf seine Umgebung. Mit einer zärtlichen Geste streicht er eine Locke aus dem Gesicht der Fremden. Er flüstert ihr etwas zu und lächelt sie an. Dann drehen sich beide um und betreten das Hotel durch den Seiteneingang.

10

Ein Jahr zuvor im Dezember

Eines nach dem anderen dreht Grigor Kowzinsky die Fotos um und legt sie nebeneinander auf den weißen Damast. Schnappschüsse der Sorglosigkeit, der Freiheit. Blauer Himmel, weiße Wolken, lachende Gesichter. Leben, wie es sein sollte und noch jahrelang hätte weitergehen müssen. Eine lärmende Gruppe von Männern im Anzug betritt das Restaurant, und für einen Augenblick wird Kyra von dem Gelächter abgelenkt.

Dann betrachtet sie wieder die Fotos auf dem Tisch. Eine Gruppe junger Leute in einem Hafen. Dave, neben ihm ein etwa dreißigjähriger Mann mit einer Schiffermütze, Sarina, ein Mädchen mit kurzen roten Haaren, das übertrieben lacht und einen Arm um ihre Schwester gelegt hat, halb hinter ihr verborgen ein Mädchen mit halblangem dunkelblondem Haar, das verschreckt in die Kamera blickt. Dave und Sarina, lachend auf dem Achtersteven, ein Glas Wein in der Hand. Dave in der Kajüte. Sarina am Bug. Wie schön das Wetter war in den paar Tagen, in denen sie zusammen gewesen sind. Wie unbefangen sie in die Kamera und einander zugelacht haben. Kyras Mutter betrachtet die Bilder mit Tränen in den Augen, nimmt eines in die Hand und schaut es aufmerksam an.

»Dave hat uns einen Tag vor seinem Verschwinden eine ganze Reihe Fotos gemailt«, erklärt Grigor. »Er hat oft Bilder geschickt, auch von flüchtigen Freunden, Segler unter sich. Dies sind die einzigen Fotos, auf denen Sarina zu sehen ist. Erst nachdem die niederländische Polizei den Kontakt zu uns gesucht hat und wir von ihr gehört haben, habe ich das Mädchen auf diesen Fotos als seine Freundin erkannt.«

»Vielen Dank«, sagt Kyra, während sie das letzte Foto von ihrer Schwester anstarrt. Saar, wo bist du nur? Du siehst so glücklich aus. Wie konnte dein Leben nur eine so fatale Wendung nehmen?

»Die Küste bei Fanø«, erklärt Grigor, als er das nächste Foto umdreht. Ein endloser Sandstrand. Auch hier blauer Himmel mit Schäfchenwolken.

»Genau wie auf Texel!«, wundert sich Kyra und wiederholt, an Eltern und Bruder gewandt: »Schaut mal, genau wie auf Texel!«

»Hier wurde Dave gefunden«, sagt Grigor mit tiefer, brüchiger Stimme. »Ich weiß nicht, ob ihr das sehen wollt«, fährt Grigor fort. »Es ist kein schöner Anblick.«

»Ich will es sehen«, erwidert Kyra und denkt an die Bücher, die sie an der Uni durchgenommen haben. »Und mein Vater ist Arzt, der wird es auch anschauen können.«

Ihr Vater nickt. Jarno schweigt.

»Bitte«, sagt Kyras Mutter, den Blick weiterhin auf das Foto von Sarina geheftet.

Grigor dreht das nächste Foto auf dem Stapel um. Es ist ein im Sand liegender Mann zu sehen. Sein Bauch ist geschwollen, die Locken kleben im aschgrauen Gesicht. Sein ganzer Körper ist totenbleich, marmoriert und gefleckt. Rings um Mund und Nase fehlen ganze Stücke Fleisch, wie weggefressen. Kaum vorstellbar, dass dies der lachende junge Mann auf den anderen Fotos sein soll.

Niemand sagt etwas, und als Kyra aufblickt, sieht sie, wie ihrer Mutter die Tränen über die Wangen fließen. Ihr Vater trinkt einen Schluck von seinem Wein, Jarno pult an seiner Nagelhaut. Kyra schaut Grigor an, der ihren Blick ruhig erwidert. Er hat diese Bilder natürlich schon oft gesehen. Jeden Tag, jede Nacht müssen sie in seinem Gedächtnis aufgetaucht sein, in den unmöglichsten Momenten. Ob man sich je daran gewöhnt?

»Er ist nackt«, sagt Kyra schließlich. »Warum ist er nackt?«

Ihr Vater blickt überrascht auf und sagt: »Er lag im Meer.«

»Aber nicht, um zu schwimmen«, entgegnet Kyra, zieht das Foto zu sich heran und betrachtet es aus der Nähe. »Was war die Todesursache, und hatte er noch andere Verletzungen?«

»Kyra!«, mahnt ihr Vater verärgert. »Du bist viel zu voreilig. Du ziehst Schlüsse, ohne die genauen Hintergründe zu kennen.«

»Blutergüsse«, erklärt Grigor leise. »Auf dem Rücken, seinem Oberarm, an der linken Seite. Zwei gebrochene Rippen. Verletzungen an den Händen. Am linken Ohr.« Grigor hält einen Moment inne. »Er ist ertrunken«, fährt er dann fort. »Deswegen glaubte man zunächst an einen Unfall. Niemand dachte an Mord.«

Mord. Zum ersten Mal spricht jemand das Wort aus. Natürlich haben sie alle daran gedacht. Zahllose Male. Vermisst. Verschwunden. Entführt. Spuren von Gewalteinwirkung. Zwar fielen all diese Begriffe, aber »Mord« hat noch niemand zu sagen gewagt.

Kyras Mutter steht auf und sagt: »Ich geh mal kurz zur Toilette.« Mit großen Schritten eilt sie davon.

»Zuerst dachte man, er wäre aus irgendeinem Grund nachts über Bord gegangen. Man schläft, liegt nackt im Bett, hört ein Geräusch, steht auf und wird von einer Windböe überrascht oder stolpert. Jeder Segler weiß, dass so etwas passieren kann, und der Bluterguss könnte zum Beispiel von einem Schlag durch einen Mast oder vom Sturz stammen.«

»Aber Sie haben das nicht geglaubt«, sagt Kyra.

Daves Vater sieht sie mit seinen grauen Augen an. Er ist angespannt, fällt Kyra plötzlich auf. Nicht nur müde und bekümmert.

Sein Blick verrät eine traurige Art von Erwartung. Sie kennt dieses Gefühl. Zum ersten Mal scheint er auf jemanden zu treffen, der sich ebenso wenig mit den ersten Antworten zufrieden gibt.

»Ich hatte sofort meine Zweifel«, sagt Grigor bedächtig. »Dave war kein Anfänger, konnte quasi schon segeln, bevor er laufen lernte. Aber auch deshalb, weil das Schiff nicht gefunden wurde. Auf der Nordsee fahren viele Schiffe, und es erschien mir unmöglich, dass eine unbemannte Segeljacht wochenlang unbemerkt umhertreiben konnte.« Leise lächelnd fügt er hinzu: »Damals wusste ich noch nichts von Sarina.«

»Wie lange hat er im Wasser gelegen?«, fragt Kyra.

»Etwa zwei Wochen.«

»Ist der Autopsiebericht verfügbar?«

»Nachdem die Leiche freigegeben worden war, habe ich in Amerika nochmals eine Obduktion durchführen lassen. Beide Berichte ergeben dasselbe Bild, nur wurde die Todesursache anders eingeschätzt.«

»Die Dänen halten es für ein Unglück«, errät Kyra, »während die Amerikaner Gewalteinwirkung mit Todesfolge annehmen.«

Daves Vater nickt und sagt: »Detective Mertens hat mir erzählt, dass du Kriminologie studierst.«

»Stimmt«, antwortet Kyra. »Im zweiten Semester.«

»Ich kann dir die Berichte geben«, fährt er fort, »meinetwegen sogar die ganze Akte, wenn es dich interessiert.«

»Ja, sehr!«

»Und solltest du einmal in die USA kommen«, fährt Grigor fort, »kann ich dich ein paar Leuten vorstellen, die ich mit der Untersuchung beauftragt habe. John Douglas ist zum Beispiel ein Freund von mir.«

»John Douglas?« Kyra starrt ihn mit offenem Mund an.

In dem Moment kehrt ihre Mutter zurück und setzt sich wieder an den Tisch. »Um wen geht es?«, fragt sie. »Gibt es einen Verdächtigen?«

»Nein, John Douglas ist ein ehemaliger FBI-Agent, Mam«, erzählt Kyra. »Er ist der Erfinder des *Profilings*. Der Gründer der Special Crime Unit. Ich habe drei Bücher von ihm.«

11

Sie muss sich geirrt haben. Der Mann ähnelte nur ihrem Vater. Bestimmt war es nur ein Tourist, der ein paar Tage Urlaub mit seiner Frau macht. Hat nicht jeder einen Doppelgänger? Nein, Quatsch. Natürlich war es ihr Vater. Man kann doch nicht den eigenen Vater verwechseln. Ausgeschlossen.

Ihr Vater betrügt ihre Mutter. Geht mit irgendeiner Brünetten in ein Hotel. Unmöglich!

Kyra strampelt wie eine Besessene den langen, schnurgeraden Fahrradweg am Noordhollands Kanaal entlang.

Scheißkerl!

Und jetzt? Was soll sie tun? Ihn darauf ansprechen? Es ihrer Mutter erzählen?

Scheißkerl!

Wenn er das schon machen muss, warum dann mitten in der Stadt, verdammt noch mal? Er muss doch wissen, dass er gesehen werden kann! Dort wimmelt es von Patienten aus der Praxis. Vielleicht ist die Brünette eine Patientin von ihm? Das könnte ihn seine Approbation kosten! Warum macht er so was? Wie kann er ihre Mutter … Wie kann er die ganze Familie …

Ihre Mutter ist seit Jahren nervlich angespannt. Schon vor Sarinas Verschwinden war sie ständig gestresst und nervös. Sie beklagte sich über ihren Job und die Belastung durch die Familie.

»Ich dachte, irgendwann würde es einfacher werden«, sagte sie oft. »Jetzt, wo die Kinder etwas älter sind, aber Fehlanzeige.«

Das klang wie eine Warnung, besonders bei Kyra. Es klang wie: Benimm dich, ich möchte nicht, dass du mir Probleme bereitest, die anderen beiden sind schon anstrengend genug.

Das Drama um ihre älteste Tochter verstärkte die Verzweiflung ihrer Mutter natürlich noch. In den ersten Wochen und Monaten war sie geradezu manisch auf der Suche nach Sarina. Sie druckte Poster. Entwarf eine Website. Versandte Nachrichten über Twitter. Ließ eine spezielle Telefonnummer einrichten. Rannte Polizei und Medien die Türen ein. Nach etwa vier Monaten brach sie zusammen. Nichts brachte einen Hinweis. Ihre Tochter blieb verschwunden. Sie lag tagelang im Bett, und auch als sie wieder am täglichen Leben teilnahm, wirkte sie geistesabwesend. Konnte Kyra es ihrem Vater wirklich verübeln, dass er sich in eine andere verliebte?

Scheißkerl!

Auf dem Weg durch den matschigen Garten zum Fundort sagt Maud zum Leiter der Tatortgruppe: »Am Auffälligsten finde ich die Art und Weise, wie die Köpfe angeordnet sind.«

Mit dem Rücken zum Haus bleiben sie stehen. Maud und Niels begutachten die Resultate der Grabungsarbeiten. Es wird bereits dunkel, und zwei Kollegen sind dabei, den Garten der Narcings mit einer Art Baustellenscheinwerfer auszuleuchten. Maud hat noch nichts von Tijssen gehört. Weder eine Warnung noch eine Ermunterung. Sie ist sich nicht sicher, ob in diesem Fall keine Nachricht eine gute Nachricht ist, wie es so schön heißt.

»Stimmt. Wenn man hier steht«, – der Kollege geht etwa zwei Meter weiter und blickt sich um –, »vor diesem Fenster, dann erkennt man deutlich, dass die Schädel in einem flachen Bogen liegen.«

Maud stellt sich neben ihn. Was vor ihr liegt, gleicht einer archäologischen Ausgrabung. Die Totenschädel heben sich verschwommen von dem dunklen, nassen Boden ab. Da die Erde rund um jeden Schädel vollständig abgegraben ist, ragen sie alle auf ihrer eigenen kleinen Erhöhung aus Erde. Es sieht aus, als wären sie auf einen dicken Pfahl gespießt.

Maud kneift die Augen ein wenig zusammen und versucht, die Abstände zwischen den Schädeln zu schätzen.

»Wurden sie alle zur gleichen Zeit begraben?«, fragt sie. »Die Abstände zwischen ihnen scheinen identisch zu sein. Das Ganze ist absolut symmetrisch.«

»Genau«, sagt der Leiter der Ermittlungen. »Das ist ja das Merkwürdige. Aber es gibt noch etwas Auffälliges.« Er geht einen Schritt nach vorn und deutet auf den ersten Schädel in der Reihe. »Dieser Strick ist orangerot, während die anderen alle naturfarben sind.«

»Unterschiedliches Material«, bemerkt Niels. »Das könnte in der Tat darauf hinweisen, dass sie nicht gleichzeitig ermordet wurden. Oder begraben.«

Maud hockt sich vor die Grube, in der die Schädel liegen. Dann steht sie wieder auf, geht die Treppe zur Terrasse hinauf und tritt an das Fenster rechts neben der Tür. Sie blickt noch einmal auf die Schädel, die von dort aus kaum erkennbar sind. Plötzlich springt die Außenbeleuchtung an, und dann sieht sie es deutlich.

»Was ist?«, fragt Niels.

»Nichts«, erwidert Maud. »Ich versuche einfach, mir ein genaues Bild zu verschaffen, aber ich bin mir nicht sicher, wie ich es einschätzen soll. Was befindet sich übrigens hinter diesem Fenster? Das Wohnzimmer?«

»Die Küche«, erwidert Niels. »Habe ich gesehen, als ich angekommen bin. So eine mit allem hypermodernen, hochglänzenden Schnick und Schnack.«

»Wie ich schon gesagt habe, liegen sie in einem ordentlichen Bogen«, fährt der Zuständige fort, als er sich neben sie stellt. »Ich frage mich, wie der Täter das geschafft hat, wenn er sie nicht alle zugleich begraben hat. Er müsste in dem Fall doch irgendein Zeichen im Gras hinterlassen haben, sonst hätte er niemals wissen können, wo genau die anderen lagen.«

»Aber es wurde nichts gefunden, oder?«, fragt Maud. »Keine Pflöcke oder so etwas?«

»Nichts. Bis jetzt. Der Boden, den der Gärtner vorher schon weggeschaufelt hat, wird noch untersucht.«

»Hast du alles ausgemessen?«, fragt Maud.

Er nickt.

»Und?«

»Der Abstand zwischen den Schädeln beträgt jeweils etwa 120 Zentimeter.«

»Ich möchte es gern genau wissen«, erwidert Maud. »Bis auf den Millimeter genau. Bitte miss noch einmal nach.«

Maud dreht sich um und versucht, ins Haus hineinzuschauen, aber die Rollos sind heruntergelassen. Claire Narcing tut schon den ganzen Abend so, als wäre sie nicht zu Hause. Der Leiter der Tatortgruppe darf nur über den Anwalt der Familie Kontakt zu ihr aufnehmen. Sogar über die Toilettenbenutzung muss verhandelt werden. Niels hat gerade angeboten, Kaffee in der Bäckerei hinten am Deich zu holen.

Maud blickt nach oben und sieht hinter dem Fenster über der Küche Sebastian Narcing stehen. Er lächelt schwach und nickt ihr zu. Dann zieht er sich zurück.

Das Auto ihres Vaters steht nicht auf der Auffahrt, aber das Rad ihrer Mutter lehnt am Zaun. Was soll sie sagen? Jedenfalls nichts über den Fund bei den Nachbarn, falls ihre Mutter es noch nicht aus den Nachrichten erfahren hat. Und das mit ihrem Vater? Geht sie das überhaupt etwas an? Ihre Mutter hat in den letzten Jahren genug durchmachen müssen. Vielleicht sollte sie den Vorfall ignorieren und nicht mal mehr darüber nachdenken.

Ihre Mutter sitzt mit angezogenen Beinen auf dem Sofa, umgeben von Zeitschriften. *Psychologie heute. Linda.* Die Krimibeilage von *Vrij Nederland.* Der Fernseher läuft.

»Hi, Mam. Hast du schon die Nachrichten gesehen?«, fragt Kyra. Sie bleibt in der Tür stehen.

»Nein, was ist denn passiert?« Ihre Mutter sieht sie fragend an. Eine lange blonde Haarsträhne fällt ihr vor die Lesebrille und sie streicht sie hinters Ohr.

»Im Garten der Villa am Deich wurden zwei Schädel gefunden.« Kyra sagt es so ruhig wie möglich, doch ihre Mutter erstarrt.

»Weiß man schon, von wem?«, fragt sie angespannt.

»Keine Ahnung, aber sie liegen schon seit Jahren dort.«

»Fünf Jahre ist es her. Sie ist seit fünf Jahren weg.«

»Es könnte sein«, gibt Kyra zu. »Aber mal im Ernst, Mama, was hatte Sarina mit Ina Demsterwold zu tun? Sie ist nie bei ihr gewesen, die beiden hatten nichts miteinander zu tun. Und die alte Frau hat dort ganz allein gewohnt, schon lange vor Sarinas Verschwinden.«

Eine bedrückende Stille tritt ein. Kyra weiß nicht, was sie sagen soll. Welches Argument ist am schlagkräftigsten? Und wie soll man jemanden von etwas überzeugen, von dem man selbst noch nicht ganz überzeugt ist?

»Sie ist auf der Nordsee verschwunden«, sagt sie schließlich. »Weit entfernt von hier. Ich glaube nicht, dass sie irgendwie zurückgekommen ist.«

Es kann einfach nicht sein, dass Sarina ganz in der Nähe gewesen sein soll. Nicht in der Gewalt irgendeines unbekannten

Psychopathen, sondern im Garten einer betagten, alleinstehenden Nachbarin.

»Sie ist da nicht, Mama«, flüstert Kyra.

Fast ist sie selbst davon überzeugt. Ihre Mutter zieht die Beine ganz dicht an sich und schlägt die Hände um die Knie. Ein paar Minuten lang sitzt sie reglos und nachdenklich da.

»Ich darf gar nicht daran denken«, sagt sie schließlich. »Das ist zu schrecklich.«

Kyra schweigt.

»Ich glaube nicht, dass sie es ist«, sagt ihre Mutter entschlossen, löst die Arme von den Beinen und stellt die Füße wieder auf den Boden.

Kyra nickt. »Möchtest du eine Tasse Tee?«, fragt sie. Ihre Mutter hat offensichtlich nicht vor, weiter über Sarina oder über den Fund bei der Villa zu reden.

»Ich trinke schon den ganzen Abend Tee«, antwortet Holly Slagter. »Bring mir lieber ein Glas Wein.« Sie greift nach der Fernbedienung und schaltet den Fernseher aus.

Als Kyra zurückkehrt, starrt ihre Mutter geistesabwesend auf den schwarzen Bildschirm. Als sie Kyra bemerkt, blickt sie auf und lächelt sie verlegen an.

»Sollen wir uns zusammen einen Film ansehen?«, fragt Kyra.

»Gute Idee«, sagt ihre Mutter und trommelt dabei nervös mit den Fingern auf ihrem Bein herum. »Oder eine Folge von *Die Brücke*?«

»Ja, lass uns das machen«, sagt Kyra. »Dann hole ich mir auch gleich ein Glas Wein.«

Kurz darauf sitzt sie vor dem Fernseher und ärgert sich schwarz über die Absurdität der Handlung.

Ihre Mutter ist bei ihrem zweiten Glas Wein und wirkt deutlich entspannter. Dass der Ermittler im Film mit einer Zeugin ins Bett geht, macht die Sache für sie nur interessanter.

Als die Serie vorbei ist, gibt Kyra ihrer Mutter einen Gutenachtkuss und geht hinauf. Sie setzt sich auf ihr Sofa und schaut Sarinas Wand an. Loslassen. Wie zum Teufel soll sie das anstellen?

12

London

Keuchend schreckt Sarah aus dem Schlaf. Sie hört seinen schweren Atem, fühlt seine Hände um ihre Oberarme, seinen harten Körper an ihrem. Sie wird durchgeschüttelt, bis ihr übel wird. Das letzte Mal hat sie erbrochen, deswegen hat er sie geschlagen, und als sie wieder zu sich kam, tat ihr alles weh, und sie konnte kaum aus ihren geschwollenen Augen schauen.

Das Zimmer ist dunkel.

Und still. Ganz still.

Sie ist allein. Obwohl es stickig warm ist, zieht sie das Oberbett enger um sich und bis hinauf ans Kinn. Langsam gewöhnen sich ihre Augen an die Dunkelheit. Das ist ihr Zimmer. Das Zimmer bei Mabel und Phil, die auf der anderen Seite des Flures schlafen. Wenn sie rufen würde, würden sie im Nu bei ihr am Bett stehen, das weiß sie aus Erfahrung. Doch sie schweigt.

Nachdem sie sich davon überzeugt hat, dass er nicht in ihrem Zimmer ist und ihr Herz wieder ruhiger schlägt, schaltet sie die Lampe neben dem Bett ein und setzt sich auf.

Sie hasst es, dass er noch immer Einfluss auf ihr Leben nimmt. Sie würde ihn gern wegschneiden wie ein Geschwür, ihn bekämpfen wie eine eitrige Entzündung, ihn ignorieren, weil er klein und unbedeutend ist, aber er fordert seinen Tribut. Er ist mit Gewalt in ihre Erinnerungen und Gedanken eingedrungen, und jetzt wird sie ihn nicht mehr los. Er ist derart mit ihr verwoben, dass sie auseinan-

derfallen würde wie eine löchrige Strickarbeit, wenn sie ihn herauszöge. Von ihr würde nichts übrig bleiben als ein Haufen verknotetes Garn auf dem Boden, etwas Wertloses, das man wegwirft, weil man nichts mehr damit anfangen kann.

Sie steht auf und geht zum Spiegel, der über dem Frisiertisch hängt. Sie beugt sich nach vorn bis dicht vor ihr Spiegelbild.

»Sarah«, flüstert sie, als sie das Mädchen ansieht. »Sarah, Sarah. Ich bin Sarah.«

Er hat sie nach ihrem Namen gefragt, der Mann am Strand, der Mann mit dem Hund. Schon seit Monaten zieht sie jedes Mal die Notbremse, wenn ihre Gedanken in seine Richtung irren, aber sie weiß, dass sie es nicht länger vor sich herschieben kann. Sie muss dorthin zurück. Sie muss sich an den Rand des brodelnden Vulkans stellen und einfach springen. Wenn sie nicht zu ihm geht, kommt er zu ihr, das spürt sie.

Sie wischt sich den Schweiß vom Gesicht und atmet tief ein. Ob es wahr ist, dass Menschen Macht über andere gewinnen, wenn sie deren Namen kennen, ihre richtigen Namen? So wie manche Indianer glauben, ihre Seele würde durch ein Foto eingefangen werden?

»Sarah«, flüstert sie wieder. »Sarah.«

Sie ist nicht mehr so mager, ihre Haut nicht mehr so aschfahl und die dunklen Ränder unter den Augen sind größtenteils verschwunden. Ihr Haar fällt ihr voller und glänzender auf die Schultern. Belle Bea, *hat ihre Großmutter sie früher genannt. Sie galt als schön, obwohl sie sich selbst nie wirklich so gesehen hat, und heute schon gar nicht mehr. Sie ist blass und hat eine zu spitze Nase, ihr Mund ist zu breit. Sie sieht aus wie eine Art Zerrbild von Sophia Loren. Mit Narben. Sie dreht ihren Kopf zur Seite, studiert ihr Profil und fährt mit einem Finger vorsichtig über die gebogene Linie ihres Kinns. Dann fasst sie an die Verdickung an ihrem Ohrläppchen, dort, wo der Riss wieder zugeheilt ist.*

Gehorchen. Aufpassen. Vorsichtig sein. Gehorchen. Ich werde es tun. Ich tue, was du sagst. Bitte.

»Sarah«, murmelt sie. »Du heißt jetzt Sarah.«

Er hat seine Macht über sie verloren. Ihre Augen sind klar. Ihr Blick ist ruhig. Selbstsicher. »Ich bin Sarah. Du kannst mich nicht aufhalten, nicht finden. Ich bin Sarah.«

13

Ein Jahr zuvor im Dezember

»Sarina und Dave haben sich also auf Texel getroffen«, fasst Kyra zusammen. »Wir wissen nicht, ob sie sich dort verabredet haben – schließlich haben sie sich schon in Amsterdam kennengelernt – oder ob es eine spontane Entscheidung war, jedenfalls sind sie gemeinsam losgesegelt.«

»Meine Frau behauptet, es sei unmöglich, dass Dave vorhatte, ein Mädchen mitzunehmen, ohne ihr etwas davon zu erzählen«, wirft Grigor ein.

Kyra sagt nichts. Ihre Mutter behauptet ebenfalls, Sarina hätte ihr davon erzählt, aber Kyra weiß es besser. Ihre Schwester hatte noch andere Geheimnisse vor ihrer Mutter; das Verhältnis zu ihr war schon längst nicht mehr so gut, wie ihre Mutter es glauben machen will.

»Wie dem auch sei«, fährt Grigor fort, »Sarina ist auf Texel an Bord gegangen und von da aus sind die beiden zunächst nach Ameland gefahren und dann weiter nach Norderney. Von Ameland aus hat uns Dave die Mail mit den Fotos geschickt.«

»Hat er darin nichts von einem Mädchen erzählt?«, fragt Kyras Vater.

»Nein, nichts. Er hat von Wind und Wetter und dem Schiff berichtet und erzählt, er hätte ganz besondere Menschen kennengelernt.« Grigor dreht ein Blatt Papier um mit der ausgedruckten Mail, die er von Dave erhalten hat. Rasch überfliegt Kyra die Zeilen.

Die Niederlande sind ein besonderes Land, schreibt er. *Mit besonderen Menschen. Freue mich jetzt auf das deutsche Wattenmeer! Später mehr!*

»Hat er seine Mails immer mit ›später mehr‹ beendet?«, fragt Kyra.

»Nein.«

»Dann klingt es fast nach einem Versprechen, später mehr von Sarina erzählen zu wollen.«

»Könnte durchaus sein«, pflichtet ihr Grigor bei und fährt nach kurzem Schweigen fort: »Ein weiterer wichtiger Punkt ist, dass Dave auf Ameland eine Verabredung hatte. Er hat es mir erzählt, als wir zum letzten Mal miteinander telefoniert haben.«

Kyra richtet sich auf. Unglaublich, nach all den Jahren der Suche und des Rätselratens kommen auf einmal immer neue Überraschungen ans Licht!

»Dave sollte die Jacht nach der Nordseetour hinunter nach Südeuropa bringen. Später sollte ein Schiffer sie in die Karibik überführen. Dave wollte sich auf Ameland mit einem Schiffer treffen, den er in Amsterdam kennengelernt hatte und der den Job gern übernehmen wollte. Ich persönlich hätte lieber jemanden über die Firma engagiert, mit der wir schon öfter zusammengearbeitet hatten.«

»Welche Firma?«, erkundigt sich Kyras Mutter.

»Eine Art Zeitarbeitsfirma für Schiffer und Schiffsbesatzungen.«

»Dieser Schiffer, den Dave kennengelernt hatte«, mischt sich Kyra ein. »Hieß der zufällig Jerry Hasting?«

Grigor nickt bedächtig. Wieder fällt Kyra sein intensiver Blick auf. Unter dem harten Äußeren, dem Panzer, verbirgt sich offenbar eine tiefere, facettenreiche Schicht.

»Jerry Hasting, so hieß er«, bestätigt er. »Dave hielt ihn für den richtigen Mann, weil er Erfahrung und gute Referenzen hatte.

Er galt angeblich als sorgfältig, besonnen und tatkräftig. Das klang gut. Der Schiffer, der über die Firma schon einmal für uns gearbeitet hatte, wurde im Spätsommer Vater und war daher nicht verfügbar.«

»Schreibt Dave in seiner Mail nichts über das Gespräch mit Hasting?«, fragt Jarno, beugt sich vor und nimmt Kyra das Blatt Papier mit der Mail aus der Hand.

»Nein, nichts«, antwortet Grigor. »Merkwürdigerweise kein Wort.«

»Ich habe im Internet Nachforschungen über Jerry Hasting angestellt«, sagt Kyra. »Auf Facebook habe ich nur ein paar Jerry Hastings gefunden, mit s, und die wenigen Männer namens Hasting, auf die ich bei meinen Recherchen gestoßen bin, waren alle älter als neunundfünfzig, und irgendwie passte dieses Alter nicht zu dem Bild, das ich mir von dem Mann gemacht habe.«

»Glaubst du, ältere Männer wären nicht fähig zum Morden?«, fragt Grigor. Seine Hände liegen gefaltet auf den letzten Papieren, und er blickt sie reglos an.

Kyra schüttelt den Kopf. »Nein, so habe ich das nicht gemeint.« Sie überlegt, wie sie es am besten ausdrücken kann. »Irgendjemand muss an Bord gekommen und ein Stück mitgefahren sein«, fährt sie fort. »Das bedeutet, dass sich diese Person auf Ameland – oder, weniger wahrscheinlich, auf Texel oder Norderney – im Hafen aufgehalten hat. Aber ohne eigenes Schiff, denn sonst wäre die Person wohl nicht an Bord geblieben. Deshalb denke ich an jemanden auf Reisen, einen Streuner sozusagen, und irgendwie passt das in meiner Vorstellung nicht zu einem älteren Mann von fünfzig oder sechzig, sondern eher zu einem Jüngeren von zwanzig oder dreißig.«

Grigor nickt. »Ich hatte mir vorgenommen, seine Referenzen zu überprüfen, falls das Gespräch mit Dave positiv verlaufen sollte, so wie ich es immer tue«, sagt er. »Ich glaube nicht, dass Jerry Hasting sein richtiger Name ist. Ich habe anschließend jeden mit diesem Namen doppelt und dreifach überprüfen lassen, aber es war niemand dabei, der infrage kam.«

»Maud Mertens, die Sarinas Fall wiederaufgenommen hat, hat auch keinerlei Hinweise gefunden.« Kyras Vater seufzt. Die Espressomaschine an der Bar mahlt lautstark Kaffee.

»Die Mertens findet doch nie was.« Holly Slagter rührt in ihrem Cappuccino, und obwohl sie die Stimme erhebt, um den Lärm zu übertönen, klingt sie auffallend sanft. Sie beschwert sich häufig über die Kripo, aber ihr scharfer Ton schwächt sich immer mehr ab. Verbitterung verschlimmert sich offenbar nicht in jedem Fall, und Kyra hofft sogar, dass sie eines Tages ganz verfliegt.

»Es muss doch eine Personenbeschreibung geben«, sagt Kyra. »Von Leuten, die schon einmal mit ihm gearbeitet haben, zum Beispiel.«

Grigor verzieht den Mund zu einem schwachen Grinsen.

»Die gibt es tatsächlich.« Langsam dreht er das letzte Blatt Papier des Stapels um. »Wir haben eine Phantomzeichnung anfertigen lassen.«

Kyra starrt die Zeichnung eines attraktiven Mannes an. Er ist etwa fünfunddreißig Jahre alt und hat kurze blonde Locken, eine etwas schief stehende Nase und einen leicht spöttischen Zug um den Mund, obwohl er nicht lacht. Er hat etwas von einem Schauspieler, vielleicht einem Komödianten, wie Owen Wilson. Nur seine Augen passen nicht zu diesem Eindruck, denn sein Blick ist eiskalt.

14

Maud erwacht, rollt sich auf die Seite und schaut auf den Wecker. 6:58 Uhr. Sie greift nach ihrem iPhone, das auf dem Nachtschränkchen liegt und wischt es beinahe herunter. Erschöpft steht sie auf, reibt sich über das Gesicht und nimmt ihre Jeans vom Stuhl. Viel zu wenig Schlaf. Sie gähnt und holt ein graues Langarmshirt aus dem Schrank. Gerade rechtzeitig schließt sie die Schlafzimmertür hinter sich.

»Guten Morgen«, sagt sie zu ihrer Mutter, als diese wie immer um Punkt sieben Uhr anruft. Hoffentlich hat sie Edwin diesmal nicht geweckt.

»Ich habe gut gegessen«, verkündet die Mutter.

»Gab es denn heute Speck, Mama?«

»Der Kaffee war schön heiß.«

»Das tut immer gut, Mama, heißer Kaffee.«

»Und es gab weiche Brötchen. Besser als diese harten deutschen.«

»Kaiserbrötchen. Die magst du doch gern?«

»Ich lese jetzt die Zeitung.«

»Tu das.« Sie will noch etwas hinzufügen, aber ihre Mutter hat bereits wieder aufgelegt. Maud meldet sich bei Niels Bingsten und erkundigt sich nach Neuigkeiten.

»Ich bin gerade angekommen«, antwortet er. »Der ganze Garten ist umgegraben. Ich glaube, du solltest schnell mal rüberkommen.«

»Habt ihr noch mehr gefunden?«

»Viel mehr. Schau es dir einfach selbst an, dann siehst du, was ich meine.«

Kyra hat die Gardine ein Stück beiseitegeschoben. Es ist acht Uhr, und Sarinas Geist hat sich gerade erst aus dem Zimmer verflüchtigt. Sie sind wieder am Strand entlanggerannt, ihre Schwester unerreichbar vor ihr her. Kyra gähnt.

Zweihundert Meter entfernt untersucht die Kripo den Garten der Nachbarvilla. Sebastian hat ihr eine Nachricht geschickt. Er glaubt, es wären weitere Funde aufgetaucht. Kyra antwortet ihm, aber er reagiert nicht.

Sie sucht ein weißes T-Shirt mit V-Ausschnitt und zartem rosa Schmetterlingsprint und dazu eine Jeans aus. Nachdem sie sich angezogen hat, schaut sie in den Spiegel. Sie ähnelt ihrer Schwester. Sarina war mager; das ist sie nicht, aber die braungrünen Augen, das lange blonde Haare, der volle Mund – wenn sie sich jetzt mit den Fotos von Sarina in ihrem Alter vergleicht, könnte man sie für Zwillingsschwestern halten. Eine kranke und eine gesunde.

Sie geht hinunter. Jetzt erst mal eine Tasse Kaffee! Erneut gähnt sie mit weit aufgerissenem Mund und reibt sich die Augen.

Was soll sie in Bezug auf ihren Vater unternehmen? Je länger sie darüber nachdenkt, desto merkwürdiger erscheint ihr das, was sie gesehen hat. Meint, gesehen zu haben. Kurz nachdem sie gestern zu Bett gegangen war, hörte sie ihn nach Hause kommen.

Er fragte ihre Mutter, ob sie noch ein Glas Wein wolle und anschließend hörte man Rumoren in der Küche und Gelächter im Wohnzimmer. Wie konnte er sich derart normal verhalten, nachdem er sie kurz zuvor betrogen hatte?

Kyra gähnt noch einmal und nimmt die dampfende Tasse mit nach oben. Erst mal Kaffee trinken, dann zu den Toten im Garten der Villa. Und versuchen, Maud zu erreichen.

Kyra setzt sich an ihren Schreibtisch und schaltet den Mac an. Die Toten. Der Ort.

Obwohl sie es unter verschiedenen Suchanfragen versucht, erfährt sie seltsamerweise nichts über das große Haus am Deich. Es muss doch eine Vorgeschichte haben!

Sie kopiert ein Foto der Villa, das sich noch immer auf der Website des Immobilienmaklers befindet, und druckt es aus. Nach kurzem Suchen hat sie auch einen Grundriss des gesamten Grundstücks auf dem Schreibtisch liegen. Seltsam, dass man manche Nachbarn gut kennt und andere überhaupt nicht. Wie die Demsterwolds. Beim letzten Nachbarschaftsgrillen – vor Sarinas Verschwinden, als sie solche Dinge noch gemeinsam als Familie unternommen haben, sie muss etwa dreizehn gewesen sein – hat sie sich mit Vincent und Carla Demsterwold unterhalten. Sie waren beide älter als sie, Carla etwa fünfzehn Jahre. Sie stand damals kurz davor, nach Schweden zu ziehen. Vincent hatte sie noch nie zuvor gesehen, weil er in Großbritannien lebte. Er war mit einem englischen Freund zu dem Fest gekommen, eine Art Althippie mit langem Haar und lässiger Haltung. Sie hätten zusammen eine Firma, erzählte er, aber er arbeite auch bei einer Hightech-Unternehmensberatung. Der Engländer hatte verlegen lächelnd danebengesessen, während Vincent sich mit blöden Witzen in den Vordergrund spielte. Jarno hatte ihm an den Lippen gehangen, genau wie Sarina an denen von Carla. Weggehen, umziehen in ein Land voller Seen und Wälder, wie abenteuerlich!

Die Eltern von Carla und Vincent kannte Kyra im Grunde gar nicht. Mevrouw Demsterwold sah man nur selten; an so etwas wie Nachbarschaftsfesten nahm sie nicht teil. Der Vater war nie zu Hause, sondern wohnte aus beruflichen Gründen in Den Haag und hielt sich darüber hinaus viel im Ausland auf.

Kyra gibt *Ruud Demsterwold* ein. Eine lange Liste mit Links erscheint. Trockene Fakten aus Wikipedia, aber auch andere Schlagwörter. *Ermittlungen gegen Demsterwold eingestellt. Die Affäre Demsterwold. Ehemaliger Fall Demsterwold erneut in den Schlagzeilen. Mysteriöse Demsterwold-Tote.*

Was ist das? Geht es hier um ihren Nachbarn? Kyra beugt sich zum Bildschirm und betrachtet die Fotos des Mannes. Hohe Stirn, dünnes Haar, das sich wie eine Art Aureole rings um seinen Schädel kringelt, kleine Augen und ein scharfer Blick unter dichten, fast weißen Augenbrauen. Dünne Lippen, die Mundwinkel in einem arroganten Zug nach unten gezogen.

Kyra klickt einen der Links an und liest den schon etwas älteren Artikel. Demsterwold ist vor etwa zwei Jahren gestorben, aber vor seinem Tod offenbar häufig in den Schlagzeilen gewesen, obwohl Kyra sich nicht daran erinnert. Schnell überfliegt sie ein paar Artikel, um einen Eindruck von der Sache zu gewinnen. Nach einer halben Stunde lehnt sie sich in ihrem Schreibtischstuhl zurück, atmet tief ein und langsam wieder aus. Eine lange Liste kurioser Verdächtigungen. Keine Beweise. Keine Verurteilung. Und jetzt werden im Garten seines ehemaligen Hauses Totenschädel gefunden. Wenn das kein Thema für eine Hausarbeit ist!

15

London

Der Mann von der Kripo stellt sich als Adam Smith vor, und im ersten Moment will Sarah einen Witz über seinen Allerweltsnamen machen, aber sie verkneift es sich. Er lächelt sie zurückhaltend an, wohl um sie zu ermutigen. Smiths Kollegin, mit der Sarah schon einmal gesprochen hat, sieht sie nicht an, schenkt ihr aber ein Glas Wasser ein.

»Ich habe mich eingehend mit Ihrem Fall beschäftigt«, beginnt Smith freundlich und dabei sehr sachlich. »Jedenfalls mit dem, was die Akte hergibt. Viele Informationen enthält sie ja nicht.«

Eigenartig, dass sie jetzt ein Fall ist. Wie ist sie in diese Situation geraten? Jetzt, wo sie sich wieder an ihre Vergangenheit erinnert – jedenfalls bis zu dem Moment, in dem sie mit ihm mitgegangen ist –, fragt sie sich, wie es geschehen kann, dass sich das Leben in einer so kurzen Zeit vollständig verändert. Natürlich hat sie so etwas schon einmal erlebt. Ihr Vater hat sich in kurzer Zeit von einem gesunden in einen kranken Mann verwandelt. Das ging ebenfalls schnell, aber dennoch in gewissem Sinne allmählich. Es war eine Frage von Monaten, nicht von Stunden. Minuten.

»Es ist nur wenig über Sie bekannt«, fährt der Ermittler fort. »Ich würde die Informationen, die wir haben, gern mit Ihnen durchgehen. Vor allem, da Ihr Gedächtnis jetzt nach und nach wiederkehrt.«

Sie nickt. »Einverstanden.«

Nachdem sie in Schottland aufgefunden worden war, hatte die Polizei eingehende Nachforschungen angestellt, aber es hatte sich niemand gemeldet, der eine verschmutzte und verwirrte junge Frau hatte umherirren sehen. Ein Aufruf in der Lokalzeitung brachte ebenfalls keine Ergebnisse. Auch weitere Ermittlungen – darunter die kriminaltechnische Untersuchung ihrer Kleidung, ihrer Haare und ihres Körpers – führte zunächst nicht zu einer Spur. Ihre Identität blieb lange Zeit unbekannt, bis sie endlich selbst wieder zu reden begann. Doch was geschehen war – von wo sie geflüchtet war und vor wem sie sich so verzweifelt zu verstecken versuchte – war und blieb ein Rätsel.

»Beginnen wir mit den Umständen, unter denen Sie gefunden wurden.« Er legt ihr einige Fotos vor. Grasflächen, Felsen, bewölkter Himmel und schmale Spazierwege. Kildermorie heißt die Gegend, wo sie entdeckt wurde. Irgendwo im schottischen Hochland. Sarah läuft es eiskalt den Rücken hinunter.

»Das ist der Fels, unter den Sie gekrochen sind«, fährt Smith fort und zeigt ihr ein Foto von dem Spalt, in den sie sich hineingezwängt hatte. Um sie herauszubekommen, musste Gestein weggemeißelt und Boden abgegraben werden. »Und das hier sind einige Dörfer und Städte in der Umgebung.«

Die Polizei hat vorgeschlagen, mit ihr an den Ort zurückzukehren, um zu überprüfen, ob sie vielleicht von dort aus den Weg finden würde, auf dem sie gekommen war, aber sie hat sich geweigert. Ihre Angst war so groß, dass sich ihre Kehle zuschnürte, wenn sie nur daran dachte.

Sarah betrachtet die Fotos und versucht mit aller Macht, sich zu erinnern. Doch es ist, als verflüchtigten sich ihre Erinnerungen umso schneller, je mehr sie sich bemüht.

»Ich weiß es nicht mehr«, flüstert sie heiser. »Mabel hat mir erzählt, wie sie mich gefunden haben, aber ich kann mich nicht daran erinnern. Ehrlich nicht.«

»Nehmen Sie sich Zeit«, sagt der Ermittler. »Schauen Sie sich die Fotos in aller Ruhe an.«

Sarah starrt eine Weile das Bild des Felsens an und nimmt es in die Hand. Doch auch aus der Nähe betrachtet sagt es ihr nichts. Sie legt es zurück und schaut sich die Fotos von der Umgebung an. Die Landschaft ist kahl und unwirtlich. Sie sieht wieder ihre schmutzigen, verletzten Füße vor sich. Fühlt den harten Untergrund und den Wind, der ungehindert über die Ebene pfeift. Ihr ist kalt, sehr kalt. Die Sträucher hier treiben nur schüchtern Blüten. Sarah zieht ihren Pulli enger um sich und hat für einen Moment das Gefühl, ihr würde nie wieder warm werden.

»Ich weiß noch, dass ich gerannt bin«, sagt sie. »Ich renne und renne. Ich will nicht in die Nähe von Menschen kommen. Manchmal muss es sein, weil ich Hunger habe. Sehr großen Hunger. Ich weiß es nicht mehr. Ich weiß nur noch, dass ich Angst hatte. Furchtbare Angst!«

Sie trinkt einen Schluck Wasser, doch dadurch wird ihr noch kälter. Auf dem Tisch liegen die Fotos wie ein ausgebreiteter Fächer. Hügel. Himmel. Blau. Weiß. Und Grau, viel Grau.

Das Geräusch ihres eigenen Keuchens. Der Atem, der durch ihre raue Kehle strömt. Die Seitenstiche. Sie kann nicht mehr. Trotzdem rennt sie weiter.

»Ich renne«, sagt sie. »Ich weiß nicht, ob er mir folgt. Ich wage es nicht, mich zu verstecken, denn dann würde er mich finden. Ich muss immer weiterlaufen.«

»Wer ist ›er‹?«, fragt Adam Smith. »Können Sie mir seinen Namen nennen?«

Sie schweigt.

»Wie sieht er aus?«, fragt die Frau. Sie hat glattes dunkelblondes Haar und große Augen. Sie lächelt Sarah freundlich an. »Ist er groß? Oder klein? Welche Haarfarbe hat er? Wie alt ist er?«

Sarah öffnet den Mund, ihr Atem stockt, sie will es sagen, kann es aber nicht. Alles hört auf. Jede Bewegung, ihr Atem, das Schlagen ihrer Lider. Derart reglos bleibt sie fast eine Minute lang sitzen.

»Ich weiß es wirklich nicht!«, stößt sie dann erstickt hervor.

16

Maud wartet gähnend vor der Ampel an der IJdoornlaan. Der Grünstreifen entlang der Straße ist verwildert; Blumen wachsen im hohen Gras. Der Himmel ist wolkenlos und es verspricht ein schöner Tag zu werden. Eigentlich wollte sie heute mit Edwin und Roos hinaus zum Moor- und Wasserschutzgebiet Ilperveld fahren, um an einer vogelkundlichen Bootsexkursion teilzunehmen. Edwin wurde eingeladen, als Biologe der Wasserbaubehörde gelegentlich Führungen und Lesungen zu übernehmen. Doch anstatt mit ihrem Lebensgefährten und ihrer Tochter ein entspanntes Wochenende zu verbringen, muss sie heute klären, was für ein Fall das eigentlich ist, an dem sie arbeitet. Totenschädel unter dem Rasen eines umstrittenen, aber mittlerweile verstorbenen Ex-Politikers … Die Reaktionen der Presse sind zwiespältig. Einerseits bedauert man die Familie Narcing, gewürzt mit einer Prise Schadenfreude – siehe da, auch Prominente können beim Kauf eines neuen Hauses unliebsame Überraschungen erleben. »Edward Narcing: Gruselfund im Garten seiner Traumvilla« titelt eine Online-Zeitung. Andererseits werden eifrig Zusammenhänge zwischen dem Schädel und Demsterwold gesucht. »Neue Ermittlungen im Fall Demsterwold«.

Gott sei Dank ist noch nicht bekannt geworden, dass mehr als ein Kopf gefunden wurde. Bei spektakulären Ereignissen wie diesem beeinträchtigt das Aufsehen in der Bevölkerung leider oft die

Ermittlungen. Aber es wird nicht allzu lange dauern, bis die Journalisten auch von den Funden der letzten Nacht erfahren, vermutlich heute noch. Und dann wird der Teufel los sein. *Wenn die Nachricht vor zwölf Uhr durchsickert, ohne dass mein Team geredet hat, hole ich für heute Abend eine Flasche Chablis.*

Maud parkt ihr Auto am Eingang des Jachthafens Twellegea und eilt gerade so schnell, wie es ihre Würde zulässt, hinüber zur Villa. Immer wieder nimmt sie sich vor, im Fitnessstudio zu trainieren oder wenigstens etwas öfter mit Edwin spazieren zu gehen, aber es ist wie verhext: Ständig kommt ihr etwas dazwischen. Sie verlangsamt ihre Schritte erst, als sie die Villa schon fast erreicht hat. Oben auf dem Deich hat sich eine Gruppe Fotografen versammelt, und ein Stück weiter, halb hinter einem Gebüsch verborgen, steht sogar der Übertragungswagen eines Fernsehsenders. Im Garten der Villa, auf der anderen Seite des Kanals, ist ein improvisierter Schutzzaun aus Gitterelementen und schwarzen Stoffbahnen errichtet worden, über den jedoch die Köpfe ihrer Kollegen hinausragen. Maud holt ihr Handy aus der Manteltasche und ruft im Präsidium an.

»Jolanda«, sagt sie, »bitte setz dich gleich mal mit der Untersuchungsrichterin in Verbindung. Ich möchte den Tatort noch besser abschirmen. Ich bin gerade an der Villa angekommen, und es wimmelt ringsum von Journalisten.« Auf dem Grasstreifen bei den Ziegen, am Abhang zwischen Kanal und Straße, könnte gut noch eine weitere Absperrung gezogen werden. Maud blickt hinüber zur anderen Straßenseite und stellt fest, dass die Anwohner aus den Fenstern der oberen Stockwerke einen idealen Blick auf die Geschehnisse am Tatort haben.

»Tijssen hat auch gerade den Auftrag erteilt, das Gelände komplett abzuschirmen«, erwidert Jolanda. »Außerdem soll die Bewachung rings um das Grundstück verstärkt werden.«

»Sehr gut«, antwortet Maud. »Leite das so schnell wie möglich in die Wege.«

Als sie die kleine Brücke zum Haus überquert, kommt Niels ihr schon entgegen.

»Der reine Wahnsinn!«, sagt er, und als Maud das Schauspiel erblickt, bleibt sie fassungslos stehen.

Der Garten des Hauses ist größtenteils abgegraben worden. Wo sich vorher nur ein breiter Streifen nasser Erde vor der Terrasse entlanggezogen hat – an der Stelle, wo der Teich entstehen soll –, ist nun der gesamte Rasen einer großen schwarzen Matschfläche gewichen, behelfsmäßig von zwei Zeltplanen überdeckt.

Auf dieser Schlammfläche ragen mehrere kleine Erhöhungen empor. Schwarze Plateaus mit je einem teilweise verwesten menschlichen Kopf. An manchen Schädeln klebt noch ein wenig Kopfhaut oder Haar, andere sind ganz nackt.

Oh mein Gott! Sie hat schon vieles gesehen, aber das schlägt alles. Rasch zählt sie. Noch einmal sechs Stück. Vier auf dem Terrain des zukünftigen Teichs. Sechs in einem großen Halbkreis darum herum, dort, wo gestern noch Rasen gewesen ist. Plötzlich fühlt sich Maud zu müde zum Weitergehen. Zu müde zum Sprechen. Was ist hier geschehen? Warum tun Menschen einander das an?

»Wie du siehst, sind wir noch nicht fertig mit dem Graben«, sagt die neue Leiterin der Tatortgruppe, eine kleine schlanke Frau mit glattem blondem Haar, das nachlässig mit einer Klammer am Hinterkopf hochgesteckt ist.

»Sandy«, sagt sie und reicht Maud die Hand. »Sandy Koel. Wir sind uns schon einmal begegnet. Bei dem Fall mit dem Juwelier damals.«

Maud nickt. Jetzt erinnert sie sich wieder. Das schrille Klagegeheul der Frau, die um ihren erschossenen Mann trauerte, hatte ihr noch lange in den Ohren geklungen. Sandy war damals eine der wenigen gewesen, die ungerührt wirkte und ihre Arbeit weiterhin mit Präzision und Ruhe erledigte. Das ganze Team hatte damals mit der hochschwangeren Witwe und ihrem dreijährigen Sohn mitgelitten.

Maud atmet tief ein und lässt den Blick über die Schlammfläche und die zur Schau gestellten Schädel wandern.

»Wir haben selbstverständlich äußerst sorgfältig gearbeitet«, fährt Sandy fort. »Bei der Suche nach weiteren Körperteilen haben wir vorsichtshalber von Hand gegraben. Die abgetragene Erde wurde gesammelt und wird derzeit noch durchgesiebt. Wir sind zwar noch nicht ganz fertig, aber bis jetzt haben wir nichts Besonderes gefunden außer Kronkorken von Bierflaschen, ein altes Feuerzeug und so weiter.«

Maud und Niels folgen Sandy zur Terrasse. Mit dem Rücken zum Fenster bleiben sie stehen. Die Rollos sind noch immer heruntergelassen.

»In den nächsten Stunden setzen wir die Grabung fort in Richtung des Kanals.«

»Hoffen wir, dass es hierbei bleibt«, bemerkt Niels.

Maud starrt die zehn Schädel an, die in zwei Halbkreisen vor dem Haus liegen.

»Sind sie alle gleich alt?«, fragt sie.

»Die meisten Opfer waren erwachsen«, antwortet Sandy. »Aber es ist auch ein Kind dabei.« Sie deutet auf den Schädel am Ende einer der beiden Reihen.

»Ach so.« Maud klingt bedrückt. »Ich meinte, ob die Schädel zur gleichen Zeit begraben wurden oder ob eine chronologische Abfolge erkennbar ist.«

»Oh mein Gott«, stammelt Niels, tritt einen Schritt nach vorn und blickt sich mit aschfahlem Gesicht um. »Dass ein Kind dabei ist, ist mir gar nicht aufgefallen …«

»Mir auch nicht«, gesteht Maud und sieht ihn sanft an, in der Hoffnung, ihn zu beruhigen. »Weil es sich bei den ersten Schädeln um Erwachsene gehandelt hat, bin ich davon ausgegangen, sie wären alle …«

Daran hat sie noch gar nicht gedacht. Vielleicht hat sie den Gedanken aber auch einfach verdrängt.

»Wenn das bekannt wird«, sagt sie zu Niels, »stürzen sich die gesamten Niederlande auf diesen Fall. Dann haben wir ein Irrenhaus.«

»Und dann kann endlich mal gründlich und solide gegen dieses Arschloch ermittelt werden«, antwortet er. »Endlich Aussicht auf Gerechtigkeit!«

»Die Köpfe wurden nacheinander begraben«, sagt einer der Kriminaltechniker, der sich zu ihnen gestellt hat. »Natürlich müssen wir noch genauere Untersuchungen durchführen, aber am Stadium der Verwesung ist erkennbar, dass sie unterschiedlich lange in der Erde liegen. Schaut mal.« Er geht ihnen voraus, und schweigend folgt ihm das Grüppchen der Ermittler. Bei den Schädeln, die zuerst gefunden wurden, bleibt er stehen und deutet auf die vorderen vier. »Augen, Zunge, Lippen, diese weichen Gewebeteile sind meist schnell verschwunden. Man sieht, dass hier« – er deutet auf einen der Schädel –, »die meiste Haut weg ist, nur auf der Seite« – er deutet auf einen anderen Schädel – »und dort bei diesem ist noch ein wenig übrig, und bei diesen beiden haben wir noch einiges an Haarresten gefunden.« Er tritt nach vorn und deutet auf die nächste Reihe von Schädeln. »Bei diesem können wir etwas mehr Gewebereste erkennen, und ich glaube ehrlich gesagt, dass sie genau in der Reihenfolge ihres Todeszeitpunkts liegen. Ich vermute, dass in der ersten Reihe die älteren liegen und in der nächsten Reihe die jüngeren, wiederum von links nach rechts von den ältesten bis zu den jüngsten angeordnet.«

»Nicht jeder Schädel ist mit einem Strick versehen«, stellt Maud fest.

»Stimmt.«

»Der Kinderschädel hat keinen Strick.« Maud zögert. Sie hat einen ekligen Geschmack im Mund, und es kommt ihr vor, als hätte ihr jemand ein Band um die Brust gespannt, das zwischen den Schulterblättern mit einer Flügelschraube angezogen wird. Sie räuspert sich. »Und die letzten auch nicht, aber ansonsten alle.«

»Das habe ich auch schon festgestellt«, sagt Sandy. Sie klingt beinahe fröhlich, als wäre für sie die Suche nach fehlenden Puzzleteilen und die Lösung des Falles wichtiger als das Grauen, das sich vor ihren Augen erstreckt. »Daraus können wir einige sehr interessante Schlüsse ziehen.«

»Ist schon alles fotografiert?«, fragt Maud. »Gefilmt, vermessen, Proben genommen?« Sie ruft noch einmal bei Jolanda an. »Kümmere dich bitte auch gleich um eine Überdachung«, sagt sie. »Ich möchte, dass über den ganzen Vorgarten ein Tuch gespannt wird.«

»Ist schon alles erledigt«, beantwortet Sandy ihre Frage, nachdem sie das Telefonat beendet hat. »Wir wissen genau, wo sie liegen, wie sie liegen, einfach alles.«

»Wann werden die Schädel abtransportiert?« Niels schüttelt den Kopf, während er das fragt.

»Erst nachdem wir auch noch den restlichen Vorgarten durchgeackert haben«, antwortet Sandy energisch. »Wenn wir dort nichts mehr finden, machen wir seitlich weiter.« Sandy deutet auf eine Rasenfläche mit kahlen Flecken, geschützt von einigen großen Laubbäumen, die auf dem Grundstück der Nachbarn wachsen.

»Was dagegen, wenn ich noch zusätzliche Unterstützung anfordere?«, fragt Maud. Sandy schaut sie mit leicht zusammengekniffenen Augen an.

»Keineswegs«, sagt sie nach kurzer Überlegung.

Die Sonne scheint, aber es ist kühl draußen. Die Hände tief in den Jackentaschen vergraben, joggt Kyra über den Deich, über die Kreuzung der Nieuwendammerstraat und dann die schmale Straße zu den Häusern am Hafen entlang. Als sie die ersten Journalisten neben ihren Kleinbussen stehen sieht, verlangsamt sie ihre Schritte. Sie hat nicht daran gedacht, dass die sich hier versammelt haben wie Fliegen um einen Misthaufen. Bedächtig geht sie weiter. Wenn sie hier stehen bliebe, würde sie auffallen. Vielleicht würden sie ihr Fragen stellen und versuchen, Einzelheiten aus ihr herauszulocken, die bisher niemand kennt. Oder rührselige Hintergrundstorys – persönliche Dramen kommen bei der breiten Masse immer gut an. *Mein Nachbar – wir waren so gute Freunde – ein Serienmörder!*

Als sie in die Nähe der Villa gelangt, geht sie noch langsamer. Im Garten steht ein mit schwarzer Folie bespannter Gitterzaun, sodass man die Arbeiten dahinter nicht sehen kann. Kyra setzt ihren Weg fort bis zu der kleinen Brücke, die zum Haus führt. Der Wind pfeift ihr um die Ohren, und sie zittert vor Kälte. Obwohl die Sonne scheint, ist es noch kalt. Ist es vielleicht doch hier geschehen? Ist ihre Schwester hier gestorben und begraben worden? Was hat sich hier abgespielt, hinter den weißen Butzenfenstern? Wer hat hier geschrien, hat versucht zu schreien, hat Tränen der Verzweiflung vergossen, weil niemand zu Hilfe kam?

Kyra erkennt mit einem Mal, dass sie sich nach dem Verschwinden Sarinas in ihrer ersten Panik hauptsächlich gefragt haben, wo sie sein könnte. Nach dem ersten Schock versuchten sie sich vorzustellen, was passiert war, aber erst jetzt wird ihr klar, dass diese Fragen zu keiner Zeit intensiv genug waren, nicht tief genug gingen. Selbst nachdem sie begriffen hatten, dass Sarina nicht zurückkehren würde, dass sie zwangsläufig tot sein musste, hatten sie eine Antwort darauf gesucht, wie es möglich war, dass sie verschwinden konnte, nicht aber auf die Frage, was nach ihrem Verschwinden geschehen war, wie sie gestorben war. Dies ist die Frage, die niemand zu stellen wagte. Nicht einmal sie.

Kyra starrt die schwarze Plastikfolie an, die ihr die Sicht auf den Tatort verwehrt, und sie sieht das Gesicht ihrer Schwester vor sich. Den offenen Blick. Das geringe Selbstvertrauen und das Misstrauen anderen gegenüber. Sie war auf der Jacht bei Dave gewesen, ein gewisser Jerry Hasting kam hinzu, und die Welt geriet aus den Fugen. Dave starb. Hatte einen Unfall oder wurde geschlagen und über Bord geworfen. Sarina blieb mit Hasting zurück. Wahrscheinlich. Auf Norderney schaffte sie es, sich in der Toilette des Hafenrestaurants zu verstecken. Dort kratzte sie ihren Namen zwischen die anderen in der Tür und klebte ein Emblem des Hockeyclubs darüber. Um zu verhindern, dass Hasting sah, was sie getan hatte? Oder um sicherzugehen, dass Kyra ihre Nachricht finden würde, was geglückt war, denn der Aufkleber war Kyra sofort aufgefallen. Was hatte der Aufkleber eines Amsterdamer Hockeyclubs an einer Toilettentür auf einer deutschen Insel zu suchen?

Und dann? Kurz nachdem sie auch den Namen ihres Verfolgers in die Tür gekratzt hatte, hatte er sie entdeckt. So musste es gewesen sein! Er hatte ungeduldig an die Tür gehämmert. *Mitkommen! Sofort*!

»Kennst du die Familie?«

Kyra weicht vor Schreck einen Schritt zurück.

»Wie bitte?«

»Kennst du die Familie Narcing?«, fragt der Mann erneut. Er ist noch jung, vielleicht Ende zwanzig, trägt einen hippen Bart und sieht sie mit freundlichen Augen an, fröhlich und ein bisschen frech. »Joris«, stellt er sich vor. »Joris Vanstraten.«

Er flirtet mit ihr. Sie merkt es an der Art, wie er ihr zulächelt. Ein klein wenig zu unverfroren.

»Ich kenne sie nur flüchtig«, antwortet Kyra, die sich noch immer nicht davon erholt hat, dass sie so grob aus ihren Gedanken gerissen worden ist. »Sie sind erst vor Kurzem hierhergezogen.«

»Und wer bist du?«, fragt der junge Mann. Wieder lächelt er. Auf eine entwaffnende Art. Er strahlt etwas Frisches und Fröhliches aus. Etwas Unbeschwertes. Etwas, das Kyra derzeit gut gebrauchen könnte.

»Ich meine«, fährt er fort, »du stehst hier so gedankenverloren herum ...«

»Ich bin Kyra«, sagt sie. »Kyra Slagter.« Etwas halbherzig deutet sie den Deich hinunter. »Ich wohne ein paar Häuser weiter. Ich wollte nur wissen, wie ... Was hier los ist. Es ist ... Naja, eine komische Vorstellung, dass ganz in der Nähe meines Zuhauses so etwas gefunden wurde.«

Sie zuckt mit den Schultern und lächelt.

»Und es werden immer mehr«, erzählt er. »Gestern hieß es, es wären zwei Schädel, aber inzwischen sollen noch weitere entdeckt worden sein.«

Also hat Sebastian recht gehabt. Was hat das zu bedeuten? Ob Sarina doch ...?

»Wie viele denn?«, fragt sie.

»Manche sagen acht, andere sogar fünfzehn.«

Acht? Fünfzehn?

»Wir warten auf den Pressesprecher«, fährt der junge Mann fort. »Die anderen hier verraten ja kein Sterbenswörtchen.«

»Wie kommst du dann an die Gerüchte?« Kyras Stimme ist kaum zu verstehen. Sie räuspert sich.

»Wie das so geht«, sagt er. »Es gibt immer Leute, die sich irgendwie einen Einblick verschaffen können. Allerdings weiß man nie, ob man ihnen glauben kann.«

Der Garten ist also ein regelrechter Friedhof. Wer weiß, wer dort alles liegt. Oh mein Gott …

»Soweit ich weiß, hat vor den Narcings die Witwe Demsterwold hier gewohnt«, fährt der junge Mann fort. »Hast du sie gekannt?«

»Wer bist du eigentlich?«, fragt Kyra und schaut ihn erneut an. Eindringlich, so hofft sie. Ihre Frage scheint ihn zu verunsichern.

»Das habe ich doch eben gesagt«, antwortet er ein wenig zu schnell. »Joris Vanstraten.«

»Und was machst du hier?«

»Dasselbe könnte ich dich fragen.«

»Aber ich habe dich zuerst gefragt.«

Eine kurze Stille tritt ein.

»Ich bin Journalist« sagt er dann, in einem Ton, als wäre er sich sicher, dass sie daraufhin sofort die Flucht ergreift.

»Aha.«

»Du bist doch die Schwester von dem Mädchen, das vor ein paar Jahren spurlos verschwunden ist, oder?«, fragt er plötzlich.

Kyra weicht zurück, als befürchte sie, er könne ihr wehtun.

»Und bin ich nicht auch schon über deinen Namen im Zusammenhang mit Marc Gaultier gestolpert?«, fährt er fort. »Und als letztes Jahr dieser kleine Junge verschwunden ist, Jesse, drüben aus dem Streichelzoo …«

»Könnte sein«, sagt sie schnell und will sich umdrehen und gehen. Woher weiß er das alles? Am Ende schreibt er noch etwas über Sarina und sieht einen Zusammenhang zwischen ihr und den Schädeln im Garten.

»Hier ist meine Karte.« Der junge Mann hält ihr eine Visitenkarte hin, die sie entgegennimmt. »Vielleicht fällt dir noch etwas ein, das interessant für mich sein könnte. Oder vielleicht möchtest du etwas mehr über Demsterwold in Erfahrung bringen. Dann könnte ich dir …«

»Ich muss gehen«, sagt sie, während sie rasch zurück nach oben auf den Deich läuft, wieder an den Kleinbussen der Presseleute und an anderen Journalisten vorbei, die sie anstarren, als wäre sie ein Sack voller Geld.

17

Ein Jahr zuvor im Dezember

Der Mann auf der Zeichnung sieht den Betrachter mit einer Mischung von Kälte, Spott und einem Anflug von Arroganz an. Natürlich ist es nur eine Skizze, basierend auf den Aussagen von Zeugen, die lange Zeit vor dem Anfertigen des Phantombildes mit ihm zu tun hatten, doch zum ersten Mal blickt Kyra in die Augen eines mutmaßlichen Verdächtigen, der mit dem Verschwinden ihrer Schwester zu tun haben könnte.

»Mit diesem Phantombild sind wir noch einmal nach Texel, Ameland, Norderney und an die Südküste von Schweden und Norwegen gefahren.« Grigor trinkt den letzten Schluck Wasser aus seinem Glas.

»Und? Nichts, oder?«, fragt Kyra.

»Nicht das Geringste«, bestätigt er. »Ich habe die Phantomzeichnung bei den Hafenbehörden und verschiedenen Firmen, die ich in der Branche kenne, verteilt, aber es ist, als suche man ein Sandkorn in der Wüste. Auf der einen Seite kennt jeder jeden, und auf der anderen Seite gibt es so viele Abenteurer und Tagelöhner, dass ein einzelner Mann leicht durch die Maschen schlüpfen kann.«

»Also ist die Wahrscheinlichkeit hoch, dass er noch frei herumläuft«, meint Kyra, »und weiterhin das tut, was er getan hat. Junge Leute umbringen.«

»Die Wahrscheinlichkeit ist tatsächlich sehr hoch«, bestätigt Grigor.

Eine Stille breitet sich aus.

»Es sei denn, er ist irgendwann dem Falschen begegnet«, fährt Grigor fort. »Einerseits wünsche ich mir das, andererseits würde ich ihm gern selbst die Strafe verpassen, die er verdient hat.«

Erneut tritt Schweigen ein.

»Ich habe intensiv nach Hasting gesucht und suchen lassen, aber ohne Ergebnis«, fügt Grigor hinzu.

»Also sind Sie an den Ort zurückgekehrt, an dem die einzige konkrete Spur endete«, ergänzt Kyra.

Grigor nickt. »An die Nordsee.«

»Texel«, zählt Kyra auf. »Ameland, Norderney.«

»Dort haben wir die Spur verloren, bis Dave in Dänemark an Land gespült wurde.«

»Und es wurde nie ein Zeuge gefunden?«, fragt Kyras Vater, während er der Kellnerin ein Zeichen gibt.

Grigor schüttelt den Kopf. »Wir haben Flugblätter verteilt, Poster aufgehängt, in Zeitungen inseriert, aber es hat sich niemand gemeldet, der irgendwelche Informationen gehabt hätte, und inzwischen liegt die Sache schon zu lange zurück. Wer kann sich schon noch daran erinnern, was damals war?«

»Das scheint mir auch etwas zu viel verlangt.« Kyras Mutter klingt todmüde.

»Ich hätte gern etwas Stärkeres«, sagt Grigor zu der Kellnerin, als sie an ihren Tisch kommt. »Einen Cognac, bitte.«

»Wie wär's mit Wodka?«, fragt Jarno. »Oder stammen Sie nicht aus Russland?«

»Ich trinke keinen Wodka«, erwidert Grigor. »Nicht mehr.«

»Sie haben bestimmt die Strömungen in der Nordsee berücksichtigt«, fährt Kyra fort. »Gibt es eine Vermutung, wo Dave ins Wasser gefallen ist?«

»Die Nordsee ist ein interessantes Gebiet«, antwortet Grigor und lehnt sich zurück. »Von Süden strömt Wasser aus dem Atlantik durch den Ärmelkanal herein und dann an den Niederlanden und an Norddeutschland entlang. Es gibt aber auch eine Strömung aus dem Atlantik von Norden her, die an Schottland und Großbritannien vorbei zum Ärmelkanal führt und sich dann dem Strom aus südlicher Richtung anschließt. Danach fließt das Wasser an der Küste Norwegens entlang wieder zurück in den Ozean. Genau im Winkel zwischen dem deutschen Wattenmeer und Dänemark treffen verschiedene Strömungen aufeinander, und es entsteht ein großer Wirbel, ein Strudel, der entgegen dem Uhrzeigersinn fließt.«

Kyra versucht sich die Karte des Gebiets vor Augen zu führen und sieht in Gedanken die Strömungen vor sich.

»Also«, sagt sie nachdenklich, »wenn man oberhalb der Niederlande oder im Norden Deutschlands ins Meer fällt, wird man fast zwangsläufig in Dänemark angespült.«

»Genau«, bestätigt Grigor und lächelt schwach, als die Kellnerin ihm seinen Cognac bringt. »Aber auch, wenn man etwas weiter vor der Küste Deutschlands oder Dänemarks ins Wasser gerät, kann es durch die Drehströmung geschehen, dass man erst weiter hinaus auf See treibt und dann wieder zurückkehrt, ungefähr bei Fanø.«

»Er könnte also vor Norderney über Bord gegangen sein«, stellt Kyra fest. »Zwischen Ameland und Norderney, aber auch später, als das Schiff …«, sie denkt kurz nach und fährt dann fort: »… in nördlicher Richtung an Dänemark vorbeifuhr. So muss es gewesen sein. Die Jacht muss ziemlich nah an der Küste Dänemarks nach Norden gefahren sein, und auf dieser Strecke muss Dave irgendwo über Bord geworfen worden sein.«

Grigor trinkt einen Schluck Cognac, schließt die Augen und lässt das Getränk im Mund herumwandern.

»Theoretisch«, sagt er, »könnte eine Leiche sogar von Schottland aus nach Süden und dann an den Niederlanden und Deutschland vorbei in Richtung Fanø getrieben werden, aber nicht innerhalb von zwei Wochen. Außerdem würde sie nicht so lange konserviert bleiben.«

Wieder trinkt er einen Schluck, schließt die Augen und genießt ganz offenbar den Cognac. Dann sagt er: »Es ist fünf Jahre her, dass ich Alkohol getrunken habe.«

18

Das erste Paar war für seinen Plan vollkommen ungeeignet gewesen. Außerdem machte ein Mädchen allein viel weniger Scherereien; am besten wäre er gleich von Anfang an so vorgegangen. Es ist nicht die Lust, die ihn unbesonnen macht, sondern die Ungeduld. Er will spielen. Jetzt sofort.

Ihm wird bewusst, dass ihm dieser letzte Akt noch mehr Genuss bereitet, sein Schlussakkord. Das Blut fließt schneller durch seine Adern, sein Atem ist kräftiger und mit Sauerstoff gesättigt. Der Höhepunkt wird dem Finale eines Feuerwerks gleichen – funkelnd, explosiv, überwältigend.

An diesem Nachmittag hat er sich den Vondelpark vorgenommen. Hier trifft man mehr Studentinnen an als irgendwo sonst, mehr Touristinnen, und das Beste sind die vielen Grüppchen von Freundinnen. Mädchen in Gesellschaft sind weniger wachsam, offener für Kontakte. Das bietet ihm reichlich Chancen.

Er hat sich auf den Rasen am Brunnen gesetzt und betrachtet das Angebot an Leckereien. Bald erwartet ihn noch Schöneres, Größeres, Vollkommeneres. Er wird sein Meisterwerk vollenden.

Aus seinem Rucksack holt er eine Dose Smirnoff-Mix. Das Geräusch, als er die Lasche aufzieht, das leise Zischen, das Klacken, als das Metall sich löst, führt ihn für einen Augenblick zurück in seine Jugend, als er geklaute Bierdosen in seinem Versteck trank. Damals wurde von ihm erwartet, dass er drinnen blieb, Hausaufgaben machte, etwas las oder fernsah. Oft gelang es ihm jedoch, sich davonzuschleichen, und inzwischen glaubt er, dass seine Eltern froh waren, wenn er ihnen nicht im Weg war. Solange er seine Pflichten erfüllte, war alles in Ordnung.

Schon hat er die erste Dose geleert und greift nach einer zweiten. Er nimmt einen großen Schluck und schmeckt das prickelnde, süßsaure Getränk auf der Zunge. Allmählich spürt er den Alkohol. Auf den linken Ellbogen gestützt, betrachtet er die Mädchen. Es gibt genug, aber noch hat er nichts Spektakuläres entdeckt.

Nach einer halben Stunde springt er auf, greift nach seinem Rucksack und macht sich quer über den Rasen auf die Suche nach einer Stelle mit besserer Aussicht. Im südlichsten Zipfel des Parks setzt er sich auf eine Bank. Hier müsste es einfacher gehen, hier müssten sie zum Greifen nah sein, gehorsam und willig. Er könnte einer von ihnen ein Leben in Wohlstand, Luxus und Stabilität bieten – vielleicht sogar mit Kindern. Alles, was Frauen wollen, aber das scheint ihnen scheißegal zu sein. Sie strafen ihn mit Missachtung. Am liebsten würde er …

Er trinkt den letzten Schluck aus der Dose, wirft sie in den Mülleimer neben sich und steht auf. Er muss sich kurz an der Rückenlehne der Bank festhalten, und dann ist sie plötzlich da. Genau vor ihm. Etwa zehn Meter von ihm entfernt. Sie ist die Richtige! Sie beugt sich vornüber und dehnt die Beinmuskeln. Eine Läuferin. Langes blondes Haar, zu einem Pferdeschwanz gebunden, schlank, aber muskulös. Und sie ist allein. Sehr gut. Ja, die muss er haben. Tod auf den ersten Blick. Einwickeln und Geschenkpapier darum.

Er setzt seine Sonnenbrille auf, drückt seine Kappe fest auf den Kopf und wirft den Rucksack über die Schulter. Als sie den Park verlässt, rennt er hinter ihr her. Falls sie eine Touristin ist und in einem der Hotels in der Nähe wohnt, muss er schnell zuschlagen; betritt sie ein Wohnhaus, kann er sich etwas mehr Zeit lassen.

Das Mädchen überquert die viel befahrene Straße südlich des Parks und biegt in eine der schäbigeren Gassen ein. Kurz vor dem Uferkai zieht sie einen Schlüssel aus der Laufhose und öffnet eine blassblaue Tür. Sobald sie im Inneren des Hauses verschwunden ist, checkt er die Klingelschilder.

K. van Diemen. S. Vawrinka. T. S. H. Hillen.

Er setzt auf die Mittlere. Hofft auf die Mittlere. Eine ausländische Studentin in einer fremden Stadt, das sind die Besten. Bis jemand sie vermisst, ist jede Spur – sofern es überhaupt eine gab – erkaltet. Mit neuer Energie überquert er die Straße und beginnt ein Stück weiter, hinter einem hohen Auto und neben einem Baum, mit der Observierung.

19

Maud parkt ihren Wagen zwischen ein paar Zinkwannen voller bunter Blumen auf der Auffahrt des mit Efeu überwucherten Bungalows und geht über den Plattenweg um das Haus herum. Die vordere Eingangstür benutzt Jan Anne schon seit Jahren nicht mehr.

Links und rechts neben dem schmalen Weg stehen Bretter, gestapelte Backsteine und Fliesen, Holzkisten, alles von einer grünen Moosschicht überzogen oder was auch immer auf altem Baumaterial wächst.

Maud wirft einen verärgerten Blick auf ihr Handy, als es zum sechsten Mal an diesem Morgen brummt. Schon wieder eine unbekannte Nummer. Die ersten paar Mal ist sie drangegangen, aber es hat sie ganz verrückt gemacht, den Journalisten jedes Mal aufs Neue erklären zu müssen, dass sie nichts zu sagen hat und sie den Pressesprecher kontaktieren sollen. Sie schaltet ihr Handy ab und lässt es erleichtert in die Manteltasche gleiten.

»Jan Anne!«, ruft sie. Der ehemalige Ermittler ist nirgendwo zu sehen. Dafür ist der Garten zu überfüllt, stapelt sich das Baumaterial zu hoch. Meist ist er draußen anzutreffen. Immer bei der Arbeit, genau wie früher, nur auf eine vollkommen andere Art und Weise. Er war jahrelang für die »Geheimabteilung« verantwortlich, wie sie intern genannt wurde. *Threat assessment*, die Identifizierung potenzieller Gefährder – darüber dozierte er nach seiner Pensionierung in einer Master Class, die auch Maud damals besucht hatte. Sie kannten sich schon von früher, als sie im Zusammenhang mit einer Serie grauenvoller Verbrechen miteinander zu tun gehabt hatten, und nach der Master Class hatte Maud ihn regelmäßig besucht.

Ganz hinten gelangt Maud schließlich in einen Teil des weitläufigen Gartens, den sie liebt, ähnlich einem Hobbitdorf im Auenland. Ringsum erheben sich verschiedene Bauwerke aus Holz und Erde, und durch die vielen bunten Steine, Murmeln, glänzenden als auch stark verrosteten Metallstücke in den Wänden erscheint es ihr wie ein großes Mosaik. Auf dem Dach des Hauptgebäudes sind mehrere Metallwindmühlen angebracht: Reifen von Kinderfahrrädern mit Schaufeln an den Speichen. Neben der Eingangstür – oder besser, einem Tor, durch das man ins Innere gelangt – stehen eine Reihe dünner Eisensprossen, die sich nach oben hin verbreitern wie Helmgras und im Wind wiegen. Maud geht hinein und sieht Jan Anne in seinem Schaukelstuhl sitzen, eine Art Bärenfell über sich gebreitet. Er schnarcht.

Maud zieht ihren Mantel aus und wirft ihn über einen Stuhl. Sie zündet eine Flamme auf dem Gasherd an und füllt den Wasserkessel. Von der Anrichte – oder besser dem, was eine Anrichte darstellen soll – nimmt sie zwei schmutzige Becher und spült sie ab. Dann macht sie sich auf die Suche nach Teebeuteln.

»Unten links«, brummt eine tiefe Stimme. »In der Dose.«

Maud nimmt zwei Beutel Earl Grey heraus, dreht sich um und fragt lächelnd: »Hallo, wie geht's dir?«

Jan Anne wirft das Bärenfell von sich, rollt es zusammen und legt es auf eine Kiste in der Ecke des Zimmers.

Dann kommt er zu ihr. Er ist groß; seine grauen, fast weißen Locken haben sich gelichtet und tiefe Furchen durchziehen sein Gesicht. Die Tränensäcke unter seinen Lidern verleihen ihm etwas Melancholisches. Als er sie umarmt, spürt sie, wie zerbrechlich er geworden ist und wie nur die Lebenslust ihn stark genug bleiben lässt, um an seinem Traumhaus arbeiten zu können.

»Komm, wir setzen uns nach draußen«, sagt Jan schließlich und geht ihr mit langsamen Schritten und leicht vorgebeugt voraus in eine Ecke des Gartens am Ufer des Kanals, wo ein längs durchgesägtes Metallboot als Gartenbank dient. Die andere Hälfte liegt ein paar Meter weiter im Wasser, und offenbar wurde darauf ein Lagerfeuer entzündet.

Sie setzen sich und trinken ihren Tee. Von hier aus blickt man über die Weiden, die sich bis zum Ilperveld erstrecken, das wiederum bis zum Noordhollands Kanaal reicht. Die Morgensonne wärmt ihr Gesicht und Maud seufzt zufrieden.

»Du solltest nicht so viel arbeiten«, bemerkt Jan Anne.

»Hmm.«

»Und ich werde garantiert nicht tun, was du von mir willst.«

»Hmm.«

Der Tee schmeckt irgendwie besser als zu Hause. Maud lächelt, weil das Leben schön ist. In dieser Sekunde, dieser Minute, dieser Viertelstunde. Im Gras auf der anderen Seite des breiten Kanals stapfen gemächlich Kühe über die saftigen Weiden.

»Im Garten von Demsterwolds früherem Haus am Nieuwendammerdijk haben wir zehn Totenschädel gefunden«, beginnt sie.

Jan Anne schweigt.

»Er hat nie wirklich in diesem Haus gewohnt«, erwidert er schließlich. »Sie hat dort gewohnt. Er hatte ein Apartment in Den Haag, wo er machen konnte, was er wollte.«

»Hmm. Aber sie liegen da nun mal. Und zwar in einer ganz ungewöhnlichen Anordnung.«

»Wie meinst du das?«

Maud lächelt. Schon nach wenigen Sekunden eine Antwort. Was für ein Fortschritt.

»Geh hin und schau es dir an«, sagt sie und trinkt einen letzten Schluck Tee. »So was bekommst du nicht sehr oft zu sehen.«

Sie küsst ihn auf die Wange und steht auf.

»Gut«, sagt Maud kurz darauf bei der Teambesprechung in der Dienststelle. Es ist Samstagnachmittag, und die meisten haben ihre Pläne für das Wochenende auf Eis gelegt, um mit dem Fall beginnen zu können. Zu dem Zeitpunkt, als sie bei Jan Anne war, hat Tijssen eine Meldung an die Presse herausgegeben, dass im Garten der Familie Narcing – der Name Demsterwold wird sorgfältig vermieden – insgesamt zehn Totenschädel gefunden worden seien, die dort bereits seit längerer Zeit gelegen hätten. Eine personalstarke Sonderkommission sei gebildet worden. Damit mussten sich die Bürgerinnen und Bürger vorerst zufriedengeben.

Seitdem der Pressebericht draußen ist, rufen ständig Leute bei ihr und den Kollegen an. Alle schimpfen darüber, aber sie können wenig daran ändern, außer ihre Handys auf lautlos zu stellen.

»Was haben wir, Niels?«, fragt sie, schaltet den Flachbildschirm ein, der mitten im Raum hängt, wählt einen der Nachrichtensender und stellt den Ton aus.

Niels Bingsten fasst zusammen, was auf dem Gelände gefunden wurde. Insgesamt zehn Schädel, einige davon mit Resten von Stricken. Bei einem der Opfer handelt es sich vermutlich um ein Kind im Alter von zehn bis zwölf Jahren. Die Schädel lagen bereits seit längerer Zeit unter der Erde.

»Ansonsten keine menschlichen Überreste?«, fragt Thomas Kuipers.

»Nicht mal ein Fingerknöchelchen«, bestätigt Niels.

Maud deutet auf eine der Stellwände, an der ein Plan von dem Grundstück hängt. Die Fundorte der Schädel sind rot eingezeichnet.

»Der schraffierte Bereich, das Stück des Vorgartens, das noch nicht umgegraben wurde, wird heute noch bearbeitet. Der seitliche Teil zwischen der Villa und den Nachbarhäusern in Richtung Hafen wird morgen in Angriff genommen.«

»Wir haben also zehn Leichen«, bemerkt Myrna, die jüngste Kollegin. »Enthauptet.«

»Vielleicht sollten wir den Hafen dreggen lassen«, schlägt Jolanda vor. »Oder den Fluss. Meiner Meinung nach sind das naheliegende Orte, um schnell eine Leiche loszuwerden, wenn man den Kopf in seinem Garten in Amsterdam-Nord vergraben hat.«

»Wenn man davon ausgeht, dass die Morde in der Villa oder in ihrem Umkreis stattgefunden haben«, erwidert Maud.«

»Ist doch so klar wie Kloßbrühe«, brummt Niels hörbar gereizt. »Jetzt komm schon, Maud, du kennst doch die Geschichte. Wer sonst hätte ...«

»Niels«, schneidet Maud ihm das Wort ab. »Ich weiß, was du sagen willst, aber heute halten wir uns einfach nur an die Fakten, an nichts als die Fakten.«

Stille tritt ein, unterbrochen von Niels, der wütend seinen Plastik-Kaffeebecher zerdrückt.

Die Tür geht auf, und Yvon vom Empfang bringt einen Stapel Zeitungen und Ausdrucke herein. Maud nimmt sie ihr ab.

»Wir sind uns hoffentlich alle der Sensibilität dieses Falls bewusst«, beginnt sie, während sie die Zeitungen fächerförmig auf dem Konferenztisch auslegt. »Sowohl die Familie Narcing als auch die Familie Demsterwold stehen im Licht der Öffentlichkeit, und wir alle kennen die Verdächtigungen gegenüber Demsterwold, die seit Jahren im Raum stehen. Ebenfalls wissen wir, dass ihm nie etwas nachgewiesen werden konnte. Die Medien« – sie deutet auf die Zeitungen – »greifen diese Gerüchte jetzt wieder auf, nachdem die Funde bekannt geworden sind.«

Wie zur Bekräftigung ihrer Worte springt das Bild auf dem Fernseher um. Eine Sondersendung auf RTL. Maud stellt den Ton lauter. Der Nachrichtensprecher berichtet sachlich, aber in allen Farben über den Fund bei der Villa. Eine Ansicht des von einem Wall aus schwarzem Plastik umgebenen Hauses wird eingeblendet, und natürlich Bilder, die aus einem Hubschrauber aufgenommen worden sind. Maud grinst, weil es dem Kameramann nicht gelungen ist, wirklich aussagekräftige Aufnahmen zu machen. Ein Experte tritt auf, der erklärt, dass die Knochenreste höchstwahrscheinlich viele Jahrzehnte alt seien. Niemand hinterfragt, wie der Mann darauf kommt. Stattdessen folgt eine Flut von Spekulationen darüber, um wen es sich bei den Opfern handeln und wie sie wohl umgekommen sein könnten. Als die Nachrichten wiederholt werden, schaltet Maud den Ton wieder aus.

»Als wäre die Sache halb so wild, wenn die Morde lange zurückliegen«, bemerkt Myrna abfällig.

Maud nimmt sich vor, wie geplant eine Flasche Chablis zu kaufen. Erstens waren die Gerüchte schon vor der Pressekonferenz in Umlauf, und zweitens braucht sie einfach etwas zu trinken. Inzwischen hat sie große Sehnsucht nach zu Hause, nach Edwin und Roos.

»Bis bekannt wird, dass auch ein Kind darunter ist«, sagt Jolanda, »dann geht es in den Medien erst richtig rund.«

»Stimmt«, sagt Maud.

»Und zwar zu Recht«, knurrt Niels.

»Deswegen ist es umso wichtiger, kein Öl ins Feuer zu gießen.« Maud bemüht sich, streng und überzeugend zu klingen. Gerade jetzt darf die Sache nicht aus dem Ruder laufen. »Wir dürfen uns nicht zu voreiligen Schlüssen hinreißen lassen und nur in die scheinbar offensichtliche Richtung ermitteln, in die uns die öffentliche Meinung drängen will. Stattdessen sollten wir uns strikt auf die

Fakten konzentrieren. Wir dürfen uns weder von der Presse noch von einflussreichen Persönlichkeiten beeinflussen lassen. Wir sollten unseren eigenen Kurs fahren, und zwar so professionell, dass uns niemand am Zeug flicken kann.«

Maud legt eine Kunstpause ein.

»Erik hält zusammen mit dem Pressesprecher den Kontakt zu den Journalisten. Keiner von uns verliert ein Wort über die laufenden Ermittlungen, wir verfolgen unbeirrt die von uns gewählte Strategie.«

Wieder schweigt sie einen Moment lang und versucht, die Reaktionen der Mitarbeiter an ihren Mienen abzulesen. Niels scheint immer noch wütend zu sein, aber die übrigen Teammitglieder blicken fest entschlossen.

»Jolanda«, fährt Maud fort. »Ich hätte gern eine Übersicht über die Mitglieder der Familie Demsterwold. Brüder, Schwestern, Kinder, Neffen, Nichten, und dazu alles, was eine Rolle spielen könnte. Geld, Besitz, alles, was auffällig ist. Sieh nach, ob noch jemand von diesen Leuten ein ungewöhnliches Vorleben hat. Vincent Demsterwold lebt in London, seine Schwester Carla in Schweden. Nehmt Kontakt mit ihnen auf. Es gibt auch einen Testamentsvollstrecker, einen Unternehmensleiter und so weiter. Mit diesen Leuten müssen wir uns ebenfalls unterhalten.«

Jolanda macht sich ein paar Aufzeichnungen und nickt ernst.

»Thomas, könntest du bitte Informationen über die Familie Narcing sammeln? Ich will wissen, wer diese Leute sind, wo sie herkommen, welche Vorgeschichte sie haben. Myrna, du machst dem NFI Feuer unter dem Hintern, damit wir so schnell wie möglich die Analysen der Opfer bekommen: Geschlecht, Alter zum Todeszeitpunkt, Liegezeit, DNA und so weiter. John, du erstellt mir in der Zwischenzeit eine Liste aller in den Niederlanden als vermisst gemeldeten und nicht wieder aufgefundenen Personen. Sagen wir, in den letzten zwanzig Jahren. Namen, Alter, Wohnort, wo sie zum letzten Mal gesehen wurden, eventuelle besondere Umstände. John, Myrna: Sobald wir die Möglichkeit dazu haben, muss natürlich diese Liste mit den Informationen über die Schädel abgeglichen werden. Findet raus, ob von den Vermissten möglicherweise jemand im Garten der Narcings gefunden wurde.«

»Der Demsterwolds«, murmelt Niels.

»Geht in Ordnung«, antwortet John munter. Seit Maud ihren Kollegen kennt, der der älteste von ihnen ist, wundert sie sich über seine lässige Haltung, die im krassen Gegensatz zu der ernsthaften Professionalität steht, mit der er seine Arbeit erledigt.

»Alles klar?«, fragt sie. »Oder haben wir irgendetwas vergessen?«

»Befragung der Nachbarn«, wirft Niels ein. »Kontakt zu den Leuten aufnehmen, die in der Vergangenheit Anzeige gegen Demsterwold erstattet haben. Unter anderem.«

»Erik möchte zu diesem Zeitpunkt noch nicht, dass wir die ganze Gegend verunsichern«, erwidert Maud. »Erst will er sich einen genaueren Überblick über den Fall verschaffen.«

Sie klappt ihre Mappe zu, zum Zeichen, dass die Besprechung beendet ist. Als sich die Runde auflöst und alle das Zimmer verlassen, würdigt Niels Maud keines Blickes und verschwindet sofort in Richtung der Toiletten.

20

London

Sie hätte Mabel am liebsten dabeigehabt, aber erstens ging es nicht, und zweitens wäre es nicht sinnvoll, sie an den therapeutischen Sitzungen teilnehmen zu lassen. Von nun an wird sie immer öfter allein den Kampf mit den Dämonen in ihrer Seele aufnehmen müssen.

»Ich möchte, dass Sie sich in eine Situation hineinversetzen, in der Sie sich bedroht gefühlt haben«, sagt ihr neuer Therapeut. Dr. Stevens sieht noch jung aus, ist aber dennoch ein äußerst erfahrener Neuropsychologe auf dem Gebiet der Traumatherapie. Er ist neu in der Klinik und scheint sich profilieren zu wollen. »Erzählen Sie mir, was sich in dieser Situation abgespielt hat und warum Sie Angst hatten.«

Ihre Gedanken rasen. Wie ein Rudel Windhunde rennen sie hinter dem Hasen her, erwischen ihn aber nicht. Sie werden ihn niemals fangen. Angst – nicht einmal ansatzweise kann sie dieses Gefühl hervorrufen, ohne dass ihr schlecht wird und sie in Ohnmacht fällt. Vielleicht als Schutzmechanismus.

»Jane?«

»Sarah«, berichtigt sie. »Bitte nennen Sie mich Sarah.«

»Tut mir leid«, sagt der Therapeut mit einem Blick in die Akte. »Hier steht, dass Sie mit Vornamen Jane heißen.«

Weil sie nicht weiß, was sie erwidern soll, lächelt sie. Er sieht ziemlich gut aus.

»Versuchen wir es noch einmal, Sarah. Tasten wir uns an Ihre Erinnerungen heran. Wie ich sehe, haben Sie mit meiner Kollegin

schon über Ihre Kindheit gesprochen und es geschafft, an die Erinnerungen von damals wieder heranzukommen. Jetzt würde ich gern Schritt für Schritt weitergehen, und deswegen möchte ich, dass Sie versuchen, sich an eine Situation zu erinnern, in der Sie Angst verspürt haben. Anschließend werden wir gemeinsam daran arbeiten, und zwar mittels geleiteter Augenbewegungen und Tönen. Diese Methode wird als EMDR-Methode bezeichnet.«

»Ich weiß, was EMDR ist.«

»Wirklich?«, fragt der Therapeut erstaunt. »Dann brauche ich Ihnen ja nichts weiter zu erklären. Versuchen Sie nun, sich intensiv an eine Situation zu erinnern, die Sie als bedrohlich erlebt haben.«

EMDR, gute Idee. Bilaterale Stimulation durch geleitete Augenbewegungen, unter Umständen ergänzt von Tönen oder Berührungen. Mit Hilfe des behandelnden Therapeuten lernen die Patienten, sich in einem geschützten Raum die mit dem traumatisierenden Geschehen verbundenen Bilder und Situationen anzusehen und sie nach und nach von den belastenden Emotionen zu entkoppeln.

»Sarah? Sind Sie so weit? Können Sie an eine Situation denken?«

»Entschuldigung, ich habe über die Methode nachgedacht. Gute Idee.«

»Können Sie sich jetzt in die Situation hineinversetzen?«

»Ich …«

Der Therapeut überlegt einen Augenblick. »Versuchen wir es mit dem Moment Ihrer Entführung«, schlägt er vor und verändert ein wenig seine Sitzposition. »Sie sind mit meiner Kollegin bis zu dem Augenblick gekommen, in dem Ihr Gedächtnisverlust einsetzt. Sie hatten Urlaub, steht hier. Wo waren Sie?«

Sie versucht, sich zu entspannen und sich der Angst vor dem Mann, der sich in ihrer Erinnerung verbirgt, zu stellen.

Der Strand. Sie ist klein. Papa und Mama halten sie rechts und links an der Hand und lassen sie hoch in die Luft fliegen. Der Hund.

Eine Grube im Sand. Die Wellen. Sand. Sie ist älter. Erwachsen. Sie läuft allein an der Wasserlinie entlang, früh am Morgen.

»Ich bin am Strand«, sagt sie.

»Ist es warm?«

»Nein, noch frisch, es ist noch frühmorgens.«

»Wie fühlen Sie sich?«

»Gut. Ich habe Urlaub. Ich bin frei. Es ist … Ich habe alle Zeit der Welt. Mir geht es gut.«

»Hören Sie Geräusche? Nehmen Sie Gerüche wahr?«

Sarah lächelt. »Es riecht nach Meer«, sagt sie seufzend. »Nach Salzwasser, nach nassem Sand. Die Brandung schäumt. Ich höre das Rauschen der Wellen. Ich liebe dieses Geräusch.«

Sie schweigt.

»Sind Sie allein?«, fragt Doktor Stevens.

Ja, sie ist allein. Noch. Sie joggt am Strand entlang, und sie ist allein. Die Badegäste werden erst später eintreffen, wenn die Sonne etwas höher steht. Kurz zuvor ist sie an einem Strandlokal vorbeigelaufen, wo die Männer bereits Liegen am Strand aufgestellt haben. Doch hier ist sie allein. Dann taucht er auf, in der Ferne, der Mann mit dem Hund. Einem Hund, wie sie ihn früher selbst mal hatte. Einem dunklen … Sie fängt an zu keuchen. Der Mann am Strand kommt näher, er ist groß, breitschultrig, muskulös. Aus der Ferne sieht er aus wie ein Soldat, aus der Nähe gleicht er eher einem Abenteurer, vielleicht einem Naturfotografen. Einem gut aussehenden … Sie bekommt keine Luft. Sie muss weg! Sie fühlt den Drang, aufzuspringen und wegzurennen. Luft! Ich werde ohnmächtig! Hilfe! Ich ersticke! Mit aufgerissenen Augen starrt sie den Therapeuten an, doch dieser bleibt reglos sitzen.

21

»Mir war dieser Mann nie geheuer.« Nina schüttelt abfällig den Kopf. »Er hatte etwas Unechtes, man wusste nie, was wirklich in ihm vorging.«

Die drei Schwestern sitzen am Küchentisch in ihrem ehemaligen Ladenlokal ein paar Häuser weiter den Deich hinunter. Manchmal hat Kyra den Eindruck, als würden die alten Damen niemals schlafen, niemals zur Toilette oder zum Einkaufen vor die Tür zu gehen, sondern als säßen sie immer und ewig hier am Küchentisch, die eine mit einer Strickarbeit, die andere mit einem Spinnrad, die dritte mit einer Zeitung.

»Zehn Schädel!«, sagt Kyra. »Zehn, das ist Wahnsinn.«

»Er war ständig unterwegs«, bemerkt Ella und legt die Hand auf die ihrer Schwester. »Im Grunde hat Ina hier allein gewohnt. Ihn habe ich nur selten gesehen.«

»Wenn er der Täter war«, fährt Kyra fort, den Blick noch immer auf den Artikel im *Telegraaf* geheftet, »wann hätte er die Schädel dann vergraben sollen?« Sie blickt auf. »Wenn er doch nie zu Hause war?«

»Das Haus hat eine ganze Weile leer gestanden«, mischt sich jetzt Mina ein. »Als die Kinder noch klein waren, hat die Familie im Ausland gelebt. Ich glaube, in Südafrika. Später auch noch anderswo, aber ich weiß nicht mehr, wo.«

»In London«, erwidert Kyra. »Das steht hier.«

»Ach ja, London«, bestätigt Mina. »Als Carla dreizehn wurde, sind sie in die Niederlande zurückgekehrt, weil sich Ina eine normale, geordnete Kindheit und Jugend für ihre Kinder wünschte und sie in Ruhe die Schule beenden konnten. Sie sind beide auf das Barlaeus gegangen.«

»Vincent hat die Schule nicht fertig gemacht«, wirft Ella ein. »Carla schon, aber Vincent nicht.«

»Er wurde dann nach England ins Internat geschickt«, ergänzt Mina.

»Damit hatte sich das mit der behüteten Schulzeit wohl erledigt«, bemerkt Kyra. »Wenn er ganz allein ins Ausland musste.«

Sie kann es immer noch nicht fassen, dass bei den Nachbarn im Garten zehn Totenschädel gefunden wurden. Es scheint, als rücke das Haus immer näher an ihr eigenes heran. Dass Sarina unter den Toten ist, kann man noch nicht mit Sicherheit ausschließen. Doch zumindest gibt es keine Verbindung zwischen Sarina und Demsterwold. Auf den ersten Blick jedenfalls. Kyra nimmt sich vor, Recherchen über die Demsterwolds anzustellen. Nur so kann sie herausfinden, ob es vielleicht doch irgendeine Querverbindung gibt.

»Also, Carla hat das Barlaeus beendet«, fasst Kyra zusammen. »Und Vincent ist nach England aufs Internat gekommen.«

»Und von dort ist er nicht mehr zurückgekehrt«, ergänzt Mina. »Nur mal für ein paar Tage, eine Woche, vielleicht auch zwei, aber er hat nie mehr hier gewohnt. Er hat dann in England studiert und Karriere gemacht. Soweit ich weiß, hat er eine eigene Firma.«

»Und Carla?«

»Carla hat Tiermedizin studiert. Ihre Eltern waren strikt dagegen, weil eine Tierärztin nicht ihren gesellschaftlichen Ansprüchen genügte. Ihnen wäre lieber gewesen, sie wäre Humanmedizinerin geworden, aber sie hat sich durchgesetzt.«

»Sie war immer ein trauriges Kind«, sagt Nina. »Still und blass. War oft krank.«

»Erzählt mir etwas über die Mutter«, bittet Kyra. »Über Ruud Demsterwold finde ich reichlich Informationen, über Ina dagegen so gut wie nichts.«

»Das glaube ich gern«, erwidert Mina lachend.

»Ina war eine stolze Frau«, nimmt Ella den Faden auf. »Sie ließ sich nicht gern in die Karten gucken. Wenn man sie nach ihrem Mann fragte, antwortete sie immer in Allgemeinplätzen. Es ginge ihm gut, und er käme bald wieder nach Hause.«

»Wenn ich etwas mehr über sie erfahren wollte, an wen könnte ich mich da wenden?«, fragt Kyra. »Über ihren Mann kann ich alles nachlesen.«

»Glaub nicht alles, was du liest«, rät Ella.

»Andererseits solltest du vielleicht glauben, was du nicht liest«, fügt Nina hinzu.

»Wie meinst du das?«

»Ich meine, dass du kritisch sein solltest und es viel über ihn zu wissen gibt, was du nicht schwarz auf weiß finden wirst.«

Ein wenig verwirrt spaziert Kyra kurz darauf mit dem Hund über den Deich. Diesmal dreht sie eine Runde durch den Vliegenbosch, trifft aber leider nicht wie erhofft auf Sebastian. An ihn muss sie sich wenden. Sie muss diesen Garten mit eigenen Augen sehen. Noch einmal ruft sie Maud an, um sie nach den Ergebnissen der Gentests und eventuellen Übereinstimmungen mit Sarina zu fragen, aber sie erreicht nur den Anrufbeantworter.

Na schön, also das Barlaeus. Vielleicht sollte sie dort anfangen. Wenn beide Kinder auf diese Schule gegangen sind, muss es Lehrer geben, die sich mit der Familie befasst haben. In Gedanken geht sie durch, wen sie auf dem Barlaeus so kennt. Geht nicht Maud

Mertens' Tochter auf eine Schule in Amsterdam-Süd? Vielleicht fällt ihr jemand ein.

Wieder nicht zu Hause gegessen. Maud legt ihr Handy zur Seite. Sie hat Edwin eine Nachricht geschickt mit der Frage, ob er Lust hätte, am Sonntag etwas Schönes zu unternehmen. Morgen wird sie unter allen Umständen früher nach Hause fahren.

»Ausschlafen«, hat er geantwortet, und sie weiß nicht, was sie erwidern soll.

Es ist inzwischen kurz vor acht, und Niels Bingsten geht ihr noch immer geflissentlich aus dem Weg. Sie versucht, seinen Blick zu erhaschen, als er von der Kaffeemaschine zurückkommt, aber er ignoriert sie.

»Niels«, sagt sie. »Ich will noch mal kurz am Nieuwendammerdijk vorbeifahren. Kommst du mit?«

Keine Reaktion. Natürlich kommt er mit. Er fährt immer mit. So etwas erledigen sie grundsätzlich zu zweit, obwohl sie bei den wechselnden Dienstplänen momentan kaum noch mit festen Partnern zusammenarbeiten.

»Komm schon«, wiederholt sie, bereits im Mantel. »Jetzt stell dich nicht so an.«

Mit einem Knall setzt er seine Kaffeetasse ab und knurrt: »Ist ja gut, ich komm schon.«

Im Auto schweigt er zunächst. Dann sagt er: »Ina Demsterwold hat eine Stiftung gegründet, die derzeit in den Händen eines Verwalters liegt. Jolanda hat ihn angerufen. Wir haben Montagnachmittag einen Termin.«

Maud parkt ihr Auto auf der kleinen Brücke, die zur Villa führt. Es ist schon spät, und die Mannschaft am Tatort ist kleiner geworden. Sogar die Journalisten haben sich größtenteils zurückgezogen, möglicherweise aber auch nur in die Kleinbusse, die über den Deich verteilt stehen. Kaum nähern sich Maud und Niels der Villa, werden sie schon von mehreren Presseleuten umringt.

»Keine Fragen!«, wehrt Niels resolut ab, hebt beide Hände, als ergäbe er sich, und sie eilen weiter.

»Welche Schritte wollen Sie unternehmen?«, ruft einer der Journalisten.

»Wer sind die Opfer?«, will ein anderer wissen.

»Keine Fragen!«, wiederholt Maud jetzt ihrerseits so laut und energisch wie möglich. Rasch schlüpfen sie und Niels durch das Zugangstor. Maud wird dabei von den aufdringlichen Journalisten grob gegen den Zaun gestoßen, und erst als Niels sie beschimpft und die Wachtposten hinzukommen, ziehen sie endlich ab.

Sandy Koel ist noch immer bei der Arbeit.

»Die Schädel wurden inzwischen abtransportiert«, informiert sie Maud und Niels. »Jetzt werden in der Forensik Gebisse und DNA-Material analysiert, soweit es möglich ist. Wir haben jeden einzelnen Schädel eingehend untersucht, und was ich jetzt hier habe sind Repliken menschlicher Schädel, 3-D-Prints der Köpfe, die wir gefunden haben.«

Maud überblickt den Garten und schaut die Villa an. Der gesamte Vorgarten ist mit straff gespannten Sonnensegeln vor Blicken geschützt. Die Matschfläche darunter hat sich noch vergrößert, aber auf den ersten Blick scheinen keine weiteren Schädel gefunden worden zu sein. Zehn kurze Pfähle wurden in die Erde gerammt; auf jedem ruht auf einer abgeschrägten Holzplattform ein schneeweißer Totenkopf. Aus den Augenhöhlen laufen jeweils lange rote Fäden, die an einem Punkt zusammenkommen. Maud verfolgt sie bis zum Küchenfenster, wo sie befestigt sind. Sie stellt sich mit dem Rücken vors Fenster und mustert den Fächer, den Fäden und Totenschädel bilden. Ein Meisterstück: Jan Anne hat sichtbar gemacht, was ihr schon auf den ersten Blick aufgefallen ist.

»Wir haben die Köpfe genauso hingelegt, wie wir sie gefunden haben«, erklärt Sandy. »Ich habe zusammen mit deinem Bekannten eine komplette Studie darüber angefertigt.«

Jan Anne hebt die Hand, und Maud lächelt ihm zu.

»Schönes Muster haben wir hier«, sagt er, während er sich mühsam von seinem Stuhl erhebt und zu ihr herüberkommt.

»Kannst du es erkennen?«, fragt Sandy. »Wenn die Personen noch am Leben wären und sich so hinlegen würden, in diesem Winkel und den Kopf genauso geneigt, würde jede von ihnen zu diesem Fenster blicken, dem jetzigen Küchenfenster.«

Maud nickt. Genauso sieht es aus.

22

Ein Jahr zuvor im Dezember

»Du kennst dich gut mit der Geschichte Amsterdams aus«, sagt Grigor anerkennend zu Kyra, während sie durch das Jordaan-Viertel spazieren.

»Das liegt wohl daran, dass ich den Dingen immer auf den Grund gehen muss«, antwortet Kyra. »Ich weiß nicht, woran das liegt, aber ich ruhe nicht eher, bis ich weiß, wie etwas funktioniert, warum es sich so oder so verhält und wie es dazu kam. Ich kann Tage lang am Computer sitzen oder mich in Büchern vergraben, wenn ich zu einem Thema recherchiere. Ich habe ganze Hefte voller Aufzeichnungen gesammelt. Ich bin da ziemlich verrückt.«

»Man nennt das auch leidenschaftlich.«

»Meine Mutter behauptet, ich sei übertrieben kontrollsüchtig, wolle meine Umgebung steuern. Sie meint, es käme durch das Verschwinden von Sarina.«

»Eines Tages wirst du feststellen, dass alles, was du gelernt hast, sich zusammenfügt, auch wenn du jetzt noch nicht weißt, wie oder warum. Und dann wirst du auch verstehen, dass dein Verhalten nichts mit Sarina zu tun hat, oder möglicherweise doch, aber dass es keine Rolle spielt. Es geht um die Zukunft, nicht um die Vergangenheit.«

»Ich bin wirklich froh, dass wir uns kennengelernt haben«, fährt Kyra fort. »Vier Jahre lang haben wir nicht die leiseste Ahnung gehabt, was mit Sarina geschehen sein könnte, bis wir endlich die Ansichtskarten erhielten.«

»Ich habe die Kopien gesehen, sie sind in meiner Akte. Eine merkwürdige Geschichte, das mit dem Postboten.«

»So was kommt vor. Inzwischen habe ich einen ganzen Ordner voller seltsamer Begebenheiten, die in jedem Roman für unglaubwürdig gehalten würden. Aber man braucht sich nur mal auf Facebook umzusehen – solche Dinge gibt es wirklich.«

Sie schlendern an der Rozengracht entlang und überqueren die Brücke in Richtung der Westerkerk.

»Schauen wir mal, wie lang die Schlange vor dem Anne-Frank-Haus ist«, schlägt Kyra vor. »Manchmal herrscht ein furchtbares Gedränge.«

»Wenn zu viel los ist, komme ich morgen früh noch einmal wieder«, erwidert Grigor. »Und zwar so früh, dass ich der Erste bin.«

Als sie die Westerkerk passieren, wartet vor der Tür des Anne-Frank-Hauses nur eine kleine Gruppe von Leuten, und sie schließen sich an.

Eine halbe Stunde später betreten sie das Museum. Kyra ist schon zweimal hier gewesen. Dennoch sieht sie sich alles aufmerksam an und liest jede Informationstafel ganz genau. Grigor ist während des gesamten Aufenthalts ernst und schweigsam. Er nimmt sich Zeit für jedes Detail und studiert ausgiebig die Fotos der Familie Frank und der anderen, die sich dort versteckt hielten. Am Ende kauft er eine besonders schöne Ausgabe des »Tagebuch der Anne Frank«, und nach zwei Stunden stehen sie wieder auf der Prinsengracht.

»Ich finde, das ist ein guter Zeitpunkt für eine Tasse Kaffee«, bemerkt Grigor. Er lächelt Kyra zu, aber sie sieht ihm an, dass ihn der Besuch des Museums mitgenommen hat.

»Kommen Sie«, sagt sie. »Wir gehen ins Café Van Zuylen, setzen uns draußen auf die Terrasse, und anschließend bringe ich Sie wieder zurück zum Hotel.«

»Dave war unser Jüngster«, erzählt Grigor, als sie das Café Van Zuylen erreichen. »Ein Geschenk. Ich hätte nicht geglaubt, dass wir noch einmal eine Familie sein würden.«

Kyra sieht, dass ein Tisch frei wird und sichert ihn rasch für sie beide. Sie bestellt einen schwarzen Kaffee für Grigor und einen Cappuccino.

»Dass Sie wieder eine Familie sein würden?«, wiederholt sie.

Grigor trinkt einen Schluck von seinem Kaffee und schließt die Augen.

»Ich werde es dir erzählen, Kyra. Eines Tages. Aber nicht jetzt.«

»Auf Sarina«, antwortet Kyra und hebt ihre Kaffeetasse. »Und auf Dave.«

Sie denkt an das Foto von den lachenden jungen Leuten. An das Foto von der lachenden Anne Frank. Was war das für eine Ironie des Schicksals? All die Fotos von Menschen, denen ein tragisches Schicksal bevorstand – immer lachen sie.

23

Er hat seine Auswahl getroffen. Es ist, als erwache er nach einem langen, sterbenslangweiligen Winterschlaf wieder zum Leben. Ausgehungert und bereit – mehr denn je –, eine Schlacht zu schlagen.

Er drückt auf den Knopf neben dem Türschild, und ein schrilles Klingeln hallt durch das Haus. Gleich darauf öffnet sich die Tür. Dahinter führen steile Stufen ein dunkles Treppenhaus hinauf. Neben dem Geländer hängt die Schnur, mit der sie die Tür aufgezogen hat. Der Flur ist ein Chaos, der Boden kahl und schmutzig. Auf der Treppe liegt ein Stapel Post, offensichtlich schon seit einer ganzen Weile.

»Mevrouw Vawrinka?«, ruft er ins schmuddelige Treppenhaus hinein.

»Ja?«

Sie bleibt oben an der Treppe stehen.

»Ich habe ein Päckchen für Sie. Sie müssen unterschreiben.«

Niemand kann der Versuchung widerstehen, ein Päckchen zu bekommen, mit dem er nicht gerechnet hat. Er bemüht sich um einen ernsthaften Gesichtsausdruck, obwohl ihn niemand sieht. Es ist wichtig, seine Rolle überzeugend zu verkörpern.

»Ich komme!«

Sie hat einen starken Akzent. Wenn er Zeit hätte, würde er ihn ihr abgewöhnen. Schon nach kurzer Zeit würde sie ordentlich sprechen. Niederländisch. Englisch. Schade für sie, aber diese Chance entgeht ihr leider. Sie ist für einen anderen Zweck vorgesehen.

Oben an der Treppe hört er Schritte; es erscheinen erst ihre nackten Füße und dann die etwas zu kurze Jeans. Kurz darauf steht sie vor ihm. Sie ist kleiner als er. Mit ihren großen blauen Augen schaut sie ihn freundlich an, und sympathisch lächelnd hält er die sorgfältig verpackte Blechdose hoch.

»Mevrouw Vawrinka?«, fragt er nochmals. Sie nickt.

»Was ist es denn?«, fragt sie erstaunt. Als hätte sie noch nie etwas nach Hause bestellt.

»Keine Ahnung«, antwortet er entschieden, aber freundlich. »Das wissen wir natürlich nie.«

»Von wem kommt es?«, bohrt sie weiter.

»Das weiß ich auch nicht, ich bin nur der Lieferant«, erwidert er, stellt das Päckchen kurz ab, zieht einen Stift aus der Jacke seiner Postuniform und hält ihr ein Papier unter die Nase. »Wenn Sie bitte hier unterschreiben würden.«

Nach kurzem Zögern unterzeichnet sie und nimmt das Päckchen an.

»Viel Spaß damit«, sagt er gut gelaunt.

»Danke«, antwortet sie. Und bleibt mit der Schachtel in den Händen stehen, als hätte sie im Lotto gewonnen.

24

»Beginnen wir mit der Vermisstenliste.« Maud blickt Myrna und John fragend an, und dieser steht auf, um die Übersichten zu verteilen. Maud ist stolz auf ihr Team: Wieder sitzen sie hier alle zusammen, an einem sonnigen Sonntagmorgen, und alle sind gleichsam hoch motiviert.

»Du wolltest alle Vermissten der letzten zwanzig Jahre haben«, sagt John zu Maud. »Myrna?«

Myrna überreicht Maud einen Stapel Papier.

»Hier sind sie«, sagt sie. »Aber die Liste ist nicht hundertprozentig verlässlich.«

»Ich weiß«, erwidert Maud. Erstens wird es nicht immer gemeldet, wenn eine vermisste Person wieder auftaucht, und zweitens hat die Polizei nicht genügend Kapazitäten, um all diese Vermissten zu suchen. Schnell überschlägt sie, dass in den letzten zwanzig Jahren an die zweitausend Menschen als vermisst gemeldet wurden, die bis heute verschwunden sind. Es ist ein Unding, dass die Zeitungen jetzt schon Namen verschwundener junger Frauen und Kinder veröffentlichen. Auf welcher Grundlage? Ohne Rücksicht auf die Gefühle der Angehörigen.

»Gibt es von all diesen Vermissten Genmaterial?«, fragt Maud, mit der Liste wedelnd.

»Nicht von allen«, antwortet Myrna. »Aber über die meisten existiert eine umfangreiche Akte.«

»Was habt ihr bisher aus der Forensik gehört?«, fragt Maud weiter.

»Ich habe dort angerufen«, sagt John. »Es ist ein ziemlich harter Brocken, die DNA von zehn Totenschädeln zu isolieren, und da es kein Eilauftrag ist …«

»Was soll das heißen?«, fragt Maud, schärfer als beabsichtigt, aber ihr Team ignoriert ihren Ausbruch.

»Die Jahreskapazität für Eilaufträge beträgt nur fünfzig Stück«, erklärt John. »Durch diesen Fall wären dann schon zwanzig Prozent davon verbraucht.«

»Aber ich habe es dem Leiter der Tatortgruppe deutlich nahegelegt, darauf zu bestehen!«, erwidert Maud.

»Der Fall ist aber nicht dringend genug«, entgegnet John. »Er erfüllt nicht die notwendigen Kriterien, das weißt du genau.«

Er hat recht; normalerweise wird ein Eilverfahren nur bei Entführungen oder Geiselnahmen beantragt – Fällen, die noch gut ausgehen können, wenn nur schnell genug ermittelt wird.

»Bis wann können wir mit einem Ergebnis rechnen?« Maud weiß, dass ihr die Argumente fehlen, um das Verfahren zu beschleunigen.

»Das erfahren wir, sobald die Techniker mit der ersten Untersuchung des Materials durch sind«, antwortet Myrna. »Wenn sie wissen, womit sie arbeiten müssen.«

Maud schüttelt den Kopf. »Wissen wir wenigstens inzwischen, ob es sich um Frauen oder Männer handelt?«

»Nein«, sagt John. »Ich habe mit Vilena gesprochen, sie ist nicht befugt, diese Untersuchung den laufenden vorzuziehen. Sie haben momentan noch alle Hände voll mit der letzten Eskalation im Gangstermilieu zu tun. Waffen, Autos, Leichen – Mütter, die vor den Augen ihrer Kinder erschossen wurden. Das erfordert eine schnelle Bearbeitung, und die Mitarbeiter sind überlastet. Da unsere Mordfälle schon länger zurücklägen, könnten sie warten, meint Vilena.«

»Und angenommen, die Schädel sind noch gar nicht so alt?«, gibt Maud hitzig zurück. »Ist es etwa nicht wichtig, dass die Familien und Angehörigen so schnell wie möglich Gewissheit erhalten?«

»Mir brauchst du das nicht zu sagen, Maud.« John sieht sie gekränkt an.

»Also, wie lange wird es dauern, bevor sie mit der Untersuchung fertig sind?«, fragt Maud mit einem Seufzer.

»Etwa vier bis fünf Wochen«, antwortet Myrna leise.

»Fünf Wochen?«, fragt jetzt auch Niels aufgebracht. »Aber wie sollen wir ohne die Daten aus der Forensik arbeiten?«

»Ich mache denen Dampf«, verspricht Maud. »Das akzeptiere ich nicht. Die in Den Haag können nicht einfach so tun, als ginge es hier um eine längst vergessene Uraltgeschichte. Wir reden hier von zehn Toten, verdammt noch mal!«

John nickt zustimmend, das übrige Team sitzt ein wenig betreten daneben. Schon den ganzen Tag werden sie von der Presse verfolgt.

Größter Mordfall ALLER ZEITEN, titelte der *Telegraaf*. Die Villa, der Fall und vor allem Demsterwold sind ständig in den Nachrichten. Das zerrt an den Nerven, vor allem, wenn man noch gar nichts zu sagen hat.

Jolanda stellt sich vor den an der Wand hängenden Plan vom Haus und dem Garten.

»Die Tatortgruppe vermutet, dass diese hier die ältesten vier Schädel sind«, erklärt sie und deutet auf vier eingezeichnete Punkte. »Dieser auf der Westseite ist der Kinderkopf. Die fünf anderen liegen in einem Halbkreis hinter den vier jüngeren Köpfen, genau parallel zu ihnen und jeweils dazwischen.« Sie deutet an, was sie meint. »Die jüngeren Köpfe liegen also nicht genau hinter den älteren, sondern quasi immer versetzt. Die eingezeichneten Linien markieren die Richtung, in der die Person blicken würde, wenn sie noch am Leben wäre.«

»Sie liegen tatsächlich genau so, dass jeder Kopf auf das Küchenfenster schaut«, sagt John entsetzt. »Immer versetzt, erster Rang, zweiter Rang. Unglaublich!«

»Stimmt«, sagt Jolanda und hängt ein Foto der Schädel und der roten Blickrichtungslinien auf. »Auffällig ist außerdem, dass die Köpfe der Erwachsenen alle am rechten Platz liegen und nur der Kinderkopf ein Stück abseits das Ganze asymmetrisch macht.«

»Das Muster ist nicht vollständig«, fasst Maud zusammen, steht auf und legt ihren Finger auf die Zeichnung. »Ein Kopf fehlt.«

25

Schon seit seiner Jugend brennt das Verlangen wie glühende Kohlen in seinem Unterleib. Er kann sich nicht daran erinnern, wann es begonnen hat. Es ist einfach da. Manchmal lodert das Feuer im Schlaf auf, und er träumt davon, wie er Streifen Fleisch abschneidet, wie das Blut fließt, träumt von Angstschreien und letzten Seufzern, er schimpft und wütet, und die Entladung ist heftig. Es ist eine Notwendigkeit, keine Wahl. Oft erwacht er, weil er kommt.

Dann legt sich das Feuer einstweilen – aber nie ganz. Den allergrößten Genuss bedeutet es für ihn, wenn er es bewusst anfacht. Eine vorwitzige Flamme, um sich tastend, leckend. Und plötzlich lodert das Feuer wieder auf. Der Stich schießt durch seinen Körper, schnellt wie eine Flipperkugel von Rippe zu Rippe, vom unteren Rand seines Schädels bis in sein Becken.

Er fühlt, also lebt er.

Entschuldigung, ich habe mir das Handgelenk verstaucht, ich dachte, ich würde es alleine schaffen, aber könnten Sie mir vielleicht helfen, diese Bank in den Bus zu laden?

Er kennt den Satz in allen Sprachen, denn wenn sich herausstellt, dass es eine Niederländerin ist, lässt er sie meistens laufen. Niederländerinnen erregen zu viel Aufsehen. Eine Touristin ist viel praktischer, eine illegale Asylantin noch besser. Oder eine ausländische Studentin.

Could you help me please …

Der Trick ist so durchsichtig, dass man glauben könnte, niemand falle mehr darauf herein. Ted Bundy hat ihn angewandt, und auch in »Das Schweigen der Lämmer« wird er eingesetzt, aber heutzutage kennt niemand mehr seine Klassiker. Es ist erstaunlich, wie gutgläubig und freundlich junge Frauen sind, dass sie einem immer helfen wollen und einem ohne Weiteres ihre Zeit schenken – und danach ihr Leben. Suzanna Vawrinka ist ein sehr nettes Mädchen. Hilfsbereit. Höflich. Humorvoll. Ein wenig unsicher, das hat man ihrem Lächeln angesehen, als wolle sie sich die ganze Zeit entschuldigen. Entschuldigung, dass ich existiere. Entschuldigung, dass ich hier entlanggehe. Entschuldigung, dass ich Ihnen kurz aushelfe.

Danke.

Einmal hinten im Bus, in die Enge getrieben hinter der Zweisitzerbank, die sie unter der Armlehne angehoben hat, wehrte sie sich im ersten Moment, als er sie packte, um sie zu betäuben, aber es ging ganz schnell, und jetzt liegt sie da, willenlos. Das kommt davon, wenn man sich mit fremden Männern einlässt.

Wenn die Beute gefangen ist, besteht die Kunst darin, die Finger davon zu lassen.

Eine Weile lang.

Diese Tantalusqualen kosten ihn normalerweise übermenschliche Kraft, aber glücklicherweise hat er diesmal noch andere Arbeit zu erledigen, die seine volle Konzentration erfordert, und außerdem sehr viel Zeit. Er mag es, sich selbst herauszufordern, und bisher ist er sehr zufrieden mit dem Verlauf.

Er hat den Bus rückwärts bis knapp vor die Garage gefahren. Das Heck berührt fast das Rolltor. Mit der Fernbedienung fährt er das Tor geräuschlos hoch, und sobald es weit genug geöffnet ist, steigt er aus, schlüpft darunter hindurch und öffnet den Kofferraum seines Autos. Verstohlen blickt er sich um. Niemand zu sehen. Dann hebt er schnell das Mädchen aus dem Bus, legt es in den Kofferraum und schließt sofort die Haube. Anschließend zieht er die kleine Bank an den Rand des Busses, hebt sie heraus, stellt sie hinten in die Garage, schließt das Rolltor und bringt den Bus weg.

Zwanzig Minuten später kehrt er zurück und öffnet den Kofferraum, um zu kontrollieren, ob sie noch bewusstlos ist. Ja, sie schläft noch. Gut so.

Tantalus. Sein Mund ist mit Speichel gefüllt. Je mehr er sich dem Endpunkt seines Spiels nähert, desto schneller fließt das Blut durch seine Adern. Das perfekte Szenario. Seine ultimative Fantasie. Aufgerissene Augen. Ihre Erkenntnis, dass Flucht unmöglich ist. Er schwillt an. Wird länger, größer, beeindruckender. Respekt, das ist es. Respekt einflößend ist er, und so gehört es sich. *Mach dich auf etwas gefasst, wenn du mir begegnest.*

26

Ausnahmsweise sind ihre Eltern einmal beide abends zu Hause und wollen sich zusammen einen Film ansehen. *Inception.*

»Setzt du dich zu uns?«, fragt ihre Mutter.

»Nein, ich habe den Film schon gesehen«, antwortet Kyra abweisend. Sie reden nicht über den Fund bei der Villa. Obwohl darüber in allen Zeitungen berichtet wird, obwohl er das wichtigste Thema in allen Nachrichtensendungen und Talkshows ist, wird hier im Haus kein Wort darüber verloren.

Kyra holt sich ein Bier aus dem Kühlschrank und geht auf ihr Zimmer. Sie hat Maud Mertens noch einmal auf den Anrufbeantworter gesprochen, bisher vergeblich. Sie setzt sich an ihren Schreibtisch, greift nach ihrem Notizblock und geht ihre Aufzeichnungen durch.

Demsterwold. 1932 geboren, 1952 Jurastudium in Leiden, Mitglied der Leidener Studentenverbindung Minerva. Arbeitete zunächst bei einer Stadtverwaltung in Nordholland und wurde schließlich Botschaftssekretär in der ständigen Vertretung der Niederlande bei der Europäischen Union in Brüssel. Kyra überprüft noch einmal genau, was sie sich notiert hat. Bestimmt hatte er eine von diesen gut bezahlten Stellen, von denen niemand weiß, wozu sie da sind. Danach wurde Ruud Demsterwold Botschafter, erst in Südafrika, später in London, und stieg dann zum Außenminister auf. Nach dem Sturz des damaligen Kabinetts hatte er noch ein paar hohe Posten hier und da. Er starb 2013 im Alter von 81 Jahren.

Komisch, denkt Kyra. Habe ich gar nicht gemerkt, dass unser Nachbar gestorben ist.

Schön, also eine steile Beamtenlaufbahn, allerdings belastet von einer langen Reihe Verdächtigungen. Sie nimmt sich zuerst eine der Websites vor, die offensichtlich stark Position gegen Demsterwold beziehen. Sie liest von Sexpartys mit blutjungen Mädchen und dass sich Demsterwold in seiner Zeit als Botschafter kleine Jungs zuführen ließ, um den Abend mit ihnen zu verbringen. Ein bisexueller Pädophiler, so so. Im Ausland durch seine Immunität als Botschafter unantastbar. Wie praktisch.

Auf einer der Websites findet Kyra einen Link zu einer Seite mit Wissenswertem über Pädophilie in den Niederlanden. Sie erfährt, dass Sex mit Kindern noch nicht lange so sehr geächtet wird wie heute. 1975 hatte ein bekannter Politiker sich folgendermaßen geäußert: »Solange Erwachsene und Kinder freiwillig Sex miteinander haben, erscheint mir das nicht als Problem.«

Kyra klickt sich von Link zu Link und liest mit wachsendem Erstaunen, was in diesen Artikeln behauptet wird.

1985 schlägt der damalige Justizminister Korthals Altes in einem Gesetzentwurf vor, Sex mit Jugendlichen ab zwölf Jahren zu legalisieren. Zehn Jahre später, 1995, verfasst die linke Partij van de Arbeid einen Bericht über Sex zwischen Erwachsenen und Kindern – einen Bericht, der plötzlich in der Versenkung verschwunden und bisher nicht wieder aufgetaucht ist.

Einer der Autoren, Cees Straver, soll 1996 auf die Frage, ob ein Lehrer ungestraft sexuelle Kontakte zu seinen zwölfjährigen Schülern unterhalten dürfe, geantwortet haben: »Natürlich.«

Kyra sucht eine Weile nach der Tonaufnahme, da das Interview offenbar ein Radiobeitrag war, findet aber nichts. Dennoch muss all das zum größten Teil der Wahrheit entsprechen. Man kann es nachprüfen. Aussagen von Politikern in öffentlichen Sendern, Gesetzesentwürfe, offizielle Berichte. Mein Gott, sie ist 1995 geboren worden, vor zwanzig Jahren, und damals hat es offenbar einflussreiche Leute hierzulande gegeben, die Sex mit Kindern zu legalisieren versuchten. Nicht lange darauf wurde ein Mann zum Minister ernannt, gegen den es zahlreiche Anzeigen wegen schwerer Pädophilie gab.

Jesse – noch immer sieht sie seine verängstigten Augen vor sich, als sie sich nach seiner Entführung wiedertrafen – war mit einer Gruppe anderer entführter Kinder unterwegs nach Saudi-Arabien gewesen, dem Land, wo Abertausende Frauen und Kinder als Sklaven arbeiten, als Haushaltshilfen, denen man die Pässe abnimmt sobald sie das Land betreten, und von denen häufig sexuelle Dienstleistungen verlangt werden. Und vor nicht allzu langer Zeit sollte es hier ganz ähnlich zugehen und per Gesetz legalisiert werden.

Plötzlich schießt ihr ein Gedanke durch den Kopf, und sie lehnt sich in ihrem Stuhl zurück. Sarina war kein Kind mehr. Sie war neunzehn. Sie gehörte also nicht zu Demsterwolds Zielgruppe. Das macht es doch sehr unwahrscheinlich, dass sie in diesem Garten liegt. Na also.

Sie blättert die Seiten mit ihren Notizen um und knallt den Block vor sich auf den Schreibtisch. Sie schreibt die Ziffer 3 auf ein leeres Blatt und umkreist sie. *Täter*, schreibt sie daneben. Darunter setzt sie die Namen der Hausbewohner: *Demsterwold, Narcing.* Sie denkt kurz nach und schreibt: *Verwandter? Freund, Bekannter? Feind? Fremder, willkürlich? Gärtner? Handwerker? Nachbar?*

Sie reißt das Blatt Papier heraus, schreibt eine Zwei auf das nächste und umkreist sie wiederum. *Fundort*, schreibt sie daneben. Viele Serienmörder haben ihre Opfer in ihrem Haus oder in der unmittelbaren Umgebung vergraben. John Wayne Gacy versteckte einen

Großteil seiner dreiunddreißig Opfer im Kriechkeller seines Hauses.

Bequemlichkeit?, schreibt sie auf. Aber wo ist der Rest der Leichen? Wenn die Schädel aus reiner Bequemlichkeit in diesem Garten begraben worden sind oder aus der Sorge darum, gesehen zu werden, während man mit einer Leiche hantierte, warum dann nur die Köpfe?

Vielleicht sind es Trophäen. Viele Mörder bewahren ein Andenken an ihre Tat auf. Um diesen höchsten Moment erneut zu durchleben oder das Gefühl der Überlegenheit zu konservieren. Doch warum sollte man eine Trophäe unter dem Rasen verstecken? *Trophäe?*, schreibt sie nachdenklich hin.

Einen Augenblick lang sitzt sie reglos da, dann setzt sie ein großes Fragezeichen auf das nächste Blatt Papier und reißt es heraus. Sie steht auf und hängt die Zettel an Sarinas Wand, neben das Foto der Villa und den Grundstücksplan, die sie bereits dort befestigt hat.

Auf das nächste Blatt schreibt sie eine Eins und umkreist sie, und daneben schreibt sie *Opfer*.

Wer?, schreibt sie darunter. *Wo vermisst? Umstände? Todesursache? Kopf?* Einen Augenblick lang starrt sie das ansonsten leere Blatt an, und dann hebt sie den Blick zu Sarinas Wand, zu den Fotos, Landkarten, Daten und Verbindungslinien, die sie gezogen hat. Sie steht auf, heftet das Blatt mit der Ziffer 1 an die Wand und setzt sich wieder.

Vermisste Amsterdam / Niederlande, schreibt sie auf ein neues Blatt, reißt es ab und pinnt es unter die Blätter mit den Ziffern. Die Toten im Garten der Villa müssen irgendwann einmal irgendwo in den Niederlanden verschwunden sein, vermutlich sogar in Amsterdam. Es ist sehr unwahrscheinlich, dass der Täter seine Opfer durch die ganzen Niederlande transportiert hat oder sie etwa im

Ausland holte, um sie dann in Amsterdam zu ermorden und zu begraben. Wenn die Polizei in Erfahrung bringen will, wer die Toten im Garten sind, wird sie eine Liste mit allen im Gebiet rund um Amsterdam vermissten Personen anlegen müssen.

Wieder starrt sie auf die Wand mit den Informationen über Sarina und die Nordseekarte. Dann beugt sie sich über ein neues Stück Papier und schreibt *Vermisste Nordsee.* Dieses Blatt hängt sie zwischen die Informationen über Sarina und die vier Blätter mit den Fragen über die Toten im Garten am Deich. Hat eigentlich nie jemand gründlich recherchiert, wie viele Menschen in den letzten Jahren an den Küsten der Nordsee verschwunden sind? Wurde jemals sorgfältig genug untersucht, ob es nicht identifizierte Tote in diesem Gebiet gibt? Möglicherweise liegt ihre Schwester irgendwo begraben, weil sie aus irgendeinem idiotischen Grund einfach nicht identifiziert wurde. Kyra setzt sich an ihren Mac und öffnet ein neues Dokument. Dann tippt sie: *Recherche-Ansatz.*

27

»Der Zaun wird nur von einem Mann bewacht«, flüstert Sebastian Narcing. Er hat sie am Tor abgeholt. Natürlich darf die Familie Besuch empfangen. »Dazu stehen noch ein paar Leute auf dem Hafengelände, und einer steht auf dem Deich. Meine Mutter hat gefordert, dass nachts niemand hierbleibt und nur unsere Auffahrt bewacht wird. Sie will keine Polizei in der Nähe des Hauses.«

Sebastian öffnet die Tür zum Wintergarten und deutet nach rechts. Kyra betritt den dunklen Garten. Seitlich neben dem Haus wachsen Bäume und Sträucher, und sie sieht so gut wie nichts.

»Findet sie das nicht gruselig?«, fragt Kyra so leise wie möglich.

»Doch, sie will jetzt schon wieder umziehen«, antwortet Sebastian. »Mein Vater wird sonst nie so deutlich, aber diesmal hat er klipp und klar gesagt, dass sie ihm im Mondschein begegnen kann und er hier wohnen bleiben wird.«

Kyra bemüht sich, so leise wie möglich am Haus vorbeizuschleichen.

»Dabei ist er sowieso nie zu Hause«, ergänzt Sebastian noch.

»Nimmt er dich nie mit?«, fragt Kyra. »Ich dachte, Survivaltraining sei ein echtes Vater-Sohn-Ding.«

»Produktionskosten. Versicherungen«, zählt Sebastian auf, »Planung. Ich darf nie mit. Für mich ist kein Platz.«

Kyra brummt leise, um ihr Mitgefühl auszudrücken.

»Schaust du dir die Sendung manchmal an?«, flüstert Sebastian.

Kyra nickt. Übertrieben vorsichtig drückt sie sich zusammen mit dem Nachbarjungen zwischen dem Haus und dem umgegrabenen Garten hindurch.

»Ist dir schon mal aufgefallen«, fährt Sebastian leise fort, »dass mein Vater die ganze Zeit nur über sich selbst redet?«

Kyra bleibt stehen und sieht ihn erstaunt an.

»David Attenborough zum Beispiel berichtet über das Land, die Gegend, das Klima und das Tier, das gerade zu sehen ist. Mein Vater redet nur von sich. Wie heiß ihm ist, wie sehr es ihm irgendwo gefällt. Was für ein Glück er hat mit dem Regen, weil es jetzt Trinkwasser für ihn gibt.«

»Ich schau mir die Sendung demnächst an«, verspricht Kyra leise. »Dann achte ich mal darauf.«

In dem Moment biegen sie um die Ecke des Hauses, und Kyra starrt auf die vom Mondlicht erleuchtete Ausgrabungsstelle. Mein Gott!

Sie geht ein paar Schritte weiter in den Garten hinein. Sebastian bleibt an der Ecke stehen.

Kein Wunder, dass Maud Mertens nicht zurückgerufen hat. Verdammt noch mal!

»Ich hab's dir doch gesagt«, sagt Sebastian. »Bizarr.«

Mit angehaltenem Atem geht Kyra noch ein Stückchen weiter. Am Rande der Ausgrabungen bleibt sie stehen.

»Schau mal!«, sagt sie nach einer Weile, noch immer flüsternd. Sie betrachtet die Schnüre, die zum Küchenfenster laufen. »Alle Blicke sind auf dieses Fenster gerichtet.« Kopfschüttelnd schaut sie Sebastian an, der sich zu ihr gesellt hat. »War dort immer schon die Küche?«, fragt sie.

Sebastian schüttelt den Kopf. »Nein, da war früher das Wohnzimmer«, sagt er. »Eine Art Aufenthaltsraum der alten Dame. Sie soll dort die ganze Zeit gesessen haben.«

»Also blicken alle Köpfe auf zu Ina Demsterwold«, stellt Kyra fest. »Es scheint hierbei weniger um Meneer als um Mevrouw Demsterwold zu gehen.« Sie wagt sich noch ein paar Schritte weiter vor und bleibt unter einem großen Baum stehen. »Das hat jemand sehr sorgfältig vorbereitet«, sagt sie leise. »Genau berechnet. Markierungen im Gras hinterlassen. Oder alle Köpfe gleichzeitig vergraben. Aber das erscheint mir zu weit hergeholt. Denn dann hätte er sie nämlich auch alle gleichzeitig getötet. Oder …«

Sie denkt einen Augenblick nach, während Sebastian schweigend neben ihr steht.

»Planmäßigkeit«, sagt sie. »Wut. Kaltblütigkeit.«

In der Stille ertönt plötzlich eine dunkle Stimme.

»Intelligenz. Durchhaltevermögen. Wenn er sich ein Ziel setzt, erreicht er es auch.«

Kyra schnappt vor Schreck nach Luft. Sie dreht so schnell den Kopf, dass sie sich den Hals verrenkt. Sebastian weicht zurück und fällt beinahe in die Grube mit den Schädeln. Im Dunkeln sieht Kyra einen Braunbär. Einen sprechenden Bären auf einem Stuhl. Das Vieh steht auf, und kurz überlegt Kyra wegzurennen, aber dann reißt sie sich zusammen und geht einen Schritt auf ihn zu. Der Bär hat einen Kopf mit grauen Locken und freundlichen Augen. Es ist ein ziemlich großer Mann mit dunkler Outdoor-Kleidung.

»Ein intelligenter Mensch«, stottert Kyra. »Gebildet, arbeitet aber unter seinem Niveau. Vielleicht wohnt er noch bei seinen Eltern, oder er wird finanziell von ihnen unterstützt. Ich meine …« Wieder betrachtet sie die Schädel. »Er ist in gewissem Sinne unreif, emotional jedenfalls.«

Ein Augenblick lang betrachten sie alle schweigend die seltsame Szenerie.

»Das sind Trophäen«, sagt Kyra mit einer vagen Handbewegung in Richtung der Schädel. »Völlig untypisch für Niederländer.«

»Es geschieht viel mehr, als die Leute ahnen«, erwidert der Mann, legt sein Bärenfell auf den Stuhl und lächelt ein wenig gequält. »Auch in den Niederlanden.«

»Verdammte Scheiße!«, flucht Sebastian. »Ich hab mich zu Tode erschrocken! Wer sind Sie?«

»Ich bin schon den ganzen Tag hier«, antwortet der Mann. »Hast du mich nicht gesehen? Du warst doch den ganzen Tag zu Hause. Ich habe dich ein paarmal aus dem Fenster schauen sehen.«

Seine Stimme ist freundlich, und er hat eine gutmütige Ausstrahlung. Sebastian schüttelt den Kopf und bleibt in sicherem Abstand stehen, aber Kyra tritt nach vorn und streckt ihm die Hand hin.

»Kyra«, stellt sie sich vor. »Slagter«, ergänzt der Mann. »Maud hat mir ein paarmal von dir erzählt.« Er betrachtet sie forschend. »Und von deiner Schwester.«

»Ich mache mir Sorgen«, gesteht Kyra. »Wenn ich das so sehe …«

Zehn Köpfe im Garten der Villa. Frauen? Aber jedenfalls zehn. Zehn Stück!

»Das sind nicht die echten Schädel«, sagt sie plötzlich. »Sind es Repliken?«

»Jan Anne Gerritsen«, stellt sich nun der Bärenmann vor, und Kyra fällt auf, dass auch er flüstert. »Die echten Schädel sind schon in der Forensik.«

»Wann werden die Resultate der DNA-Analyse erwartet?« Kyra merkt selbst, dass ihre Stimme bedrückt klingt. Es ist, als hätte sie einen Knick in den Stimmbändern.

Jan Anne Gerritsen zuckt mit den Schultern.

»Sind das alles Frauen?«, versucht sie es noch einmal, und wieder reagiert er kaum.

»Wenn es ein Serienmörder ist«, fährt sie fort. »Nein, ich meine: Es ist ein Serienmörder, und solche begehen ihre Morde häufig innerhalb ein und desselben Geschlechts. Er wählt nicht einmal eine Frau und dann wieder einen Mann aus. Die Schädel sehen wie die von Erwachsenen aus. Sind sie exakt nachgemacht?«

Jetzt nickt Jan Anne Gerritsen und antwortet: »3-D-Ausdrucke von Scans.«

»Ich möchte wetten, dass das alles Frauen sind«, sagt Kyra.

Zu ihrem sechzehnten Geburtstag bekam Sarina von einer Freundin ihrer Mutter einen Kaftan geschenkt. Weiße Baumwolle, durchscheinend, pastellfarben bestickt und mit kleinen Quasten an den Ärmeln. Sie trug ihn zu Hause in ihrem Zimmer, nur mit einer Unterhose darunter. Je magerer sie wurde, desto mehr ähnelte sie einer Geistererscheinung. Ist es das, was von ihr übrig geblieben ist? Von dem sportlichen Mädchen, das sich in ein weiß gewandetes Gespenst verwandelt hatte? Ein Schädel in einem Matschfeld, ganz in der Nähe ihres Zuhauses?

»Aber ich möchte wetten, dass deine Schwester nicht darunter ist.« Die Stimme des alten Mannes klingt seltsam beruhigend. »Auf gar keinen Fall.«

28

Am Sonntagmittag war Maud noch einmal kurz zur Villa zurückgekehrt. Jan Anne Gerritsen hatte auf einem Gartenstuhl im Schatten eines großen Baumes am Rande der Ausgrabungen gesessen und ausgesehen, als schliefe er.

»Heute Mittag fahren wir ein Stück mit dem Boot raus«, hatte Maud verkündet. »Ich nehme dich also jetzt mit. Du hast lange genug hier herumgehockt und dir den Kopf zerbrochen.«

Er hatte gegrinst, aber nichts gesagt, und sie hatte auch so gewusst, dass er sich für seinen Geschmack noch nicht genug den Kopf zerbrochen hatte. Die Idee musste noch weiter reifen.

Sandy war zu ihnen herübergekommen, hatte Jans Hand mit beiden Händen ergriffen, sie geschüttelt und gesagt: »Haben Sie vielen, vielen Dank!« Dabei hatte sie ihn angestrahlt. So eine Wirkung hatte er auf andere. Schon immer gehabt. Er war seit jeher jedermanns liebster Opa gewesen, schon als er erst fünfzig gewesen war. Aber wie es sich für einen Opa gehörte, war er auch starrsinnig, und wenn er einer Sache auf den Grund gehen wollte, hatte er eine Engelsgeduld.

»In den Zeitungen, im Internet, in den Nachrichten, überall wird darüber berichtet«, hatte Maud mit sparsamem Lächeln zu ihm gesagt, während sie erst ihm ins Auto half und dann selbst einstieg. »Das müsstest du mal hören, was die sich alles aus den Fingern saugen.«

»So gehört sich das«, erwiderte Jan Anne.

»Man nennt die Villa schon ›das Horrorhaus‹, und über die Narcings wird gespottet, ihr neues Heim hätte wohl ein paar ›versteckte Mängel‹. Daraus haben sie sogar eine Schlagzeile gemacht.«

Jan Anne lachte derart laut auf, dass Maud zusammenfuhr.

Ob sie wollte oder nicht, sie musste in sein Lachen einstimmen, es war einfach zu ansteckend. Kopfschüttelnd fuhr sie los.

Gähnend schleppt Maud sich zur Kaffeemaschine. Obwohl sie sich am Sonntagnachmittag endlich mal ein bisschen entspannt hat, lastet bleischwere Müdigkeit auf ihr. Ob das am Alter liegt? Oder ist sie krank, sollte sie mal zum Hausarzt gehen? Aber mit welchen Beschwerden? Alle sind momentan müde. Auch Niels sieht aus, als könne er jeden Moment umkippen. Er ist schon immer groß und mager gewesen, aber die Ränder unter seinen Augen sind in den letzten Tagen noch dunkler geworden. Vielleicht liegt es einfach an der Arbeit, an dieser nicht enden wollenden Flut von Gewalt und dem dadurch verursachten Leid. Der dunklen Seite des Menschen. Zehn Schädel in einem Garten in Amsterdam-Nord. Tausende Vermisste in einer Datenbank.

Maud schaut zu Niels hinüber und sieht, wie er mit einem verbissenen Zug um den Mund auf seinen Bildschirm starrt und heftig auf die Tastatur hämmert. Er ist fest entschlossen, Gerechtigkeit zu erwirken, nicht unbedingt für sich, sondern für andere.

Maud stützt das Kinn auf die Hände und beginnt, die Berichte und Protokolle durchzulesen, die mit dem »Schädelfall«, wie er inzwischen intern genannt wird, zu tun haben. In einer halben Stunde trifft sie sich mit dem Team zur Montagmorgen-Besprechung.

Bisher ist nichts Bedeutsames mehr im Garten der Villa gefunden worden. Was also hat die Lücke in dem makabren Muster des Mörders zu bedeuten?

Die Schädel liegen exakt 126 Zentimeter voneinander entfernt, so steht es im Bericht. In zwei perfekten Halbkreisen, in wiederum 126 Zentimetern Abstand voneinander.

Maud lehnt sich in ihrem Stuhl zurück. Was könnte das bedeuten, diese exakten Abmessungen? Warum keine 125 oder einfach 100 Zentimeter? Wer sich so etwas ausdenkt und derart akribisch durchführt, lässt im Übrigen nicht einfach eine Lücke in der Anordnung. Sie macht sich eine Notiz und beugt sich über die weiteren Berichte.

Die Tatortgruppe diskutiert noch mit Tijssen, ob auch der Boden im Garten hinter dem Haus abgegraben werden soll. Die Familie Narcing weiß von nichts. Edward Narcing ist am Sonntagnachmittag vorzeitig aus Alaska zurückgekehrt, mischt sich aber nicht in die Vorgänge ein und überlässt die Arbeit seiner Frau und dem Rechtsanwalt. Vielleicht hofft er, schon allein seine Anwesenheit würde den Interessen der Familie mehr Gewicht verleihen.

Jolanda hat Informationen über die Familie Demsterwold zusammengestellt. Vater verstorben, Mutter über achtzig und dement, ein Sohn, eine Tochter; dazu ein paar Verwandte hier und da in den Niederlanden, aber nicht viele, da Ruud Demsterwold Einzelkind war und die beiden älteren Schwestern Ina Demsterwolds verstorben sind.

Thomas hat eine Liste aller Leute angelegt, die in den letzten Jahren in der Villa und auf dem Grundstück gearbeitet haben, wobei er den Handwerksbetrieb, der das Gebäude in den letzten Monaten vor dem Einzug der Narcings renoviert hat, bisher nicht mit einbezogen hat. Die Demsterwolds hatten einen Maler an der Hand, der sich um die Außenanlagen kümmerte und jedes Jahr eine Wand des Gebäudes strich. Ansonsten gab es eine Haushälterin, eine Köchin und im letzten Jahr auch einen Krankenpfleger, der mit im Haus wohnte. Ein Gärtner hielt alle zwei Wochen den Garten in

Schuss, und ein Handwerker erledigte kleinere Reparaturen: Glühbirnen auswechseln, eine Leiste festnageln, einen neuen Wasserhahn anbringen, diese Dinge. Maud zählt sechs Leute, mit denen sie reden muss, und dazu noch der Verwalter und die Kinder.

»Niels!«, ruft sie. »Hat Jolanda dir inzwischen die Kontaktdaten von Vincent und Carla Demsterwold besorgt? Hast du schon versucht, sie zu erreichen?«

»Demsterwold?«, antwortet er eisig. »Gegen ihn sollte ich doch nicht ermitteln?«

»Schon gut, ich ruf sie selbst an«, antwortet Maud gereizt, als sie sieht, dass Namen und Telefonnummern der beiden bereits in einem Bericht stehen.

Carla Demsterwold geht nicht ans Telefon. Sie versucht es noch einmal, aber vergeblich. Vielleicht stimmt die Nummer nicht. Maud liest den Bericht über die Frau noch einmal genauer und stellt fest, dass sie schon seit zehn Jahren nicht mehr in den Niederlanden gewesen ist. Seit zehn Jahren! Also war sie wohl auch nicht auf der Beerdigung ihres Vaters.

Vincent Demsterwold dagegen meldet sich schon nach zwei Klingeltönen. Maud erklärt ihm den Grund ihres Anrufs.

»Ja, ich habe es in den Nachrichten verfolgt«, antwortet Vincent Demsterwold ruhig. Er klingt sympathischer, als sie erwartet hat. Keine Spur eines englischen Akzents.

»Wir würden Ihnen gern ein paar Fragen stellen«, sagt sie. »Und auch Ihrer Schwester übrigens.«

»Ich fliege sowieso nächste Woche in die Niederlande, weil meine Mutter Geburtstag hat«, antwortet Vincent Demsterwold. »Ich könnte ohne Weiteres etwas früher kommen.«

»Das wäre nett.«

Maud schaut auf die Uhr. Noch fünf Minuten bis zur Teambesprechung.

»Soweit ich weiß, sind Sie bei meiner Mutter gewesen?«, fragt Vincent Demsterwold.

»Ja, aber nur kurz. Wir wollten sie nicht unnötig aufregen.«

Vincent lacht auf; seine Stimme klingt voll und herzlich.

»Man kann sich kaum mit meiner Mutter unterhalten, ohne sie aufzuregen«, erwidert er. »Bei ihr ist alles durcheinander, sowohl das Gedächtnis als auch die Emotionen.«

»Tragisch«, antwortet Maud. »Sehr freundlich, dass Sie hierherkommen wollen. Sagen Sie mir Bescheid, wann Sie ins Präsidium kommen könnten?«

»Ehrlich gesagt würde ich mich lieber anderswo mit Ihnen treffen.« Er klingt jetzt sachlich. »Irgendwo, wo ich weniger auffalle. Im Gegensatz zu meinem Vater bin ich kein Prominenter, und dabei würde ich es gern belassen.«

»Kein Problem«, verspricht Maud. Sie tauschen ihre Mailadressen aus, und bei der Gelegenheit bittet Maud ihn auch um die seiner Schwester Carla.

»Ich maile Ihnen dann einen Terminvorschlag«, verspricht er.

Maud steht auf und strafft den Rücken. Ihre Muskeln sind steif und protestieren zurzeit bei der kleinsten Bewegung. Sie schiebt ihre trüben Gedanken beiseite und geht hinüber zu Myrna.

»Die Nachbarn der Demsterwolds«, spricht sie die junge Kollegin an. »Wer sind sie, und was wissen wir von ihnen? Ich würde gleich gern mit euch das Vorgehen bei der Nachbarschaftsbefragung besprechen.«

»Wir haben etwas über sie«, antwortet Myrna und starrt dabei weiter auf den Bildschirm. »Ich drucke es gleich aus.«

»Danke dir.« Maud dreht sich um und blickt auf ihr Team. Niels blättert stur durch seine Papiere, die anderen scheinen mit ihren Computern verschmolzen zu sein. Es ist ihre Aufgabe, den Überblick zu behalten und die Energien auf dem Weg zur Aufklärung des Falls zu bündeln. Und sich um den Kaffee zu kümmern, wie es sich für eine fürsorgliche Chefin gehört. Maud geht in die Küche und füllt eine Thermoskanne.

Kyra sitzt auf ihrem Schreibtischstuhl vor Sarinas Wand. Vielleicht liegt ihre Schwester in dem Garten der Villa, aber genauso gut kann sie irgendwo an der Küste angespült worden sein, ebenso wie Dave. Jedes Jahr verschwinden Dutzende Menschen in der Nordsee. Angenommen, sie haben die ganze Zeit am falschen Ort gesucht? Nach dem, was Grigor Kowzinsky erzählt hat, müssten sie eigentlich die gesamte Nordseeküste von Texel bis hinauf nach Norwegen abklappern. Die Strömungen in der Nordsee sind so stark, dass letztes Jahr die Leiche eines französischen Tauchers drei Wochen nach seinem Verschwinden bei De Koog auf Texel angespült worden war. Angenommen, Sarina wäre weit weg angeschwemmt worden und läge jetzt irgendwo begraben, namenlos, ohne dass sie es wüssten? Natürlich hätte sie normalerweise identifiziert werden müssen, aber angenommen, jemand hätte einen Fehler gemacht? Wie viele Leute werden vermisst? Die müssen alle irgendwo sein, aber niemand weiß, wo.

Angespülte Leichen Nordsee gibt Kyra bei Google ein. Es muss doch eine Datenbank geben, in der solche Informationen gesammelt werden? Eine europäische Liste verlorener Seelen? Vielleicht sollte sie mal auf der Website von Interpol nachsehen.

Sie findet einen Artikel des Niederländischen Forensischen Instituts. Die Angehörigen jener, die auf See verschwunden sind, werden dazu aufgerufen, Proben abzugeben, um Erbmaterial zu vergleichen. Kyras Familie hat ebenfalls vor einigen Jahren Proben abgegeben, damit Sarina identifiziert werden könnte, auch wenn sie weit weg von ihnen gefunden würde. Kyra liest den Artikel noch einmal, klickt weiter zu einem anderen Artikel über dasselbe Thema, aber nirgendwo wird erklärt, wie mit Leichen verfahren wird, die außerhalb der Niederlande gefunden werden. Als hielte sich das Meer an Landesgrenzen!

Der Verwalter der Stiftung von Ina Demsterwold reicht Maud eine schlaffe Hand und geht ihnen voraus durch das ehrwürdige Gebäude am Koningsweg. Er ist ein kleiner, ein wenig untersetzter Mann mit einem kreisrunden, kahlen Fleck am Oberkopf. Seine Augen liegen versunken zwischen tiefen Falten und werden von seiner Brille noch zusätzlich verkleinert. Über knarrenden Fußboden mit Fischgrätparkett begeben sie sich zum Büro des Verwalters, wo er Maud und Niels bittet, in zwei verschlissenen Ledersesseln Platz zu nehmen. Die hohen Fenster hinter ihm sind ganz offensichtlich schon seit mehreren Monaten nicht geputzt worden, und das Büro riecht nach Büchern, die schon seit Jahrzehnten nicht abgestaubt wurden. Im ersten Moment hat Maud den Impuls, aufzustehen und die schmutzigen Fenster weit aufzureißen, um die muffige Luft aus dem Zimmer zu vertreiben.

»Was kann ich für Sie tun?«, fragt der Verwalter aalglatt und gelangweilt. Er nestelt an seiner Krawatte und verzieht das Gesicht zu einem gekünstelten Lächeln.

Maud erklärt, dass sie gern mehr über die Familie Demsterwold in Erfahrung bringen wollen. »Mevrouw Demsterwold können wir leider nicht mehr befragen«, fährt sie fort. »Aber soweit wir wissen, hat sie eine Stiftung gegründet. Können Sie uns darüber Näheres erzählen?«

»Ina interessiert sich für volkstümliche Überlieferungen«, antwortet der Mann mit dem Namen Clever. Da sein Name Bestandteil des langen Kanzleinamens ist, scheint er einer der Inhaber zu sein. »Die Stiftung organisiert und finanziert die Dokumentation von Mythen, Sagen, Legenden und anderen Volksmärchen. 1990 haben wir in den Niederlanden mit dem Forschungsprojekt begonnen, und inzwischen wurde es auch auf Nachbarländer wie Großbritannien und einige Länder Skandinaviens ausgeweitet.«

Er spult seine Rede ab, als hielte er sie mehrmals am Tag.

»Ina hat das Projekt finanziert. Alles andere, von den Finanzen bis zur Organisation und dem Einsatz von Praktikanten und Forschern hat sie der Direktorin der Stiftung überlassen.«

»Und wer ist das?«, fragt Niels.

»Tineke Veenstra.«

»Die Frau des Bürgermeisters?«, fragt Maud erstaunt.

»In der Tat. Sie war von Anfang an dabei.«

»Also seit 1990«, bemerkt Niels. »War Veenstra damals nicht Generalsekretär im Justizministerium?«

»Könnte sein«, antwortet Clever. »Das kann ich jetzt nicht so spontan beantworten.«

»Und wie steht es mit dem Vermögen der Familie Demsterwold?«, fragt Niels weiter. »Gibt es diesbezüglich irgendetwas Besonderes zu sagen?«

»Gilt meine Klientin in Ihrem aktuellen Fall als Verdächtige?«, fragt Clever prompt zurück.

»Nein. Zu diesem Zeitpunkt versuchen wir lediglich, uns einen Überblick über die Situation zu verschaffen«, antwortet Maud. »Und in diesem Zusammenhang interessieren wir uns für Ina Demsterwold, weil sie in dem Haus wohnte, als die Schädel im Garten vergraben wurden.«

»Dass man an einem Ort wohnt, an dem ein anderer ein Verbrechen begeht, macht einen aber doch nicht zum Komplizen, nicht wahr?«, erwidert Clever, stützt die Ellbogen auf den Schreibtisch und legt die Fingerspitzen aneinander. Er sieht aus, als könne er stundenlang reglos so sitzen, weil er es gewöhnt ist, für jede Minute eine gesalzene Rechnung zu schicken.

»Natürlich nicht«, antwortet Maud.

»Also, gibt es jetzt etwas zu sagen oder nicht?«, fährt Niels den Mann an. »Was verdient Tineke Veenstra in ihrer Funktion als Direktorin?«

»Darüber kann ich Ihnen leider keinen Auskunft geben«, erwidert Clever. »Es sei denn, Ina steht in irgendeiner Weise unter Verdacht. Dann können Sie mit einem offiziellen Beschluss gewisse Informationen anfordern. Ansonsten nicht.«

Er löst die Fingerspitzen voneinander, klatscht leise in die Hände, steht auf und geht Maud und Niels voran zur Tür.

»Noch eine Frage«, sagt Maud, kurz bevor sie hinausgehen. »Besitzt die Familie Demsterwold, Ina oder auch ihre Kinder Vincent oder Clara, noch weitere Häuser? «

Clever schweigt und sieht sie an, ohne eine Miene zu verziehen.

»Ich kann es natürlich auch beim Katasteramt heraussuchen lassen«, sagt Maud. »Aber falls Sie eine Übersicht haben … Und auch von anderen Immobilien.«

Clever nickt. »Damit kann ich Ihnen behilflich sein. Ich werde eine unserer Praktikantinnen bitten, Ihnen eine Liste zuzumailen.«

»Warst du scheißfreundlich zu diesem Arschloch«, motzt Niels auf dem Weg zurück zum Auto.

»Höflich«, entgegnet Maud. »Nicht scheißfreundlich.«

»Die Frau des Generalsekretärs«, höhnt Niels. »Des Mannes, der Demsterwold jahrelang geschützt hat. Wetten wir, dass die schon seit fünfundzwanzig Jahren von der Stiftung ein fettes Gehalt kassiert? Fünfundzwanzig mal fünfzigtausend, das macht eine Viertelmillion!«

»Niels …«

»Die stecken doch alle unter einer Decke! Die glauben, sie stünden über dem Gesetz. Verdienen mehr als wir. Wohnen schöner. Zahlen weniger Steuern.«

»Wie kommst du denn darauf?«

»Weil es so ist. Es ist ein großes Komplott.« Plötzlich bleibt er stehen. »Hast du Netflix?«

»Ja«, sagt sie verwundert. »Wieso?«

»*Zeitgeist*«, antwortet Niels. »Schau dir die Dokumentation mal an. Dieser Demsterwold und Veenstra und Konsorten, das sind die Rockefellers und Bushs der Niederlande. Das sind die Leute, die uns zu Sklaven machen. Die die Welt ausbeuten, ungeachtet der Folgen.«

»Niels!«, sagt Maud streng. »Jetzt mach aber mal einen Punkt.«

Er schweigt, und sie steigen ins Auto.

»Es ist so schönes Wetter«, sagt Maud. »Geh heute mal früh nach Hause und nimm dir morgen einen Tag frei. Versuch mal, ein bisschen auszuspannen.«

Sie fahren schweigend zum Präsidium und fühlen sich beide unwohl.

»Was soll das?«, fragt Niels, als Maud das Auto parkt. »Versuchst du, mich von dem Fall abzuziehen?«

Sie steigen aus und über das Autodach hinweg wirft Niels Maud einen wütenden Blick zu, bevor er sich umdreht und davonmarschiert. Sie seufzt, holt ihr Handy aus der Tasche und ruft Vilena in der Forensik an. Niemand da. Sie hinterlässt eine Nachricht und seufzt wieder. Manchmal entwickeln sich die Dinge so langsam und so anders, als man gern möchte. Missmutig betrachtet sie die eingegangenen Anrufe auf ihrer Mailbox, es werden immer mehr.

Myrna hat ihr einen Link zu einem Artikel in einer der überregionalen Zeitungen geschickt. *Kommissarin Mertens und Ex-Polizist Gerritsen amüsieren sich am Tatort* steht unter einem Foto von ihr und Jan Anne, als sie lachend von der Villa aus losfahren.

Dann kommt eine Mail von Kyra Slagter herein, in der steht, sie hätte eine Idee. Kyra hat schon mehrmals angerufen, aber Maud hatte weder Zeit noch Energie, sie zurückzurufen. Sie möchte natürlich wissen, ob bereits Schädel identifiziert sind. Wer wollte es ihr verübeln?

»Dave Kowzinsky wurde auf einer Insel vor Dänemark angespült«, sagt Kyra zu Maud, die diesmal sofort auf ihre E-Mail reagiert hat.

»Fünf Minuten«, hat sie ihr beim Hereinkommen streng erklärt. »Ich habe eigentlich überhaupt keine Zeit.«

Jetzt sitzen sie in einem Zimmer im Präsidium an der Rode Kruisstraat, und Kyra fällt auf, dass Maud die ganze Zeit mit einem Bein wippt. Die Ermittlungen gingen nicht so schnell voran, wie sie es gern hätte, hat sie gerade gesagt. Die DNA-Analyse sei auch noch nicht fertig, und daher könne sie nicht sagen, ob Sarina unter den Opfern sei oder nicht.

»Aber wissen wir wirklich genau, dass Sarina nicht irgendwo angespült wurde?«, fährt Kyra fort. »In Skandinavien, oder vielleicht in England, Belgien oder Frankreich? Wir haben sie natürlich gesucht, aber doch hauptsächlich in den Niederlanden.«

Maud hört auf, mit dem Bein zu wippen und schaut sie skeptisch an. »Es hat einen internationalen Fahndungsbericht gegeben«, erwidert Maud. »Alle Informationen über Sarina sind in den Datenbanken gespeichert. Wir haben Kontakt zu unseren Nachbarländern aufgenommen; wenn also irgendwo eine … jemand angespült wird, wird das weitergegeben.«

»Sicher?«

»Na ja … Das ist jedenfalls die übliche Vorgehensweise.«

»Ich würde gern selbst nach Leichen recherchieren, die angeschwemmt und bisher nicht identifiziert wurden«, sagt Kyra. Sie sieht, wie Maud Luft holt, um mit einem zweifellos stichhaltigen

Gegenargument zu antworten, aber schnell redet sie weiter. »Ich verstehe, dass Sie keine Zeit für so etwas haben. Aber für mich ist das wichtig. Ich habe die Zeit, und ich betrachte es als praktische Übung für meine Ausbildung.«

Sie sieht, dass Maud schwankt.

»Du müsstest einen Antrag beim *Bureau Vermiste Personen Noordzee* einreichen«, antwortet Maud. Sie legt eine Pause ein und fügt dann hinzu: »Kyra, ich kann mir beim besten Willen nicht vorstellen, dass du deine Schwester auf diese Art und Weise finden wirst.«

Kyra spielt mit dem leeren Kaffeebecher. Auf dem Boden sind noch ein paar Tropfen übrig, und sie lässt sie von einer Seite zur anderen wandern.

»Ich weiß«, sagt sie leise. Dann sieht sie die Polizistin an. »Aber ich muss doch irgendetwas tun. Ich kann die Sache doch nicht einfach auf sich beruhen lassen? Soll ich eines Tages zu meiner Schwester sagen: ›Tut mir leid, ich habe aufgegeben. Ich hatte Wichtigeres zu tun‹?«

29

London

Sarah sitzt mit geschlossenen Augen im weichen Sessel, die Hände auf die Lehnen gestützt, den grauen Filz in Rücken und Nacken. Sie zieht die Schultern ein wenig hoch, um sich noch sicherer zu fühlen.

Sie hat mit ihrem Psychiater, Doktor Archbold, vereinbart, es noch einmal mit EMDR zu versuchen. Sollte das nicht funktionieren, werden sie zu einer anderen Methode übergehen, die Doktor Stevens häufig einsetzt und bei der er das Gehirn mithilfe von Magneten stimuliert.

Sie atmet tief durch und versucht, ruhig zu bleiben. Ihr Instinkt drängt sie zur Flucht. Ihr droht Gefahr, sie sollte weglaufen! Aber wohin? Und warum?

Sie zählt. Bis zehn. Dann bis zwanzig.

Zweitausenddreihundertdreiunddreißig Meter tief kann ein Hühnerei unter Wasser sinken, bevor die Schale zerbricht. Seitdem sie davon in einer Zeitschrift gelesen hat, stellt sie sich vor, das Ei würde für das Hinabsinken eine Sekunde pro Meter brauchen. Wenn es also auf dem Deck der Titanic gelegen hätte und es wäre vom Schiff gerollt, in den atlantischen Ozean hinein, hätte es gut eine halbe Stunde gedauert, bevor es unter dem Druck des eiskalten Wassers zerdrückt worden wäre. Eine halbe Stunde. Wenn ein Ei solche Kräfte eine halbe Stunde lang aushält, ohne dass Risse entstehen, muss sie doch dieses eine Gespräch durchstehen können, ohne zusammenzubrechen.

»Sarah«, sagt Doktor Stevens mit seiner sympathischen Stimme. »Hören Sie mir zu?«

»Entschuldigung«, antwortet sie lächelnd und öffnet die Augen. »Ich habe gerade darüber nachgedacht, wie stabil ein Hühnerei ist.«

»Ein Hühnerei«, wiederholt der Arzt. Es ist schon erstaunlich, wie exakt Therapeuten alles wiederholen, was man gesagt hat. Ob es dafür eine besondere Schulung gibt? Wiederholungstechniken eins: Grundlagen; Wiederholungstechniken zwei: für Fortgeschrittene. Vielleicht kann man es sogar als Prüfungsfach wählen.

»Fangen Sie an«, sagt Sarah, als Doktor Stevens sie unverwandt ansieht. »Ich bin so weit.«

Sie schafft es, ganz sicher. Sie kann sich zurückerinnern, ohne zu hyperventilieren. Ohne zu flüchten.

»Kehren wir noch einmal zurück an den Strand«, beginnt Doktor Stevens, und sogleich ist sie wieder dort.

Es ist früh am Morgen. Sie rennt über den Sand. Sie dreht sich um, läuft ein kleines Stück zurück und verfolgt die gerade Linie der Fußstapfen, die sie kurz zuvor hinterlassen hat. Zwei Wochen Urlaub, bevor sie ihre erste Arbeitsstelle als fertige Psychologin antritt.

»Wie fühlen Sie sich?«, fragt Doktor Stevens. »Wo sind Sie jetzt, und wie geht es Ihnen?«

»Ich jogge«, antwortet Sarah. »Am Strand entlang. Ich liebe das Rauschen der Wellen und das Geschrei der Möwen. Am liebsten morgens früh, wenn der Strand noch leer ist und ich ganz allein bin.«

Sie hört die Brandung rauschen, das knirschende Stampfen ihrer Schuhe auf dem harten Sand. Los, weiter, schneller! Sie ist entschlossen, ihre eigene Bestzeit zu unterbieten.

»Ich habe eine Arbeitsstelle gefunden«, fährt sie fort. »Leider weiß ich nicht mehr, was genau ich dort tun sollte. Sehr ärgerlich.«

»Dann bleiben Sie bei dem, was Sie wissen und wie Sie sich fühlen. Froh? Gespannt?«

Ja, gespannt, das trifft es. Eine vielversprechende Zukunft liegt vor ihr. Das Leben, für das sie so hart gekämpft hat. Wie in einem Schlaglicht sieht sie ihre Mutter und ihren Bruder vor sich, die heruntergekommene Wohnung in einem Pariser Vorort, in die sie gezogen waren, nachdem sie Brest hatten verlassen müssen. Pack deine Sachen, morgen ziehen wir um, ich habe eine bessere Wohnung für uns gefunden. Besser. Beim ersten Mal hatte sie es geglaubt. Bis sie mit ihren beiden Plastiktüten die Wohnung im 16. Stock erreicht hatte, deren Nachbarn man besser aus dem Weg ging, wenn man keine Probleme haben wollte.

»Es ist ein schöner Tag«, sagt sie, um ihre Aufmerksamkeit wieder auf die Situation am Strand zu lenken. Sie muss sich jetzt darauf konzentrieren. Sie muss den wunden Punkt überwinden, egal, welche Ängste das in ihr auslöst. »Ich habe Urlaub. Zwei Wochen. Ich bin stolz darauf, ganz allein in einem Hotel zu wohnen. Ich bin in Saint-Briac-sur-Mer, dort, wo ich mit meinen Eltern Urlaub gemacht habe, als alles noch in Ordnung war. Bevor mein Vater krank wurde. Bevor meine Mutter …«

Ihre Mutter war Alkoholikerin. Das war es. Ihr Vater ist tot. Ihre Mutter findet keine Arbeit. Das Haus muss verkauft werden. Sie haben Schulden. Ihr Bruder gerät auf die schiefe Bahn. So war es ihrer Familie ergangen, und ihr war es gelungen, diesem trostlosen, perspektivlosen Dasein zu entfliehen.

»Kehren Sie zurück zu diesem Moment am Strand«, greift Doktor Stevens ein. »Sie joggen am Wasser entlang.«

»Außer mir ist noch ein Mann am Strand. Er sieht gut aus. Er hat den gleichen Hund, den ich früher einmal hatte. Einen braunen Labrador. Er fragt mich, wo er ein Fahrrad leihen kann, und ich antworte, dass ich es nicht wisse, er aber bei der Touristeninformation nachfragen solle.«

Es klappt! Sie taucht weiter in ihre Erinnerungen ein als je zuvor.

»Wie sieht der Mann aus?«, fragt Doktor Stevens.

»Er ist groß. Um einiges größer als ich. Er hat schöne Augen und ein nettes Lächeln.«

Sein Äußeres war seine Tarnung. Von außen sah man nichts von dem Monster, das sich in ihm verbarg. Das Monster, das sie ein paar Tage später kennenlernen sollte.

»Am nächsten Tag begegnete ich ihm wieder«, flüstert sie. »Er ging an dem Restaurant vorbei, vor dem ich draußen auf der Terrasse zu Mittag aß, und fragte, ob er sich zu mir setzen dürfe.«

Im Bruchteil einer Sekunde sieht sie ihn vor sich, aber gleich darauf ist das Bild wieder verschwunden. Eine Welle der Trauer schlägt über ihr zusammen.

»Ich habe ihn nach seinem Hund gefragt«, sagt sie. »Er hatte ihn nicht dabei.«

Der Hund, der in Wirklichkeit gar nicht ihm gehörte. Den er eine Woche später ohne mit der Wimper zu zucken über Bord warf, mitten auf dem Meer.

30

Am liebsten wäre er sofort zum Finale gekommen, aber er zögert es jetzt schon eine Weile hinaus. Suzanna mit ihrem blonden Haar und dem muskulösen, gefesselten Körper eignet sich ideal für seine Zwecke – die Hilflosigkeit, die sie ausstrahlt, bläht sein Machtgefühl weiter auf. Er schließt die Augen und verliert sich kurz in seiner Fantasie. Er spürt, wie die Spannung in seinem Körper zunimmt, wie die Energie mit neckischen Stromstößen in seinen Schwanz schießt.

Nein! Noch nicht.

Widerstrebend lässt das Kribbeln nach.

Später.

Brillant! Absolute Selbstbeherrschung.

Er ist mit der Arbeit fertig, doch anstatt nach Hause fährt er nach Haarlem, weil er auf einmal Lust hat, das Meer zu sehen. Doch jetzt, wo er ganz in der Nähe ist, hat er kein Verlangen mehr danach. Badegäste – pfui Teufel. Windschirme. Strandbälle. Butterbrote mit Sand. Wie stumpfsinnig.

Da ihm nichts anderes einfällt, um die Zeit totzuschlagen, biegt er dennoch in die Straße zum Parnassia aan Zee ein, dem Strandcafé, wo es über den Männerpissoirs ein geheimes Guckloch zum Waschraum der Frauentoiletten gibt. Wenn man dort mit dem Pimmel in der Hand steht, kann man auf der anderen Seite beobachten, wie sich eine Tussi die verlaufene Mascara abwischt oder die Titten im BH zurechtrückt. Er grinst, und kurze Zeit später parkt er auf dem großen Gelände unten an den Dünen.

Als er aussteigt, wird er von einem flauschigen kleinen Hund begrüßt, der fröhlich an ihm hochspringt.

»Hau ab!«, schimpft er und ruft den Besitzern zu: »Nehmen Sie gefälligst Ihr blödes Vieh an die Leine!«

Das junge Paar sieht ihn erschrocken an. Er setzt die Sonnenbrille auf und geht hinauf zum Restaurant, wo er sich ein geschütztes Plätzchen auf der Terrasse sucht und ein Bier bestellt.

Noch immer weiß er nicht genau, was er tun wird, wenn er fertig ist. Er ist zwar gekommen, um sein Werk zu vollenden, aber das letzte Kapitel wird er neu schreiben müssen.

Kill your darlings.

Das tut er. Doch nun muss er ausgerechnet den letzten, heiligsten Teil, der für ihn am allerwichtigsten ist, abändern. Ärgerlich. Sehr ärgerlich. Fast hätte er ausgerechnet in dem Moment geflucht, als ihm die Kellnerin ein schäumendes Bier serviert.

Als er sein Glas zur Hälfte geleert hat, legt sich sein Ärger. Im Grunde hat er alles perfekt organisiert. Finanzierung. Ort. Plan. Kompagnon. Und nun hat er auch schon die letzte Frau der Phase eins.

Gut, sehr gut vorbereitet. Niemand sieht etwas. Niemand hört etwas. Niemand hält mich auf.

Die See ist sanft, und das beruhigende Beige, Blau und Grau der Umgebung erscheint ihm wie das Versprechen, dass das Leben, von dem er einst geträumt hat, endlich wahr werden wird, nach einem jahrelangen Prozess der Vorbereitung.

»Ich mache jetzt weiter«, hatte er vor ungefähr zwei Monaten beschlossen. Sie waren auf gut Glück losgefahren und hatten irgendwo in einem Restaurant etwas gegessen. »Sobald ich mit dieser Letzten fertig bin, mache ich gleich mit Kyra weiter.«

»Meine Aufgabe ist fast beendet«, erwiderte der andere. »Es dauert nicht mehr lange, dann komme ich nach.«

Die Beziehung zu einem Seelenverwandten war neu für ihn gewesen. Sie verlieh ihm Bedeutung, aber das Wichtigste war, dass er dazulernte. Zum ersten Mal in seinem Leben lernte er von einem anderen etwas, das wirklich nützlich für ihn war. Sein neuer Freund besaß viel mehr Erfahrung als er, hatte viel mehr Zeit zum Üben gehabt. Während er durch seine Eltern und die Schule davon abgehalten worden war, von lauter Verpflichtungen, die ihn eingeengt hatten, hatte sein Freund die Möglichkeit gehabt, Erfahrungen zu sammeln. Nun hatte er plötzlich die Gelegenheit, aus all diesen Erfahrungen seinen Nutzen zu ziehen.

Er trinkt sein Glas aus und starrt dem jungen Paar mit dem Hund hinterher, das in der Ferne Arm in Arm den Strand entlangspaziert. Die junge Frau hatte etwas Dreistes an sich. Jemand müsste ihr mal die Leviten lesen. Er hebt sein leeres Glas zum Zeichen, dass er noch ein Bier möchte und beschließt, noch etwas zu essen zu bestellen. Suzanna kann nicht weglaufen. Er hat alle Zeit der Welt. Kibbeling mit Sauce und Pommes Frites. Genau das Richtige.

31

»Du kannst die Hausarbeit nicht mehr zurückziehen, Kyra.« Joost lässt sich auf keine Diskussion ein. »Wiersinga hat recht. Du hast sie abgegeben und eine gute Note erhalten – eine Zwei, wenn ich mich nicht irre.«

Kyra blickt ihren Tutor an. Er ist noch jung, trägt einen ordentlich getrimmten Bart mit Schnäuzer und kurz geschnittenes dunkelblondes Haar. Ein T-Shirt, dessen Ärmel seinen Bizeps umspannen, und eine an den Knien verschlissene Jeans.

»Zwei Komma drei«, verbessert ihn Kyra.

»Wie auch immer«, seufzt er. »Der Dozent hat die Note ins System eingegeben, und damit steht sie fest. Du kannst nicht einfach so eine Hausarbeit neu schreiben, weil du im Nachhinein den Stoff besser verstanden hast.«

»Das ist doch nicht der Grund«, erwidert Kyra drängend. »Die Villa bietet einfach ein viel besseres Thema, und ich möchte in meinem Lebenslauf wirklich hundertmal lieber eine Arbeit mit diesem Titel als die, die ich eingereicht habe.«

»Aber dein Propädeutikum hast du doch ohnehin in der Tasche, ich sehe wirklich keinen Vorteil.«

»Der Einfluss der Luftfeuchtigkeit auf Gipsabdrücke«, zitiert Kyra abfällig den Titel ihrer Hausarbeit. »Keine Ahnung, warum ich das Thema je interessant gefunden habe.«

»Dabei geht es um eine wichtige Sache. Deine Themenwahl

war eine gute Entscheidung. Du behauptest ganz richtig, dass das Material und die Geschwindigkeit der Feuchtigkeitsverdunstung den Gipsabdruck beeinflussen können. Auch sehr gut war, dass du Scans und 3-D-Ausdrucke härterer und weniger empfindlicher Materialien als Alternativen nennst.«

»Ich kann die Arbeit also nicht noch mal neu schreiben?«, fragt Kyra.

»Nein.«

»Und was ist mit dem Praktikum?«

»Ein Praktikum macht man erst im dritten Studienjahr.«

»Ich darf also meine eigenen Untersuchungen durchführen, aber nicht im Rahmen meines Studiums.«

»Wenn du einen Dozenten dazu überreden kannst, die Arbeit zu begleiten und dich zu unterstützen, von mir aus gern, aber erwarte nicht, dass wir es ins Programm einbauen oder du dafür Punkte bekommst.« Er schaut sie amüsiert an. »In deinen Lebenslauf kannst du es von mir aus aufnehmen.«

Kyra nickt und steht auf. »Danke«, sagt sie. »Ich werde mal Wiersinga fragen, ob er mir hilft.« Sie legt eine kurze Kunstpause ein und sagt dann entschieden: »Egal, ob es für das Studium zählt oder nicht.« Sie verabschiedet sich und geht.

»Übrigens«, sagt Joost, als sie schon an der Tür ist. »Herzlichen Glückwunsch.«

»Wozu?«

»Zum bestandenen Propädeutikum.«

»Niels.« Maud steht am Schreibtisch ihres Kollegen, der seit Tagen mit einem Gesicht wie sieben Tage Regenwetter herumläuft. Er bemüht sich zwar, seine Gefühle unter Kontrolle zu halten, aber hin und wieder brechen sie aus ihm heraus.

»Was ist?«, brummt er.

»Komm, wir holen uns ein Brötchen bei Van Willes.«

»Hab keinen Hunger.«

»Schon wieder«, sagt sie, absichtlich langsam und mit hochgezogenen Augenbrauen. »Wir gehen uns jetzt ein Brötchen bei Van Willes holen. Los, komm schon.«

Er muss nicht glauben, dass er wie ein launischer Teenager die Atmosphäre im Team verderben kann, nur weil die Ermittlungen nicht in der Reihenfolge und dem Tempo vonstatten gehen, wie es ihm lieb wäre. Es geht hier um mehr als das verletzte Ehrgefühl ihres Kollegen.

Niels unterbricht seine Arbeit und starrt sie an. Dann wirft er die Papiere hin und steht auf. Schweigend nimmt er seinen Mantel vom Bürostuhl und marschiert zum Büro hinaus.

»Worauf wartest du?«, ruft er ihr über die Schulter hinweg zu.

Es fällt ihr schwer, mit ihm Schritt zu halten, und vor allem schafft sie es im Laufschritt nicht, das loszuwerden, was sie ihm gern sagen würde. Beim Bäcker bestellt sie ein Brötchen mit Salat und Rohkost und bezahlt auch Niels' Brötchen mit.

»Du weißt, wie ich über den Fall Demsterwold denke«, sagt sie, als sie die Bäckerei verlassen. Niels tut so, als höre er sie nicht und holt sein Brötchen aus der Papiertüte. Langsam geht er in Richtung des Zebrastreifens.

»Es gibt zu viel Rauch«, fährt Maud fort. »Irgendwo muss ein Feuer sein. Das weiß jeder, schon seit Jahren.«

Niels fischt ein Stück Ei von seinem Brötchen und steckt es in den Mund. Es hat mehrmals Versuche gegeben, Demsterwold vor Gericht zu bringen. Ein britischer Junge hat ausgesagt, von ihm missbraucht worden zu sein, zu der Zeit, als er Botschafter in London war. Die Klage kam in die Presse, aber durch Demsterwolds diplomatische Immunität konnte man ihn nicht zur Rechenschaft ziehen. Ein anderer junger Mann, ein Niederländer, der ausgesagt hatte, von Demsterwold vergewaltigt worden zu sein, als dieser wieder in die Niederlande zurückgekehrt war, wurde schließlich selbst verurteilt – wegen übler Nachrede. Ein Journalist, der bei der Ernennung Demsterwolds zum Minister geäußert hatte, ein Politiker müsse doch zumindest einen einwandfreien Ruf haben, wurde mit dem Argument abgekanzelt, dass man mit willkürlichen Verdächtigungen wohl jeden Ruf schädigen und infolgedessen niemanden mehr zum Minister ernennen könne.

»Ich möchte ausdrücklich nicht, dass wir uns bei der Untersuchung auf Demsterwold konzentrieren«, sagt Maud. »Unsere Ermittlungen dürfen nichts, rein gar nichts von einem politischen oder persönlichen Rachefeldzug haben.«

»Die Schädel haben in seinem Garten gelegen!« Niels erschrickt vor seiner eigenen Reaktion und blickt sich um, aus Sorge, man könne seinen Ausbruch gehört haben.

»Leichen, oder besser: Leichenteile im Garten eines Mannes, der jahrelang des schweren Kindesmissbrauchs verdächtigt wurde«, fährt Niels fort, jetzt etwas ruhiger. »Und der Mittäterschaft beim Mord an einem jungen Mädchen«, setzt er hinzu. »Und dem Verschwinden eines kleinen Jungen. Und den sollen wir nicht aufs Korn nehmen?«

»Er wurde nie in einen Zusammenhang mit dem Mord an erwachsenen Opfern gebracht, und die liegen dort im Garten.«

»Dort liegt ein Kinderschädel!«

»Der Mann wird mit Fällen in Verbindung gebracht, in denen es um ein ungesundes Interesse an Kindern geht. Kleinen Kindern ohne Reifekennzeichen, wie es heißt. Er soll ein waschechter Pädophiler gewesen sein, der auf Kinder unter zwölf Jahren stand. Wie erklärst du dir dann die Erwachsenen? Außerdem war er so gut wie nie zu Hause. Die Nachbarn bestätigen das. Es ist durchaus möglich, dass er mit unserem Fall überhaupt nichts zu tun hat. Es erscheint mir auch … zu offensichtlich. Ich weiß nicht recht. Außerdem darfst du nicht vergessen, dass der Verdacht gegen ihn niemals erhärtet werden konnte.«

»Er war ein Dreckskerl«, stößt Niels hervor. »Und er muss …« Plötzlich schweigt er.

Maud schüttelt den Kopf. »Hängen, wolltest du sagen? Genau wie Marc Gaullier am Ufer des IJ? Hatte der auch seine Strafe verdient?«

Sie haben das Präsidium fast erreicht, und Niels schaut immer noch grimmig drein.

»Es traut sich einfach keiner an ihn ran«, sagt er. »Wenn du jemanden ohne Vorurteile willst, ohne vorgefasste Meinung, dann musst du mich von dem Fall abziehen, Maud. Ich weiß, wer hier der Schuldige ist, und ich werde ihn drankriegen. So einfach ist das. Vielleicht gibt es einen Handlanger, aber ich bin mir hundertprozentig sicher, dass Demsterwold die Opfer im Garten auf dem Gewissen hat. Das werde ich beweisen, und ich werde es nicht im Geheimen tun. Ich tue meine Arbeit, wie ich sie immer tue und stelle die Fragen, die ich immer stelle. Wenn dir das nicht passt, dann schmeiß mich raus.«

Ohne sich umzusehen marschiert er davon, zurück ins Präsidium.

Kyra sitzt in der Mensa der Amsterdamer Uni. Was für bescheuerte Vorschriften! Aus verwaltungstechnischen Gründen darf sie also keine neue Hausarbeit abgeben. Formalitäten sind wichtiger als Inhalte. Den Schädel-Fall kann sie auch nicht als Projekt nehmen, denn sie muss ihr Thema aus einer Liste wählen, die die Uni vorgibt. Ein Praktikum darf sie ebenfalls noch nicht machen. Das geht erst nach zwei Jahren. Noch ein paar Tage, dann fangen die Semesterferien an. Vielleicht ist sie nur ganz allgemein schlecht gelaunt. Und sollte mal in den Urlaub fahren. Ins Ausland. Raus hier.

Maud hat erzählt, dass jedes Land Daten über vermisste Personen und Leichenfunde aufbewahrt. Das *Bureau Vermiste Personen Noordzee* wurde speziell eingerichtet, um solche Fälle zu untersuchen. Sie arbeitet mit vergleichbaren Behörden in den Nachbarländern zusammen, also könnte sie dort mit ihren Nachforschungen beginnen. Es gibt auch eine internationale Datenbank von Interpol, aber deren Daten sind nicht mit denen der anderen Datenbanken verlinkt. Wenn also in den Niederlanden eine Leiche auftaucht, wird das nicht automatisch zum Beispiel nach Frankreich gemeldet und geprüft, ob die Beschreibung der aufgefundenen Person mit einer der dort vermissten übereinstimmt.

»Warum wird das nicht besser organisiert?«, hatte Kyra gefragt.

»Aus Zeitmangel«, war Mauds Antwort gewesen. »Nach einer bestimmten Zeit wird eine Akte geschlossen, und dann ist sie nicht mehr aktuell.«

»Nicht für die Angehörigen«, hatte Kyra geantwortet.

Um Informationen über eine im Ausland vermisste Person zu erhalten – oder auch umgekehrt über eine im Ausland aufgefundene Person –, muss man ein Rechtshilfe-Ersuchen einreichen, hatte Maud gesagt. Kyra recherchiert per Google. Es handelt sich um das Ersuchen eines Landes an ein anderes um Hilfe bei einem juristischen Verfahren. Wow. Sie müsste also irgendjemanden dazu überreden, eine ganze Reihe von Rechtshilfe-Ersuchen einzureichen, und die würden nicht einmal einen Namen enthalten können, denn genau der fehlt ihr. Sie hat noch gar nicht richtig angefangen, und schon weiß sie nicht weiter. Doch bei dem *Bureau Vermiste Personen Noordzee* wird man bestimmt wissen, was zu tun ist.

Mit einem Knall schließt sie ihr Laptop, doch dann fällt ihr ein, dass sie Roos Mertens noch fragen wollte, ob sie zufällig auf das

Barlaeus geht oder jemanden an dieser Schule kennt. Auf ihrem Smartphone öffnet sie Facebook. Es gibt zwei Einträge von einer Roos Mertens. Eine hat etwas mit Erdarbeiten zu tun und die andere hat ein Profilfoto von Liesbeth Salander gepostet und will – sie scrollt nach unten – später Fotografin werden. Sie grinst, schickt Roos eine Freundschaftsanfrage und überlegt schon einmal, wie sie ihre Frage formulieren soll. Liesbeth Salander … Sie kichert.

32

Maud wandert in dem kleinen Zimmer hin und her, das sie mit Thomas Kuipers teilt. Niels ist heute früher gegangen.

»Soll ich Kaffee besorgen?«, fragt Thomas.

»Ich kann das Wort Kaffee nicht mehr hören«, entgegnet Maud. »Hol lieber eine Karaffe Wasser.«

Sie beugt sich über ihre Aufzeichnungen. Absolut geisttötend, diese Protokolle. Viel zu viele Leute haben Schiss, den Mund aufzumachen, behaupten hartnäckig, von nichts zu wissen und verschanzen sich schlimmstenfalls hinter einer Schweigepflicht, die für sie gar nicht gilt.

»Stefan Helder, der Pfleger, hat ausgesagt, es sei im Grunde unverantwortlich gewesen, dass Ina Demsterwold so lange allein gewohnt habe. Selbst als er sie rund um die Uhr versorgt hat, sei es schwierig gewesen.« Maud schenkt sich sofort ein Glas Wasser ein, nachdem Thomas die Kanne abgestellt hat. »Aufgrund seiner Aussage«, fährt sie fort, »können wir wohl davon ausgehen, dass es Ina Demsterwold zumindest in den letzten zwei Jahren nicht aufgefallen wäre, wenn Zirkus Renz in ihrem Garten gastiert, geschweige denn, wenn eine einsame Gestalt mitten in der Nacht einen Kopf vergraben hätte.«

»Aber was ist mit den Jahren davor?«, entgegnet Thomas.

»Der Garten ist so weitläufig, das Haus so groß«, antwortet Maud. »In der Erde etwas zu vergraben, ohne dass sie etwas merkt, kann nicht besonders schwer gewesen sein. Schon gar nicht, wenn man es ein bisschen geschickt angestellt und die Grassoden anschließend so zurückgesetzt hätte, dass man nichts sah.«

»Aber irgendjemand aus der Nachbarschaft muss doch mal etwas gesehen haben.«

»Die Befragung läuft«, erwidert Maud. »Jolanda und John klappern heute und morgen alle Anwohner ab.«

»Aber Niels hat doch gesagt, wir sollten keine Nachbarschaftsbefragung durchführen«, entgegnet Thomas ein wenig aufsässig. Niels ist immer noch sauer wegen der angeordneten Zurückhaltung gegenüber Demsterwold und hat Thomas offenbar sein Leid geklagt.

»Ich ermittle in diesem Fall genauso gründlich wie in jedem anderen.« Maud trinkt das Glas Wasser aus. »Und wenn dafür eine Nachbarschaftsbefragung notwendig ist, machen wir die.« Sie zuckt mit den Schultern. »Vielleicht nicht so prompt, wie Niels es für nötig erachtet, aber wir tun es. Ich erwarte den Bericht morgen Abend. Wer ist jetzt an der Reihe?«

»Der Gärtner, Fred van Leeuwen.«

»Jemand noch Wein?«, fragt Kyras Vater. Er schenkt sich nach und wartet auf Antwort. Kyras Mutter schüttelt den Kopf, und sie selbst antwortet mit einer ablehnenden Geste.

Sie kann es einfach nicht fassen, wie normal sich ihr Vater verhält. Wie macht er das?, fragt sie sich. In einem Moment bei seiner Geliebten zu sein, sich wie ein verknallter Teenager zu benehmen, romantische Worte zu flüstern und sich bis zur Erschöpfung zu lieben – und dann nach Hause zu fahren, »soll ich noch etwas einkaufen gehen?«, gemütlich mit Frau und Tochter am Tisch zu sitzen, noch ein Gläschen mit der Ehefrau zu trinken und danach neben ihr ins Bett zu schlüpfen?

»Möchtest du noch ein bisschen Salat?«, fragt er und hält die Schüssel hoch.

»Nein«, erwidert Kyra, »danke.«

»Ich möchte noch ein bisschen.« Ihre Mutter hat mehr Appetit. Im Januar, nach dem Gespräch mit Grigor Kowzinsky, schien sie für kurze Zeit wieder in die gleich tiefe Niedergeschlagenheit zu verfallen wie nach Sarinas Verschwinden, aber jetzt, ein paar Monate später, hat sich ihr Zustand wieder verbessert. Sie ist beinahe guter Laune.

Dieser Dreckskerl! Was fällt ihm ein, sich gerade jetzt eine andere zu angeln? Hätte er das doch bloß ein paar Jahre früher getan, als ihre Mutter noch wie ein Häuflein Elend auf dem Sofa lag.

Oder wäre das noch schlimmer gewesen? Vielleicht hatte er ja auch schon ein paar Jahre etwas mit dieser Frau? Nur weil sie wie verliebte Turteltäubchen getan haben, hat sie wie selbstverständlich angenommen, sie seien frisch verliebt. Muss aber nicht sein. Vielleicht geht das schon länger.

»Köstlich«, seufzt ihre Mutter. »Dieser Feta mit Kräutern ... Weißt du noch, Hanno, damals in Griechenland ... Die kleinen Restaurants, das Essen draußen unter freiem Himmel, die freundlichen Leute ... Lass uns doch diesen Sommer nach Griechenland fahren.«

Sie schaut ihn strahlend an, doch er reagiert nicht. In den letzten Jahren wollte Kyras Mutter nicht verreisen, höchstens mal für ein paar Tage in ein kleines Hotel. Ihr Vater musste sie jedes Mal überreden, mal zu einer Woche Wandern in Österreich, mal zu einer Woche Wintersport, mal zu einem Kurztrip nach London.

»Wann würdest du gern fahren?«, fragt er jetzt, sichtlich verstört. »Du weißt doch, ich muss zu der Konferenz in Cannes. Und Anfang Oktober findet die Eröffnung statt ...«

Er will nicht.

Scheißkerl.

»Ich muss noch was für die Schule tun«, sagt Kyra und steht auf.

»Räum vorher bitte deinen Teller ab.« Ihr Vater sieht sie nicht an, während er das sagt, sondern scheint sich sehr intensiv für seinen Salat zu interessieren.

Er denkt sich eine Ausrede aus.

Kyra will mit alldem nichts zu tun haben. Sie versucht, auf Distanz zu gehen, aber es fällt ihr umso schwerer, als sie neuerdings hinter jedem Satz, den er sagt, eine Lüge vermutet.

»Ich habe viele Jahre für die Familie Demsterwold gearbeitet«, beginnt Fred van Leeuwen, nervös, Mitte dreißig. Er trägt einen Bart und einen Schnäuzer, die bei einem modebewussten Mann vielleicht hip aussehen würden, ihm jedoch eher einen verwahrlosten Ausdruck verleihen. Sein kariertes Hemd und die geflickte Jeans lassen ihn vollends wie einen etwas verwirrten Holzfäller aussehen.

»Alle zwei Wochen habe ich mich um den Garten gekümmert«, sagt er. Schon seit seinem vierzehnten Lebensjahr habe er für die Familie Demsterwold gearbeitet, zunächst als Gehilfe seines Vaters und später, nachdem ihm sein Vater den Betrieb übergeben hatte, als selbstständiger Unternehmer. »Wenn größere Arbeiten anstanden, habe ich das meistens mit Harry Bolhoven besprochen.«

Thomas schaut ihn fragend an.

»Dem Bauunternehmer«, antwortet van Leeuwen. »Er hat sich um sämtliche Instandhaltungsarbeiten gekümmert.«

»Hatten Sie einen Schlüssel vom Haus?«, fragt Maud.

»Vom Gartentor, der Garage und dem Haus«, antwortet van Leeuwen stolz, wobei er es jedoch vermeidet, Maud direkt anzusehen. Überhaupt hat er bisher weder sie noch Thomas länger als eine Sekunde angeschaut. »Schließlich habe ich schon so lange dort gearbeitet.«

Maud erkundigt sich nach seinen Tätigkeiten in den letzten Jahren, und er erzählt begeistert von den Bäumen, den Trauerweiden, den Hecken und den Topfpflanzen.

»Wie oft haben Sie den Rasen gemäht?«, fragt Thomas.

»Jedes Mal, wenn ich da war«, antwortet er und trinkt einen Schluck Wasser. »Das war eigentlich zu wenig, denn im Sommer muss das im Grunde jede Woche gemacht werden.«

»Ist Ihnen nie etwas aufgefallen?« Maud klopft mit ihrem Stift auf den Notizblock.

»Was denn?« Der Gärtner wischt den Schweiß unter dem Rand seiner dicken Brille fort und blickt sie für einen Moment unschuldig an.

»Es muss Ihnen doch aufgefallen sein, dass jemand etwas unter dem Rasen vergraben hat«, unterstellt ihm Thomas ungläubig. »Und zwar nicht nur einmal, sondern ungefähr an zehn Stellen.«

»Ich habe nichts davon gemerkt«, antwortet van Leeuwen mit leiser Stimme. »Überhaupt nichts.«

»Sind Sie ein so schlechter Gärtner?«, fragt Thomas, lehnt sich in seinem Stuhl zurück und trinkt einen Schluck Wasser, »oder wollen Sie uns verarschen?«

Thomas stellt die richtigen Fragen und ist genau im richtigen Moment skeptisch und dann wieder interessiert. Das Verhör läuft gut, und dennoch vermisst Maud Niels. Es ist zu ärgerlich, dass er dermaßen beleidigt ist.

»Ich tue genau das, was ich tun muss«, erwidert van Leeuwen, runzelt die Stirn, und für einen Augenblick wird er beinahe wütend. »Es hat sich noch nie jemand über meine Arbeit beklagt. Nicht ein einziges Mal.«

»Ist Ihnen irgendetwas anderes aufgefallen?«, fragt Maud. »Egal was, irgendetwas, wovon Sie jetzt, im Nachhinein, glauben, dass es etwas mit dem Fall zu tun haben könnte?«

»Nein. Überhaupt nichts. Nicht das Geringste.«

»Hatten Sie je das Gefühl, dass sich jemand im Gartenschuppen zu schaffen gemacht hat, der dort nichts zu suchen hatte? Oder in der Garage?« Thomas beugt sich nach vorn, als schenke er dem Mann jetzt mehr Gehör, sei interessierter. »Und waren Sie denn gar nicht sauer, als die Familie Narcing einen anderen Gärtner engagierte?«

»Was denken Sie denn?«, erwidert der Gärtner gekränkt. »Meinen Sie, ich hätte mir in den letzten Tagen nicht den Kopf zerbrochen? Seitdem ich von der Sache in der Zeitung gelesen habe, habe ich die ganze Zeit nachgedacht.«

»Aber …«, ermuntert ihn Maud, als er plötzlich schweigt.

»Ich habe wirklich nichts bemerkt. Das habe ich gleich gesagt, als Ihr Kollege bei mir angerufen und mich hierherbestellt hat. Ich habe nichts bemerkt. Gar nichts.«

Vielleicht sollte sie ihn einfach mit dem konfrontieren, was sie gesehen hat.

Papa, wer war eigentlich diese Frau, die du geküsst hast und mit der du ins Hotel gegangen bist?

Doch solche Gespräche führt man nicht mit seinem Vater. Andererseits – was sollte sie sonst tun? Gar nichts? Sollte sie die Sache einfach auf sich beruhen lassen, als wäre nichts geschehen, genauso wie er es tut?

Kyra sitzt an ihrem Schreibtisch. Wütend wirft sie ihren Stift quer durchs Zimmer. Sie darf keine neue Hausarbeit abgeben, das Praktikum bei der Vermisstenstelle zählt nicht für ihr Studium – es sei denn, sie verschiebt es um ein Jahr –, die Ermittlungen im Fall ihrer Schwester gehen keinen Zentimeter vorwärts, und jetzt stellt ihr Vater auch noch einen solchen Blödsinn an.

Sie rollt mit ihrem Bürostuhl zurück und schaut ihre Schwester an. Die Recherchen Grigor Kowzinkys sind nach dem Fund von Dave am Strand von Fanø in eine Sackgasse geraten, irgendwo an der Küste Mittelnorwegens, wo das Boot gefunden wurde. Der Mörder ihrer Schwester und ihres Freundes muss auf seiner Fahrt nach Norden mehrere Häfen angelaufen haben. Grigor hat sich überall erkundigt, doch er hat nur nach Dave und dem Schiff gefragt, nicht nach Sarina oder der Kombination: Boot, junge Männer, junge Frau. Vielleicht gibt es doch jemanden, der sich an ihre Schwester erinnert. Man weiß nie. Also, welche Häfen liegen zwischen dem idyllischen Norderney und dem Hafen im Norden von Trondheim?

Kyra steht auf, rollt ihren Stuhl zurück an den Schreibtisch und lässt sich wieder darauffallen. Sie öffnet die Website VisitNorway.com. »Jachthäfen für Gäste«, klickt sie auf der Legende der äußerst detaillierten Karte an, die auf ihrem Bildschirm erscheint, und sofort werden Dutzende kleiner blauer Anker eingeblendet. Schon allein auf diesem kleinen Ausschnitt Norwegens zählt sie dreiundachtzig. Rechts oben auf dem Monitor sieht sie, dass Roos Mertens ihre Freundschaftsanfrage akzeptiert hat. Gut so. Sie öffnet den Messenger und schreibt ihr eine Nachricht.

Thomas hat die Verhörprotokolle transkribiert, und Maud ist im Verhörzimmer sitzen geblieben. Solange sie nicht wissen, wer die Opfer sind, wird sie nicht viel weiterkommen. Außerdem braucht sie Spuren, irgendetwas, das einen Verdächtigen mit den Opfern und dem Fundort verbindet. Bis jetzt hat sie nur wenige Namen im Zusammenhang mit dem Ort. Und ein Name allein reicht noch nicht. Welche Geschichte steckt dahinter, welches Motiv? Was ist geschehen?

»Es sind alles Frauen«, hört sie die Stimme Jan Annes hinter sich sagen. »Die ersten vier liegen dort seit etwa fünfzehn bis zwanzig Jahren, die letzten fünf seit wesentlich kürzerer Zeit.«

Maud dreht sich um. Wie zum Teufel kommt er an diese Information?

»Hallo erst mal«, sagt sie. Jan Anne tritt ein und schließt die Tür hinter sich. Er setzt sich an den Tisch und lehnt sich vornüber.

»Stell mir keine Fragen«, beginnt er.

»Aber die Forensik ist doch noch gar nicht so weit«, erwidert Maud. »Es wurden bisher noch keinerlei Untersuchungen durchgeführt.«

»Wer sagt, dass meine Untersuchungen über das NFI laufen?«

»Ich weiß zwar nicht, wie du es angestellt hast«, seufzt Maud, »aber bist du dir ganz sicher?«

»Hundertprozentig«, bestätigt Jan Anne.

»In den Niederlanden sind zurzeit an die zweitausend Personen spurlos verschwunden«, sagt sie. »Wenn ich mir dabei die prozentuale Verteilung ansehe, müssen ungefähr acht- bis neunhundert von ihnen weiblich sein. Kann man das Alter der Opfer bestimmen?«

»Die Frauen waren höchstwahrscheinlich erwachsen, aber noch jung. Maximal dreißig Jahre alt.«

»Und, kann man sie identifizieren?«, fragt Maud gespannt. Vielleicht plagt sie sich hier jetzt noch mit ihren Listen ab, obwohl bereits Übereinstimmungen beim DNA-Abgleich gefunden wurden.

»Nein, darum muss sich das NFI kümmern«, erwidert Jan Anne.

Maud greift zum Telefon und ruft Myrna an. »Kannst du aus den Vermisstenlisten alle Frauen zwischen achtzehn und dreißig Jahren herausfiltern?«

Sie hört zu.

»Ja«, sagt sie. »Danke. So schnell wie möglich. Am besten mit Fotos.«

Jan Anne steht auf. »Serienmörder sind im Allgemeinen relativ jung«, bemerkt er. »Manche begehen schon als Jugendliche ihre ersten Taten. Die meisten sind zwischen zwanzig und dreißig, wenn sie gefasst werden, manchmal auch schon etwas über dreißig, falls sie ihre Vorgehensweise perfektioniert haben und dadurch nicht früher erwischt werden. Häufig wählen sie Frauen in ihrem Alter als Opfer aus. Ich bin dabei, ein Profil unseres Täters zu erstellen.«

»Bisher stehen auf meiner Liste nur Ruud Demsterwold und Fred van Leeuwen, der Gärtner. Demsterwold war zum Zeitpunkt der Morde schon ein alter Mann, also bleibt nur noch van Leeuwen. Eventuell auch der Bauunternehmer, Bolhoven, aber auch der ist schon etwas älter, und ich habe noch nicht mit ihm gesprochen.«

»Ich würde mal Rob Franssen anrufen, wenn ich du wäre«, rät Jan Anne auf dem Weg zur Tür. »Der arbeitet auch gerade an einem sehr interessanten Fall.«

Rob Franssen ist doch nach Brabant zur Abteilung für Organisiertes Verbrechen gewechselt?, will Maud gerade erwidern, aber Jan Anne ist schon zur Tür hinaus.

33

Im Januar dieses Jahres

Abends um sieben klingelt es an der Tür. Kyras Eltern sind nicht zu Hause, und sie erwartet niemanden. Sie zögert einen Moment, geht dann aber doch hinunter und macht auf. Vor der Tür steht ein Paketbote der niederländischen Post. Es ist nicht der Mann, der sonst die Päckchen liefert, sondern ein blonder Typ um die Dreißig. Sie erschrickt fast ein bisschen, weil er so attraktiv aussieht.

»Kyra Slagter?«, fragt er. Sie nickt, und er lächelt sie an. Hilfe! Was tun, wenn ein so toller Typ einen anlächelt? Sie lächelt zurück.

»Was ist es denn?«, fragt sie. Blöde Frage! Natürlich kann er das nicht wissen. Er ist der Bote, nicht der Absender.

»Keine Ahnung«, erwidert er. Er flirtet mit ihr, ganz klar. »Hier, du musst noch unterschreiben.«

Sie nimmt den Karton an und stellt ihn in den Flur.

»Bitte«, sagt der junge Mann und hält ihr ein DIN-A4-Blatt auf einem Klemmbrett hin. »Hier unten.« Er deutet auf das Feld, in dem sie unterschreiben muss und gibt ihr den Stift. Kyra hält das Brett etwas länger fest als nötig und schaut den Mann an, der vor ihr steht. Irgendetwas ist mit ihm. Aber was?

Plötzlich scheint er es eilig zu haben. Kein Wunder, denn jeder, der hier parkt, behindert den Verkehr. Auf dem schmalen Deich gibt es keine Möglichkeit zum Überholen. Allerdings sieht sie seinen Lieferwagen gar nicht.

Schnell kritzelt sie ihre Unterschrift in das leere Feld und gibt ihm den Stift und das Klemmbrett zurück.

»Danke«, sagt er.

»Ich hab zu danken«, antwortet sie. Was ist bloß so besonders ihm? Er strahlt etwas Unnatürliches aus, etwas … Roboterhaftes? Dann wird es ihr klar. Der Mann hat ein blaues und ein braunes Auge. Es ist ihr unangenehm, dass sie ihn derartig angestarrt hat. Aber sicher passiert ihm das öfter.

»Danke!«, ruft sie noch einmal, als könne sie ihr Verhalten so wiedergutmachen.

34

Die beiden ersten Opfer sind identifiziert worden, und das Ergebnis ist beunruhigend. Maud parkt ihren Wagen am Ufer des IJs und biegt um die Ecke des alten Fabrikgebäudes, wo sie mit Vincent Demsterwold im Restaurant Stork verabredet ist.

Helena van Dijk war Studentin, geboren in Maastricht. Vor vier Jahren ist sie mitten in Amsterdam verschwunden, an einem ganz normalen Wochentag, nachdem sie aus der Uni gekommen ist. Janneke Raads war eine Sekretärin aus Haarlem, die gerade ein Sabbatjahr angetreten hatte, als sie vor drei Jahren im Urlaub an der niederländischen Küste von einer Wanderung nicht zurückkehrte. Weil sie allein unterwegs war, dauerte es ein paar Tage, bis es jemand bemerkte. Beide Frauen waren Anfang zwanzig und verschwanden im Monat Juni, wenn auch in unterschiedlichen Jahren.

Maud bleibt stehen, zieht das Handy aus der Manteltasche und ruft Thomas an.

»Rob Franssen«, sagt sie ohne Überleitung. »Kannst du unauffällig rauskriegen, woran er gerade arbeitet?«

»Ich nicht«, erwidert Thomas. »Aber ich kann Yvon bitten.«

Yvon. Die weiß tatsächlich viel, aber nur, weil sie selbst so viel plaudert.

»Unterhältst du dich oft mit ihr?«, fragt Maud.

»Nein, nicht besonders.«

»Meinst du nicht, dass es dann auffällt?«

»Ich könnte Myrna bitten«, schlägt Thomas vor.

Myrna, das Nesthäkchen in der Abteilung. Niemand scheint sie so richtig ernst zu nehmen, aber dadurch ist sie in manchen Fällen besonders erfolgreich.

»Gute Idee«, sagt Maud.

»Ansonsten könnte ich Soufian fragen«, fügt Thomas hinzu. »Er ist auch gut im Leute ausfragen.«

Maud hätte Soufian gern in ihrem Team gehabt, aber er hat sich für das Sittendezernat entschieden.

»Hauptsache, es fällt nicht auf, dass wir uns nach Robs aktuellem Fall erkundigen«, sagt sie.

»Ich kümmere mich darum.«

Maud hört an seinem Tonfall, dass er gern wissen möchte, worum es geht, aber sie verrät nichts.

»Bitte Soufian, es gleich zu tun«, sagt Maud. »Ich brauche die Information so schnell wie möglich.«

Sie zieht die schwere Tür des Restaurants auf, und als sie das Foyer betritt, hat sie das Gefühl, etwas vergessen zu haben. Hat sie etwas liegen gelassen? Oder hätte sie vor dem Gespräch irgendwelche Unterlagen noch einmal durchgehen sollen?

Dann flucht sie leise, weil ihr klar wird, dass es Niels ist, der ihr fehlt. Sie ist nicht daran gewöhnt, solche Dinge ohne ihn zu erledigen, ohne mit ihm vorher noch einmal über den Fall zu diskutieren. Was er wohl zu den inzwischen identifizierten Frauen sagen würde?

Niels hat sich krankgemeldet, doch sie ist sich sicher, dass er gar nicht krank ist, sondern sich nur zurückgezogen hat, weil sie unterschiedlicher Meinung sind. Niels ist nämlich niemals krank. Andererseits passt es nicht zu ihm, sich vor einem Problem zu drücken. Sie nimmt sich vor, bei ihm vorbeizufahren. Sie hat das Bedürfnis, ihm zu erklären, was sie vorhat, und ihn zu bitten, sie dabei zu begleiten, ohne ihr Steine in den Weg zu legen. Schließlich ist ihr Ziel dasselbe.

Sie betritt das weitläufige Restaurant mit den hohen Decken und sieht auf einen Blick, dass nur an einem Tisch ein einzelner Mann sitzt. Vincent Demsterwold ist in den Dreißigern und wirkt eher unauffällig, Typ Geschäftsmann. Er trägt sein blondes Haar kurz geschnitten und einen Dreitagebart. Er hat stahlblaue Augen, ist jedoch trotz des wohlgeformten Mundes nicht auffallend attraktiv, vielleicht wegen der zu kleinen Nase und der ziemlich dichten Augenbrauen. Er hat die Ärmel seines Hemdes aufgekrempelt, und lässt einen trainierten Körper erahnen. Maud sieht weder Tätowierungen, noch einen Ohrring, noch sonst irgendetwas Rebellisches.

Als sie an seinen Tisch tritt, steht er auf und reicht ihr mit einem jovialen Lächeln die Hand.

»Ich hatte keine Ahnung, dass es in Amsterdam-Nord inzwischen so moderne Restaurants gibt«, sagt er zur Begrüßung.

»Ich glaube, dieses hier gibt es schon seit fünf Jahren. Bei der Eröffnung war es ziemlich einzigartig, aber inzwischen haben wir hier in der Gegend viele solcher Lokale.«

Sie setzen sich, und Maud bestellt einen Cappuccino, ebenso wie Vincent Demsterwold.

»Ich bin nur noch selten in Amsterdam«, erklärt er. »Im Grunde komme ich so gut wie gar nicht mehr in die Niederlande.«

»Besuchen Sie nie Ihre Mutter?«

»Nur einmal im Jahr, zu ihrem Geburtstag. Ansonsten hatten wir es uns in den letzten Jahren zur Gewohnheit gemacht, dass sie jeweils zu Weihnachten und manchmal auch zu Pfingsten nach London kam.«

»Besuchen Sie keine Freunde in den Niederlanden oder mal eine Familienfeier?«

»Ach, ich lebe schon so lange in Großbritannien. Seltsam, wie brüchig die Verbindung zur eigenen Heimat werden kann. Ganz reißt sie natürlich nie ab, aber ehrlich gesagt gibt es hier nur noch sehr wenig, was mich hält. Als ich Kind war, haben wir im Ausland gelebt; als wir hierherzogen, war ich schon auf der weiterführenden Schule. Das war nicht gerade meine glücklichste Zeit. Ich musste ein paarmal die Schule wechseln, und aus meiner Jugendzeit sind mir keine Freunde geblieben. Dafür aber aus dem Internat in England. Mein Lebensmittelpunkt ist inzwischen dort. Meine Frau, meine Kinder, meine Arbeit. Alles.«

Sie unterhalten sich eine Weile darüber, was genau im Garten gefunden worden ist, und Vincent hört es sich kopfschüttelnd an.

»Wie lange ist es her, dass Sie die Niederlande verlassen haben?«, fragt Maud.

»Fast zwanzig Jahre. Ich war damals siebzehn.«

»Ist das nicht ein wenig spät, um in ein Internat zu gehen?«

»Es war eine spezielle Schule mit besonderen Ausbildungszweigen. Man konnte in jedem Alter beginnen, bis zum zwanzigsten Lebensjahr.« Er zieht den Kaffee, den die Kellnerin ihm serviert hat, zu sich hin und rührt durch den dicken Milchschaum. »Abhängig von der fachlichen Ausrichtung natürlich. Manche Jungs kamen sogar nur für ein Jahr.«

»Fällt Ihnen irgendetwas dazu ein, wer die Köpfe im Garten vergraben haben könnte?«, fragt Maud unvermittelt, in dem Versuch, ihn zu überrumpeln, aber er wirkt unbeeindruckt.

»Es ist mir unbegreiflich, wie jemand das ungesehen hat tun können«, antwortet er und verhehlt dabei seinen Ärger nicht. »Hat keiner von den Nachbarn etwas bemerkt?«

»Nein, niemand.«

»Meine Mutter ist schon seit Jahren dement. Es überrascht mich nicht, dass ihr nichts aufgefallen ist. Sie hat das Haus sowieso fast nie verlassen. Aber was ist mit Fred van Leeuwen? Der Gärtner hat uns jedes Jahr ein Vermögen gekostet. Der muss doch etwas bemerkt haben?«

»Er sagt nein.«

»Ich kenne die Gerüchte, die über meinen Vater in Umlauf sind.« Vincent spricht leise. »Meine Mutter hat immer versucht, sie von uns fernzuhalten, aber als ich erwachsen wurde, erfuhr ich natürlich, wessen man ihn verdächtigte. Das war sehr peinlich für uns. Ich habe mich in Grund und Boden geschämt, und für meine Schwester war es noch schlimmer.«

»Warum sind die Köpfe wohl ausgerechnet in Ihrem Garten vergraben worden, was meinen Sie?«

»Ich habe wirklich keine Ahnung, was das mit uns zu tun hat. Wie alt sind die Schädel? Könnten sie nicht zum Beispiel aus dem Zweiten Weltkrieg stammen? Oder vielleicht aus noch früherer Zeit?«

»Ich wüsste gern, wann genau Sie in den letzten Jahren in den Niederlanden gewesen sind.«

»Das weiß ich nicht mehr.«

»Sie haben soeben gesagt, dass Sie nur noch selten herkommen«, entgegnet Maud. »Daher kann es nicht besonders schwer sein, die Daten zu recherchieren.«

»Ich werde meine Frau darum bitten, sie führt den Familienkalender. Ich bin beruflich viel unterwegs, und sie behält gern den Überblick, wann ich unterwegs bin und wann zu Hause. Meist bin ich um diese Zeit hier; meine Mutter hat übermorgen Geburtstag. Ich würde diesen Tag gern zu etwas Besonderem für sie machen.«

»Haben Sie irgendeine Idee, wer es getan haben könnte? Gibt es Personen, die eine Rechnung mit Ihrer Familie zu begleichen hatten?«

»Mein Vater hatte viele Feinde.«

»Darunter einflussreiche Persönlichkeiten.« Maud starrt ihn an. Sie versucht, nicht zu blinzeln. Sein Gesicht verrät nicht, was er fühlt oder denkt.

»Möchten Sie noch einen Cappuccino?«, fragt er lächelnd.

»Nein, vielen Dank«, antwortet Maud so freundlich wie möglich. Es kann nicht sein, dass er völlig ahnungslos ist! »Ich würde gern eine offizielle Aussage von Ihnen zu Protokoll nehmen. Im Präsidium. Wann hätten Sie dafür Zeit?«

Vincent blickt sie unbewegt an und schweigt. Zweifellos denkt er darüber nach, welchen Anwalt er einschalten soll, um sich aus der Affäre zu ziehen.

»Ich bleibe noch ein paar Tage hier«, sagt er schließlich. »Ich habe mehrere Termine mit dem Notar und dem Steuerberater. Es müssen einige Dinge geregelt werden.« Er schaut auf sein Smartphone. »Morgen Nachmittag könnte ich es einrichten. Ansonsten Samstagvormittag.«

Maud nickt. »Ich sage Ihnen Bescheid«, sagt sie im Aufstehen. »Danke, dass Sie bereit sind, mit uns zu kooperieren.« Sie geht, dreht sich aber nach einigen Schritten noch einmal um.

»Könnten Sie bitte in der Zwischenzeit eine Liste von Personen anfertigen, von denen Sie glauben, dass sie einen Konflikt mit Ihrem Vater hatten?«

35

Er versucht, jeden Gedanken an das Mädchen zu verdrängen. Der Spaß ist vorbei. Mit großen Schritten wandert er im Wohnzimmer auf und ab und zieht alle Möglichkeiten in Betracht. Er könnte sie ganz verschwinden lassen. Jedes Haar, jeden Fingerknöchel, und auch den Kopf könnte er einfach auflösen. Staub zu Staub. Blubber zu Blubber. Er hat das schon öfter getan, und es ist wirklich ganz einfach.

Aber das wäre nicht richtig.

Es verstieße gegen das Ritual.

Ich hasse dich. Ich scheiß auf dich! Du bist nichts, ein hirnloser Hautsack. Da sitzt du mit deinem großen Maul, deiner Arroganz und glaubst, du könntest alles bestimmen!

Sie triezt ihn noch immer. Sie behindert absichtlich sein Ritual, ausgerechnet bei dieser Letzten. Als hätte sie ihn durchschaut. Als verachte sie ihn bis heute. Erstaunt blickt er seine Finger an, die klebrig sind, weil er die Banane in seiner Hand zerquetscht hat. Er muss irgendetwas mit dem Mädchen anstellen. Etwas anderes als geplant. Aber was?

Er wäscht sich die Hände, holt sich ein Bier und stellt sich vor die große gläserne Schiebetür. Der Garten sieht gepflegt aus. Wie immer hat er seine Ankunft angekündigt; kein einziger Grashalm sprießt zwischen den sauber gespritzten Platten hervor, und die Hecken sind akkurat geschnitten, grün und blühend. So gehört es sich. So muss es sein. Auch mit ihr muss alles seine Ordnung haben.

Die Angst. Ihr Blick.

Ihre Augen sind weit aufgerissen. Sie will ihn hereinlassen.

Komm. Komm. Bitte.

Sag es. So sag es doch, dreckige Hure, sag es noch einmal. Laut und deutlich, ohne zu schluchzen, wie ich es dir befohlen habe.

Bitte.

Bitte, was? Bitte, wer?

Bitte, Meneer.

Gut so.

Bitte. Meneer. Bitte.

Er hat den Kopf in den Nacken gelegt und die Arme weit ausgebreitet. Seinen Schwanz drängt nach vorn wie eine mächtige Waffe. Er lässt seine Eichel an ihrer nackten Vulva ruhen. Sie versucht, sich wegzudrehen, aber es ist unmöglich. Die Lederriemen zwingen ihre Knie weit auseinander. Ihre Knöchel sind an ihren Oberschenkeln festgeschnürt. Unter ihren Brüsten verläuft ein Band, das sie an Ort und Stelle hält, schwebend über dem Boden, festgezurrt an dem dicken Pfahl mitten im leeren Raum. Sie keucht.

Er legt ein Messer an ihre Wange und schiebt die Hüften nach vorn. Sie ist klein. Eng.

Bitte. Sie weint. *Lassen Sie mich gehen. Bitte, ich werde …*

Wütend zieht er das Messer abwärts. Sofort pulsiert Blut aus der Wunde.

Bitte, Meneer, Meneer, sagt sie gehetzt, aber er hört sie kaum. Er stößt zu. Fester und fester.

Das schimmernde Rot auf der weißen Seide. Der weiße Marmor.

Bitte. Meneer. Aaaaai …

Er betrachtet den aufgerissenen Mund. »Aaaaa …«, äfft er sie nach. Seine Zunge sucht die ihre. Dann zieht er sich wieder zurück, sieht sie an, stößt zu, sieht sie an. Siehst du, dass ich das kann? Dass ich kriegen kann, was ich haben will? Das weiche, nasse Rot, die glänzende Feuchtigkeit, die zitternde Zunge. In seinem Gehirn findet eine Explosion statt, als ob eine Milliarde Verbindungen zugleich geknüpft würden und er in einem grellweißen Augenblick allwissend wäre. Seine Hand fährt blitzschnell über ihre Kehle, das Silber und das spritzende Rot, und er duscht, labt sich, nährt sich, spürt die Wärme über seinen Brustkorb fließen, nach unten, in den Schritt, wo er wächst und wächst und sich der Rest von ihm zusammenzieht, bis er nur noch dort ist, in dem Moment kurz vor dem Urknall, und er kneift die Augen zusammen, schiebt sich mit seiner ganzen Länge in sie, schiebt und schiebt, und er hört sie gurgeln und quieken, und alles ist warm und nass und rot, jetzt, wo er wieder lebt und kontrolliert, und es ist warm, und er ist es, er fühlt, er tut es, er tut es einfach … Dann ist er fertig, dreht sich um und geht weg.

Er sieht seine Reflexion in der Scheibe. Sein Haar ist durcheinander. Er versucht kurz, seinen widerspenstigen Schopf zu ordnen. Noch einen Augenblick bleibt er vor dem Fenster stehen, fängt dann aber wieder an, auf und ab zu gehen. Was soll er mit ihr machen, jetzt, da das Ritual nicht vollendet werden kann?

36

London

»Viel Spaß!«

Sarah steht in der Tür und winkt Mabel und Phil zum Abschied nach. Ein Theaterbesuch wird ihnen guttun. In den letzten Monaten, seitdem sie bei ihnen wohnt, sind sie jeden Abend zu Hause geblieben, und sie ist diesen lieben Leuten, die sie insgeheim ihre Eltern nennt – obwohl sie es nie wagen würde, das laut auszusprechen – dankbar dafür. Dennoch hat sie selbst die Karten für die Vorstellung heute Abend besorgt. Sie darf ihnen nicht länger zur Last fallen.

Als Mabel und Phil durch das Gartentor gehen und noch einmal die Hand zum Gruß heben, schließt sie rasch die schwere Eingangstür und legt den Riegel vor. Dann setzt die Panik ein, und sie schließt auch die zusätzlichen Schlösser oben und unten an der Tür ab, dreht und zerrt am Türknauf, um zu kontrollieren, ob die Tür auch wirklich geschlossen ist. Sie ist es. Sie tritt zurück. Dann noch einmal vor, um es erneut zu überprüfen. Ja. Zu. Fest verschlossen.

Sie dreht sich um und geht in die Küche. Alle Fenster sind geschlossen, ebenso wie die Schiebetür zum angebauten Wintergarten, die sie schon zweimal kontrolliert hat. Sie fühlt sich unwohl, weil man von außen durch die große Glastür zu ihr hineinschauen könnte, aber im Garten ist niemand. Mabels weiße Rosen blühen, und der Blauregen in der Ecke neben dem Wintergarten hat ausgetrieben. Lange, hellgrüne Ranken mit zarten Blättchen verzieren das Holzgitter, das Phil dort aufgestellt hat.

Schnell rennt sie die Treppe hinauf, um auch die Schlafzimmerfenster zu kontrollieren. Mabel schläft stets bei geöffnetem Fenster, weil sie frische Luft braucht, doch Sarah liegt nachts oft wach vor Angst, weil sie weiß, dass irgendwo im Haus noch ein Fenster offen steht.

Alles geschlossen. In Mabels und Phils Zimmer, in ihrem Zimmer, im Hobbyraum, im Badezimmer. Gott sei Dank. Noch einmal kehrt sie in Mabels Zimmer zurück, befühlt noch einmal das Fenster und zwingt sich dann, wieder hinunterzugehen.

Sie holt sich ein Glas Cola und setzt sich ins Wohnzimmer, um fernzusehen. Erst als es dunkel geworden ist, steht sie auf. Sie will sich noch etwas zu trinken holen. Die Scheiben in der Küche sind so schwarz, dass sie erschrickt. Jemand könnte draußen im Garten stehen, ohne dass sie es merkt. Er könnte sie anstarren, einen Angriff vorbereiten, ohne dass sie etwas dagegen tun könnte. Sie schnappt nach Luft, als sie eine Bewegung wahrnimmt, doch wahrscheinlich war es nur ihr eigenes verschwommenes Spiegelbild in der Scheibe. Ihr wird schwindelig, und sie kehrt ins Wohnzimmer zurück.

»Red!«, ruft sie. Wo ist bloß die Katze? Es wäre so schön, wenn der rote, flauschige Kater sich an sie kuscheln würde. »Red?«

Gleich vielleicht. Später vielleicht. Vielleicht liegt er auf ihrem Bett. Ihr fällt ein, dass sie sich nicht richtig in ihrem Zimmer umgesehen hat, weil sie so auf die Fenster fixiert war. Na also, sie müsste noch mal raufgehen, noch einmal kontrollieren, ob alles verschlossen ist, denn eben war sie nicht aufmerksam genug. Und wenn sie es nicht tut? Wenn deswegen jemand einbricht, ihr etwas antut, wird sie sich selbst verfluchen, weil sie nicht noch einmal nachgesehen hat.

Nein. Beherrsch dich.

Sie setzt sich schwer aufs Sofa und greift nach der Fernbedienung. Plötzlich sieht sie einen Spalt in der Gardine hinter dem Fernseher. Sie hat die Gardine nicht sorgfältig genug zugezogen. Da ist etwas!

Sie sieht tatsächlich etwas! Sie schaltet den Fernseher stumm, aber von draußen dringt kein Geräusch herein. Es ist totenstill im Haus. Auf dem Bildschirm sieht man zwei Fernsehjournalisten an einem Unfallort, an dem es offenbar Tote gegeben hat. Etwas klopft gegen das Fenster. Sie müsste kontrollieren, ob es wirklich geschlossen ist. Ob die Einbruchsicherung richtig eingehakt ist, aber sie kann sich nicht rühren. Wenn sie zum Fenster geht, drückt er es vielleicht auf und packt sie. Doch wenn sie hier sitzen bleibt, kann er sie weiterhin anglotzen und seinen Angriff vorbereiten. Sie starrt auf den dunklen Spalt zwischen den Gardinen, nicht imstande, den Blick abzuwenden.

Dies ist das Ende, sie ist sich plötzlich ganz sicher. Er hat die ganze Zeit darauf gewartet, dass Mabel und Phil sie einmal alleine lassen. Wie dumm sie gewesen ist! Wie hirnverbrannt, die beiden wegzuschicken und allein zu Hause zu bleiben. Zum zweiten Mal trägt sie zu ihrem eigenen Untergang bei. Wie dumm kann man sein?

Die mit Brettern vernagelten Fenster. Die abgeschlossenen Türen. Das ewige Halbdunkel im Inneren. Ihre blutigen Hände, weil sie unaufhörlich versuchte zu entkommen. Das Jammern und Heulen der anderen. Blut. Aufgerissene Haut. Schmerzen. Überall Schmerzen. Sie hört ihn auf dem Flur und hofft, betet, fleht, dass er an ihrer Tür vorübergeht, doch dann hört sie das Metall des Schlosses knirschen.

Sarah weiß nicht mehr, wie lange sie schon wie erstarrt auf dem Sofa sitzt, aber plötzlich spürt sie die Nässe zwischen ihren Beinen. Hat sie …? Sie springt auf. Ein großer dunkler Fleck auf dem Polster. Die Hose klebt ihr am Hintern.

Sie rennt nach oben, um sich und ihre Kleidung zu waschen, wringt wie eine Verrückte ihre Hose aus und wirft die Sachen in den Trockner. Sie schlüpft in eine Jogginghose und holt ein paar Handtücher. Vielleicht kann sie der Katze die Schuld geben. Nein, Red würde so etwas niemals tun. Verzweifelt läuft sie in die Küche und holt einen

Eimer Wasser und Seife. Dann macht sie sich an die Arbeit, wäscht den Fleck aus, tupft ihn ab, wäscht, tupft ab, und dabei fragt sie sich die ganze Zeit, was sie bloß Mabel sagen soll. Niemand darf wissen, wie groß ihre Angst noch immer ist.

37

»Interessanter Fall.« Jan Anne beugt sich nach vorn und nimmt die Flasche Weißwein aus dem Kühler, der zu seinen Füßen steht. Er schenkt Maud und sich ein Glas ein. »Verdammt interessant.«

Maud sitzt in der Bootshälfte, die der alte Mann zu einer Bank umgebaut hat und wünschte, ihr alter Lehrmeister hätte auch an so etwas Banales wie Sitzkissen gedacht.

»Wann hast du gleich wieder Geburtstag?«, fragt sie. »Demnächst, oder?«

Er grinst. »Nächsten Monat, das ändert sich nicht mehr.«

»Das Muster ist unvollständig«, beginnt Maud zu erzählen. »Und bei den Opfern handelt es sich um junge, aber erwachsene Frauen. Von zweien kennen wir inzwischen die Namen.«

»Helena van Dijk«, bestätigt Jan Anne. »Vermisst seit dem 7. Juni vor vier Jahren, und Janneke Raads, verschwunden am 9. Juni vor drei Jahren.«

»Also …«

»Also fragst du dich jetzt«, ergänzt Jan Anne, »ob noch weitere junge Frauen im Monat Juni als vermisst gemeldet wurden.«

»Von den sechshundertdreißig Frauen, die in den letzten zwanzig Jahren spurlos verschwunden sind, wurden vierundsechzig zwischen dem 1. und dem 15. Juni als vermisst gemeldet.«

Jan Anne brummt leise.

»Mehr als man erwarten würde, in der Tat«, gibt Maud zu.

»Aber was fängt man mit diesem Wissen an?« Es ist eine rhetorische Frage. Sie können schwerlich alle jungen Frauen in den Niederlanden beschützen, und eine Warnung herauszugeben, würde Panik auslösen. Dennoch besteht die Wahrscheinlichkeit, dass auch in diesem Monat wieder eine junge Frau verschwindet.

»Wusstest du eigentlich, dass sich Kühe miteinander anfreunden?«, fragt Jan Anne unvermittelt. »Sie bilden Gruppen, die gemeinsam fressen und spielen. Reißt man sie auseinander, leiden sie.«

»Dabei wirken sie so … dämlich.«

»Eine Milchkuh muss jedes Jahr ein Kalb bekommen oder zumindest trächtig werden, sonst produziert sie keine Milch mehr.« Jan Anne führt das Glas Wein zum Mund, und nachdem er einen Schluck getrunken hat, fährt er fort: »Das Kalb – wenn es geboren werden darf, eine kurze Schwangerschaft reicht auch – bleibt nach der Geburt nur ein paar Stunden bei der Mutter. Meist rufen sie tagelang nacheinander, nachdem sie getrennt worden sind.«

»Und das alles für die Milch in unserem Kühlschrank«, bemerkt Maud.

»Deswegen bevorzuge ich Wein.« Jan Anne trinkt noch einen Schluck.

Warum erzählt er nichts über den Fall von Rob Franssen?, fragt sich Maud. Will er, dass ich von selbst dahinterkomme? Die Frage liegt ihr auf der Zunge, aber sie hält sich zurück.

»Es gibt eine Entwicklung im Vorgehen des Täters«, stellt Jan Anne fest, als sein Glas halb leer ist. »An den ersten vier Schädeln erkennt man, dass die Opfer misshandelt wurden. Die jüngeren Schädel tragen keine solchen Spuren.«

»Und das Kind?«

»Keine Spuren von Gewalteinwirkung, jedenfalls keine sichtbaren am Kopf.«

»Ich habe natürlich auch darüber nachgedacht, aber ich erkenne keinen Zusammenhang«, erwidert Maud. »Warum die vier in der ersten Reihe? Mit einem Strick. Und warum der zweite Bogen um sie herum, die meisten ohne Strick, und das Kind als Erstes in der Reihe?«

»Die ersten vier wurden von einer Person mit unbändiger Wut getötet«, antwortet Jan Anne. »All diese Schädel weisen Brüche, Einkerbungen und Ähnliches auf. Sowohl Spuren von Schlägen als auch von Messerstichen. Der Strick deutet auf Erdrosseln hin, obwohl wir das im Nachhinein nicht mehr feststellen können. Was genau geschehen ist, kann ich nicht sagen, ich weiß nur, dass an den Köpfen dieser Personen Spuren übermäßiger Gewalt zu erkennen sind. Höchstwahrscheinlich auch an den Körpern.«

»Aber wo sind die Körper? Warum nur die Schädel?«

»Vielleicht, weil es mehr Arbeit bedeutet hätte, die Leichen dort zu begraben. Auch das Risiko entdeckt zu werden wäre größer gewesen. Um einen Schädel zu vergraben, braucht man nur eine kleine Grassode auszustechen. Nach ein paar Tagen sieht man nichts mehr davon.«

Maud versucht sich vorzustellen, wie das funktioniert. »Am Kopf des Kindes sind keine Spuren von Gewalteinwirkung gefunden worden. Er ist ganz unversehrt. Kein Kratzer, kein Riss, und auch kein Strick.«

»Die Schädel der Erwachsenen, die neben dem des Kindes lagen, also in der zweiten Reihe, sind auch alle unversehrt und ohne Strick, bis auf einen.«

Maud blickt Jan Anne fragend an, aber er starrt hinüber zu den Kühen auf der Weide.

»Nur der erste in der Reihe«, fährt er fort. »Unter ihm lag ein kleiner Rest Seil, und er weist ein paar Einkerbungen über der Schläfe und am Oberkiefer auf.«

»Schnittwunden.«

»Ja.«

»Also hat sich die Wut des Täters gelegt.«

Jan Anne blickt sie jetzt direkt an. »Ja, genau das glaube ich. Keine Schläge mehr, oder womit auch immer er sie traktiert hat.«

»Aber das eine Opfer hat er mit einem Messer verletzt.«

»Ja, um ihm Angst zu machen. Ihm Schmerzen zuzufügen. Es könnte sein – aber das ist jetzt nicht mehr feststellbar –, dass er während, aber vermutlich auch nach diesen ersten Morden in regelrechte Raserei verfallen ist. Gewalt vor Eintritt des Todes wird oft angewendet, weil Schmerzen und Ängste dem Täter einen Kick versetzen.«

»Der Täter will Reaktionen spüren«, vermutet Maud. »Als Belohnung sozusagen.«

»Genau. Er will eine Reaktion auf das, was er tut. Gewalt nach dem Tod dagegen hat viel mit Fetischismus zu tun, mit Fantasien.«

»Der Täter hat ein Ritual entwickelt.«

»Seine Wut muss abgekühlt sein. Sein Tun wird planmäßiger, ist mehr auf Triebbefriedigung aus.«

»Könnten es auch zwei Täter sein?«, will Maud wissen.

»Sogar drei«, antwortet Jan Anne bedächtig.

»Ein Mörder voll unbändiger Wut«, sagt Maud. »Ein Ritualmörder und einer, der es auf Kinder abgesehen hat. Meinst du das?«

»Könnte sein. Die Vorgehensweise ist unterschiedlich, die Opfer sind unterschiedlich.«

Maud trinkt den letzten Schluck Wein und steht auf.

»Ich kann nicht verhindern, dass es ein weiteres Opfer gibt«, sagt sie. »Aber ich will trotzdem keine Zeit verlieren.«

»Ich bin noch nicht zu einem endgültigen Schluss gekommen, dazu muss ich noch ein wenig nachdenken«, erwidert Jan Anne. »Verdammt interessanter Fall.«

Kyras Vater hat Spaghetti *aglio e olio* zubereitet und dazu eine große Schüssel gegrilltes Gemüse. Vorsichtig träufelt er ein wenig von dem kostbaren Olivenöl, das er von einem Kongress aus Italien mitgebracht hat, über die Zucchini, Tomaten und Zwiebeln und stellt einen Teller mit einem Stück Pecorino und einer Reibe bereit.

»Köstlich«, seufzt Kyras Mutter, während sie sich wenig Nudeln und zwei große Löffel Gemüse nimmt. »Ich bin froh, dass du wieder öfter zu Hause bist.«

»Der Umbau ist so gut wie fertig«, antwortet Kyras Vater. »Wann kommt ihr denn endlich mal vorbei und schaut euch an, wie es geworden ist?«

Kyras Vater ist seit Jahren mit dem Aufbau seines Universal Health Centers beschäftigt. Was als sein Baby begonnen hat, hat sich inzwischen zu einem kräftigen Teenager mit Wasserkopf ausgewachsen. Kyra hat die Sitzungen oft genug protokolliert, um genau zu wissen, welche überraschenden Dimensionen das Projekt inzwischen angenommen hat.

»Wann ist noch mal die Eröffnung?«, fragt sie.

»Wenn du mal wieder Protokoll führen würdest«, erwidert ihr Vater, »wüsstest du über alles genau Bescheid.«

Doch Kyra schüttelt ablehnend den Kopf.

»Vor der Eröffnung würde ich gern noch mal ein Wochenende mit dir wegfahren, Hanno«, sagt Kyras Mutter.

Ihr Mann sieht sie nachdenklich an. »Wir sind doch im April erst auf Schiermonnikoog gewesen.«

»Ja, aber ich weiß, dass du nach der Eröffnung im Oktober sehr viel zu tun haben wirst. Du kannst ja nicht mal mehr mit mir nach Griechenland fahren.«

»Was hältst du von zwei Tagen Domburg?«, schlägt er vor. »Da sind wir schon lange nicht mehr gewesen.«

Wie kann er sich so normal verhalten? Wie kann er gemütlich

mit ihrer Mutter in einem Hotel übernachten, obwohl er dabei an eine andere denkt? In welchen Momenten wird er seiner Freundin Textnachrichten schicken? Wenn er auf der Toilette ist? Still und klammheimlich, damit ihre Mutter bloß nichts merkt? Wird er ihr schreiben, dass er sie vermisst, behaupten, er hätte sich den familiären Verpflichtungen nicht entziehen können? Sind wir das für ihn? Verpflichtungen?

»Nehmt doch ein Hotel in der Innenstadt«, schlägt Kyra ohne lange nachzudenken vor. »Spielt mal Touristen in Amsterdam. Wann seid ihr zuletzt gemeinsam im Bijenkorf gewesen oder in einem netten Restaurant im Jordaan? Ich habe gehört, das Victoria Hotel soll sehr gut sein. Du weißt schon, Papa, das gegenüber vom Hauptbahnhof.«

Sie hebt ihre Gabel Spaghetti an den Mund und schaut ihren Vater unverwandt an.

Maud hält am Blumenladen neben dem BovenIJ-Krankenhaus und kauft einen fröhlichen Strauß gelber Blumen. Glück gehabt – der Blumenverkäufer ist schon dabei gewesen, die Eimer hineinzubringen. Sie grüßt ihn zum Abschied und kehrt zu ihrem Auto zurück. Soll sie jetzt gleich bei Niels vorbeifahren? Oder morgen?

Für einen Moment bleibt sie unentschlossen mit den Händen am Steuer sitzen und starrt die Blumen auf dem Beifahrersitz an. Dann startet sie den Motor und fährt zum IJ-Boulevard, wo Niels seit einem halben Jahr in einer modernen Wohnung mit Aussicht auf das Wasser wohnt. Seine Frau und er hätten sich probeweise für ein Jahr getrennt, hat er ihr vor ein paar Monaten erzählt. Weil sie beide eine Weile Ruhe bräuchten.

Ein bisschen Ruhe, wer könnte die nicht gebrauchen? Sie wünschte sich, wieder einmal etwas Zeit zu Hause verbringen zu können. Mit ihrer Familie. Vielleicht nächstes Wochenende.

Sie klingelt und wartet neben der Sprechanlage, während sie überlegt, was sie sagen soll. Ihr fällt nichts Rechtes ein. Wenn er doch nur verstehen würde, dass diese Ermittlungen behutsam, mit der größtmöglichen Sorgfalt und den notwendigen taktischen Zügen durchgeführt werden müssen.

Auf der Pressekonferenz Anfang der Woche war es genauso verlautbart worden: sorgfältig, wohlüberlegt, Schritt für Schritt. Zunächst sei es wichtig, die Identität der Opfer zu ermitteln, hat es geheißen. Der Sprecher betonte ein ums andere Mal die Möglichkeit, dass die Schädel schon sehr alt sein könnten. »Schädel« hieß es die ganze Zeit, nicht »Köpfe«, vermutlich, um den Anschein zu erwecken, der Fund sei eher von historischem Interesse. Jetzt allerdings, wo sie genau wissen, dass sie auf die sterblichen Überreste zweier vor relativ kurzer Zeit vermisster junger Frauen gestoßen sind, hätte sie erwartet, dass jemand von der Staatsanwaltschaft Kontakt mit ihr aufgenommen hätte. Staatsanwältin Barbara Ruigbot lässt normalerweise keine Gelegenheit aus, ihren Einfluss geltend zu machen. Aber auch Mauds unmittelbarer Vorgesetzter, Erik Tijssen, hält sich bedeckt.

Als sie gehen will, klingelt ihr Handy. Es ist Thomas.

»Rob Franssen«, sagt er, »ermittelt mit seinem Team gegen ein Diplomatenehepaar, das in Demsterwolds Haus gewohnt hat, während er mit seiner Familie in Südafrika und London lebte. Die Demsterwolds hatten es an sie vermietet.«

»Augenblick mal«, sagt Maud. Etwas Sinnvolleres fällt ihr gerade nicht ein. Das gibt dem Fall eine ganz neue Dimension, und sie hat keine Ahnung davon?

»Ich weiß«, sagt Thomas. »Alles streng geheim. Der Staatsschutz steckt irgendwie mit drin.«

»Und woher weiß Yvon davon?«

»Das stammt nicht von ihr.«

»Bist du ganz sicher?«, fragt Maud schließlich. Wie zum Teufel soll sie ihre Arbeit machen, wenn alle Geheimnisse vor ihr haben und jeder macht, was er will? Niels. Jan Anne. Und jetzt also auch dieser Depp von Franssen.

»Ganz sicher«, antwortet Thomas.

»Was wissen wir über diese Leute?«

Sie ist zu müde für höfliche Umgangsformen.

»Wie gesagt, es war ein Diplomatenehepaar.« Auch Thomas klingt erschöpft. »Sie haben vier Jahre in dem Haus gewohnt, nachdem es ein paar Jahre leer gestanden hatte, während die Demsterwolds in London waren.«

»Wo sind diese Leute jetzt?«

»In Österreich. Ihrer Wahlheimat. Die beiden sind inzwischen weit über siebzig, ihre Kinder über vierzig.«

»Hat es je Anschuldigungen gegen sie gegeben?«

»Ich habe nichts gefunden.«

Maud seufzt. »Was will Franssen dann von ihnen? Und was haben sie mit meinem Fall zu tun?«

»Ich glaube, wir sollten die Sache auf sich beruhen lassen«, schlägt Thomas vor. »Wahrscheinlich ist es als Ablenkungsmanöver gedacht. Es gibt vage Verdächtigungen gegen irgendwelche Leute, es kommt zu diplomatischen Reibereien mit England, zwischen den Ministerien, das gibt wiederum der Presse Futter. Irgendwann kräht dann kein Hahn mehr danach.«

»Aber diesmal wird ihnen dieses Ablenkungsmanöver nichts nutzen, glaub mir.«

»Möglich wär's.«

»Ich mach jetzt Feierabend«, sagt Maud und legt auf.

Niels hat nicht geöffnet. Sie drückt noch einmal auf die Klingel, aber als wiederum keinerlei Reaktion erfolgt, gibt sie auf und fährt nach Hause.

38

Im Januar dieses Jahres

Kyra steht mit dem Paket, das sie soeben von PostNL erhalten hat, unten im Flur. Lot wartet auf sie, die Schäferhündin ihrer betagten Nachbarinnen. Bestimmt kratzt sie schon vor Ungeduld an der Tür. Aber sie wird mit dem Hundespaziergang noch ein bisschen warten müssen. Kyra läuft erst mal die Treppe hinauf, stellt den Karton auf ihren Schreibtisch und sucht eine Schere, um das Klebeband durchzuschneiden.

Als sie den Karton aufklappt, sieht sie einen weiteren Karton aus dicker schwarzer Pappe, ungefähr 30 × 40 cm groß. Sie nimmt ihn heraus und öffnet ihn. Eingeschlagen in Seidenpapier liegt darin eine dicke Mappe aus schwarzem Leder.

Natürlich. Die Akte von Grigor über Dave. Er hatte versprochen, sie ihr zu schicken, aber in ihrem prall gefüllten Uni-Alltag hat sie gar nicht mehr daran gedacht.

Sie steht mit der Mappe in den Händen da und wagt kaum, sie aufzuschlagen. Es ist ein großzügiges und zugleich grausames Geschenk. Während sie die Mappe durchblättert, schlägt ihre Aufregung in Verbissenheit um. Sie stößt auf die Fotos von Daves angeschwemmter Leiche und die Aufnahmen von ihrer Schwester. Sarina lacht, sieht glücklich aus.

Ich gebe nicht auf. Was auch geschieht, wie lange es auch dauern mag, ich werde den Scheißkerl finden, der dir das angetan hat.

Viele der Dokumente kennt sie bereits. Die Daten und Fotos

der Jacht. Die Route, die die Den Schuymer vermutlich zurückgelegt hat. Dokumente der Häfen, in denen sie angelegt hat. Informationen über die geplante weitere Route und die voraussichtliche Ankunft in Südfrankreich.

Fotos von Dave. Ein gut aussehender Mann. Kurzes dunkles Haar, fröhliche Augen, sympathischer Blick. Weitere Fotos von Sarina auf der Jacht. Der E-Mail-Verkehr zwischen Dave und seinen Eltern. Kurze Nachrichten, liebevolle Worte. Die Informationen der Zeitarbeitsfirma für Schiffsbesatzungen. Die Empfehlung für Jerry Hasting. Ein Abriss der vermuteten Geschehnisse. Die Anfragen an die Häfen rund um das Gebiet, in dem Dave gefunden wurde. Die Liste aller Häfen und Behörden, die kontaktiert wurden. Daves Autopsieberichte. Ein dänischer, ein amerikanischer. Kyra zögert. Natürlich würde sie sie gern lesen, aber irgendwie hat sie das Gefühl, Daves Intimsphäre damit zu verletzen. Würde sie wollen, dass jemand ihren Autopsiebericht liest? Nein. Andererseits … Wenn sie ermordet worden wäre und der Bericht die Lösung des Rätsels und das Aufspüren des Täters ermöglichte …

Sie nimmt die Berichte aus der Mappe und setzt sich damit auf das Sofa. Kurz blättert sie die Papiere durch. Gut, dass der Ton so sachlich ist, sonst wären sie unerträglich.

Zurück zur ersten Seite.

Datum, Fundort, Beschreibung der Umstände. Namen von Polizeibeamten, die hinzugezogen wurden. Zeitpunkt der Ankunft in der Leichenhalle. Datum und Zeit der Sektion. Name des Arztes und anderer Anwesender.

»Männliche Leiche, vermutlich zwischen 20 und 25 Jahre alt.« Eine Zusammenfassung der äußeren Kennzeichen, die zur Identifikation dienen können, begleitet von Fotos. Ein Muttermal an seinem Hals. Eine Narbe an seinem Unterarm.

Gebissinformation. Gewebeproben für die Genanalyse. Verletzungen.

Der dänische Arzt beschreibt ausführlich das Ausmaß, in dem die Leiche von Fischen und Garnelen angefressen wurde. »Spuren von Tierfraß rund um Mund und Anus«, steht dort. Dann geht der Arzt zur Beschreibung weiterer Verletzungen über. Blutergüsse. Zwei gebrochene Rippen. Striemen auf den Unterarmen. Abschürfungen an Handgelenken und Fußknöcheln.

Auf einmal fragt sich Kyra, ob es richtig ist, so hartnäckig nach ihrer Schwester zu suchen.

39

Plötzlich wird ihm bewusst, dass er wieder einmal eine Erinnerungslücke hat. Wie lange hatte ihn die Raserei gepackt? Wie lange hat er diesmal in seinem Wahnsinn gelebt? Etwas krampft sich in ihm zusammen. Der Rausch ist angenehm, aber er hasst es, wenn er die Kontrolle verliert.

Er blickt sich um. Greift nach seinem Handy und sieht, dass heute Donnerstag ist. Glück gehabt. Diesmal hat es nicht so lange gedauert. Dann fällt ihm wieder ein, was in den letzten Tagen geschehen ist. Er hat viel Nützliches erledigt, eine Menge geschafft. Erst die Vorbereitungen und dann diese Apotheose. Hervorragende Arbeit. Er kann zufrieden sein.

Er zieht die Gardinen beiseite, öffnet das Fenster und lässt Sonnenlicht und frische Luft hereinströmen. Auf dem Tisch stehen Teller mit angetrocknetem Ketchup, eine halb volle Tüte Milch und zwei ausgequetschte Päckchen Vanillepudding. Die Sofakissen liegen auf dem Boden, die graue Decke, die er von seiner Tante zu Weihnachten bekommen hat, hängt über der Armlehne. Bierdosen liegen herum. Das passiert nicht oft. Meistens kommt er ohne Bier aus, aber dieses Mal war offenbar etwas Besonderes.

Natürlich.

Sein Puls beschleunigt sich. Mit einem Ruck reißt er die Schiebetür weiter auf. Die Hitze im Haus ist nicht auszuhalten.

Es ist nicht vollendet.

Seine Finger zittern, als er sich über die Stirn fährt, weil ihm der Schweiß ausbricht.

Es ist nicht vollendet.

Sie werden ihn entdecken. Sie haben alles gefunden, alles. Seine Wut über den Fund hat sich unaufhörlich gesteigert. Weil die Zeitungen nicht das schreiben, was er erwartet hat. Weil sein Muster zerstört wurde, kurz vor der Vollendung, rigoros, so, dass er kein weiteres Risiko eingehen kann. Aber er muss sich an das Protokoll halten, sonst ist alles vergebens.

Es muss vollendet werden.

Nicht daran denken, nicht jetzt, erst einmal … das Zimmer aufräumen.

Kontrolle. Kontrolle. Es ist nicht vollendet.

So, jetzt muss erst mal ein Müllsack her. Alter Unrat muss weggeworfen werden. Das und das und das auch … weg. Weg damit. Die Puddingpäckchen, die Milch, die Teller, sogar die Decke, alles stopft er in den Müllsack und eilt hinaus, um den ganzen Dreck sofort zu entsorgen.

»Morgen, Herr Nachbar.«

Der Idiot aus dem Haus am Anfang der Straße steht mit seinem blöden Dackel vor der Auffahrt. Er winkt ihm zu, als sei alles in bester Ordnung und wendet sich zum Hineingehen.

»Alles klar bei dir?«, ruft der Penner. Aus dem Augenwinkel heraus sieht er, wie der Köter gegen seinen Briefkasten pinkelt.

Er hätte nicht so rausgehen dürfen. Er dreht sich um und hofft, dass die Rückseite seiner Jogginghose nicht genauso schmutzig ist wie die Vorderseite.

»Magen-Darm!«, ruft er schnell.

Innerhalb einer Stunde ist alles wieder picobello. Alles wird gut. Alles unter Kontrolle.

Kontrolle.

Beherrscht fährt er mit der Staubsaugerdüse die Fußbodenleisten im Wohnzimmer entlang, klappt dann die Bürste ein und reinigt auch den Teppich unter dem Wohnzimmertisch.

Kontrolle.

So, jetzt ist alles wieder sauber und ordentlich, wie es sich gehört. Keine Spritzer oder Flecken, alles steht an seinem Platz, wie es seiner Vorstellung entspricht.

Jetzt kann er duschen gehen.

Er steckt seine Kleidung in die Waschmaschine, stellt auf maximale Temperatur, dann auf extra viel Wasser und Vorwäsche. Nackt geht er nach unten.

Ohne Kontrolle bin ich verloren und alles kommt heraus.

Er denkt an den neuen Pflanzkasten neben dem Gartenschuppen. Wie er ihre Körperteile auf die Pflanzmatte gedrückt hat, schwitzend und vor sich hin schimpfend, weil es nicht auf Anhieb klappte. Diesmal wird er Ziergras anpflanzen. Eine hochwachsende Sorte, die sich hübsch von dem schwarz gebeizten Holzschuppen abheben wird.

Er lächelt zufrieden, als er die Tür zur Dusche öffnet.

Kontrolle.

Dann flucht er, als er sieht, dass ihr Kopf noch neben dem Shampoo auf dem Regal liegt.

Plan B muss her.

40

»Das ist Kyra«, sagt Roos Mertens und weist in ihre Richtung. »Sie studiert an der HvA und schreibt eine Arbeit über eine Villa am Nieuwendammerdijk und ihre Bewohner.«

»Meneer Boef.« Er reicht ihr die Hand. Der Hausmeister ist ein kleiner Mann, der trotz seines Alters – Roos hat erzählt, dass er im Dezember in Rente geht – rabenschwarzes Haar hat. Er sieht Kyra freundlich an und fragt: »Was kann ich für dich tun?«, während er mehrere Knöpfe am Kaffeeautomaten im Foyer betätigt.

»Ich suche Informationen über Carla und Vincent Demsterwold«, erklärt Kyra.

Schweigend nimmt der Hausmeister einen kleinen Plastikbecher aus dem Automaten und reicht ihn Roos.

»Und die Arbeit handelt nicht zufällig von den Funden im ehemaligen Garten der Demsterwolds?«, fragt er gespielt beiläufig.

»Natürlich geht es auch darum, das kann man ja nicht ignorieren«, gibt Kyra zu.

»Studierst du Journalistik?«, fragt Boef.

»Nein, Kriminalistik«, erwidert sie.

»Aha.«

Dem kann Kyra nicht entnehmen, was er davon hält und wartet daher einfach ab.

»Carla war ein stilles Mädchen«, beginnt Boef zu erzählen, reicht Kyra einen Becher schwarzen Kaffee und zieht sich auch einen. »Sie war eine ausgezeichnete Schülerin, aber ehrlich gesagt ein bisschen langweilig. Farblos. Im Grunde kann ich mich an nichts Besonderes im Zusammenhang mit ihr erinnern. Es gab keine außergewöhnlichen Vorkommnisse.«

Sie gehen ein wenig beiseite, um den Kaffeeautomat freizugeben.

»Bei Vincent war es etwas ganz anderes«, fährt der Hausmeister fort. »Er war der klassische Störenfried. Ständig zu spät, Schule geschwänzt, Bücher verloren, Mädchen geärgert. Andauernd musste er sich beim Rektor melden, oder bei mir, wenn er wieder mal eine Strafarbeit aufgebrummt bekommen hatte.«

»Haben Sie ihn je gefragt, warum er sich so verhalten hat?«, erkundigt sich Kyra.

»Es war schwer, an ihn heranzukommen«, erwidert der Hausmeister. »An ihm ist alles abgeprallt, nichts hat er ernst genommen.«

»Ist er von der Schule geflogen oder von sich aus abgegangen?«

»Es gab ein ernstes Gespräch mit seiner Mutter, und danach hat sie ihn für eine Weile zu Hause behalten. Ich habe gehört, dass er später auf das Luzac gegangen ist.«

»Hatten Sie nie den Eindruck, dass sein Verhalten eine Reaktion auf irgendetwas war?«

»Wie meinst du das?«, fragt Boef.

»Hatte er Probleme in der Schule? Wurde er gemobbt? Oder hatte er Probleme zu Hause?«

»Freunde hatte er keine, bis auf einen. Er hieß Fred. Komischer Typ. Vincent kannte ihn noch aus seiner vorherigen Schule, aber ich weiß nicht mehr, welche das war. Jedenfalls«, er trinkt einen Schluck Kaffee, »hat sich dieser Fred öfter hier rumgetrieben. Ich musste ihn ein paarmal wegschicken.«

»Er ist also nicht hier zur Schule gegangen?«, fragt Roos.

Boef schüttelt den Kopf und erwidert: »Eine Freundin von mir arbeitet am Luzac. Sie hat viel Zeit in Vincent investiert und versucht, ihm Vernunft beizubringen, aber es ist ihr nicht gelungen. Erst auf dem Internat in England scheint er sich gebessert zu haben. Er hat dort den Abschluss geschafft, danach studiert und Arbeit gefunden. Es war damals wohl nur eine Phase, wie Jungen in der Pubertät sie öfter durchmachen.«

»Und Carla?«

»Wie gesagt: Mit ihr hat es nie Probleme gegeben. Sie war eine Musterschülerin, nach dem Examen habe ich nie wieder etwas von ihr gehört. Ich weiß nicht einmal, was sie studiert hat.«

»Tiermedizin«, mischt sich Roos ein. »Sie wohnt jetzt in Schweden, ganz allein auf einem kleinen Bauernhof.«

Boef sieht sie erstaunt an, und Kyra fragt sich, woher Roos das weiß. Wahrscheinlich von ihrer Mutter.

»Da sieht man mal, wie es gehen kann«, bemerkt der Hausmeister. »Das hätte ich nie von ihr gedacht. Sie war zwar still, aber durchaus sozial und mochte es, Menschen um sich zu haben. Sie hatte einen Freund, an dem sie sehr hing, einen Klassenkameraden. Ich hätte geglaubt, die beiden würden für immer zusammenbleiben. Willem hieß er. Willem de Jong.«

Willem! Ihr Willem? Oder besser: ihr Ex-Willem? Kyra wird bewusst, dass sie fast ein ganzes Jahr lang nicht an ihn gedacht hat. Dabei hat es Zeiten gegeben, in denen sie tagelang an nichts anderes als an ihn denken konnte und in der Schule ständig nach ihm Ausschau hielt. Verrückt.

»Willem«, wiederholt sie und räuspert sich. »Kann es sein, dass er Lehrer geworden ist?«

»Geschichte, glaube ich«, sagt Boef. »Oder Mathe. Ich weiß es nicht mehr. Er hat sich hier auch mal beworben.«

»Mathe«, antwortet Kyra. »Er arbeitet am Damstede in Amsterdam-Nord.«

41

»Wir haben ein Problem.«

Kann man wohl sagen. Telefonieren ist gegen die Abmachung.

»Warum rufst du mich an?«, fragt er.

»Du musst unser Problem lösen.«

»Warum?«

»Weil sie allmählich anfängt zu reden. Sie könnte uns gefährlich werden.«

»Du übertreibst. Wenn du es so eilig hast, erledige es doch selbst.«

Er hört den anderen seufzen. Er weiß, wie sehr dieser Diskussionen über die Aufgabenverteilung hasst. Aber er hat es satt, immer die Drecksarbeit erledigen zu müssen. Im Übrigen ist es das Problem des anderen, also soll er es auch allein lösen.

»Ich habe sie eine Weile beobachtet«, fährt der andere fort. »Du hast gesagt, dass du es gern übernehmen würdest, also bring es auch zu Ende. Ich habe einen Job im Ausland.«

Verdammte Scheiße! Auch das ist gegen die Vereinbarung.

»Du musst das Fort bewachen!«

»Kann sein, aber wenn sich nun mal eine gute Gelegenheit bietet …«

Na klar. Darüber vergisst man mal eben alles andere. Auch feste Absprachen.

»Wann?«, fragt er. Er hat bereits mit den Vorbereitungen begonnen, aber geglaubt, mehr Zeit zu haben.

»Erledige es so schnell wie möglich.«

Na klar, sonst noch was?

»Ich habe hier selbst noch zu tun«, erwidert er. »Dafür brauche ich noch ein paar Tage.«

»Kann das nicht warten?«

Der Kopf liegt auf der Bar, in einer flachen Schale, auf einem Bett von weißen Kieselsteinen. Nein, es kann nicht warten. Er kann sie nicht einfach irgendwo vergraben. Es ist undenkbar, dass sie hier bei den anderen bleibt, das wäre ungerecht, und außerdem hat sie es nicht verdient, so besonders war sie nun auch wieder nicht.

»Wann musst du los?«, fragt er. Sag bloß nicht morgen, sonst bring ich dich um.

»Morgen.«

Er hält den Atem an und presst die Lippen zusammen. Scheißkerl! Er hasst es, gehetzt zu werden.

»Ich habe eine neue Adresse für dich.« Arroganter Sack! »Noch ist die Situation stabil, aber allmählich wird es brenzlig.«

Er legt auf.

Scheiße! Er hat vorgehabt, diese Sache erst in ein paar Tagen zu erledigen, auf dem Rückweg, wenn er ohnehin dort vorbeikommt. Diese Hin-und-Her-Fahrerei geht ihm auf die Nerven. Außerdem bräuchte er mehr Vorbereitungszeit. Seine Arbeitsweise ist ganz anders als die des anderen, der oft einfach improvisiert.

Er ballt die Faust und schlägt mit voller Wucht auf die Marmoranrichte, neben die Schale mit dem Kopf. »Scheißtussi!«, flucht er, nimmt die Schale mit dem Kopf, geht zur Garage und startet den Motor.

Mit geschlossenem Verdeck, getarnt mit Sonnenbrille und Hut, fährt er über den Nieuwendammerdijk. Je näher er seinem Spielplatz kommt, desto schneller pulsiert das Blut in seinen Adern, beinahe unerträglich. Wie eine Uhr, die rückwärts läuft bis zu dem unausweichlichen Nullpunkt. Einem Startsignal.

Take off.

Ticktack.

Wieder Tantalusqualen. Er ist hier. Mit ihr. Er kann nicht tun, was er tun müsste. Alle Wege sind ihm versperrt.

Ticktack.

Ihr könnt mich alle mal. Vor allem du. Stirb!

Er fährt weiter, die Musik schön laut aufgedreht. Ein breites Grinsen legt sich über sein Gesicht. Brillant! Dass die Wut plötzlich von einer anderen Quelle gespeist wird, hat ihm einen Ausweg aufgezeigt. Hervorragend! Er kann sich auf sich selbst verlassen.

Eine halbe Stunde später parkt er in der Nähe der Mietgarage, holt ein paar Nummernschilder heraus, die er schon vor einer Weile gestohlen hat, und schließt das Rolltor wieder ab. Dann fährt er weiter und wechselt schließlich auf einem stillen Waldweg die Kennzeichen aus. Er steht auf, wischt sich die Hände an der Hose ab und fängt laut an zu lachen. Es ist dunkel, und er muss an die Zeit denken, als er nachts loszog, um seine Feuerwerkskörper zu verstecken. Kanonenschläge, Chinaböller – alles, was knallte, bewahrte er in seiner geheimen Hütte am See auf, in ausreichendem Abstand zum Haus. Frösche in die Luft zu jagen war ihm zur Sucht geworden. Er warf die Tiere so hoch wie möglich, bis irgendwo über ihm mit einem Knall Gliedmaßen und grünroter Schleim durch die Luft wirbelten. Stundenlang konnte er sich damit beschäftigen. Suchen, fangen, sprengen. Dumm war nur, dass er sich das Spiel nicht selbst ausgedacht hatte. Die Idee stammte von einem Freund, der überall herumerzählte, sein Cousin mache so etwas. Dabei war das nur eine Gruselgeschichte.

Heute hat er eine Eingebung nach der anderen. Er überprüft,

ob er alles Nötige bei sich hat, grinst und steigt wieder ein. Abrechnen. Tabula rasa. Brillant!

Er fährt weiter, schaltet rechtzeitig die Scheinwerfer aus und parkt das Auto an einer unauffälligen Stelle am Straßenrand. Er schleicht zwischen den Bäumen und den Sträuchern hindurch, bis er einen umzäunten Weiher erreicht. Einen Augenblick lang betrachtet er das Spiegelbild des Mondes im Wasser.

Eine leichte Brise lässt die Wasseroberfläche sich kräuseln und glitzern, vergnügt, wie Wasser sein sollte. Nicht zu greifen und verbunden mit allem Wasser in der Luft und allem Wasser in den Ozeanen, und zugleich Furcht einflößend, denn wenn die Flut kommt, wenn der Mond richtig steht, wenn der Wind anschwillt und sich die Kontinentalplatten verschieben, kann sich das Wasser des Ozeans schnell in eine kochende Hölle verwandeln, die einen unversehens verschlingt.

So wie die Erde seine Mädchen auffrisst. Vernichtet. Und vorher tun die Liebchen, was sie tun müssen, spielen mit in seinem Theaterstück, alle in derselben Rolle, seit Jahren, damit er seine eigenen Quälgeister auslachen und sie seinerseits vernichten kann.

42

Pünktlich um sieben ruft, wie jeden Tag, ihre Mutter an, und wie jeden Tag führen sie eine kurze Unterhaltung über das Frühstück.

»Bearbeitest du den Fall mit den Köpfen?«, fragt die Mutter unvermittelt. Ab und zu hat sie einen lichten Moment, erinnert sich zum Beispiel an ein Bruchstück aus den Fernsehnachrichten und bringt es mit ihrer Tochter in Verbindung.

»Ja. Ist ein kompliziertes Puzzle.«

»Dann musst du alle Teile finden«, sagt ihre Mutter und legt auf.

Alle Teile.

Maud isst rasch ein Brötchen, während sie herumläuft und Tasche und Schlüssel zusammensucht. Edwin und Roos sitzen am Küchentisch.

»Ich möchte mich übrigens bei dir entschuldigen, Mam«, sagt Roos auf einmal. »Es war unüberlegt von mir, das Foto auf Instagram zu posten. Auch wenn ich keine Einzelheiten ausgeplaudert habe. Es tut mir ehrlich leid.«

Maud bleibt abrupt stehen. Es ist ganz untypisch für Roos, sich einfach so bei ihr zu entschuldigen. Rasch sieht sie Edwin an, aber der wirkt genauso erstaunt wie sie.

»Ich habe mit Kyra Slagter gesprochen«, erklärt Roos. »Von ihr weiß ich, dass ich richtigen Mist gebaut habe, und es tut mir leid, wenn du meinetwegen Schwierigkeiten gehabt hast.«

»Danke, Entschuldigung angenommen«, antwortet Maud. »Es war gottlob nicht so schlimm.«

»Wenn ein x-beliebiger Passant die Nachricht gepostet hätte, wäre gar nichts passiert«, kann Roos sich nicht verkneifen hinzuzufügen. »Nur weil du meine Mutter bist, hat es Ärger gegeben.«

»Wenn ich nicht deine Mutter wäre, hättest du nicht dort gestanden und das Foto machen können.«

Roos nickt etwas mürrisch. Sie hat sich zwar entschuldigt, aber ihre spitzen Kommentare kann sie nicht lassen. »Auf jeden Fall werde ich in Zukunft vorsichtiger sein.«

Maud stellt ihre Kaffeetasse in die Spülmaschine, gibt ihrer Tochter einen Kuss auf den Kopf und geht zur Tür.

»Ich muss los«, sagt sie. »Bis heute Abend.«

In dem Moment, als sie mit dem Auto aus ihrer Straße biegt, klingelt ihr Handy. Es ist Thomas.

»Ina Demsterwold ist gestorben«, verkündet er.

»Wie bitte?«

»Heute Nacht. Man vermutet, dass sie einen Herzstillstand erlitten hat.«

»Wer tot ist, hatte zwangsläufig einen Herzstillstand«, erwidert Maud. »Was ist die Todesursache?«

Schweigen. Merkwürdig, dass die alte Dame ausgerechnet jetzt stirbt.

»Ist Niels immer noch krank?«, fragt sie.

»Keine Ahnung. Ich glaube schon.«

»Ich ruf ihn an«, sagt Maud. »Und fahre jetzt erst beim Pflegeheim vorbei, bevor ich ins Büro komme.«

Niels geht nicht ans Telefon. Sie tritt aufs Gas, fährt zu seinem Haus, klingelt zweimal und hinterlässt ihm erneut eine Nachricht auf dem Anrufbeantworter. Plötzlich schlägt ihre Wut in Sorge um. Wo steckt er nur?

Kyra schaut auf die Uhr, die im Seminarraum hängt. Erst Viertel nach zehn. Letzter Vorlesungstag. Nach der Uni will sie zum Damstede fahren, ihrem ehemaligen Gymnasium, um Willem über Carla und Vincent Demsterwold auszufragen. Die Dozentin spricht gerade von der *chain of custody and evidence.*

»Eine sorgfältige Archivierung gewährt die Integrität des Spurenmaterials«, argumentiert die Dozentin und zählt daraufhin drei Ziele sowie die Themen auf, die im Lehrbuch behandelt werden. Alles vollkommen logisch, aber langweilig. Papiere, Unterschriften, Archivierung. Würg. Wie soll sie je eine gute Ermittlerin werden, wenn sie dieser Teil der Arbeit so gar nicht interessiert?

Letztes Jahr hat sie einen Aufkleber von der Toilettentür einer Kneipe auf Norderney gekratzt, weil sie absolut sicher war, dass Sarina ihn dort hinterlassen hatte. Ebenso sicher war sie sich gewesen, dass deswegen nicht die Polizei anrücken würde. Mit beidem hatte sie richtiggelegen. Doch weil sie selbst den Aufkleber gelöst, den Beweis in eine Plastiktüte gesteckt und mit in die Niederlande genommen hatte, war er als Indiz natürlich wertlos.

Als später ein Haar von Sarina auf dem Aufkleber entdeckt wurde, war ihr das Beweis genug. Ihre Schwester war dort gewesen, hatte den Namen Jerry Hasting in die Tür geritzt, neben ihren eigenen Initialen, und dann den Sticker darübergeklebt. Doch leider hatte sich der Name Jerry Hasting bisher als wertlos erwiesen. Niemand kannte ihn, es gab keinerlei Spur von ihm. Das Einzige, was die Suche nach ihm bisher hervorgebracht hatte, war die Skizze, die Grigor anfertigen ließ.

»Am wichtigsten ist«, sagt die Dozentin am Schluss der Stunde, »dass ihr alles dokumentiert. Alles. Denkt daran, dass es kein Zurück mehr gibt, wenn ihr einmal vergessen habt, euch etwas zu notieren. Und mit diesem weisen Ratschlag will ich das Seminar für dieses Semester beschließen.«

Kyra klappt die Bücher zu und verstaut sie in ihrer Tasche.

»Kaffee?«, fragt Antoine.

»Gern«, antwortet sie. »Ich schlaf gleich ein. Gott sei Dank, nur noch ein Kurs, dann sind wir fertig für dieses Jahr.«

»Übrigens soll ich dir von Sophie ausrichten, dass sie dir verbietet, die Hausarbeit neu zu schreiben.«

Sie stehen auf und machen sich auf den Weg zur Kaffeetheke.

»Keine Sorge«, erwidert Kyra. »Die Uni erlaubt es sowieso nicht.«

»Echt nicht?«

Sie reihen sich in die Schlange ein und Kyra betrachtet die Auslage. Ein Stück Kuchen? Ein Cookie? Oder doch lieber ein Brötchen?

»Ich führe trotzdem ein paar Ermittlungen durch«, fährt sie fort. »Aber nur für mich. Und ich will versuchen, einen Termin beim *Bureau Vermiste Personen Noordzee* zu vereinbaren.«

»Warum?«

»Ich will feststellen, welche bisher nicht identifizierten Personen an den Küsten der Nordsee gefunden wurden und versuchen, die Informationen dann mit denen von Vermissten abzugleichen.«

»Das ist bestimmt sehr nützlich«, gibt Antoine zu. »Aber es wird dich auf der Suche nach Sarina nicht weiterbringen. Das weißt du, oder?«

»Mir fällt nichts ein, was ich noch unternehmen könnte. Es gibt keine Spur von diesem Jerry Hasting, als hätte es ihn nie gegeben.«

»Du bist also doch wieder auf der Suche?«

Kyra zuckt mit den Schultern. Ihr ist egal, ob Antoine meint, sie solle die Suche nach Sarina aufgeben, denn was weiß er schon? Sie wagt ihm nicht anzuvertrauen, dass sie eigentlich nach Schweden und Norwegen will, um sich dort weiter zu erkundigen.

»Was wurde eigentlich mit der Skizze von diesem Hasting unternommen?«, fragt Antoine zu ihrem Erstaunen.

»Grigor hat erst alle Häfen mit den Fotos von Dave und der Jacht abgeklappert und später mit der Skizze von Jerry Hasting.«

»Also hat nie jemand nach der Kombination Jacht, Dave, Sarina und Jerry gefragt«, stellt Antoine fest. »Und hat sich denn mal jemand außerhalb der Häfen erkundigt, in Kneipen oder Restaurants?«

»In den Medien ist ausführlich über den Fall berichtet worden, sowohl in den regionalen als auch in den überregionalen Zeitungen. Aber es hat alles nichts gebracht.«

»Vielleicht solltest du das doch noch einmal versuchen.« Antoine bestellt zwei Cappuccino. »Große«, fügt Kyra hinzu.

Vor einer Weile hatte Antoine noch versucht, sie von ihrer ewigen Suche nach ihrer Schwester abzubringen, und jetzt macht er plötzlich eigene Vorschläge?

»Und wenn du noch einmal eine neue Kampagne starten würdest?«, sagt er jetzt. »Du erstellst ein Poster mit sämtlichen Informationen, verbreitest es und stellst Nachforschungen an. In Kneipen, Restaurants und Supermärkten entlang der Küste, und dazu schaltest du eine Anzeige in der Zeitung und hängst das Poster in allen Häfen auf.«

»Augenblick mal, warst du nicht der Meinung, ich solle aufhören? Ich solle Sarina loslassen?«, fragt Kyra.

Antoine reicht ihr den Kaffeebecher und zuckt mit den Schultern.

»Diesen Sommer ist es fünf Jahre her.« Kyra trinkt einen Schluck Kaffee und verbrennt sich dabei den Mund.

»Ein guter Zeitpunkt für einen letzten Versuch«, bemerkt Antoine. »Wer weiß. Wir könnten zu dritt fahren. Sophie, du und ich. Wenn wir uns das Auto deiner Mutter ausleihen dürfen, ginge es. Bald fangen die Sommerferien an.«

»Das Zimmer von Mevrouw Demsterwold liegt hier im Erdgeschoss«, erklärt die Leiterin des Pflegeheims. Sie geht Maud voraus einen Flur entlang, von dem vier Türen abgehen.

»Hier ist es.«

»Wenn ich recht verstanden habe«, sagt Maud, »ist die Kripo nicht hier gewesen. War denn gar keine Polizei da?«

»Unter hochbetagten Menschen ist der Tod nichts Ungewöhnliches«, erwidert die Leiterin kühl. »Unser Arzt hat die Leiche untersucht und nichts Besonderes festgestellt. Eine Autopsie wird nur auf ausdrücklichen Wunsch der Familie durchgeführt, und das ist hier nicht der Fall.«

Maud nickt.

»Sie war in letzter Zeit sehr unruhig«, fährt die Leiterin fort. »Vielleicht hat das alles viel mehr Auswirkungen auf sie gehabt, als wir glaubten.«

Das Zimmer von Ina Demsterwold ist geräumig, ungefähr sechs Mal fünf Meter groß, und verfügt über eine Sitzecke, einen Esstisch und ein am Fenster stehendes Bett. An den Wänden hängen moderne Gemälde, einfache Reproduktionen, wie es scheint. Auf einem Schrank stehen Familienfotos und Bücher.

Maud tritt ans Bett. Es ist frisch gemacht und mit dunkelviolett geblümter Wäsche überzogen, als könne Ina Demsterwold jeden Augenblick zurückkehren, um in einem sauberen, frischen Bett ein Nickerchen zu machen.

»Hat sie hier gelegen?«, fragt Maud.

»Ja, so als schliefe sie. Auf dem Rücken, im Nachthemd, ganz normal eigentlich.«

Maud schaut durch das große Fenster hinaus. Eine leicht abfallende Rasenfläche, gesäumt von Bäumen, Büschen und Beeten mit blühenden Blumen. Durch den Fensterspalt hört sie die Vögel in den vielen Bäumen zwitschern.

»Schöne Aussicht«, bemerkt sie.

»Die Gartenzimmer sind sehr beliebt, vor allem die im Erdgeschoss, weil damit das Treppensteigen und die Bedienung des Aufzugs entfällt, die vielen schon zu kompliziert ist.«

»Ist am Abend vor Mevrouw Demsterwolds Tod etwas Besonderes geschehen?«, fragt Maud. »Oder in den Tagen davor? Oder in der Nacht?«

»Nicht, dass ich wüsste. Wissen Sie«, die Leiterin klingt erschöpft, »für uns ist das ganz normal. Hier sterben so oft Menschen. Unsere Bewohner sind alt, und die meisten leiden unter irgendeinem Gebrechen.«

»*Business as usual*«, bemerkt Maud. »Und das Fenster, war es schon geöffnet, als Sie sie fanden?«

»Mevrouw Demsterwold bestand darauf, frische Luft zu haben.« Die Frau tritt ans Fenster und deutet auf einen speziellen Hebel. »Deswegen haben wir diesen Sicherungsmechanismus angebracht, damit sie das Fenster nicht so leicht von innen öffnen konnte.« Sie zeigt, wie man einen kleinen Riegel umklappen und anschließend einen Verschluss aufdrehen muss, um das Fenster weiter öffnen zu können. »Wir wollen natürlich nicht, dass uns Bewohner verloren gehen.«

»Mit etwas Geschick«, argumentiert Maud, »könnte man das Fenster aber durchaus von außen öffnen.«

Die Direktorin blickt sie mit hochgezogenen Augenbrauen an.

»Ich nehme an«, antwortet sie zögernd. »Aber …« Auf einmal wirkt sie ängstlich. »Warum hätte irgendjemand Ina etwas antun sollen? Und wer?«

Maud zuckt mit den Schultern.

»Ich weiß nicht«, antwortet sie. »Wahrscheinlich bin ich zu misstrauisch. Wurde das Zimmer bereits gereinigt, nachdem Sie Mevrouw Demsterwold gefunden haben?«

»Sobald jemand verstorben ist, reinigen wir das ganze Zimmer gründlich«, antwortet die Leiterin. »Die Angehörigen wollen es ja noch ausräumen, und dafür sollte es schon sauber und ordentlich sein.«

»Ist Vincent Demsterwold schon hier gewesen?«

»Soweit ich weiß, ist er nach London zurückgekehrt. Er war vor Kurzem erst hier.«

»Könnte ich mich draußen ein wenig umsehen?«, fragt Maud. Vielleicht stößt sie doch auf Spuren.

Die Leiterin nickt mürrisch. »Wenn Sie mir bitte folgen wollen.«

»Wir haben vor jedem Fenster blühende Büsche anpflanzen lassen«, erklärt die Leiterin. »Die Bewohner lieben das. Vor Ina Demsterwolds Zimmer wächst …«

Maud betrachtet den Boden unter den Sträuchern.

»Rosa Hibiskus«, fährt die Leiterin nachdenklich fort.

Maud beugt sich vor und versucht, den Boden zu untersuchen, ohne daraufzutreten. Mit der kleinen Taschenlampe, die sie stets in der Manteltasche trägt, beleuchtet sie die Erde rund um die Sträucher. Schwarz. Kürzlich umgegraben. Unmittelbar vor der Fassade des Hauses, neben dem Fenster, ist ein einzelner Fußabdruck zu sehen.

»Wie oft kommt der Gärtner?«, fragt sie, geht auf die Knie und lässt den Taschenlampenstrahl über den Boden rings um die Sträucher wandern, in immer weiteren Kreisen.

»Keine Ahnung«, sagt die Leiterin. »Natürlich regelmäßig. Wir möchten, dass alles gepflegt ist. Ich …«

Maud zögert einen Augenblick, streckt die Hand aus und trägt vorsichtig ein wenig Erde zwischen den beiden Sträuchern links und rechts des geöffneten Fensters ab. Es geht ziemlich leicht. Man kann es kaum graben nennen, es ist mehr ein Fegen. Ganz vorsichtig, kontrolliert, bis sich ihre Finger in etwas verhaken, das sich wie dünne Angelschnur anfühlt. Sie schiebt die Erde beiseite und betrachtet ihren Fund im Licht der Taschenlampe. In der frischen Erde liegen blonde Haare. Vorsichtig schiebt sie den Finger weiter in die Erde, tiefer und tiefer – sie will nicht glauben, was sie entdeckt zu haben fürchtet –, bis sie eine harte Rundung fühlt und blitzschnell die Hand zurückzieht.

Mein Gott!

Sie erhebt sich mühsam, wischt sich die Hände am Mantel ab und holt ihr Handy aus der Tasche. Sie hatte geglaubt, es sei vielleicht eingebrochen worden, aber das … Ohne auf die nervöse Frau hinter sich zu achten, telefoniert sie mit ihrem Team und meldet ihren Fund.

»Ich halte mich fern«, verspricht sie, »und sorge dafür, dass niemand in die Nähe kommt. Wie lange braucht ihr?«

Sie wartet, bis ihre Kollegin die diensthabenden Ermittler kontaktiert hat, und legt auf, sobald sie weiß, dass alles seinen Gang gehen wird.

»In einer halben Stunde sind meine Kollegen hier«, sagt sie zu der Leiterin. »Der Garten muss abgesperrt werden, und auch das Zimmer von Mevrouw Demsterwold. Ich befürchte, es ist der Tatort eines Verbrechens.«

Der Kopf liegt in derselben Haltung wie die Schädel am Nieuwendammerdijk, leicht nach hinten gekippt, den Blick – wenn es einen gäbe – auf das Fenster Ina Demsterwolds gerichtet.

Die junge Frau ist blond, aber Maud kann unmöglich noch erkennen, ob sie einmal hübsch gewesen ist. Das Gesicht ist schwer gezeichnet, mit Flecken überzogen und schmutzig von dunkler Erde. Die anderen Opfer sind schöne junge Frauen gewesen, also wird diese vermutlich auch attraktiv gewesen sein. Es fehlt ein Strick, ebenso wie bei den jüngsten Opfern am anderen Tatort.

»Wir haben hier noch eine Weile zu tun, Maud.« Sandy Koel kommt auf sie zu. Mit einer Hand zieht sie ihre Haare unter ihrem weißen Overall hervor und bindet sie mit einem Gummi zusammen. »Aber mir scheint, dass wir es hier mit demselben Täter zu tun haben.«

Ebenso wie letzte Woche steht Maud in einem idyllischen Garten vor einem stattlichen Gebäude, und ebenso wie letzte Woche liegt in diesem Garten eine Leiche begraben. Mit Blick auf Ina Demsterwold. Schon wieder. Das Muster wird immer deutlicher erkennbar. Die Frage ist nur, wer die alte Dame so sehr gehasst hat. Und warum. Wenn Niels jetzt hier wäre, dann könnten sie gemeinsam …

»Wunderbar, dass wir jetzt so frisches Material haben«, unterbricht Sandy ihren Gedankengang. »Ich freue mich jetzt schon auf die Ergebnisse.«

»Dann gehe ich mal«, erwidert Maud. »Schickt mir kurz eine Nachricht, wenn ihr fertig seid, ja?«

Sandy nickt und macht sich wieder an die Arbeit. Maud tritt ein paar Schritte beiseite und beobachtet noch einen Moment die Kollegen in den weißen Anzügen, die den Garten unter die Lupe nehmen. Durch die Fensterscheibe sieht sie auch die Ermittler in Inas Zimmer. Sandy hat recht, diesmal müssen sie etwas finden!

43

Soweit er sich erinnern kann, hat er zum ersten Mal in seinem Leben geweint. Er fühlte sich schlechter denn je. Mit Suzannas Kopf auf dem Schoß – liebe Suzanna, schöne Suzanna, genau das richtige Mädchen, die Letzte und die Beste – saß er auf dem Sofa und versuchte, das Gefühl heraufzubeschwören, das mit dem letzten Teil des Puzzles verbunden sein sollte. Die Arbeit von Jahren! So viele Teile hatte er an ihren Platz gelegt! Doch es kam keine Erleichterung, keine Genugtuung in ihm auf – das Einzige, was er empfand, war ein tiefes Mitleid mit sich selbst, weil es jetzt zu Ende war.

Erst danach ist ihm eingefallen, was er mit ihrem Kopf anstellen könnte. Er erinnerte sich daran, wie er den Rest von ihr in Stücke gesägt und in den neuen Pflanzkasten gelegt hatte. Eine mühselige Arbeit, weil der schmaler war als die anderen. Der blöde Lieferant hatte das falsche Modell gebracht, und da stand er dann, mit Körperteilen, die nur mit Mühe zusammen mit dem Rumpf in das Gefäß passten.

Er musste ein paarmal hin- und herlaufen, weil er die Arme und Beine noch einmal durchsägen musste. Endlich lag ihr schöner weißer Körper in neun Teilen auf dem schwarzen Wurzelvlies. Anschließend verteilte er Kalk und Pflanzerde darüber, vermengte das Ganze mit etwas organischem Dünger und grub zwei große Löcher für das Ziergras.

Als er fertig war, trat er ein paar Schritte zurück, um das Resultat zu begutachten. Er schwitzte wie ein Schwein und fluchte, als er sah, dass noch ein paar Finger aus der Erde hinausragten. Er musste das Ziergras wieder herausnehmen, den Unterarm zwischen die Beine stopfen und es dann wieder einsetzen. Sehr lästig, diese Umstände, und das nur, weil dieses Pflanzgefäß ausgerechnet an der Ecke der Garage stand, an einer Stelle, die man von der Straße aus gerade so einsehen konnte.

Während er bei der Arbeit war, hielt er ab und zu Ausschau nach Fahrradfahrern, aber er hatte Glück.

»Warum setzen Sie die nicht einfach in die Erde?«, hörte er plötzlich jemanden hinter sich sagen und fuhr erschrocken herum. Verdammte Scheiße!

»Wäre das nicht viel einfacher als die vielen Töpfe?«

Ein gutes Stück hinter ihm, auf der anderen Seite des Wassergrabens, stand plötzlich ein Bauer. Blaumann, hohe Gummistiefel, Schirmmütze, selbst gedrehte Zigarette im Mundwinkel. Gestützt auf den Stiel einer Harke. Selten einen so klischeehaften Bauern gesehen, dachte er, während er sich vorstellte, wie er den Mann würgte.

»Wie lange stehen Sie da schon?«, fragte er.

»Lange genug, um zu sehen, wie sehr Sie sich abmühen.«

Er schaute den Bauern schweigend an und versuchte einzuschätzen, ob er ein Problem darstellte.

»Was machen Sie da?«, fragte er ihn. »Ich sehe sonst nie jemanden auf der Weide.«

»Nummer 9624 ist krank«, antwortete der Bauer und zeigte auf eine Kuh, die ein Stück weiter weg auf der Wiese lag. »Ich wollte mal nachsehen, was mit ihr los ist.«

»Viel Erfolg«, antwortete er und blieb stehen, bis der Bauer zum Abschied an seine Schirmmütze tippte. Mit halb zusammengekniffenen Augen blieb er stehen, bis der Mann seine Kuh auf der anderen Seite der Weide besucht hatte und wieder verschwunden war.

Im Haus hatte er sich auf das Sofa gesetzt. Suzanna lag in einer Schale im Wohnzimmer, und plötzlich überkam ihn das Bedürfnis, sie festzuhalten. Er hatte sie umarmt. Geküsst. Es war göttlich, ein so intimes Band mit jemandem zu knüpfen. Die Tränen tropften von seiner Nasenspitze.

Jetzt lerne endlich mal, zu gehorchen! Tu, was du tun musst! Dann bist du wenigstens zu etwas nutze. Und halt den Mund! Halte doch endlich mal den Mund! Sonst setzt's was!

Er hatte die Zähne zusammengebissen und gespürt, wie die Wut durch seinen Körper raste. Es ist fertig! Es ist fertig! Es muss fertig sein. Jetzt muss er sie loslassen. Er hatte sie lange genug bei sich behalten. Sie fing schon an zu riechen.

Er hatte die Nase gerümpft. Ausgiebig gegähnt. Es war fertig. Vollendet. Abgeschlossen.

44

London

Es ist keineswegs so, dass sie vergessen hätte, wie es draußen in der Welt zugeht, aber sie hat nicht mehr gewusst, dass sich so viele Leute gleichzeitig in der Stadt tummeln. Über den Platz bewegen sich Leute mit Einkaufstaschen, Mütter mit Kindern, Jungen mit Rucksäcken und Kopfhörern, alte Leute, langsam und ein bisschen wackelig. Zwei kleine Jungen mit Longboards kurven geschickt zwischen den Fußgängern hindurch. Auf der anderen Seite des Platzes joggen zwei junge Mädchen über die Straße. Neben dem Mülleimer steht ein Mann, ganz allein, einfach so.

Eine Probewoche, hat man ihr gesagt. Eine Woche ohne Therapie. Der Urlaub ihres Therapeuten fällt genau mit dem Ende der Gruppentherapie zusammen. Ein guter Anlass, um ein selbstständigeres Leben zu wagen, hat das Behandlungsteam gesagt.

Bisher ist sie fast täglich in der Klinik gewesen. Gruppentherapie, Kreativtherapie, Gespräche mit dem Psychiater, dem Psychologen, Doktor Stevens mit seinen Apparaten. An ihren freien Tagen ist sie zu Hause geblieben. In die Klinik ist sie entweder mit dem Taxi gefahren oder von Mabel oder Phil gebracht worden. Jetzt soll sie auf einmal hinausgehen, selbstständig sein und etwas völlig anderes machen als bisher.

Ihre Gesundung ist in so kleinen Schritten verlaufen, dass sie es selbst kaum bemerkt hat, aber als die Rede davon war, eine Wohnung zu suchen, einzukaufen, mit freiwilliger Arbeit zu beginnen und sich dann irgendwo einen Job zu suchen, wurde ihr auf einmal angst und bange. Nicht, dass sie sich davon etwas hätte anmerken lassen. Es wird wirklich Zeit, dass Mabel und Phil ihr normales Leben wiederaufnehmen. Sie muss sie verlassen. Sie möchte niemandem mehr zur Last fallen. Sie schämt sich furchtbar dafür, dass sie die Gutmütigkeit der beiden derart ausnutzt.

Sarah steht mit einem Cappuccino im Pappbecher vor der Tür des Costa-Coffeeshops. Es ist ein schöner Tag. Viel zu schön für schlimme Dinge.

Sie trinkt einen Schluck und beschließt, an den Schaufenstern vorbeizuschlendern. Auf dem Platz herrscht unverändert geschäftiges Treiben. Laufen, Rennen, Skateboard fahren – die Aktivitäten bleiben dieselben, nur die Leute sind jedes Mal andere. Außer den beiden kleinen Jungen und dem Mann am Mülleimer. Plötzlich fühlt sie sich unbehaglich und betritt eine Boutique. Die Verkäuferin kommt auf sie zu und sagt direkt: »Essen und Trinken sind hier nicht erlaubt.«

Sarah entschuldigt sich und geht wieder hinaus. Der Mann steht immer noch da. Starrt er sie an? Sie wagt es nicht, hinzusehen und dreht sich von ihm weg. Es ist natürlich Quatsch. Solche Leute findet man überall, vor allem in einer Großstadt. Einer Weltstadt. Sie kann froh sein, dass sie die Möglichkeit hat, in London zu leben. Sie trinkt noch einen Schluck von ihrem Cappuccino und zwingt sich, die Schaufenster in der Einkaufsstraße anzusehen. Shoppen. Ein T-Shirt oder ein Buch. Dass sie Erinnerungslücken hat, ist eine Sache, aber ein Kleidungsstück zu kaufen müsste ihr doch gelingen.

Als sie ihren Cappuccino ausgetrunken hat, geht sie in ein paar Geschäfte, und weil sie das übergroße Angebot überfordert, kauft sie einfach irgendein T-Shirt, das hübsch aussieht. Mission erfüllt. Jetzt kann sie nach Hause gehen.

Mit klopfendem Herzen fährt sie eine scheinbar endlos lange Rolltreppe hinunter in die U-Bahn. Sie mag es nicht, unter der Erde zu sein. Es verursacht ihr Beklemmungen. Sie drückt die Plastiktüte eng an sich und wartet auf dem Bahnsteig. Ruhig durchatmen. Gleich kommt der Zug. Einfach einsteigen. Drei Haltestellen, dann kannst du wieder nach oben. Dann bist du schon fast zu Hause.

Sie starrt in das dunkle Loch des Tunnels hinein und erschaudert bei dem Gedanken daran, dass sie gleich darin verschwinden wird. Am liebsten würde sie wieder hinaufgehen, an die frische Luft, die Oberfläche. Sie dreht sich um, blickt zum Ausgang, und ihr Herz setzt einen Schlag aus, weil dieser Typ plötzlich hinter ihr steht. Der Mann vom Mülleimer.

»Oh Gott!« Es ist mehr ein Piepen als ein Hilfeschrei. Ihre Stimme versagt. Er schaut sie an, und sofort ist es, als schalte jemand das Licht aus. Die Welt wird unscharf, und ihr wird so schwindelig, dass sie zur Seite taumelt und auf eine Bank sinkt. Jemand schnauzt sie an. Sie bekommt keine Luft, kann nicht atmen, etwas blockiert ihre Kehle …

»Kann ich Ihnen helfen?« Ein junger Mann mit indischem Akzent beugt sich zu ihr, schaut sie besorgt an und setzt sich neben sie. »Hier.« Er reicht ihr eine kleine Flasche Wasser. »Habe ich gerade erst gekauft«, sagt er. »Sie ist noch verschlossen. Trinken Sie einen Schluck.«

Sie nickt und gehorcht. Langsam beruhigt sie sich ein wenig.

»Vielen Dank«, sagt sie. »Sehr nett von Ihnen. Mir war plötzlich nicht gut. Ich … Ich mag es nicht, unter der Erde zu sein.«

Der Mann lächelt sie an. Sein Gesicht hat etwas Sanftmütiges. Plötzlich weiß sie wieder, wovor sie solche Angst hatte und blickt sich panisch um. Er ist weg. Sie sieht ihn nirgends. Was hat er da gemacht? Warum hat er hinter ihr auf dem Bahnsteig gestanden?

45

»Dieses letzte Opfer ist vor circa drei Tagen gestorben.« Maud steht vor ihrem Team und fasst die Einzelheiten ihres Fundes zusammen. »Die Beschreibung der Frau passt auf keine der derzeit vermissten weiblichen Personen. Es kann also sein, dass bisher noch niemand ihr Verschwinden bemerkt hat.«

Stille tritt ein.

»Er wusste nicht, wo er sie loswerden sollte«, sagt John. »Sie hätte an diese leere Stelle im Garten gehört, aber wir haben ihm mit unserer Anwesenheit einen Strich durch die Rechnung gemacht. Da hat er sich einen anderen Ort gesucht.«

»Das ist anzunehmen«, gibt Maud ihm recht.

»Hatte sie besondere Kennzeichen?«, fragt Myrna. »Eine Narbe? Oder kann man sie anhand des Gebisses identifizieren?«

»Das Gebiss war intakt. Ein paar Füllungen, ansonsten nichts Besonderes, aber zuerst brauchen wir eine Vermisstenanzeige. Ihr Genmaterial muss mit dem von Verwandten abgeglichen werden.«

»Logisch«, sagt Myrna. »Tut mir leid.«

»Es wird gerade an einer realitätsnahen Darstellung der Frau gearbeitet. Sie sieht zu schrecklich aus, als dass man ihr Foto der Öffentlichkeit präsentieren könnte.«

Maud zeigt eine Aufnahme des Opfers, und die Gesichter ihrer Kollegen verzerren sich vor Abscheu. Für das Foto wurde der Kopf gewaschen und so gut wie möglich hergerichtet, aber man sieht deutlich die Schnitte in der gräulichen Haut sowie die Blutergüsse, Kratzer und Platzwunden an den Stellen, an denen sie offenbar geschlagen wurde. Der Hals wurde mit einem Messer durchtrennt, ein wenig schief.

»Sobald das Bild fertig ist, geht die Presseerklärung raus«, erklärt Maud.

»Von den anderen Opfern …«, sie deutet auf eine Karte des Gartens, auf der die Fundorte der Köpfe durch Kreuze gekennzeichnet sind, neben einigen von ihnen hängen kleine Fotos, »sind inzwischen sechs Namen bekannt.« Sie tritt einen Meter beiseite und stellt sich neben eine Tafel, auf der noch einmal dieselben Fotos in Vergrößerung hängen.

»Wir hatten ja schon Helena van Dijk und Janneke Raads, und inzwischen haben wir auch Monique Mees, Irene van Helden und Luisa Krüger identifiziert, die zwanzig, einundzwanzig und sechsundzwanzig Jahre alt waren. Bei Luisa Krüger handelt es sich um eine Österreicherin, die hier an der Amsterdam Business School eine Ausbildung absolvierte. Die anderen beiden haben gearbeitet. Monique in einem Supermarkt und Irene in der Stadtbibliothek.« Alle betrachten die Fotos.

»Ihre Leben scheinen mir keine Übereinstimmungen aufzuweisen«, bemerkt Thomas. »Aber äußerlich haben sie sich geähnelt.«

»Stimmt«, sagt Maud. »Alle waren blond. Die meisten hatten langes Haar. Alle waren zwischen eins sechzig und eins fünfundsechzig groß. Auffällig ist, dass Monique Mees und Irene van Helden beide 1997 verschwunden sind. Damit sind ihre Schädel diejenigen, die vermutlich am längsten im Garten lagen. Luisa wird seit 2010 vermisst.«

»Alles hübsche Mädchen«, bemerkt John.

»Und das sechste?«, fragt Myrna. »Du hast doch gesagt, es seien sechs Opfer identifiziert worden? Wer noch?«

Maud holt ein Foto aus einer Mappe und hängt es an die Tafel. Das Team stößt einen kollektiven Seufzer aus. Ein etwa zwölfjähriger Junge, glattes dunkles Haar, dunkle Augen, schaut mit etwas ängstlichem Blick in die Kamera.

»Menno Schatbos«, sagt Maud.

John pfeift durch die Zähne.

»Verschwundenen in Brüssel 1996«, fährt Maud fort. »Ein aufsehenerregender Fall. Es heißt, er wäre in Rotterdam und Amsterdam in Kinderprostitutionskreisen gesehen worden, aber auch darüber gibt es kontroverse Zeugenaussagen – es konnte nie bewiesen werden.«

»Ein anderes Gerücht lautet«, ergänzt Thomas, »dass er bei einer Sexparty auf einem Boot etwas außerhalb von Amsterdam umgekommen ist. Seine Leiche wurde nie gefunden.«

»Das ist allerdings eine deutliche Verbindung zu Demsterwold«, sagt John. »Sein Schädel ist doch auch Teil des Musters? Da wird Niels sich aber freuen.«

»Demsterwold wird von uns bereits unter die Lupe genommen«, erwidert Maud. »Aber wir werden uns von jetzt an natürlich noch stärker auf ihn konzentrieren.«

»Man kann nicht mehr mit Sicherheit feststellen, woran die Opfer gestorben sind«, schaltet sich Jolanda ein. »Über die Verletzungen heißt es im Bericht des NFI, dass die ältesten Schädel am übelsten zugerichtet sind. Überall Spuren von Gewalt, kleine Knochenbrüche, Einkerbungen, Spuren von Messerstichen.«

»Ich brauche euch nicht zu erzählen, dass ein Nachlassen der Gewalttätigkeit atypisch ist«, sagt Maud. »Meist verläuft es umgekehrt. Es ist wie bei einer Drogensucht: Der Kick muss durch zunehmend heftigere Stimulanzen ausgelöst werden.«

»Bei dem Täter handelt es sich also um jemanden, dessen Wut allmählich abkühlt«, ergänzt Jolanda.

Maud sieht, wie John den Kopf schüttelt. Er hat es gern, wenn sich jeder an die Regeln hält, auch ein Mörder.

»Jedenfalls haben wir mehrere Jahreszahlen«, fährt Maud fort. »1996, 1997 sowie 2010, 2011 und 2012. John und Jolanda, könnt ihr euch bitte diese Jahre vornehmen, mit Fokus auf den Monat Juni. Zeitungsberichte, Nachrichten aus Amsterdam … Seht nach, ob euch etwas auffällt.«

Die beiden nicken ernst.

»Myrna, könntest du dich bitte mit den Opfern beschäftigen? Ich hätte gern ein Profil. Wenn es geht, bis morgen.«

Die junge Ermittlerin macht sich eine Notiz. »Natürlich«, sagt sie.

»Und was unternehmen wir im Fall Schatbos?«, erkundigt sich Thomas.

»Da würde ich gern zunächst die weiteren Ergebnisse aus dem NFI abwarten«, antwortet Maud. »Mal sehen, ob sie was finden, womit wir etwas anfangen können. Vielleicht kannst du …« – sie schaut Thomas an – »inzwischen schon einmal die Akte von Schatbos anfordern. Sie befindet sich bei den Unterlagen der SOKO Kinderhandel aus den Neunzigerjahren, und ich meine, der Geheimdienst hat auch etwas über den Fall.«

Maud schenkt sich einen Becher Wasser ein und trinkt einen Schluck. Auch die anderen Teammitglieder nehmen sich etwas zu trinken. »Der Tod Ina Demsterwolds kam für das Pflegeheim nicht überraschend«, fährt Maud fort und deutet auf das Foto der alten Frau. Sie blickt mürrisch in die Kamera, den Mund ein wenig geöffnet, als würde sie gleich den Fotografen anschnauzen wollen.

»Trotzdem merkwürdig, dass sie ausgerechnet jetzt stirbt«, bemerkt Thomas.

Maud nickt, und mehrere Kollegen brummen zustimmend.

»Ich habe eine Autopsie beantragt«, sagt Maud. »Aber ich bin nicht sicher, dass ich damit durchkomme. Der Arzt des Pflegeheims hat bereits eine Erklärung unterzeichnet, dass an der Leiche nichts zu sehen war. Keine Verletzungen, keine Spuren eines Kampfes. Im Zimmer sind auch keine Einbruchspuren gefunden worden.«

»Ich kann mir nicht vorstellen, dass die Leiche beschlagnahmt wird«, unkt John. »Ehe wir uns versehen, steckt das Weib in einer Urne.«

Er hat recht. Die alte Dame liegt bereits aufgebahrt in der Leichenhalle, und die Einäscherung ist für den kommenden Montagmorgen geplant. Vincent Demsterwold hat einer Obduktion nicht zugestimmt, und es ist die Frage, ob die Staatsanwaltschaft sich durchsetzen wird. Oder besser: Es ist keine Frage.

»Offenbar will irgendjemand meiner Mutter etwas anhängen«, hat Vincent am Telefon zu Maud gesagt. »Aber sie war schon alt. Sie war nicht gesund. Sie ist einfach an Altersschwäche gestorben. Die Vorstellung, dass sie nur wegen Ihrer Ermittlungen aufgeschnitten werden soll, ist furchtbar für mich. Sie ist in ihrem ganzen Leben nicht einmal operiert worden!«

»Im Garten des Pflegeheims wurde ein Schuhabdruck gefunden«, mischt sich Jolanda ein. »Der Abdruck wurde sichergestellt und wird jetzt mit den Schuhen des Personals verglichen, das für die Instandhaltung des Pflegeheims zuständig ist.«

»Wir haben inzwischen mit allen, die zur Zeit der Demsterwolds in und an der Villa am Nieuwendammerdijk gearbeitet haben, gesprochen«, fährt Maud fort. Sie steht neben der Tafel mit den gesammelten Informationen und beginnt, die bisherigen Erkenntnisse zusammenzufassen.

»Der Pfleger hat ungefähr ein Jahr bei Mevrouw Demsterwold im Haus gewohnt. Vorher ist er zwischen zwei und drei Mal die

Woche zu ihr gekommen. Wir haben seine Referenzen überprüft, und sie sind ausgezeichnet. Keine finanziellen Probleme, nie mit dem Gesetz in Konflikt geraten, nie Streitigkeiten mit der Familie gehabt.«

»Hat er nach ihrem Tod etwas geerbt?«, fragt John.

»Laut Clever nicht«, antwortet Thomas.

»Er gilt nicht als Verdächtiger«, erwidert Maud. »Dasselbe gilt für den Maler und auch für den Feuerwehrmann, der in seiner Freizeit ein paar Häuser auf dem Deich in Schuss hält.« Dann deutet sie auf das Foto der Haushälterin.

»Claudia Jansen«, sagt sie. »Hat fast dreißig Jahre lang für die Familie Demsterwold gearbeitet. Ich habe kurz mit ihr gesprochen, aber sie hat nicht viel gesagt.«

Maud deutet auf die letzten Fotos in der Reihe. »Fred van Leeuwen war jahrelang Gärtner der Demsterwolds, und Harry Bolhoven der Handwerker, der für die Instandhaltung des Hauses von innen und außen verantwortlich war.«

»Der Gärtner war allerdings sehr nervös während unseres Gesprächs«, ergänzt Thomas. »Hat schon lauthals behauptet, keine Ahnung zu haben, bevor wir ihm überhaupt eine Frage gestellt hatten.«

»Ich kenne ihn«, sagt John, während er das Foto betrachtet. »Er liegt mit seinem Boot bei mir im Hafen von Durgerdam. Komischer Typ. Ein Eigenbrötler.«

»Was für ein Boot hat er?«, fragt Maud.

»Ein Segelboot«, erklärt John. »Großer Kahn. Er arbeitet ständig an diesem Boot, schmirgelt, lackiert, putzt. Er ist eigentlich Tag und Nacht im Hafen.«

»Teures Hobby«, bemerkt Thomas.

»Ja«, stimmt John nachdenklich zu. »Ich habe mich immer gefragt, was er arbeitet, um das alles bezahlen zu können.«

»Thomas«, sagt Maud. »Nimmst du diesen van Leeuwen mal näher unter die Lupe? Auch seine Finanzen?«

Thomas nickt.

»Dann noch mal zurück zu diesem Bolhoven«, fährt Maud fort. »Der Bauunternehmer, der knapp dreißig Jahre lang alle Instandhaltungsarbeiten an Haus und Garten koordiniert hat. Vor ihm hat das schon sein Vater übernommen, genau wie bei dem Gärtner übrigens, bei dem ging der Betrieb auch vom Vater auf den Sohn über. Mit Bolhoven haben wir noch nicht gesprochen, er ist im Urlaub. Er kommt dieses Wochenende zurück, der ist also nicht von meiner Liste gestrichen. Das war's vorläufig.«

»Wer gilt augenblicklich als verdächtig?«, fragt John.

Maud zuckt mit den Schultern. »Offiziell noch niemand. Ich kann nur – aufgrund von Vermutungen oder logischen Schlussfolgerungen – bestimmte Leute als Verdächtige ausschließen. Noch nicht ganz abgehakt habe ich: Fred van Leeuwen, Harry Bolhoven und Ruud Demsterwold. Letzteren als Verantwortlichen für die frühen Morde.«

»Gehst du von zwei Tätern aus?«, fragt Myrna.

Maud neigt den Kopf ein wenig und erwidert: »Ich kann es nicht ausschließen.«

»Hat jemand etwas von Niels gehört?«, fragt Maud abschließend.

»Nein, nichts«, antwortet Thomas.

Während alle ihre Sachen zusammenpacken, bleibt Maud sitzen und starrt auf die Wand mit den Informationen. Dann greift sie zum Handy und ruft Vincent Demsterwold an, erreicht aber nur seine Mailbox. Auf die Frage, wer die Feinde seines Vaters waren, hat er noch immer nicht geantwortet. Doch nach dem Tod seiner Mutter wird er ohnehin in die Niederlande kommen müssen. Und Carla auch. Sie hat bisher auf keinen einzigen Kontaktversuch reagiert, aber nun ist Maud entschlossen, Carla zu erreichen, koste es, was es wolle. Während Ruud im Fokus steht, geht es im Grunde um seine Frau.

Nachdem sie aufgelegt hat, ruft sie Niels noch einmal an, erfolglos.

46

Wim und Kyra sitzen in einer kleinen Kneipe in der Nähe der Schule, in der sie im Jahr zuvor gelegentlich etwas getrunken hatten. Damals lag eine gewisse Spannung in ihren Begegnungen, die Kyra heute nicht mehr nachempfinden kann. Sie kann sich nicht mehr vorstellen, dass sie einander je geküsst haben. Vielleicht war ihre Affäre nur deshalb so prickelnd, weil sie so verboten war.

»Carla war eine Klassenkameradin von mir«, beginnt Wim. »Auf einem Schulfest sind wir dann zusammengekommen. Sie war sehr lustig und intelligent und besaß diese besondere Fähigkeit zur Selbstironie. Sobald wir bei ihr zu Hause waren, wurde sie jedoch eine ganz andere Person. Dann war sie schweigsam und mürrisch und verhielt sich fast abweisend mir gegenüber.«

Er trinkt einen Schluck von seiner Cola.

»Deswegen waren wir meistens bei mir. Oder bei Freunden. Oder wir sind zum Beispiel ins Kino gegangen.«

»Du warst also nicht gern bei ihr zu Hause?«

»Niemand war gern bei ihr zu Hause. Dort herrschte immer eine Stimmung, als wäre gerade jemand gestorben.«

Kyra zieht die Augenbrauen hoch.

»Das ist nur eine Metapher«, erwidert Wim belehrend. »Ich hab das nicht ernst gemeint.«

»Wie war Ina Demsterwold so?«

»Die ließ sich praktisch nie blicken. Trotzdem hielt sie das Zepter in der Hand. Wir mussten uns immer still verhalten; Lärm konnte sie nicht ertragen. Ich habe sie höchstens dreimal gesehen, hatte aber trotzdem einen Heidenrespekt vor ihr.«

»Hat Carla je etwas von ihren Eltern erzählt?«

»Wenig. Sie wollte so schnell wie möglich aus dem Haus. Deswegen hat sie viel gelernt und war in der Schule ehrgeizig. Die Vorstellung, ein Jahr wiederholen zu müssen, war für sie ein Albtraum.«

»Ist dir sonst noch etwas aufgefallen?«

Wim schiebt sein Glas auf dem Tisch hin und her. »Ich habe das nie richtig verstanden«, sagt er leise. »Zuerst habe ich gedacht, es läge am Klassenunterschied. Carlas Vater war ein hochrangiger Politiker. Die Familie hatte Umgang mit Großindustriellen, Prominenten, die ich nur aus dem Fernsehen kannte, mit hohen Funktionären aus dem Ausland. Um ehrlich zu sein: Sie waren eingebildet. Carla auch ein bisschen, aber sie hat versucht, daran zu arbeiten.«

»Ist dir an ihrem Vater nie etwas aufgefallen?«, fragt Kyra.

»Ich vermute, dass du deine Hausaufgaben gemacht hast?«, fragt Wim zurück, und Kyra muss lachen.

»Ja, Herr Lehrer«, sagt sie. Dann wird sie wieder ernst. »Ich habe fast alles gelesen, was über ihn behauptet wird.«

»Ich habe ihn nur wenige Male getroffen«, sagt Wim. »Obwohl Carla und ich fast drei Jahre zusammen waren. Er war nie zu Hause, und wenn er mal da war, zeigte er kaum Interesse an seinen Kindern, geschweige denn an mir. Er grüßte mich höflich, machte etwas Smalltalk über die Schule und las dann weiter seine Zeitung. Alles sehr merkwürdig. Distanziert. Kalt. Als ich gehört habe, welche Verdächtigungen es gegen ihn gab, hielt ich sie für nicht völlig abwegig.«

»Aber du hast nie etwas bemerkt?«

»Nein, ehrlich, ich habe nie etwas Verdächtiges gesehen oder gehört.«

»Und Vincent?«, fragt Kyra.

Wim verdreht die Augen. »Einfach nur ein Arschloch«, erwidert er. »So was von einem aufsässigen Rotzlöffel! Carla und er sind nur ein Jahr auseinander; er ist vierzehn Monate jünger als sie. Mit ihm gab es immer nur Ärger.«

Er schweigt einen Moment.

»Im Rückblick ist mir allerdings klar, dass das alles nur ein lauter Schrei nach Liebe war. ›Hallo, Papa, hier bin ich!‹ So in etwa.«

»Hast du manchmal noch Kontakt zu einem von den beiden?«

»Nein, gar nicht«, antwortet er. »Als Carla nach Utrecht gegangen ist, habe ich sie aus den Augen verloren. Warum willst du das eigentlich alles wissen, Kyra? Was für eine Hausarbeit ist das? Habt ihr jetzt nicht Ferien?«

Kyra zuckt mit den Schultern. »Ich habe eine Hausarbeit über Gipsabgüsse von Fußabdrücken abgegeben«, sagt sie. »Die wollte ich zurückziehen und stattdessen etwas über die Villa, die Familie und die Morde schreiben. Aber ich durfte nicht.«

»Und warum recherchierst du trotzdem?«

»Was würdest du machen, wenn deine Schwester vermisst würde und plötzlich zehn Schädel in Nachbars Garten lägen?«

Wim trinkt den letzten Rest von seiner Cola. »Vielleicht solltest du dich mal nach den Urlauben der Familie Demsterwold erkundigen. Mit denen stimmte irgendetwas nicht. Als Carla in der Zeit, als wir zusammen waren, zum ersten Mal mit ihren Eltern und ihrem Bruder weggefahren ist, war sie hinterher vollkommen verstört. Sie wollte mich zuerst gar nicht sehen und danach wollte sie nicht reden, nur mit mir zusammen sein. Sie hat mir nie erzählt, was passiert ist. Auch später nicht. Jedes Mal, nachdem sie weg gewesen waren, hatte sie so eine schwierige Phase.«

Genau wie Sarina, nach dem Besuch bei der Freundin ihrer Mutter, nach der Party, die sie zusammen besucht hatten. Sarina hatte sie zum Haus der Tante zurückgebracht und war unterwegs belästigt worden. Belästigt, so nannte sie es, aber das war natürlich ein Euphemismus.

Auf dem IJ-Boulevard ist mehr los, als sie erwartet hat. Maud begegnet Joggern, Leuten, die mit ihren Hunden spazieren gehen und schlendernden Rentnern. Nicht weit entfernt lassen sich auf einem Rasenstück die Teilnehmer eines Bootcamp-Kurses quälen.

Es ist inzwischen achtzehn Uhr, zwei Stunden später als geplant, weil die Teamsitzung mal wieder ausgeufert ist. Sie haben an der Tür geklingelt, und wieder hat Niels nicht aufgemacht. Thomas will die Wohnung jetzt aufbrechen, aber Maud zögert noch.

»Zehn Minuten«, sagt sie zu den Kollegen am Telefon.

»Wir hatten vier Uhr gesagt, Maud.« Thomas ist offensichtlich nicht einverstanden. Eigentlich hätten sie bereits am Vormittag aktiv werden wollen, hat er ihr gestanden.

»Niels.« Noch einmal spricht Maud ihrem Kollegen auf Band. »Ich schicke dir gleich noch eine SMS, und wenn du darauf nicht reagierst, werden wir zehn Minuten später deine Haustür aufbrechen. Melde dich! Wir machen uns Sorgen. Zehn Minuten.«

Maud geht mit dem Handy in der Hand ein Stück den Fluss entlang. Kaum zu glauben, dass diese Gegend noch vor nicht allzu langer Zeit ein verschlafenes, ja ödes Gewerbegebiet gewesen ist. Wenn sie früher ihre Tante besuchen ging und dazu mit der Fähre zum anderen Ufer des Flusses übersetzte, gelangte sie an einen trostlosen Platz. Das Gebäude, in dem sich jetzt das gut besuchte Lokal De Pont befindet, stand damals noch leer. Niemand beachtete den mit Brettern vernagelten Bau. Jetzt ist es das Tor nach Amsterdam-Nord, wo man bei gutem Wetter kaum Platz auf einer der beiden Terrassen findet. Mittlerweile hat es sogar noch Konkurrenz bekommen, vom Tolhuistuin einerseits und dem Restaurant des Filmmuseums EYE andererseits, das wie eine schneeweiße Riesenmuschel am Flussufer aufragt.

Als sie den Kanal erreicht, der das Gewerbegebiet vom Wohnviertel trennt, kehrt Maud um und macht sich auf den Rückweg. Sie schaut auf ihr Telefon. Noch vier Minuten, und immer noch keine Nachricht von Niels. Zur Sicherheit schickt sie ihm noch eine WhatsApp: *Noch 4 Minuten …*

Langsam kehrt sie zu dem Apartmentkomplex zurück, in dem Niels wohnt. Warum die Ehe zwischen Niels und seiner Frau gescheitert ist, weiß sie nicht. Er hat nicht viel darüber erzählt, nur, dass ihre Beziehung schon seit längerer Zeit zerrüttet war.

»Ich bin nicht besonders gut darin, meine Gefühle zu zeigen«, hat er gesagt. »Und auch nicht darin, einem anderen Menschen wirklich nahezukommen. Das habe ich nie gelernt. Meine Eltern haben nie Zuneigung zueinander gezeigt. In unserer Familie ist es nicht üblich, sehr eng miteinander zu sein. Mit meinen Brüdern rede ich zum Beispiel nur selten. Emma hatte ihre Probleme damit. Sie will mehr Positives, mehr … Ich weiß auch nicht.«

»Mehr Liebe?«, hatte Maud vorgeschlagen, und Niels hatte daraufhin etwas Unverständliches gebrummt und damit war das Thema abgehandelt. Ihr Handy meldet sich, und sie sieht, dass Niels eine Nachricht geschickt hat.

Alles in Ordnung. Ruf dich gleich an. Lasst die Finger von meiner Wohnung.

Deutliche Worte. Dieser Mistkerl! Also hat er ihre Nachrichten durchaus erhalten, aber sie geflissentlich ignoriert. Wie nett!

Ich rate dir, bald anzurufen, schreibt sie zurück und ruft dann Thomas an, um das Vorhaben abzublasen. Dann steckt sie das Handy wieder in die Manteltasche und kehrt zu ihrem Auto zurück.

Kyra ist mit dem Rad in die Stadt gefahren und sitzt mit Antoine in der kleinen Kneipe, die sich allmählich zu ihrer Stammkneipe entwickelt.

»Ich habe eine Strecke erarbeitet«, sagt Kyra und faltet dabei die Skandinavien-Karte auseinander. »Aber ich bin mir noch nicht sicher, ob ich wirklich fahre.«

»Hast du deine Mutter schon gefragt, ob wir uns das Auto leihen dürfen?«, fragt Antoine.

»Ja. Für sie ist es in Ordnung, aber sie hat gesagt, ich solle lieber nach Kreta fliegen, in die Sonne, und mit anderen jungen Leuten zusammen Spaß haben.«

»Alles klar«, sagt Antoine und greift nach seinem Handy. »Sophie hat Lust, mitzukommen. Ich sag ihr nur kurz Bescheid, dass es losgehen kann.«

»Aber ich weiß noch nicht, ob ich wirklich fahren soll.«

Antoine schaut sie erstaunt an.

»Skandinavien ist sündhaft teuer«, gibt Kyra zu bedenken. »Und ich würde es zwar nett finden, mit euch zu fahren, aber ich möchte auch nicht das fünfte Rad am Wagen sein. Vielleicht fahre ich lieber allein. Ich weiß nicht, ob …«

»Hey!«, unterbricht sie Antoine. »Hey, Tom!«

Kyra dreht sich um und sieht Tom hinter sich stehen. Er blickt überrascht auf und winkt. Kyra fühlt, wie ihr das Blut ins Gesicht steigt. Nicht rot werden!, denkt sie krampfhaft. Oh nein, bitte nicht rot werden! Aber es nützt alles nichts.

»Hallo Antoine, hallo Kyra«, sagt Tom. »Bei der Arbeit?« Er weist mit dem Kinn auf die Papiere auf dem Tisch, und rasch schiebt Kyra die Seiten zu einem Stapel zusammen, faltet die Karte und steckt alles in ihre Tasche.

»Wir wollen in den Urlaub fahren«, erklärt Antoine. »Komm, setz dich.«

»Okay.« Tom lässt sich auf den Stuhl sinken. »Ich muss gleich arbeiten, aber ich habe noch einen Moment Zeit.«

»Ich muss auch gleich weg«, sagt Antoine und schaut auf seine Armbanduhr.

»Oh, schon so spät?« Er steht auf. »Entschuldigung, ich muss auch los zur Arbeit«, sagt er und hebt zum Abschied die Hand. »Bis bald!«

Antoine hat überhaupt keinen Job, also spielt er wieder ein Spielchen. Warum versucht er nur die ganze Zeit, sie mit diesem Tom zu verkuppeln?

»Wo arbeitest du?«, fragt Kyra, nachdem sie sich einen Moment lang schweigend gegenübergesessen haben. Irgendetwas muss sie schließlich sagen.

»Im Hortus«, antwortet Tom.

»Im Hortus Botanicus?«, fragt Kyra. »Wie cool ist das denn!«

Tom nickt. »Bist du schon mal da gewesen?«

»Nein«, gibt sie zu. »Noch nie.«

»Dann komm doch mit«, sagt er. »Es ist wirklich schön da.«

»Aber du musst doch arbeiten.«

Das wäre allerdings ein originelles erstes Date. Warum sollte sie nicht mitgehen?

»Egal«, erwidert Tom. »Ich brauche sowieso nur eine Stunde. Ich muss ein bisschen Müll wegräumen und ein paar andere kleine Aufgaben erledigen.«

»Ich kann dir helfen, wenn das erlaubt ist.«

Er grinst. »Gute Idee.«

»Ich bin in London«, sagt Niels. Wie versprochen hat er kurz nach seiner SMS angerufen. Maud sitzt auf einer Bank am IJ.

»London?«, fragt sie. »Ich denke, du bist krank gewesen? Was willst du denn in London?«

»Ich habe ein paar Tage Urlaub gemacht«, erwidert er.

Maud denkt einen Moment nach.

»Ich musste ein paar Erkundigungen einholen«, erklärt er schließlich.

»Wirst du mir sagen, welcher Art?«

»Wenn ich zurück bin.«

»Und wann wird das sein?«

»Morgen. Ich fahre heute Nacht zurück.«

»Also sehen wir uns morgen Vormittag. Sagen wir halb elf?«

»Einverstanden.«

Maud steht auf und kehrt zurück zu ihrem Auto. Freitagabend. Ebenso wie vor einer Woche liegt ein freies Wochenende vor ihr. Nur dass es heute weniger sommerlich ist, weil ein kühler Westwind weht. Ab nach Hause. Mit Edwin ein Glas Wein trinken. Entspannen. Wann soll sie Roos sagen, dass sie für sie beide Karten für De Kleine Komedie gekauft hat? Soll sie sie ihr als Geschenk verpacken, oder würde ihre Tochter das für übertrieben halten? Vielleicht sollte sie einfach beiläufig erwähnen, dass sie sich diesen Abend freihalten soll.

47

Bevor er sich auf den Weg macht, hat er noch eine letzte Aufgabe in Amsterdam zu erledigen. Danach ist er hier endgültig fertig. Neben dem Haus gibt es vier Parkplätze. Er hat sich hinter den hohen Kirschlorbeersträuchern versteckt, fast unsichtbar in seiner grünen Tarnkleidung. Es sind schon mehrere Leute vorbeigegangen, ohne ihn zu bemerken.

Er ist schlauer als alle Bewohner des Nieuwendammerdijks zusammen.

Er schließt die Augen und versucht sich vorzustellen, wie das Haus eingerichtet ist. Die Aufteilung kennt er: Wohnzimmer und große Küche im Erdgeschoss. Elternschlafzimmer im Souterrain, seitdem der Junge aus dem Haus ist. Die Zimmer der Mädchen oben im ersten Stock. Eines gehörte früher Sarina.

Sarina. Hübsche Frau.

Die Eltern sind nicht zu Hause, das hat er überprüft. Da man ohne Weiteres in den Garten gelangt, hat er auch schon gecheckt, ob sie sich unten aufhalten. Doch sie sind weder dort noch im Stockwerk auf der Deichebene. Nirgendwo brennt Licht, auch oben nicht.

Er wartet, lauscht, lässt die Atmosphäre auf sich wirken und beschließt dann, dass jetzt der richtige Zeitpunkt ist. Wieder zwängt er sich durch die Sträucher und durchquert rasch den Garten. Das Fenster der Waschküche steht wie immer einen Spalt offen. Er drückt den Metallgriff hoch, öffnet das Fenster und klettert hinein.

Im Flur lauscht er noch einmal, ob er keine Stimmen hört, irgendwo Musik spielt oder es sonstige Anzeichen dafür gibt, dass doch jemand zu Hause ist. Dann läuft er zwei Stufen gleichzeitig nehmend die Treppe hinauf, und dann noch eine, bis er ihr Schlafzimmer erreicht hat.

Entgeistert bleibt er stehen.

Eine ganze Wand mit Infos und Fotos zu Sarina. Eine Karte der Nordsee. Fotos von der Jacht, Sarina und dem jungen Mann. Eine Karte von Texel. Und ein Phantombild, das verdammt gut ist. Scheiße!

Was macht die da?

Was bildet die sich ein?

»Kyra? Ich bin wieder zu Hause!«

Oh nein, die Mutter!

Er zieht einen Stick aus der Hosentasche, beugt sich nach vorn, sucht nach einem freien USB-Anschluss am Macintosh und steckt den winzig kleinen Keylogger hinein. Zum Glück befinden sich die USB-Anschlüsse auf der Rückseite, weshalb es sicher eine Weile dauern wird, bevor Kyra bemerkt, dass etwas in ihrem Computer steckt, das dort nicht hingehört. Er hat seine eigene Software in einem unsichtbaren Ordner verborgen, während im sichtbaren eine Liste tausender illegal heruntergeladener E-Books gespeichert ist, so dass Kyra glauben wird, ihre Mutter habe den Stick möglicherweise in ihrem Computer stecken lassen.

»Kyra?«

Einen Moment bleibt er reglos stehen, dann geht er vorsichtig zur Treppe. Die Frau ist in die Küche zurückgekehrt, und es hört sich so an, als räume sie ihre Einkäufe aus. Er hört Küchenschränke klappern und die Tür des Kühlschranks zuschlagen.

Er schleicht hinunter.

When I wake up in the mornin' love, and the sunlight hurts my eyes … Sie singt. Er durchquert mit zwei Schritten den Flur zur Kellertreppe. Bill Withers. *Then I look at you, and the world's alright with me …*

Der Gesang wird lauter, und er stürmt die Treppe hinunter in die Waschküche, schlüpft durch das Fenster hinaus, zieht es hinter sich zu und eilt mit großen Schritten durch den Garten. Noch immer hört er Kyras Mutter singen.

Mission ausgeführt. Aber beinahe erwischt worden.

Und was musste er in ihrem Zimmer sehen? Wie viel weiß sie eigentlich? Vielleicht sollte er seine Pläne entsprechend ändern. Die Sache beschleunigen. Andererseits hasst er es, zu improvisieren. Das geht selten gut. Er hat es nur so weit gebracht, weil er stets alles sorgfältig im Voraus geplant und vorbereitet hat. Er ist immer cooler geworden, was verdammt viele Vorteile hat.

48

London

Das Apartment ist klein, liegt aber in einer guten Gegend, im ersten Stock eines vierstöckigen Gebäudes. Mabel war ganz begeistert darüber, dass sie so schnell eine hübsche Wohnung gefunden hat, und dann auch noch ganz in ihrer Nähe. Aufgeregt ist sie durch alle Räume getänzelt, ganz so, als beziehe sie selbst ihre erste eigene Wohnung. Sarah musste sich zusammenreißen, damit ihr Mabel die Angst nicht anmerkte.

Unter ihr wohnt eine etwa siebzigjährige Dame, eine freundliche Frau mit riesiger Brille; über ihr wohnt ein junger Arzt und darüber wohnen zwei Studentinnen, die fast nie zu Hause sind, weil sie nebenbei als Flugbegleiterinnen jobben.

Sarah sitzt auf dem Sofa, das sie online bestellt hat, ein komfortabler Zweisitzer mit dunkelrotem Verloursbezug, und starrt hinaus auf die Grünfläche vor der Tür. Sie steht auf, öffnet die Tür des französischen Balkons und lächelt zufrieden, als sie das Rauschen der Blätter hört. Heute Abend ist sie bei Mabel und Phil. Phil hat angerufen, mit guten Neuigkeiten: Ihr Ausweis ist fertig, ihre EC-Karte angekommen. Sie ist wieder ein richtiger Mensch, jemand, der offiziell existiert und eigenen Besitz hat. Jetzt heißt es, weitere Schritte zu unternehmen. Sie würde sehr gern arbeiten, aber was kann sie tun? Für den Anfang erledigt sie Einkäufe für die alte Dame im Erdgeschoss. Vielleicht kann sie auch ehrenamtlich im Gemeindezentrum helfen, oder für jemanden, der nicht genug Zeit hat, den Hund aus-

führen. Sie hat sich vorgenommen, am nächsten Tag ihren Therapeuten zu fragen, wie sie einen Job finden kann, denn die Sitzungen haben wieder begonnen. Das Team ist sehr zufrieden damit, wie sie die Probewoche gemeistert hat. Um die Selbstständigkeit zu üben, verbringt sie nun regelmäßig einen Tag in ihrer eigenen Wohnung, schläft aber noch nicht dort.

Wenn sie einen Sprachkurs machen würde und im Englischen sicher wäre, könnte sie dann nicht Therapeutin werden, so wie sie es ursprünglich vorgehabt hat? Könnte das, was sie durchgemacht hat, nicht sogar von Vorteil sein? Sie entwickelt sich allmählich zur Spezialistin in der Behandlung des posttraumatischen Stresssyndroms, so wie Doktor Stevens. Vielleicht könnte er sie ausbilden. Bestimmt könnte sie anderen gut dabei helfen, zu lernen, mit ihren Ängsten umzugehen und eine Schutzwand gegen das eigene innere Elend zu errichten.

Sie muss ein paar Einkäufe erledigen. Sie schiebt es schon seit Stunden vor sich her, weil das bedeutet, dass sie nach draußen muss, auf die Straße, in die Geschäfte, und das flößt ihr immer noch Angst ein.

Los jetzt. Sie schließt die Balkontüre und nimmt ihre Tasche. Das Wetter ist schön, deswegen legt sie sich nur eine Strickjacke um und geht hinaus. Auf der anderen Straßenseite steht ein Mann, und sofort klopft ihr das Herz bis zum Hals. Ein Typ in dunkler Kleidung, mit Sonnenbrille, die Kapuze seines Hoodies über den Kopf gezogen.

Was soll sie tun? Wieder hineingehen? Oder trotzdem Blumen für Mabel kaufen? Sie hat das Gefühl, dass er sie anstarrt, aber das bildet sie sich natürlich bloß ein. Sie blickt sich um und sieht die alte Nachbarin am Fenster stehen. Sie winken einander zu, und dann nimmt Sarah Kurs auf den Mann, lächelt ihn an und geht an ihm vorbei. Sie muss sich fast übergeben, ihr Puls hämmert ihr in den Ohren, und sie ist außer Atem, geht aber trotzdem weiter. Er verfolgt sie nicht. Na also. Alles in Ordnung.

49

»Hättest du nicht wenigstens Bescheid sagen können, wo du bist?« Maud klingt ärgerlicher als beabsichtigt und merkt selbst, dass sie mit Niels fast genauso redet wie mit Roos. Schon jetzt, am Samstagvormittag, ist viel los im Café De Pont.

»Wir haben uns große Sorgen um dich gemacht«, fügt sie freundlicher hinzu.

»Ich wollte mir die Kommentare ersparen«, erwidert Niels eisig. Er sieht schlechter aus als vor seiner kurzen Reise. »Ich wollte nicht wieder bei meiner Arbeit behindert werden.«

»Welcher Arbeit?«

»Klär mich erst mal über den Stand der Ermittlungen auf«, erwidert Niels. »Gibt es etwas Neues? Konnten schon Opfer identifiziert werden?«

»Ja, sechs inzwischen. Fünf von ihnen sind junge Frauen. Studentinnen und auch Berufstätige. Keine verkrachten Existenzen, Obdachlose, Junkies, oder was weiß ich. Zwei sind im Jahr 1997 verschwunden, die anderen erst vor kürzerer Zeit.«

Sie erzählt ihm die Einzelheiten und auch alles über den Tod von Ina Demsterwold und dem Kopf im Garten vor ihrem Zimmer. Als sie berichtet, dass ihre Leiche nicht obduziert werden wird, flucht er.

»Dass die alte Schreckschraube tot ist, ist mir egal«, sagt er und verzieht angewidert das Gesicht. »Und dass der Täter ihr auf irgendeine Weise die Köpfe opfert, finde ich nur abartig. Aber dass er die jungen Frauen dafür benutzt, das macht mich ganz krank.«

»Es kommt noch schlimmer«, seufzt Maud.

»Das Kind?«

Maud nickt.

»Sag nicht, dass es der ist, an den ich denke.«

Wieder nickt sie. Niels schließt die Augen atmet tief durch.

»Verdammte Scheiße«, sagt er. »Menno Schatbos.«

Für einen Moment sitzen sie einander schweigend gegenüber.

So viele blaue Flecken hatte sie nun auch wieder nicht, hört Maud in Gedanken. Erwachsene, die Kindern etwas antun. Man kann es sich nicht einmal vorstellen.

»Rob Franssen«, fährt Maud fort, »ermittelt ohne unser Wissen gegen eine ausländische Diplomatenfamilie, die ein paar Jahre lang das Haus der Demsterwolds gemietet hatte, in der Zeit, bevor sie aus dem Ausland zurückkehrten.«

»Das würde denen so passen«, erwidert Niels abfällig. »Wenn sie den Leuten die Sache in die Schuhe schieben könnten. Politisch heikel, diplomatische Immunität. Versuch mal, so einen Mann zu verhören.«

»Ich betrachte diese Untersuchung nur als eine Art Ablenkungsmanöver«, entgegnet Maud. »Der Täter ist Jahr für Jahr aktiv gewesen. Glaubst du etwa, einer dieser Diplomaten wäre jedes Jahr zurückgekehrt, um etwas im Garten zu vergraben?«

»Sehr unwahrscheinlich«, bestätigt Niels. »Und was ist mit der Familie Narcing? Wird die noch verdächtigt?«

Maud schüttelt den Kopf und versucht vergeblich, eine Kellnerin auf sich aufmerksam zu machen.

»Schön.« Niels klingt verbittert. »Jetzt kann ich also endlich die Zeugenaussagen, die damals ins Reich der Fabeln verwiesen wurden, in die Ermittlungen aufnehmen.«

Maud blickt Niels regungslos an.

»Sieht so aus«, sagt sie. »Hol sie aus dem Archiv.«

»Leider haben die Kollegen in Rotterdam damals die Tagesprotokolle im Fall Schatbos ganz zufällig verloren«, erwidert Niels grimmig. Dann grinst er. »Es hat nie einen konkreten Anlass gegeben, all diese Kerle erneut zu befragen. Jetzt haben wir einen.«

»Endlich!«, stimmt Maud zu.

Niels schaut sie verwundert an und fängt dann an zu lachen, sichtlich erleichtert.

Endlich schaut eine Kellnerin in ihre Richtung, und Maud bestellt zwei Kaffee. Einen Augenblick lang schauen sie schweigend hinaus zur Fähre, die an- und wieder ablegt, und auf die Scharen von Menschen, die aus dem Zentrum Amsterdams kommen oder hineinfahren. Beide blicken zu dem hohen Laternenpfahl, der am Ufer des IJs steht, und als sie einander wieder ansehen, wissen beide, dass sie gerade an den Fall Marc Gaullier gedacht haben, an den Kunstlehrer, der vor einem Jahr tot aufgefunden wurde, aufgehängt an diesem Pfahl, an der Stelle, wo vor Jahrhunderten das Galgenfeld von Amsterdam lag und im 17. Jahrhundert die Leiche der jungen Elsje Christiaens zur Schau gestellt worden war.

»Der Fall wird in den Medien richtig breitgetreten«, berichtet Maud. »Und zwar so umfassend, dass es keinen Teppich gibt, der groß genug wäre, um den Dreck darunterzukehren.« Sie grinst. »So, und jetzt erzähl mir mal von London.«

Niels trinkt den letzten Schluck von seinem Kaffee.

»Es ist noch zu früh für ein Bier, oder?«, fragt er mit einem trostlosen Lächeln. »Denn bestimmt kannst du etwas Stärkeres gebrauchen, wenn du hörst, was ich zu erzählen habe.«

»Das ist die *Encephalartos woodii*«, erklärt Tom. »Gehört zu den Brotpalmfarmen. Sieht aus wie eine normale Zimmerpflanze, oder?«

Kyra steht neben Tom im Palmengewächshaus. Dort ist es hell und warm. Der botanische Garten ist wirklich sehenswert. Am Abend zuvor sind sie erst so spät mit der Arbeit fertig geworden, dass keine Zeit mehr für eine Führung blieb, deswegen ist Kyra heute Morgen noch einmal wiedergekommen.

»Ein bisschen groß für mein Zimmer.« Kyra grinst und versucht sich die Pflanze im Haus vorzustellen. Die Palme steht auf einer Erhöhung in einem großen Holzfass und ist etwa einen bis anderthalb Meter hoch, die Palmkrone misst jedoch sicher mehrere Meter im Durchmesser.

»Ein gewisser John Medley Wood hat die Pflanze 1895 irgendwo an einem Berg in Südafrika ausgegraben, und irgendwann ist sie hierhergelangt. Sie ist ein Männchen, und zwar das letzte auf der ganzen Welt.«

»Dann hat er bestimmt viel Spaß mit den Weibchen«, scherzt Kyra.

»Aber leider ist er der Letzte seiner Art, der jemals gefunden wurde«, erwidert Tom und betrachtet die Pflanze in der Tonne. Sie steht ein wenig abseits von den anderen. Die Tafel zu ihren Füßen gleicht einem Grabstein. *Hier ruht Woodii, er war einzigartig.*

»Ob eine Pflanze sich einsam fühlen kann?«, fragt Kyra. »Ob er weiß, dass er der Letzte ist?«

Oh nein, was redet sie jetzt schon wieder für einen Stuss? Sie beißt sich auf die Lippe und wagt nicht, Tom anzuschauen.

»Ich sage ihm immer guten Tag«, sagt Tom, grinst und zuckt mit den Schultern. »Männer untereinander, du weißt schon. Manchmal erzähle ich ihm einen Witz.«

Kyra lacht.

»Wirklich wahr!«, erwidert Tom gespielt beleidigt. »Ich traue mich nicht, ihm ein Bier anzubieten, aber ein guter Witz ab und zu kann nicht schaden, oder?«

»Gibt es noch mehr solche einsamen Männer hier?«, fragt Kyra.

»Ich habe einen im Angebot, der zweitausend Jahre alt werden kann und in einer Gegend wächst, wo es niemals regnet. Komm mit.« Er geht ihr voraus ins Drei-Klimazonen-Treibhaus und deutet auf eine merkwürdige Pflanze mit nur zwei Blättern, die allerdings ziemlich lang sind.

»Diese Pflanze hat sich genau wie Woodii vor Millionen Jahren entwickelt«, erklärt Tom. »Sie hat nur zwei Blätter, aber diese wachsen ihr ganzes Leben lang, wobei die Spitzen immer wieder absterben.«

»So müht sie sich ab«, sagt Kyra. »Und wird trotzdem nicht größer.«

»Je nach den äußeren Umständen können die Blätter allerdings sehr lang werden.«

»Stell dir mal vor,« – Kyra kneift die Augen ein wenig zusammen – »die Blätter würden 2000 Jahre lang weiterwachsen, ohne an den Spitzen etwas zu verlieren, wie lang sie dann wohl werden würden?«

»Zu lang für unseren botanischen Garten jedenfalls«, erwidert Tom fröhlich. »Vielleicht würden sie bis zum Zoo reichen.«

Er nähert sich ihr etwas mehr als nötig, und Kyra spürt, wie sich ihr Puls beschleunigt.

»Musst du heute auch arbeiten?«, fragt sie. »Dann zeig mir, wie ich dir helfen kann.«

In der nächsten Stunde sind sie mit dem Transport von Pflanzenresten zu den Müllcontainern und dem Zusammenrechen von Blättern in den Treibhäusern beschäftigt, die anschließend ebenfalls zu den Mülltonnen gebracht werden müssen.

»Fertig!«, sagt Tom schließlich. »Jetzt hast du dir etwas zu trinken verdient. Hast du Lust, dich auf die Terrasse vor der Orangerie zu setzen?«

Die Sonne scheint, und die Sonnenschirme sind aufgespannt. Am Rand ist noch ein Tisch frei. Tom holt zwei Bier und setzt sich zu Kyra.

»Ich habe dir noch gar nicht von meiner Freundin erzählt«, sagt er. »Sie heißt Victoria Amazonica und liebt die Dämmerung.«

»Nein danke, ich bleibe lieber bei frisch gepresstem Orangensaft«, erwidert Maud und hebt die Hand, um noch etwas zu bestellen. »Möchtest du etwas essen?«, fragt sie Niels, doch er schüttelt den Kopf. Sie hat schon oft erlebt, dass sich Niels vollkommen in einen Fall vertieft und dabei nicht nur sich selbst, sondern auch seinen Appetit verliert. Zur Sicherheit bestellt sie ein Stück Apfelkuchen mit Schlagsahne – wer weiß, vielleicht isst er ein Stück mit. Er sieht aus, als könne er es gebrauchen.

»Im Jahr 2012«, beginnt Niels, »wurde in Großbritannien aufgrund von Gerüchten gegen das Elm Guest House in Südwestlondon ermittelt. Man vermutete, dass in den Siebziger- und Achtzigerjahren dort ein Bordell für Pädophile eingerichtet worden war, das unter anderem von verschiedenen einflussreichen Personen genutzt wurde.« Als der Saft und der Kuchen serviert werden, schweigt Niels für einen Moment und fährt dann fort. Er legt die Kopie einer Anzeige von damals auf den Tisch und deutet darauf. »Bed & Breakfast: *food, bar, sauna, solarium & video facilities available*, und sieh dir mal an, was daruntersteht: *10 % discount to Spartacus Club Members*.«

»Spartacus Club?«, fragt Maud. Sie kann nicht widerstehen und isst ein Stück vom Kuchen. Nimm dir auch ein Stück, bedeutet sie Niels, doch er lässt sich nicht unterbrechen.

»Spartacus International war Herausgeber des *Gay Guide*«, erklärt Niels. »Eine Art Reiseführer für Homosexuelle mit Hinweisen auf Orte, an denen sie unter sich sein konnten. Die Führer enthielten zahlreiche Tipps, an welchem Strand oder in welchem Hotel man junge – sehr junge – Sexknaben finden konnte. Die Angabe ›Nachlass für Spartacus Clubmitglieder‹ könnte ein Code für die Verfügbarkeit junger Prostituierter sein.«

Maud ist immer noch nicht klar, worauf Niels mit seiner Geschichte hinauswill. Sie isst noch ein Stück vom Kuchen. Die Apfelstückchen sind weich und säuerlich, der Teig ist mürbe und süß. Die Schlagsahne verbindet die Aromen.

»Elm Guest House wird in einem Atemzug mit einem schicken Apartmentkomplex am Dolphin Square in Westminster genannt. An beiden Orten soll es Partys gegeben haben, bei denen Waisenkinder aus Kinderheimen aus ganz Großbritannien erst mit Alkohol und Drogen vollgepumpt und anschließend missbraucht worden sind. Geschäftsleute, Politiker, Polizisten, Richter und auch Popstars waren mit von der Partie, so heißt es. Es wurde eine Liste gefunden, auf der zum Beispiel auch der Name eines berühmten Musikers und der eines ehemaligen Mitarbeiters des Buckingham-Palasts genannt wird, aber ob diese Liste authentisch ist und diese Leute auch tatsächlich dort gewesen sind und mitgemacht haben, ist nicht bewiesen. Herausgeber des *Gay Guide* war ein Engländer, John Stamford, der die Geschäfte von Amsterdam aus führte.«

Maud trinkt einen Schluck von ihrem Saft. Sie ist müde, so müde, dass sie kaum noch Energie hat, Niels zuzuhören. Sie zwingt sich zur Konzentration.

»Amsterdam war in den Neunzigerjahren das Walhalla für britische Pädophile. Es wimmelte hier von Briten, die im eigenen Land auffällig geworden waren. Alan Williams leitete den Boys Club 21 an der Spuistraat, und gleich gegenüber lag der Gay Palace – beides legale Bordelle mit männlichen Prostituierten. Beide Namen fallen im Zusammenhang mit den Ermittlungen von Scotland Yard und deren europäischen Kollegen gegen ein gigantisches europäisches Pädophilen-Netzwerk, das von Amsterdam aus geleitet wurde. Die beiden Bordellbesitzer ließen die Jungen die Runde machen, auch in ausländischen Bordellen. Die Gäste bekamen nämlich nach einer Weile genug von immer denselben Lustknaben.«

Maud legt ihre Gabel mit dem Stück Apfelkuchen zurück auf den Teller. Den Rest muss Niels aufessen.

»Dieselben Männer werden auch bei Ermittlungen erwähnt, die um 1997 gegen die Produktion von sogenannten Snuff Movies eingeleitet wurden. Eines der Kinder, die dabei ermordet worden sein sollen, ist laut der Gerüchte Menno Schatbos. Und du weißt, dass auch der Name unseres kleinen Mädchens bei dieser Untersuchung gefallen ist.«

So viele blaue Flecken hatte sie nun auch wieder nicht …

Maud hat aufgehört zu kauen und starrt Niels an. Es gelingt ihr nur mit Mühe, den Kuchen hinunterzuschlucken. »Das Kinderbordell in Rotterdam«, sagt sie. Niels nickt.

Gerüchte. Alles Gerüchte. Und unsichtbare Mauern. Leute, die Ermittlungen verhinderten. Das war der Grund, warum Niels Rotterdam verlassen hatte und nach Amsterdam gegangen war, in der Hoffnung, sich anderen Fällen widmen zu können – eine Hoffnung, die sich natürlich nicht erfüllt hatte. Die Niederlande waren zu klein. Europa war zu klein. Das Leid war überall und außerdem zu groß.

»Die ersten Gerüchte über Demsterwold sind irgendwann in den Siebzigerjahren aufgetaucht«, fährt Niels fort. »In den Sechzigerjahren waren alle freizügig, und da ist es offenbar nicht so aufgefallen. Demsterwold soll angeblich Clubs besucht haben, in denen Pädophilenpartys gefeiert wurden, Jungen, Mädchen, Alkohol, Drogen. Dieselbe Art von Gerüchten, auch über hohe Regierungsbeamte, machten zur selben Zeit in Großbritannien die Runde. Ein ausführlicher Bericht darüber, erstellt vom Parlamentsmitglied Geoffrey

Dickens, der 1984 dem Innenminister ausgehändigt wurde, ist jedoch plötzlich einfach verschwunden, genau wie ein ganzer Berg anderer Akten über Kindesmissbrauch, zum Beispiel der über Cyril Smith, ein Mitglied des Oberhauses. Bei dem Mann, der den Bericht geschrieben hat, wurde zweimal eingebrochen, nachdem er im Unterhaus verkündet hatte, dass er seine Ergebnisse und die Namenslisten der Kinderschänder veröffentlichen wolle.«

Maud schüttelt leicht den Kopf und atmet tief durch. Ihr ist schwindelig.

»Es ist eine sehr komplizierte Geschichte«, fährt Niels fort, »bei der es hauptsächlich um das Elm Guest House, das Dolphin Square und eine ganze Reihe von Kinderheimen geht. Angeblich hat man bei Razzien einiges an Beweismaterial gefunden, aber niemand weiß, wo all diese Beweise geblieben sind. Daher sind alle Berichte über Missbrauch bis heute nichts als Gerüchte geblieben. Eine Ermittlungsgruppe der Londoner Kripo versuchte monatelang, die Bewegungen rund um einen der Tatorte zu protokollieren. Es wurden Kameras installiert und Filmaufnahmen gemacht. Das Team überließ nichts dem Zufall; man wollte wasserdichte und überzeugende Beweise haben, um das Netzwerk auffliegen zu lassen.«

»Aber …«, sagt Maud, die sich schon denken kann, wie es weitergeht. Nicht umsonst sind diese Vorgänge häufig Gerüchte geblieben. Die oberen Zehntausend, vor allem Leute in einflussreichen Positionen, die in den Penthäusern der feinen Gesellschaft die Blödmänner da unten verlachen, achten peinlich darauf, derartige Geschichten im Keim zu ersticken. Was würde geschehen, wenn sich eines Tages herausstellte, dass Minister, hohe Regierungsbeamte, Bürgermeister, Richter, Diplomaten, Industrielle, Leiter globaler Unternehmen, Premierminister und vielleicht sogar Mitglieder von Königshäusern illegal sexuelle Dienstleistungen von kleinen Jungen und Mädchen in Anspruch nehmen? Wenn sich herausstellte, dass die höchsten Mitglieder der Gesellschaft sich nicht an das Gesetz hielten, würde dann auch die breite Masse alle Regeln missachten? Angenommen, wir hörten alle gleichzeitig damit auf, die uns selbst auferlegten Gesetze zu befolgen, wer könnte dann die Masse der Gesetzesbrecher noch aufhalten?

»Maud?« Niels schaut sie fragend an. »Hörst du mir noch zu?«

»Entschuldige«, sagt sie. »Ich war kurz mit den Gedanken woanders, aber bitte erzähl weiter.«

»Kurz nachdem sie unter der Kundschaft einen wichtigen Politiker entdeckt hatten«, fährt Niels fort, »erhielt die Ermittlungsgruppe Besuch von einigen hohen Tieren aus dem Polizeiapparat. Höher als hoch waren diese Leute, so hoch, dass die Ermittler sie nicht mal kannten, und sie beschlagnahmten auf der Stelle das gesamte Beweismaterial. Fotos, Filmaufnahmen, Kameras, Aufzeichnungen – alles.«

»Lass mich raten«, sagt Maud. »Später stellte sich heraus, dass alles verschwunden war.«

»Genau. Und was noch übrig war, wurde für geheim erklärt, im Interesse des Landes, gemäß dem *Official Secrets Act*.«

»Aber das ist alles schon so viele Jahre her«, erwidert Maud. »Warum ist es jetzt plötzlich von Bedeutung?«

»Aus zwei Gründen«, antwortet Niels. »Erstens wurde der Fall in diesem Jahr wieder aufgerollt. Die Forderungen in der britischen Gesellschaft wurden zu laut. Bestimmt wegen der Affäre rund um Jimmy Savile, den Moderator der BBC, der jahrelang ungestört sein Unwesen treiben konnte. Wusstest du übrigens, dass er auch nekrophil war? Er besaß sogar den Schlüssel zum Leichenkeller eines Krankenhauses, um nach Schließungszeit ungestört dort ein- und ausgehen zu können. Also das mit den Kindern im Wohnwagen war nur ein Teil des ganzen Elends.«

»Mein Gott … Nein, das wusste ich nicht.«

»Jeder mit auch nur einem Funken Menschenverstand kann sich denken, dass, wenn so jemand über Jahrzehnte hinweg ungestört seine Verbrechen begehen kann, garantiert noch mehr Leute solche Dinge tun. Vor nicht allzu langer Zeit wollte man hierzulande Sex mit Minderjährigen legalisieren, sogar mit Kindern ab zwölf, *sofern es mit ihrer Zustimmung geschah* … Und dann musst du dir mal die Fotos von den Kerlen ansehen, diesem Savile, Smith oder Demsterwold!«, fügt Niels grimmig hinzu. »Als ob es ein kleines Kind freiwillig mit einem solchen Ekelpaket treiben würde.«

»Mal kurz zurück zum aktuellen Fall«, sagt Maud. Ihr scheint, Niels schweife ab.

»Jetzt haben wir die Chance, Demsterwold endlich in die Enge zu treiben«, sagt Niels. »Und zu beweisen, dass er nicht nur in den Niederlanden aktiv, sondern auch Teil des britischen Netzwerks war. Dafür gibt es sogar Zeugenaussagen.«

»Aber die wurden für ungültig erklärt. Die Jungen, die die Aussagen gemacht haben, wurden erfolgreich wegen übler Nachrede verklagt.«

»Stimmt«, sagt Niels. »Aber unter diesen Umständen kann ich weitere Zeugen vernehmen. In England und hier in den Niederlanden. Vor allem, nachdem Menno Schatbos in Demsterwolds Garten gefunden wurde.«

Maud schluckt. *So viele blaue Flecken hatte sie nun auch wieder nicht.* Sie hört bis heute die Stimme der Mutter. Mehrmals hat sie die Leute zu Hause besucht. Im Hundekäfig in der Ecke des Zimmers lag ein Püppchen. Vom Hund, wie sie damals dachte.

Für einen Augenblick sieht sie vor ihrem inneren Auge, wie eine lange Reihe Kinderschänder und eiskalter Verbrecher gefesselt und mit Eisenkugeln an den Füßen vorbeischlurft und Niels und sie zusehen, wie sie in ein finsteres Gebäude hineinstolpern. In Gedanken sperrt sie hinter ihnen ein großes Schloss zu.

»Ein Netzwerk in London«, murmelt Maud. Niels nickt. »Mit Tentakeln nach Amsterdam. Gibt es weitere Verbindungen in andere europäische Länder?«

»Ich weiß, woran du denkst«, sagt Niels. »Ich denke nämlich dasselbe. Ich habe mit mehreren Leuten gesprochen und schließe es nicht aus.«

»Aber kannst du es beweisen?«

»Noch nicht, aber es könnte durchaus die Verbindung zu den jungen Frauen sein.«

Maud schaut den Apfelkuchen an. Fast aufgegessen.

»Willst du noch ein Stück?«, fragt sie und starrt das süße Gebäck an, als sei es ein Kuhfladen. Sie darf gar nicht daran denken, noch etwas davon zu essen.

Er schüttelt den Kopf.

»Kein Appetit«, erwidert er.

50

»Ich habe sie noch einen weiteren Tag beobachtet«, sagt Ed. »Es war knapp, aber ich hab sie nicht erwischt. Du musst es erledigen.«

»Aber wir hatten doch sowieso schon abgesprochen, dass ich es übernehmen soll?«

Beinahe wäre er also umsonst gekommen. Er ärgert sich über seinen Bekannten, der sich nie an Absprachen hält und immer nur nach eigenem Gutdünken handelt.

»Ich wollte dir die Mühe ersparen, aber ich hatte nur eine Chance, und dann kam wieder etwas dazwischen. Ich musste am selben Tag noch weg, also ist es jetzt deine Aufgabe.«

Ist auch besser so, wenn er es selbst erledigt, bleiben garantiert keine Spuren zurück.

»Vielen Dank für die Mühe«, sagt er. »Aber ich kann das durchaus allein.«

Er fährt durch die Straßen, die ihm so vertraut sind. Er hasst es, übereilt arbeiten zu müssen, aber Ed hat recht. Es muss schnell etwas geschehen. Sie sind in Gefahr. Er war bisher zu sehr mit anderen Dingen beschäftigt. Außerdem hätte er nicht gedacht, dass es zeitlich so eng werden würde.

»Ich sage Bescheid, wann ich komme«, sagt Ed und legt auf.

Wahrscheinlich steht er irgendwann einfach unangekündigt vor ihm. So ist das immer bei ihm. Aber es spielt keine Rolle. Das ist ja gerade das Erfrischende, dieser neue Ansatz. Das Leben ist schon langweilig genug. Bisher haben sie viel Spaß gehabt, und es ist immer alles gut gegangen. *Never change a winning team.* Und Ed ist flexibel, ein Meister im Wechseln der Rolle, der Methode, der Technik. Das reinste Chamäleon. Wie eine Frau, die in einem Moment liebevoll ihr Kind stillt, im nächsten ihre Untergebenen bei der Arbeit drangsaliert und am selben Abend im Bett ihrem Mann den Hintern entgegenstreckt – ebenso mühelos wechselt Ed den Charakter. Und alle fallen darauf herein. Äußerst amüsant.

Im Supermarkt kauft er Reis und Gemüse. Hühnchen hat er noch in der Tiefkühltruhe. Zu Hause bereitet er fast mechanisch eine einfache Mahlzeit zu. Er schneidet das Hühnchen in gleichmäßige Streifen und den Lauch in breite Ringe. Als das Essen fertig ist, schaltet er den Fernseher ein und setzt sich mit dem Teller aufs Sofa, den Laptop in Reichweite.

Er kontrolliert die Bestellungen und geht noch einmal alle Lieferwege durch, weil er weiß, dass dies der anfälligste Teil der ganzen Unternehmung ist. Die erste Phase ist schon lange abgeschlossen. Nächste Woche Dienstag wird alles an den dritten vorgesehenen Ort geliefert, nachdem es etwas über ein halbes Jahr an der zweiten Lieferstelle gelagert war. Einen Tag später wird das Ganze weitertransportiert zum vierten Lagerplatz. Der Stelle, an der er alle Lieferungen der letzten Jahre gesammelt hat. Von dort aus geht es in kleinen Portionen zum letztendlichen Ziel. Das erledigt er selbst. Er muss dafür sorgen, dass er so schnell wie möglich wieder in den Norden kann, um alles für den Start vorzubereiten. Den echten Start. Nicht diese Schlamperei von Ed.

Er speichert seine Dokumente in dem verschlüsselten Ordner ab, der irgendwo an einem unauffindbaren Ort tief im Internet verborgen ist, und loggt sich in die Websites ein, auf denen er Handel treibt. Alles läuft gut. Wie erwartet. Kleine Enttäuschungen hier und da, aber er kann sich heute nicht beschweren. Rasch stellt er ein paar neue Waren ein, basierend auf der Arbeit, die er heute Morgen erledigt hat, wie er es jeden Morgen tut, dann lehnt er sich zufrieden zurück.

Mehr und mehr vermisst er jemanden, mit dem er seine gute Laune teilen kann. Mit den Tiefpunkten kann er umgehen, aber die Höhepunkte, die geben ihm einfach nicht mehr den richtigen Kick.

Morgen erledigt er die Vorbereitungen. Es muss ihm gelingen, sie an den richtigen Ort zu locken, zur rechten Zeit, und dann muss er sie zunächst einmal verstecken. Zum Schluss muss er noch ein letztes Mal diese elende Hin- und Rückreise in Kauf nehmen – er hat überhaupt keine Lust, aber es muss sein –, dann wird er hierher zurückkehren, um sie zu holen, und dann kann er gen Norden fahren. Für immer. Endlich.

51

London

Sarah erwacht aufrecht im Bett sitzend. Schwitzend und keuchend.

Er ist da.

Sie umklammert die Bettdecke vor Wut und Machtlosigkeit. Sie will, dass er weggeht, aber er muss bleiben. Mit zitternden Händen nimmt sie ihr Handy und ruft Alan Smith an.

»Ich sehe ihn«, sagt sie.

Der Ermittler fragt, ob er bei ihr im Haus ist. Sie schließt die Augen und horcht. Sie hat ihn deutlich gesehen, ganz deutlich! Zum ersten Mal hat sie ihn richtig gesehen.

»Nein, ich meine, dass ich ihn sehen kann. Ich weiß, wie er aussieht. Ich kann ihn beschreiben!«

Es ist 9:30 Uhr, sieht sie auf ihrem Wecker. Nachdem sie sich einige Stunden herumgewälzt hat, ist sie endlich eingeschlafen, und jetzt ist es längst Zeit, aufzustehen.

»Gute Neuigkeiten!«, antwortet der Ermittler. »Ich organisiere sofort einen Zeichner. Heute Nachmittag, passt das?«

»Ja, können wir es in der Klinik erledigen?«

»Nein, es wäre besser, wenn Sie bei uns vorbeikommen könnten. Wegen der Computerprogramme.«

»Abgemacht.«

Sie verabreden eine Zeit, und Sarah legt auf. Zitternd kriecht sie wieder unter die Decke. Ihr ist kalt.

52

Hinter Grigor sieht Kyra ein geräumiges Wohnzimmer mit großen Glastüren, die Aussicht auf einen üppig grünen Garten bieten. Neben Grigor sitzt eine Frau mit kurzem blondem Haar und einem melancholischen Ausdruck in den Augen. Sie wirkt um einiges jünger als er.

»Das ist Eliana«, stellt Grigor sie vor. »Meine Frau. Daves Mutter. Eliana, das ist Kyra.« Er deutet auf beide, als stellte er sie einander persönlich vor.

»Guten Tag«, sagt Kyra. »Nett, Sie kennenzulernen …«

Was sagt man, wenn man sich über Skype kennenlernt, gibt es dafür einen speziellen Ausdruck?

»Hier ist es noch früh am Morgen«, sagt Eliana lachend und hält eine geblümte Tasse mit goldenem Henkel hoch. »Wir sitzen gerade beim Kaffee.«

Seit Dezember hat Kyra mehrmals mit Grigor geskypt, aber heute ist zum ersten Mal auch Eliana dabei. Irgendwie verleiht die Anwesenheit seiner Frau dem Gespräch etwas Offizielles.

Rasch beginnt Kyra zu erklären, was sie vorhat. Sie will nach den angespülten Leichen junger Frauen an der Nordseeküste recherchieren und überprüfen, ob unter ihnen bisher nicht identifizierte sind. Sie erzählt vom *Bureau Vermiste Personen Noordzee*, der zuständigen Behörde.

»Aber ich habe noch etwas«, fährt sie fort und erläutert Grigor und Eliana ihren Plan. Gespannt sieht sie in ihre Gesichter. Irgendwie ist es wichtig für sie, dass sie ihr Einverständnis geben. »Ich weiß, dass ihr ausgiebig in den dänischen und südnorwegischen Häfen recherchiert habt, aber ich würde gern ein Poster mit Bildern von Sarina, Dave, der Jacht und Jerry anfertigen. Und allen Informationen, die wir bisher haben.«

Schweigen. Eliana starrt in ihre Tasse, und Grigor schaut erst auf seine Frau und dann auf einen Punkt irgendwo jenseits des Bildschirms.

»In eurer Akte befindet sich eine Adressliste«, drängt Kyra. »Mit Orten, an denen ihr schon einmal gewesen seid. Ich könnte ein Poster erstellen, ein PDF, und das herumschicken. Aber ich möchte auch selbst an der Küste entlangfahren, Poster aufhängen und Leute befragen.«

Wieder keine Reaktion. Oh nein, sie halten es für keine gute Idee. Zu übertrieben. Ein Schuss mit der Schrotflinte, wo nicht mal Jagdbeute zu sehen ist. Kyra hat im Grunde auch gar keine Lust, mit Sophie und Antoine loszufahren. Die beiden werden die ganze Zeit aneinanderkleben, und es wird sich so anfühlen, als machten die beiden Urlaub, und sie sei nur zufällig dabei. Wenn sie fährt, dann allein, beschließt sie.

»Das könnte eine Chance sein«, sagt Eliana schließlich und schaut Kyra traurig an. »Warum nicht? Man weiß nie. Irgendwo muss es jemanden geben, der etwas weiß oder etwas gesehen hat.«

»Das stimmt«, pflichtet Grigor ihr bei. »Können wir etwas dazu beitragen? Ich würde dir gern Geld überweisen, für das Drucken der Poster, vielleicht auch für einen Mietwagen oder Benzin.«

»Nicht nötig«, erwidert Kyra. »Vielleicht eine kleine Summe für die Poster, aber ich habe Aussicht auf einen Ferienjob, deswegen kann ich selbst …«

Tom – sofort steigt ihr Pulsschlag, wenn sie an ihn denkt – will sie dem Wirt des Cafés am botanischen Garten vorstellen. Es würde ihr sehr helfen, wenn sie pro Woche ein paar Euro dazuverdienen könnte.

»Reden wir nicht mehr darüber.« Ganz offensichtlich mag Grigor solche Diskussionen nicht. »Du schickst mir eine Mail mit deiner Bankverbindung, und ich überweise dir das Geld.«

»Nur für die Poster«, wiederholt Kyra. »Ich kann mir das Auto meiner Mutter leihen, die Reise muss nicht teuer werden.«

»Du musst irgendwo schlafen«, entgegnet Eliana. »Und zwar in sicheren Hotels, und nicht in irgendwelchen Absteigen. Und du musst essen. Vielleicht musst du auch über Mautstraßen fahren.«

Das Gespräch führt in eine Richtung, die sie nicht beabsichtigt hat. Womöglich wollen sie gleich noch einen Chauffeur für sie engagieren, der sie von einem Hilton zum nächsten kutschiert. Sie grinst.

»Ich kann gut für mich selbst sorgen«, sagt sie und erkennt an ihrem Blick, dass Dave genau dasselbe zu seinen Eltern gesagt haben muss.

Sie beschreibt ihn detailliert.

»Ich war so unglaublich stolz darauf, dass er mich ausgewählt hatte«, seufzt sie. »Ein so gut aussehender Mann, ein Mann, der jede haben konnte, der wollte ausgerechnet mich. Verrückt.«

Sie lächelt. Sie spürt keine Angst. Die ersten gemeinsamen Stunden und Tage waren tatsächlich traumhaft.

»Aber du warst doch bestimmt damals wütend auf ihn?«, drängt Phil. »Wenn er dich geschlagen hat zum Beispiel?«

Mabel verdreht die Augen und seufzt. Sarah sieht plötzlich wieder sein verzerrtes Gesicht vor sich, wenn sie in seinen Augen wieder einmal etwas falsch gemacht hatte. Seine Abscheu, sein Vergnügen an ihrem Schmerz. Nein, sie darf sich nicht von negativen Gefühlen mitreißen lassen.

»Der erste Tag auf dem Boot«, sagt sie, »als wir noch im Hafen lagen, war wundervoll.«

Sie verliert sich in Erinnerungen an ihre Zeit auf dem Boot. Er hat ihr zugesehen. Während sie Essen kochte, die Toilette putzte, das Gangbord schrubbte. Er hat sie betrachtet, wenn sie für ihn tanzen musste, nackt im kalten Meereswind.

Sarah bemerkt, dass sie die Armlehnen des Stuhls umklammert, als würde sie sonst über Bord gehen.

»Manchmal befürchte ich, dass ich mir alles nur einbilde«, flüstert sie. »Dass es gar nicht wirklich passiert ist.«

Mabel legt den Arm um sie. »Wovor hast du Angst?«

Sarah lacht. Wovor hat sie keine Angst?

»Vor ihm«, sagt sie. »Vor ihm.«

Und vor dem Wasser. Dem endlosen Wasser. Kalt. Tief. Wie lange würde ich sinken?, fragt sie sich in regelmäßigen Abständen. Wie lange, bis ich auf dem Grund liege? Ein Schiff ist das ideale Gefängnis. Man braucht keine Gitter, keine verschlossene Tür. Nur Wasser.

57

Fred van Leeuwen lebt in einer kleinen, ordentlich aufgeräumten Junggesellenwohnung. Es ist neun Uhr morgens, und er bietet Maud und Niels anstatt Kaffee ein Glas Wasser an.

»Haben Sie die Familie Demsterwold gut gekannt?«, fragt Niels.

»Nein«, antwortet van Leeuwen und wartet ab. Er wirkt nervös. Blickt schuldbewusst, als hätte er irgendwo einen Fleck verursacht. Zugleich ein wenig ängstlich, wie jemand, der eine Ohrfeige erwartet, jedoch keineswegs wie ein Mörder, der kaltblütig Frauen enthauptet, die Köpfe vergräbt und die Leichen verschwinden lässt.

»Wie war Ihr Verhältnis zu Ina Demsterwold?«, beginnt Maud. Ihr fällt auf, dass er bei der Nennung ihres Namens kurz zusammenzuckt.

»Mevrouw Demsterwold war immer anständig zu mir«, antwortet er.

»Und sonst?«, hakt Maud nach.

»Sonst nichts«, erwidert van Leeuwen. »Anständig eben, sie hat sich ein bisschen um mich gekümmert.«

»In welcher Hinsicht?«

»Manchmal hat sie mir etwas Geld zugesteckt. Fünf oder zehn Gulden. Trinkgeld, weil mein Vater so hart arbeitete.«

»Ich habe gehört, dass sie ziemlich dominant sein konnte«, fährt Maud fort. »Und aufbrausend.«

»Sie war anspruchsvoll«, erwidert van Leeuwen. »Sie legte Wert auf Qualität.«

»Was halten Sie von Vincent?«, fragt Niels.

»Was ich von ihm halte?«, stößt Fred van Leeuwen hart hervor. »Wie meinen Sie das, was ich von ihm halte?«

»War er früher ein netter Junge? Hat er manchmal im Garten geholfen zum Beispiel? Oder hat er sich mal mit Ihnen oder der Haushälterin unterhalten?«

Maud sieht sich im Wohnzimmer um und versucht sich anhand der Einrichtung ein genaueres Bild von van Leeuwen zu machen. Im Bücherschrank sieht sie eine Reihe roter Buchrücken, die sie für Kinderbücher hält.

»Wir sind gute Freunde«, beantwortet van Leeuwen Niels' Frage. »Mehr kann ich nicht sagen. Nur, dass ich schon sehr lange ein guter Freund von ihm bin.«

Maud und Niels sehen einander an.

»Aber warum haben Sie uns vorher nichts davon gesagt?«, erkundigt sich Maud.

»Was hätte ich denn sagen sollen? ›Ich habe einen Freund‹?«

»Was haben Sie denn so zusammen gemacht?«, fragt Niels. »Früher, als Jugendliche?«

»Wir haben eben zusammen rumgehangen. An der Schule, nach dem Unterricht, oder in der Stadt. Was Freunde nun mal zusammen machen.«

»Wie haben Sie sich kennengelernt?«

»Mein Vater hat mich mit zur Arbeit genommen. Ich war damals etwa vierzehn. So habe ich Vincent und Carla kennengelernt. Später war ich oft bei ihnen. Ich habe den Rasen gemäht oder die Bäume gestutzt.«

»Und Carla? Sind Sie mit ihr auch gut befreundet?«

Van Leeuwen errötet heftig. »Carla und ich«, sagt er. Er denkt einen Moment nach. »Ja, wir waren auch gute Freunde. Aber ich habe sie jetzt schon sehr lange nicht mehr gesehen.«

»Soviel ich weiß, besitzen Sie ein Boot«, fährt Niels fort. »Teures Hobby. Verdient man als Gärtner so gut?«

»Ich habe geerbt«, erwidert van Leeuwen abweisend. »Ist das vielleicht verboten? Meine Eltern sind beide tot.«

Niels zuckt mit den Schultern.

»Ich habe gehört, dass Vincent ziemlich oft Schwierigkeiten hatte«, sagt Maud. »Haben Sie da auch mit dringesteckt?«

»Ach, so schlimm war es doch gar nicht.«

»Warum wurde Vincent nach England geschickt?«

Von dieser Frage scheint van Leeuwen überrascht zu sein.

»Das war sehr schlimm für mich«, sagt er. »Von einem auf den anderen Tag war er weg.«

»Was war passiert?«, fragt Maud.

»Carla wollte es mir nie erzählen«, erwidert er. »Und Vincent schon gar nicht. Ich habe ihn damals ein paar Jahre lang nicht gesehen, und auch jetzt treffen wir uns nur selten. Er kommt ja auch kaum noch in die Niederlande.« Van Leeuwen trinkt einen Schluck Wasser und ergänzt fast trotzig: »Aber er ist immer noch ein alter Freund von mir.«

»Und Carla?«, fragt Maud. »Wissen Sie, warum sie nach Schweden gezogen ist?« Sie klingt strenger als beabsichtigt, und sofort verdüstert sich Freds Gesicht.

»Nein.«

»Was ist, kurz bevor sie ausgewandert ist, geschehen?« Maud versucht weiterhin, zu ihm durchzudringen.

Er sieht sie fragend an.

»War sie fröhlich, kurz vor dem Umzug?«, fragt sie halb erklärend.

»Sogar sehr.« Sein Gesicht hellt sich wieder ein wenig auf. »Sie hat sich unheimlich gefreut.«

»Kam Ihnen das nicht merkwürdig vor?«, fragt Niels. »Dass eine Frau ganz allein in eine verlassene Gegend von Schweden zieht?«

Niels ist ein wenig voreilig. Immer, wenn Maud sich ein Stückchen vorgetastet und Fred sich etwas geöffnet hat, stellt Niels ihm provozierende Fragen.

»Könnte ich bitte kurz Ihre Toilette benutzen?«, fragt Maud.

»Im Flur«, sagt Fred, noch immer von Niels' Frage beleidigt. »Gegenüber der Haustür.«

Maud steht auf und hört, wie Fred Niels verärgert fragt, warum das so seltsam sein soll, dass eine Frau allein auswandert, und da hat er vollkommen recht.

Im Flur öffnet Maud die Toilettentür, schaltet das Licht ein und schleicht geräuschlos weiter bis zum Zimmer am Ende des Flures. Das Schlafzimmer, wie sie sieht, als sie die Tür einen Spalt öffnet. Aufgeräumt, das Oberbett glatt gezogen, der Kleiderschrank geschlossen, keine Unordnung, weder auf dem Boden noch sonst wo.

Ganz vorsichtig schließt sie die Schlafzimmertür und öffnet die einzige andere Tür, die noch vom Flur abgeht. Ein Arbeitszimmer. Schreibtisch. Bücherschrank. Vitrinen. Lehrbücher und jede Menge Modelleisenbahnen und -autos. Ein Sammler. Vor dem Fenster steht ein Tisch mit einer aufgebauten Modelleisenbahn. Winzige Bäume und Menschen sind auf der Sperrholzplatte befestigt. An der Seite steht ein kleiner Bauernhof mit ein paar Schafen und einer Kuh.

»Aber ich finde, es ist doch ein großer Schritt, wenn man allein ist und in dem neuen Land niemanden kennt«, hört sie Niels sagen.

»Carla hat ihre Tiere«, antwortet Fred. Er klingt noch immer gereizt, als hätte er keine Lust, mit Niels zu reden. »Wenn man ein schönes Haus hat«, fährt er fort, »in einer idyllischen Gegend, und man hat seine Schafe, einen Hund, zwei Katzen, eine Kuh und einen Gemüsegarten, was will man mehr?«

»Hat sie das alles dort?«, fragt Niels.

»Wie bitte?« Fred scheint tatsächlich nicht zu wissen, was er meint.

»Haben Sie Carla einmal besucht?«, hört sie Niels fragen.

Fred schweigt, vielleicht fühlt er sich ertappt.

»Natürlich nicht«, erwidert er dann schroff. »Dafür habe ich keine Zeit, und auch kein Geld.«

»Sind Sie jemals in Schweden gewesen?«, fragt Niels weiter.

Fred wartet ein klein wenig zu lang mit seiner Antwort. »Nein«, sagt er. »Noch nie.«

Mauds Handy klingelt, und sie flucht vor Schreck. Rasch läuft sie zur Toilette, zieht ab und schließt die Tür so laut wie möglich. Es ist Jolanda.

»Das Krematorium hat angerufen«, erklärt Maud, noch bevor sie das Wohnzimmer wieder betritt.

»Das Krematorium?«

»Ja, sie haben etwas Merkwürdiges in der Asche von Ina Demsterwold gefunden.«

»Was denn?«

»Ein Spielzeugauto.«

Vorsichtig schließt Maud die Tür des Hobbyraums und wirft einen letzten Blick auf den Vitrinenschrank mit den Metallspielzeugen.

»Ich bin gerade aus Versehen ins falsche Zimmer gegangen«, sagt Maud, als sie ins Wohnzimmer zurückkehrt. »Und da habe ich Ihre Spielzeugsammlung gesehen.«

Fred sieht sie ärgerlich an. »Das sind alles einzigartige Stücke«, entgegnet er. »Ich würde sie nicht als Spielzeuge bezeichnen.«

»Ist Ihnen möglicherweise eines von ihnen abhandengekommen?«, fragt Maud. »Vor Kurzem erst?«

Niels schaut sie an, als sei sie verrückt geworden, und auch Fred van Leeuwen runzelt die Stirn, nicht ärgerlich, sondern eher erstaunt.

»Nein«, sagt er zögernd. »Nicht, dass ich wüsste.«

Er steht auf und geht Niels und Maud voraus zu dem kleinen Zimmer, öffnet die Tür und betrachtet aufmerksam seine Schränke. Plötzlich schnappt er nach Luft.

»Nummer einhundert«, stößt er entsetzt hervor. »Lady Penelopes FAB ist weg.«

Er öffnet ein paar Schränke, in denen noch weitere Modellautos zu sehen sind.

»Verdammte Scheiße!«, flucht er und dreht sich wieder zu dem Schrank um. »Hier hat er gestanden!«

Er deutet auf eine leere Stelle.

»Ein rosaroter Sportwagen, ein Rolls!«

»Wertvoll?«, fragt Niels.

»Er ist an die tausend Euro wert«, antwortet van Leeuwen ein wenig panisch und fragt dann: »Kann ich Anzeige erstatten? Irgendjemand muss bei mir eingebrochen haben.«

58

Sie sind einfach losgefahren. Eine Tasche mit Kleidung und eine EC-Karte, mehr braucht man nicht. Und das Auto ihrer Mutter natürlich.

Tom konnte nur sofort Urlaub bekommen, weil Ende nächster Woche im botanischen Garten ein Kongress stattfindet. Sophie und Antoine waren ein bisschen eingeschnappt, aber daran kann sie jetzt auch nichts ändern. Kyra lächelt Tom zu, der dicht am Wasser steht, sich umdreht und ihr Lächeln erwidert.

Kyra ist noch nie mit einem Freund in den Urlaub gefahren. Sie wendet den Blick ab, weil sie ganz unsicher wird, wenn er sie so ansieht.

Sie schließt die Augen und atmet den Wind, der vom Meer her kommt, tief ein. Erik Tijssen hat ihr Bescheid gegeben, dass sie einen Termin mit den Leuten vom *Bureau Vermiste Personen Noordzee* vereinbaren kann. Sie sind bereit, ihr zu erklären, wie sie arbeiten. Kyra hat sich ungefähr an die Stelle gestellt, wo Daves Leiche angespült wurde. Es ist ein ganz normaler Strand, eine ausgedehnte Sandfläche, ein Erholungsgebiet.

In der Ferne sieht sie so etwas wie Tretautos, die von großen Drachen gezogen werden. Dieser Ort ist dazu da, sich zu amüsieren. Und Schutz zu bieten. Der Strand, die Dünen – beides bildet einen Puffer zwischen den Häusern und der todbringenden See.

Tom kommt auf sie zu und legt einen Arm um sie.

»Ist wirklich schön hier«, sagt er, und sie nickt. Irgendwie tröstet es sie, dass Fanø so idyllisch ist. Als sei es schlimmer, an einem unwirtlichen Ort angespült zu werden.

Tom zieht sie an sich: »Sollen wir schwimmen gehen?«

Sie schubst ihn weg. »Bist du verrückt? Das Meer ist eiskalt!«

»Na und? Uns kann kaltes Wasser doch nicht schrecken.«

Sie kann sich nicht aus seinen Armen herauswinden. Er lacht und hebt sie hoch. Wirbelt sie herum. Wenn sie zusammenbleiben, können sie ihren Enkeln erzählen, dass sich Oma und Opa im Noordhollands Kanaal kennengelernt haben, im eiskalten Wasser, als sie panisch nach einem kleinen Jungen tauchten, der dort gar nicht war.

»Mir reicht es, dass ich einmal mit dir im eiskalten Wasser herumgeschwommen bin«, sagt sie, und dann spürt sie seine warmen Lippen. Sofort glüht ihr Bauch, ihr wird schwindelig, und sie weiß, dass sie am allerschönsten Ort auf Erden ist, so nahe wie möglich bei ihm.

Nur widerstrebend lösen sie sich voneinander und kehren zurück zum Parkplatz. Drachen steigen zu lassen ist hier offenbar ein großes Vergnügen. Nicht nur gleiten Kitesurfer über das Wasser, sondern auf dem breiten Strand stehen auch Dutzende von Leuten, die Drachen in allen Formen und Größen in der Luft halten. Kyra stößt Tom an.

»Schau mal da!«

Am blauen Himmel hängt ein Mann an einem Drachen. Oder besser: Er ist selbst der Drachen. Er schwebt in einer Art Skydiver-Anzug am Himmel, die Arme gespreizt, einen langen Schwanz am Hintern. Über ihm schwebt ein etwas kleinerer Drachen, vielleicht, um seinen Kurs zu stabilisieren. Gezogen wird er von einem Jetski.

»Mutige Leute, diese Dänen«, bemerkt Tom.

Plötzlich fragt sich Kyra, wer Dave eigentlich gefunden hat. Einer von den Leuten, die hier ihre Drachen steigen lassen? Sie fahren los und suchen sich ein Hotel in der Nähe. Bis nach Norwegen ist es noch weit.

59

Er hat alles überprüft. Das Bewässerungssystem läuft automatisch, misst die Feuchtigkeit des Bodens und passt die Wassermenge entsprechend an. Auch die Beleuchtung im Haus hat er mit einem Timer eingestellt, sodass es aussieht, als sei es bewohnt. Für die nötige Variation sorgt ein neues System von Philips, das er von jedem beliebigen Ort aus mit dem Handy steuern kann.

Die Chronik auf dem Computer ist gelöscht. Wie immer hat er die Festplatten formatiert, so dass keine Spur seiner Aktivitäten darauf zurückgeblieben ist. Alles, was er braucht, hat er in einer Cloud gespeichert, und was er jederzeit aufrufen können muss, kann er vom Handy oder Tablet aus erledigen.

Der Keller ist leer, sauber, von oben bis unten mit Desinfektionsmitteln gereinigt, und um die chemischen Gerüche zu neutralisieren, hat er Lavendelöl gesprenkelt und Raumduftdiffuser aufgestellt.

Jetzt steht er in der Ecke des Raums, nackt, wie immer, und schließt die Augen. Minutenlang verliert er sich in Erinnerungen und Gefühlen, die er sonst nur selten erlebt. Widerwillig zieht er sich an.

Er stellt die Alarmanlage ein, schließt die Tür hinter sich und fährt aus der Garage, seine neue Aufgabe schon vor Augen. Noch einmal kurz nach London, sie abholen, und dann sofort weiter. Schon sehr bald wird er zurückkehren, um seine Schätzchen abzuholen, und Kyra.

60

»Die Temperatur im Verbrennungsofen wird sehr hoch«, erklärt der Angestellte des Krematoriums, ein kleiner magerer Mann mit spitzem Gesicht und freundlichen Augen. Er wirkt ein wenig nervös, nachdem nun die Kripo aufgetaucht ist, gibt sich aber Mühe, ruhig und deutlich zu erklären, worum es geht.

»Dennoch verbrennt nicht alles. Die Schrauben und Griffe des Sarges bleiben übrig, genau wie medizinisches Metall, beispielsweise ein künstliches Hüftgelenk oder die Stifte und Schrauben eines operierten Knochenbruchs. Das Metall solcher Implantate holen wir aus der Asche, bevor diese den Angehörigen übergeben wird. Früher wurde es vernichtet, aber heute geht es zur Firma OrthoMetals, die das Material recycelt.«

Jetzt, wo er sich auf vertrautem Gebiet befindet, scheint sich die Nervosität des Mannes etwas zu legen. Maud lächelt ihm zu. Niels blickt sich um.

»Jedenfalls haben wir in der Asche von Mevrouw Demsterwold dies hier gefunden.« Er greift nach einer schwarzen Schachtel, nimmt den Deckel ab und zeigt Maud und Niels den Inhalt.

»Verdammt!«, sagt Niels.

In der Schachtel liegt ein verkohltes Metallspielzeugauto.

»Natürlich sind alle Plastikteile geschmolzen«, erklärt der Mann vom Krematorium. »Die Räder und Fenster, aber ansonsten ist es ziemlich intakt. Stabiles Material, das kann ich nicht anders sagen. Das war nicht so ein billiges Zeug, sondern ein schönes Auto aus dickem Metall.«

Maud nimmt die Schachtel und betrachtet das Auto aus der Nähe. Von der rosa Farbe ist nichts mehr zu erkennen, aber es scheint sich tatsächlich um ein niedriges, längliches Modell zu handeln. Die Kühlerhaube ist ein wenig eckig und auf dem Kühler ist eine kleine Wölbung zu erkennen. Ja, es könnte ein Rolls Royce sein, die rosafarbene Penelope, von der van Leeuwen gesprochen hat. Der Gärtner ist über den Diebstahl ganz außer sich gewesen.

»Wo und wann wurde der Sarg geschlossen?«, fragt Maud.

»Das habe zufällig ich getan«, antwortet der Mann. »Ich arbeite auch bei dem Bestatter. Einäscherungen finden nicht jeden Tag statt, und auch nicht den ganzen Tag über. Ich verdiene mit der Arbeit hier einfach nicht genug.« Er zuckt entschuldigend die Achseln. »Die Verstorbene ist nicht aufgebahrt worden. Wir haben sie gewaschen und angekleidet; sie hatte selbst Kleidung für diesen Fall bereitgelegt, die das Pflegeheim uns mitgegeben hat. Wir haben sie hergerichtet für den Abschied. Ein Sarg war noch nicht ausgewählt worden, aber der Geschäftsführer ihrer Stiftung hat uns den Auftrag erteilt, einen weißen, glänzenden ohne Schnickschnack auszuwählen. Im Übrigen könne der Sarg bereits geschlossen werden, da es keine Gelegenheit zum Abschiednehmen geben würde. Die Familie würde zur Trauerfeier kommen. Das war's.«

»Wer hatte außer Ihnen sonst noch mit der Leiche zu tun?«, fragt Niels.

»Der Bestatter«, antwortet der Mann. »Er hat sie vom Pflegeheim abgeholt. Dort waren der zuständige Arzt und die Leiterin.« Er reibt sich nervös übers Kinn.

»Können Sie mir etwas über die übliche Vorgehensweise erzählen?«, fragt Maud. »Die Leiche kommt zu Ihnen, und was dann? Wie wird sie transportiert?«

»Sie trifft in einem Standardsarg des Bestatters ein. Wir heben sie heraus und richten sie anschließend her. Zu diesem Zweck ziehen wir sie aus und waschen sie am ganzen Körper. Meist hat der Arzt bereits dafür gesorgt, dass die Augen geschlossen sind, und häufig wird eine Handtuchrolle oder eine Kinnstütze so platziert, dass der Mund geschlossen ist und auch bleibt. Dann kleiden wir den oder die Verstorbene wieder an. Häufig legen wir eine Inkontinenzeinlage in die Unterhose, von der eventuell austretender Stuhl oder Urin aufgefangen wird. Schließlich kümmern wir uns darum, dass der oder die Tote so gut wie möglich aussieht. Häufig gibt man uns ein Foto, auf dem wir sehen können, wie jemand sein Haar trug, oder Make-up zum Beispiel.«

»Also ist die Verstorbene vollständig nackt gewesen, gewaschen und danach angezogen worden«, fasst Niels zusammen. »Wie viel Zeit vergeht zwischen diesem Prozess und dem Schließen des Sarges?«

»Nicht ein Augenblick. Als sie fertig war, haben wir den Sarg sofort geschlossen, weil sowieso kein Abschied stattfinden sollte.«

»Und der Sarg, haben Sie den kontrolliert?«

»Es war ein ziemlich einfaches Modell. Da sie nicht aufgebahrt wurde, wurde einer ohne Innenpolsterung ausgewählt.«

»Ohne Stoff, meinen Sie?« Niels sieht den Mann erstaunt an.

»Es hat ja doch niemand nachgesehen. Und sie lag sehr ordentlich darin.«

»Sind Sie sicher, dass nichts in dem Sarg lag außer der Verstorbenen, in dem Moment, als Sie den Deckel geschlossen haben?«

»Wenn Sie damit meinen, wie das Auto in die Asche kommt ...« Der Mann tritt jetzt von einem Bein auf das andere, deutlich verlegen. »Es lag nicht im Sarg. Es steckte auch nicht in ihrer Kleidung. Es war auch kein Andenken von jemandem, das ihr in die Hände gelegt wurde oder etwas in der Art ...« Er lacht unsicher.

»Aber wie ist es dann dorthin gekommen?«, fragt Niels ungeduldig.

»Ich kann mir nur eines vorstellen«, antwortet der Mann, »dass es nämlich … in sie hineingeschoben wurde, vor oder nach ihrem Tod.« Wieder lacht er unsicher. »Es steckte jedenfalls nicht in ihrem Mund oder im Hals.«

Maud und Niels starren den Mann an.

»Nur, damit ich Sie recht verstehe«, sagt Maud, »Sie meinen, dass es in die Vagina oder den Anus der Verstorbenen gesteckt wurde?«

»Das ist die einzige Möglichkeit«, bestätigt der Mann unsicher grinsend.

Maud streckt die Hand aus und nimmt die Schachtel von ihm entgegen.

»Wir werden das Auto untersuchen lassen«, sagt sie. »Obwohl ich nicht glaube, dass wir noch Spuren darauf finden.«

»Bestimmt nicht«, bestätigt der Mann, lacht erneut nervös und deutet mit einer Geste zur Tür. »Genügt Ihnen das?«

»Ich denke schon«, antwortet Maud zögernd. »Und das, was Sie erwähnt haben, müsste also im Pflegeheim geschehen sein, oder?«

»Hier jedenfalls nicht«, erwidert der Mann beleidigt. »Und um es noch mal ganz klarzumachen: Wir haben die Dame ordentlich gewaschen und mir ist am Anus nichts aufgefallen, also …«

»Vielen Dank«, sagt Maud schnell. Sie denkt an die tote alte Frau und wie jemand … Ihr läuft es kalt den Rücken hinunter. »Ich weiß, was Sie meinen. Bizarr.«

»Das kann man wohl sagen«, bestätigt der Mann. »So etwas habe ich in dreißig Jahren Berufspraxis noch nicht erlebt.«

61

London

Sarah strengt sich noch einmal richtig an, aber die Schraube lässt sich wirklich nicht weiter anziehen. Sie richtet sich auf, tritt zurück und betrachtet ihr Werk. Ein zusätzliches Schloss unten an der Tür. Sie hat irgendwo gelesen, dass die Unterkante einer Tür am leichtesten nachgibt, gerade weil dort kein Schloss ist. Die Oberseite einer Tür ist viel schwieriger aufzubrechen, wegen der Höhe. Jetzt fehlt nur noch die Kette. Sie hat eine richtig stabile gekauft, nicht so ein albernes Ding, wie man es manchmal in Filmen sieht, nein, die beste Qualität, die sie finden konnte.

Als sie fertig ist, macht sie sich gleich an die nächste Aufgabe: Gardinen aufhängen. »Das ist doch etwas für alte Leute«, hatte Mabel eingewandt, als sie den Stoff aussuchten, doch Sarah ist noch einmal ins Geschäft zurückgekehrt und hat für alle Fenster Gardinen bestellt, durch die man hinaus-, aber nicht hereinschauen kann. Wenn die Vorhänge geöffnet sind, aber die Tüllgardinen vor den Fenstern hängen, sieht sie niemand, und sie hat trotzdem Tageslicht. Sie klettert auf den Stuhl, um die ersten beiden Gardinen aufzuhängen.

Gerade, als sie wieder hinuntersteigen will, sieht sie ihn erneut. Den Mann auf der anderen Straßenseite. Rasch steigt sie vom Stuhl und lacht nervös.

Es hat nichts zu bedeuten, sagt sie sich. Er will nichts von ihr. Er ist es jedenfalls nicht, das erkennt sie deutlich. Er ist kleiner als der andere. Stell dich nicht so an. Überall siehst du Gespenster.

Das ist eine Art Mantra, das sie in den letzten Wochen entwickelt hat, seitdem sie überall Gefahr wittert.

Gespenster.

Sie erschaudert bei dem Gedanken daran, was diese Gespenster mit ihr anstellen könnten.

Hör auf damit!

Mit ein paar Schritten ist sie im Nebenzimmer, wo ihr Bett steht. Sie legt sich hinein und zieht die Decke bis an den Hals.

Gleich wird es ihr wieder besser gehen. Das ist jedes Mal so. Und sie erholt sich zunehmend schneller. Hab keine Angst!

Du schaffst das!

Hab keine Angst.

62

»Ein Spielzeugauto«, sagt Maud nachdenklich zu Niels, als sie die Überreste für die Forensik in eine Schachtel legt. »Wer spielt mit so etwas? Kleine Jungs, oder?«

»Ja, und?«, fragt er.

»Ich habe da so eine Idee, über die ich unbedingt mit Carla Demsterwold sprechen möchte.«

Niels lacht. »Das kriegst du niemals genehmigt, dafür ist gar kein Geld da.«

»Darum kümmere ich mich hinterher. Morgen Mittag fliege ich nach Stockholm. Übermorgen bin ich wieder zurück. Behalte du hier so lange alles im Auge.«

Als sie von Stockholm aus weiter in den Nordwesten Schwedens fliegt, erblickt Maud unter sich nichts als Wälder, Wälder und noch mal Wälder, und nur selten kleinere Ansammlungen von Häusern. In Östersund übernimmt sie am Nachmittag ihren Mietwagen und versucht vergeblich, Carlas Adresse in das Navi einzugeben; schließlich tippt sie den Namen der nächstgelegenen Ortschaft ein.

Die Straße zieht sich schnurgerade dahin; Bäume säumen unnahbar und kalt den Weg. Sie fährt eine gefühlte Ewigkeit lang, an Orten mit Namen wie Revsund und Skylnäs vorbei. Der Verkehr lässt nach, die Häuser stehen weiter auseinander, die Bäume wirken strenger, und Maud fühlt sich wie ein unwillkommener Gast in dieser schroffen Natur. Die Schatten des Waldes erstrecken sich bis auf die andere Straßenseite, und jetzt, wo sich der Abend ankündigt, hofft Maud, dass sie den Hof von Carla Demsterwold noch vor Einbruch der Dunkelheit findet. Ein bisschen Zeit hat sie noch, denn Nacht wird es hier erst gegen zehn Uhr abends.

Die Landschaft ist hügelig; Wälder wechseln sich mit Wiesen, Seen und kleinen Flüssen ab, aber vor allem ist sie einsam. Vollkommen menschenleer. Maud wird bewusst, dass sie daran gewöhnt ist, immer von Menschen umgeben zu sein. Man kann sich in den Niederlanden noch so sehr bemühen, einen abgelegenen Ort zu finden, immer brummen mindestens ein paar Flugzeuge am Himmel, oder man hört in der Ferne eine Autobahn rauschen, und in dem Moment, in dem man tief Luft holt, um die Ruhe zu genießen wie eine Arznei, eine wohltuende Dusche, wird man von einer Gruppe Radfahrer erschreckt, die einen beinahe über den Haufen fahren.

Mehrmals überprüft Maud auf ihrem Handy, wo sie sich befindet und wo ihr Ziel liegt, und gerade, als der Empfang abreißt, fährt sie auf ein kleines Gebäude zu, das jenseits eines kleinen Hügels liegt und von mehreren Nebengebäuden umgeben ist. Vorsichtig holpert sie über die unbefestigte Straße in Richtung des Hauptgebäudes, parkt das Auto vor der Tür und steigt aus. Sofort kommt ein Hund laut kläffend auf sie zugerannt. Maud bleibt stehen und wartet ab, genau wie der Hund, der in gewisser Distanz ebenfalls stehen bleibt, knurrt und bellt. Vor dem Haus steht ein Picknicktisch aus Holz im ungemähten Gras. Hinter einem Zaun sieht sie eine Kuh und einen Esel, und ein Stück weiter wandert eine Herde Schafe einen Hügel hinauf.

Der Hund, ein brauner, langhaariger Mischling, setzt sich hin und mustert sie neugierig. Dann öffnet sich die Haustür, und eine Frau mit kurzem blondem Haar tritt heraus. Sie bleibt in der Tür stehen und starrt Maud an.

Der Hund regt sich nicht, die Frau regt sich nicht.

»Hallo!«, ruft Maud. »Ich …«

Soll sie ihr zurufen, dass sie von der Kripo ist und Informationen von ihr will? Carla Demsterwold steht reglos vor ihrem Haus. Der Hund bellt noch einmal, ein wenig verhalten, als wüsste er nicht so recht, was er von Maud halten solle.

»Hey«, sagt Maud, bückt sich und streckt die Hand aus, um das Tier daran schnuppern zu lassen, aber er steht auf und knurrt.

»Hector!«, ruft Carla. »Hierher!«

Sofort rennt er zu seinem Frauchen und setzt sich neben sie. Maud geht vorsichtig auf die beiden zu. Das Haus ist klein, robust und wirkt gepflegt. Die Schuppen, die quer hinter dem Haus stehen, sind dagegen verwittert, im unteren Teil grün bemoost und weiter oben blättert die Farbe ab. Keine Pflanzkübel, keine Dekorationsgegenstände, keine sorgfältig platzierten Metalleimer mit Blumen. Nur der funktionale Picknicktisch weist diskret auf die Vorstellung von einem Moment der Ruhe hin. Hier wird gearbeitet. Hier hat keiner Zeit für Firlefanz.

»Guten Tag«, sagt Maud, überrascht von ihrer lauten Stimme und fährt dann etwas leiser fort: »Mein Name ist Maud Mertens. Ich komme aus Amsterdam.«

Carla nickt. »Okay.«

»Ich habe versucht, Sie zu erreichen, per E-Mail und Telefon«, fährt Maud fort. »Ich würde Ihnen gern ein paar Fragen stellen.«

Carla Demsterwold verschränkt die Arme und kneift die Augen ein wenig zusammen.

»Ich pflege keinen Kontakt zu den Niederlanden«, erwidert sie.

»Ich würde Sie nicht belästigen, wenn es nicht wichtig wäre«, entgegnet Maud. »Ich bin Kriminalkommissarin und möchte Ihnen im Zusammenhang mit laufenden Ermittlungen ein paar Fragen stellen.«

»Kommen Sie rein«, sagt Carla mürrisch. Aus der Nähe sieht Maud die Falten rings um den Mund der Frau. Über der Nasenwurzel hat sich eine tiefe Furche eingegraben, und ihr Haar ist struppig und ungekämmt. Sie trägt eine Jeans mit fleckigen Knien, ein dickes Langarmshirt und dunkelbraune Arbeitsschuhe. Sie tritt beiseite und hält ihr die Tür auf.

Rechts von ihr sieht Maud die Küche und geht hinein. Auch hier ist alles funktional. Kein überflüssiger Schnickschnack. Zwei Regale mit Töpfen. Einige Küchenschränke, die so aussehen, als hingen sie schon ein paar Jahrzehnte dort.

Carla nimmt zwei Becher aus dem Spülbecken und wäscht sie ab.

»Tee?«, fragt sie, ohne sich umzusehen.

»Gern.«

Carla stellt einen alten Flötenkessel auf den Herd und setzt sich an den Tisch. Maud nimmt ihr gegenüber Platz.

»Verfolgen Sie die Nachrichten aus den Niederlanden?«, fragt Maud. »Oder hören Sie manchmal etwas aus Amsterdam?«

Carla schüttelt den Kopf.

»Sie müssen aber doch kürzlich mit Ihrem Bruder gesprochen haben.

Wieder schüttelt Carla nur den Kopf.

»Ihre Mutter ist gestorben«, sagt Maud. Sie fragt sich im ersten Moment, ob Carla sie verstanden hat, glaubt aber, an ihrem Gesichtsausdruck ablesen zu können, dass sie die Nachricht bereits erhalten hat.

»Clever hat mir Bescheid gesagt«, bestätigt sie.

»Aber Sie sind nicht in die Niederlande gereist?«, fragt Maud.

»Ich kann hier nicht weg«, entgegnet Carla. »Keinen einzigen Tag.«

Nicht einmal, um ihrer Familie in traurigen Zeiten beizustehen. Nicht einmal, um ihre Mutter zu bestatten.

»Sind Sie über den Umbau Ihres Elternhauses informiert?«, fährt Maud fort. »Und die Grabungsarbeiten im Garten?«

»Ich weiß, was dort gefunden wurde.«

Maud schweigt. Jetzt müsste sie doch irgendeine Art von Reaktion zeigen, ihre Meinung äußern, Erstaunen, Wut oder Ekel erkennen lassen. Doch stattdessen steht Carla auf und nimmt den Kessel vom Feuer. Schweigend öffnet sie einen Schrank, nimmt eine Metalldose heraus und stellt sie mit einem Knall auf die Anrichte. Sie füllt die Becher mit heißem Wasser, nimmt einen Teebeutel und hält ihn abwechselnd in beide Tassen.

Für einen Moment hat Maud das Gefühl, sich in einem Vakuum zu befinden. Die Stille im Raum ist überwältigend. So intensiv, dass sie kaum zu atmen wagt. Das Leben hier muss hart sein. Vor Sonnenaufgang aus dem Bett, nur die Tiere als Gesellschaft, niemand, mit dem man reden kann. Wie hat Carla das all die Jahre ausgehalten? Und warum ist sie hierhergezogen?

Carla trägt die beiden Becher zum Küchentisch, stellt einen vor Maud hin und einen vor den leeren Stuhl, setzt sich aber nicht. Sie bleibt neben dem Tisch stehen, mit versteinerter Miene, die Arme unentschlossen an den Seiten herunterhängend. Ihre Hände sind groß und grob. Maud kommt es so vor, als sei sie in einer Art Trance.

»Mevrouw Demsterwold?«, fragt sie, aber Carla reagiert nicht. »Carla?«

Verschreckt blickt sie auf, als hätte sie vergessen, dass sie nicht allein ist. Ob sie vielleicht psychische Probleme hat? Ist das der Grund dafür, dass sie hier ganz allein auf einem kleinen Bauernhof in der Einöde wohnt?

»Jahrelang habe ich mir gewünscht«, beginnt Carla plötzlich, »dass ich mich jemandem anvertrauen könnte. Dass ich nicht mehr mit meinen Erinnerungen allein sein müsste.«

Danach schweigt sie wieder. Der Hund, der draußen geblieben ist, fängt wie wild an zu bellen. Wütend und ängstlich zugleich, in seinem Kläffen liegt ein schriller Unterton. Carla reagiert sofort und stürmt hinaus. Maud rennt ihr hinterher.

Carla eilt auf direktem Weg zum Hühnerstall neben dem Haus. Der Hund springt wild bellend herum, mit gesträubtem Fell. Ein paar Meter entfernt steht ein Luchs und belauert die Hühner, die sich gackernd vor dem Stall zusammendrängen. Die beeindruckende Katze, die mindestens genauso groß ist wie der Hund, lässt sich von dessen aufgeregtem Gebell offensichtlich nicht beeindrucken. Oder sie ist zu hungrig, um sich etwas daraus zu machen.

Carla greift nach einem dicken Stock, der neben dem Hühnerstall angelehnt ist, und geht damit auf den Luchs zu. Das Tier starrt sie reglos an.

»Hau ab!«, schreit Carla und fuchtelt mit dem Stock herum. »Weg mit dir! Hau ab!«

Der Luchs hat dicke Tatzen mit imposanten Klauen, eine Widerristhöhe von gewiss einem Meter und erinnert durch seine Fellzeichnung an einen Panther. Die Büschel an seinen Ohren, das weiße Fell rings um die Augen und der Geißbart, der in zwei Spitzen unter seinem Maul hängt, verleihen ihm etwas Frivoles, doch als er die Ohren anlegt und ein paar Schritte beiseiteweicht, ist Maud beeindruckt von der Kraft und Schnelligkeit seiner Bewegungen. Da steht ein Raubtier. Ein hungriges Raubtier.

Nochmals schwingt Carla den Stock und macht eine drohende Bewegung auf den Luchs zu, der sich endlich zurückzieht. Jetzt erst wagt der Hund, ein paar Schritte vorwärtszugehen, und er bellt noch ein bisschen, als wolle er beweisen, dass der Luchs auch mit ihm rechnen müsse.

Carla dreht sich um, und plötzlich setzt der Hund an, rennt auf Maud zu und bellt erneut wie wild. Maud dreht sich um und sieht zwischen dem Haus und dem Hühnerstall einen weiteren Luchs stehen. Größer noch als der erste, besser im Futter. Die Katze blickt sie mit eiskaltem Blick an. Ohne zu zögern streckt Maud die Arme in die Luft, fuchtelt wie wild herum und rennt schreiend auf den Luchs zu, der Hund neben ihr her. Auch dieses Raubtier bringt sich lieber in Sicherheit und verschwindet rasch zwischen den Bäumen hinter dem Haus.

»Vielen Dank«, sagt Carla, als Maud zu ihr zurückkehrt. Sie blickt sich um. »Das ist das erste Mal, dass ich zwei Luchse zusammen sehe. Sie sind normalerweise Einzelgänger. Jetzt verstehe ich, warum in letzter Zeit so viele Hühner verschwinden. Sie wechseln sich ab.«

Die beiden Frauen gehen wieder in die Küche.

»Du solltest heute Nacht hierbleiben«, schlägt Carla vor. »Ich halte es für unvernünftig, dass du im Dunkeln zurückfährst. Die Straßen sind nicht beleuchtet, und das Navi kennt nicht alle Routen. Ehe du dich's versiehst, verirrst du dich, und du hast hier längst nicht überall Handy-Empfang. Ich zeige dir das Gästezimmer, und danach mache ich uns etwas zu essen.«

Kyra schaut zu, wie Tom ein Poster an das schwarze Brett der Kneipe hängt, in der sie sitzen.

Auf der anderen Straßenseite liegt das Meer. Etwa hundert Meter vor der Küste schaukeln einige Segelboote auf dem Wasser. Es ist windstill und warm.

Leider hat niemand Sarina gesehen, ebenso wenig wie Dave, Jerry oder die Jacht. Trotzdem will sie weitermachen, man weiß nie. Komischerweise wundern sich die Leute, mit denen sie ins Gespräch kommt, gar nicht darüber, dass sie nach fünf Jahren noch einen letzten Versuch unternehmen.

»Letztes Jahr ist ein junger Norweger in Amsterdam verschwunden«, hat ihnen die Wirtin eines Restaurants früher am Tag erzählt. »Ich habe die Suche verfolgt. Die Niederländer haben sich große Mühe gegeben, den armen Jungen zu finden.« Die Frau hat das Poster in den Speisesaal neben die Durchreiche zur Küche gehängt, weil es dort am besten sichtbar sei.

»Diese armen Leute«, hat sie geseufzt. »Ich hoffe sehr, dass deine Schwester gefunden wird.«

Es ist der fünfte Tag ihrer Reise entlang der Küste, und allmählich beschleicht Kyra das Gefühl, dass ihre Aktion vollkommen sinnlos ist. Aber darin besteht Ermittlungsarbeit: suchen, wühlen, graben, so lange, bis man etwas findet. Manchmal braucht man auch Glück. Wie oft wird ein Fall durch Zufall gelöst! Als Randy Kraft bei einer Routine-Verkehrskontrolle angehalten wurde, entdeckten die Polizisten zu ihrem Entsetzen die Leiche eines erdrosselten Mannes auf dem Beifahrersitz. Daraufhin fanden sie im Auto – versteckt unter einer Matte – siebenundvierzig Polaroid-Fotos von nackten jungen Männern, manche tot, andere zumindest bewusstlos.

»Sollen wir für heute Schluss machen?«, fragt Kyra, als Tom wieder zu ihr zurückkehrt. Es ist noch nicht Abend, aber ihr knurrt der Magen vor Hunger, und sie hat Durst auf ein Bier. »Vielleicht haben wir morgen mehr Glück.«

Noch ein paar Tage, dann müssen sie dieselbe Strecke wieder zurückfahren.

»Mit Glück hat das wenig zu tun«, erwidert Tom, bestellt zwei Bier an der Theke und kommt zurück. »Mehr mit harter Arbeit und unermüdlicher Fragerei.«

Sie setzen sich an einen kleinen Tisch am Fenster. Das Wetter ist schön, aber die Kneipe hat keine Außengastronomie.

»Trotzdem müssten wir doch irgendwann mal etwas Glück haben«, erwidert Kyra nachdenklich. »Wir alle bemühen uns schon so lange, sie zu finden. Aber Einsatz allein reicht nicht. Irgendjemand muss doch etwas wissen! Wenn auch nur ein Detail.«

Sie schaut aus dem Fenster hinaus zu den Passanten. Ein junger Vater mit Kinderwagen. Zwei Frauen mit Einkaufstaschen. Ein junger Mann mit Bart und Rucksack.

»Nur«, fährt sie fort, »wie finden wir diesen Jemand?«

»Indem wir Fragen stellen. Poster aufhängen. Auf den Fall von Sarina aufmerksam machen. Und wenn es zum hundertsten Mal ist. Genau das, was wir jetzt tun. Wenn du schon Glück brauchst«, sagt Tom, »dann bemühst du dich jedenfalls sehr, es zu erzwingen.«

Kyra trinkt einen großen Schluck Bier.

»Ich brauch jetzt wirklich eine Pizza«, sagt sie. »Habe ich am Ende der Straße nicht eine Pizzeria gesehen, nicht weit vom Hafen?«

Tom nickt

Kyra kippt den letzten Rest Bier hinunter und steht auf. »Dann mal los!«

63

Auf dem Flur begegnet ihm die neue Therapeutin, die kürzlich erst eingestellt wurde. Sie ist noch jung. So jung, dass sie unmöglich ausreichend Erfahrung haben kann. Am liebsten hätte er sie aufgefordert, in zehn Jahren noch einmal wiederzukommen. Mit etwas mehr Lebenserfahrung im Gepäck.

»Musst du nicht zur Sitzung?«, fragt er.

»Sitzung?«, fragt die Frau unsicher.

»Ja, über die Zukunft der Abteilung. Es geht um Einsparungen und notwendige Personalkürzungen.«

Sie schaut ihn verängstigt an.

»Hat man dir nicht Bescheid gesagt? In Gebäude C, im Sonnensaal.«

Gebäude C liegt auf der anderen Seite des Geländes, und draußen gießt es in Strömen. Da steht sie mit ihren Wildlederpumps und ihrer Seidenbluse.

»Es muss jeden Moment losgehen«, fährt er fort. »Wenn du dich beeilst …«

»Okay«, sagt sie mechanisch. Und noch mal: »Okay.«

»Na, dann los!« Er wedelt mit der linken Hand. In der anderen hält er eine Akte. »Huschhusch.«

Auf ihren hohen Absätzen rennt sie über den Flur.

Mit federnden Schritten geht er zu seinem Büro. Alles ist leichter, jetzt, wo er sicher sein kann, schon bald hier weg zu sein. Er legt die Akte auf seinen Schreibtisch und überlegt einen Moment, sie einfach mitzunehmen, aber das würde natürlich sofort entdeckt werden und ihn angreifbar machen. Er steckt sie in die Tasche und nimmt seinen Mantel vom Haken. Zeit, nach Hause zu gehen. Zeit für die schönsten Stunden des Tages.

»Einen schönen Abend, Doktor Stevens.«

Das Sahneschnittchen am Empfang wünscht ihm jedes Mal hingebungsvoll einen schönen Abend. Er hätte das ausnutzen sollen, aber er hatte immer Wichtigeres im Kopf, und jetzt ist es zu spät. Schade für sie.

Zu Hause angekommen, jagt er Sarahs Akte durch den Kopierer und steckt das Original wieder in die Tasche. Die Kopien wirft er in eine der Umzugskisten, die schon bereitstehen. Die Analysen interessieren ihn nicht; er will nur wissen, ob etwas darinsteht, was ihn oder Ed belastet.

Rasch springt er unter die Dusche und wäscht sich die Haare. Eine halbe Stunde später schaut er zufrieden in den Spiegel. Sein Haar ist eine ganze Nuance dunkler als zuvor. Nach ein paar Tagen und ein paarmal Waschen ist die Tönung wieder raus.

Er geht ins Schlafzimmer und zieht sich um. Dunkle Jeans, dunkles T-Shirt, dunkle Schuhe. Ein Insiderwitz zwischen ihm und Ed: *Men in black*. Doch die Kleidung ist praktisch, vor allem, weil er auch heute am späten Abend noch unterwegs sein wird.

Er geht ins Bad und stellt sich vor den Spiegel. Jetzt kommt der mühsame Teil der Vorbereitung, aber er hat inzwischen viel Routine darin. Er könnte sofort in Hollywood anfangen.

Mit einem Schwämmchen verteilt er eine Schicht Grundierung über das Gesicht, arbeitet die Falten ein wenig nach und legt noch eine weitere dünne Schicht Make-up auf. So lange, bis er wesentlich älter wirkt.

Er beugt sich zum Spiegel und setzt die Kontaktlinsen ein. So! Braune Augen. Auch mal ganz hübsch. In den letzten Tagen hat er sie jeden Abend getragen und in den ersten Stunden wie immer das Gefühl gehabt, in jedem Auge ein Sandkorn zu haben, aber inzwischen hat er sich wieder daran gewöhnt. Er sieht sich an und grinst.

Noch nie hat ihm die Vorbereitungsarbeit so viel Spaß gemacht. Vielleicht hat er die Aktion darum auch so lange vor sich hergeschoben. Von ihm aus hätte es sich noch länger hinziehen können. Wenn er andererseits an das Vergnügen denkt, das vor ihm liegt, kann es ihm nicht schnell genug gehen.

Er geht zur Tür hinaus, setzt Sonnenbrille und Schirmmütze auf, und steigt ein paar Straßen weiter in einen Kleinbus, den er dort geparkt hat. Er hat sich ein gepflegtes Fahrzeug ausgesucht, weil er sie nicht misstrauisch machen will. Auch die Bank, die er beim Trödler gekauft hat – nur fünfzig Euro, bar bezahlt – sieht noch nagelneu aus. Er muss vor allem vertrauenerweckend wirken. Er schaut hinüber zum Beifahrersitz und sieht dort die Armschlinge liegen. Vertrauenerweckend und mitleiderregend. Prima Kombination. Funktioniert immer.

64

Carla hat eine einfache Mahlzeit mit Bohnen, Kartoffeln und Fleisch zubereitet. Sie ist nicht noch einmal auf ihre Bemerkung zurückgekommen, dass sie ihre Erinnerungen gern mit jemandem geteilt hätte; schweigend haben sie gegessen.

»Wie lange wohnst du hier schon?«, fragt Maud, als sie fertig ist.

»Seit sechs Jahren.«

»Und die ganze Zeit allein?«

»Ich habe Nachbarn.«

»Aber nicht in unmittelbarer Nähe, oder? Triffst du sie regelmäßig?«

»Wir helfen uns gegenseitig bei größeren Arbeiten. Wenn man ein paar Hände mehr braucht.«

»Hast du nie überlegt, Zimmer zu vermieten? Dann hättest du wenigstens ab und zu etwas Ansprache.«

Carla sieht sie spöttisch an. Über dem Tisch hängt eine einfache Lampe mit LED-Birne. Auf den Tisch hat Carla eine Plastikdecke gelegt. Messer und Gabeln passen nicht zueinander, und auf Maud wirkt das Ganze plötzlich sehr studentisch, fast armselig. Eine Phase im Leben, die ganz schön ist, in der man aber normalerweise lieber nicht stecken bleiben möchte.

»Ich bin nicht der Typ, der morgens groß Frühstück macht«, erwidert Carla. »Mir reicht eine Schüssel Haferbrei. Brot backe ich nur selten, und Obst habe ich kaum. Nein. Lieber nicht.«

Maud überlegt kurz, spricht es dann aber doch aus.

»Natürlich bin ich mit einer bestimmten Absicht hierhergekommen. Ich würde dir gern Fragen über deine Eltern und über den Fund im Garten stellen. Darüber, was passiert sein könnte.«

Carla schaut sie unbewegt an. Sie hat hellblaue Augen, blondes Haar, das durch die viele Arbeit draußen ausgebleicht ist, und jetzt erst fällt Maud auf, dass ihre Gastgeberin mager ist. Die Haut spannt sich straff über ihr Gesicht, und die Falten rings um Mund und Nase verleihen ihr einen strengen Ausdruck.

Sie nickt.

»Kaffee?«, fragt sie, und diesmal nickt Maud.

Carla füllt eine italienische Espressokanne mit Kaffee und Wasser und stellt sie bei kleiner Hitze auf den Herd.

»Ich hätte etwas mitbringen sollen«, bemerkt Maud, als Carla den Kaffee auf den Tisch stellt. »Cognac oder einen Calvados.«

Ohne etwas zu sagen steht Carla auf und holt eine Flasche ohne Etikett und zwei kleine Gläser aus dem Schrank.

»Aquavit«, sagt sie. »Vom Nachbarn.«

Sie schenkt ein wenig von dem klaren hellbraunen Getränk in die Gläser. Maud nimmt ihres in die Hand und hält es hoch.

»Auf den Luchs«, sagt sie. »Ich verstehe, dass du deine Hühner nicht verlieren willst, aber es ist wirklich ein schönes Tier.«

Carla fängt an zu lachen, trinkt einen Schluck und seufzt.

»Wenn man hier wohnt«, sagt sie, »dann sieht man die Schönheit nicht mehr. Dann geht's ums Überleben.«

»Was hat dich eigentlich hierhergebracht?«, fragt Maud.

Carla überlegt, trinkt einen Schluck Kaffee und noch einen Schluck Aquavit.

»Wenn ich so darüber nachdenke, war es vor allem die Einsamkeit, die mich angezogen hat. Die Leere. Die Tatsache, dass hier keine Menschen sind.«

Sie trinkt ihr Glas aus, füllt es erneut und schenkt auch Maud nach.

»Du hast in Utrecht studiert, oder?«, fragt Maud, als Carla nicht weiterredet.

»Tiermedizin«, antwortet Carla. »Interessantes Studium.«

»Und in einer interessanten Stadt«, ergänzt Maud. »Lebendig. Schöne Restaurants. Gemütliche Kneipen. Viel Kultur.«

»Bist du mal in Stockholm gewesen?«, fragt Carla.

Maud schüttelt den Kopf. »Am Flughafen, heute Mittag.«

»Interessante Stadt«, sagt Carla. »Architektonisch, historisch, kulinarisch.«

»Bist du oft dort?«

»Leider nicht.« Sie kippt ihren Aquavit hinunter, greift nach ihrer Kaffeetasse, pustet auf ihren Kaffee und trinkt einen Schluck. »Viel zu selten.«

»Solltest du nicht auch hier ein Poster aufhängen?« Tom legt sein Besteck auf den Teller. Kyra hat keine Ahnung, wo er die Pizza so schnell gelassen hat. Ihre liegt noch zur Hälfte auf dem Teller.

»Ja, vielleicht«, sagt sie, trinkt einen Schluck Bier und zieht einen Schmollmund. »Im Ernst, manchmal habe ich selbst die Nase voll davon. Sarina hier und Sarina da. Ich wünschte, sie würde mal aus meinem Kopf verschwinden. Sich irgendwo ein Zimmer mieten oder so, einfach weggehen.«

Tom reagiert nicht, und Kyra trinkt ihr Glas aus.

»Natürlich werden wir sie nicht finden«, sagt sie. »Sie ist schon so lange fort, und es wurde so gründlich nach ihr gesucht. Wir sollten einfach akzeptieren, dass sie nicht mehr da ist und dass wir vielleicht nie erfahren werden, was geschehen ist. Dass sie tot ist und nie wiederkehrt. Das. Das muss ich akzeptieren.«

Sie isst noch ein Stück Pizza. »Kann ich noch ein Bier haben?«

Tom lacht. »Noch eins?«

Sie nickt. Ja, sie ist beschwipst. Aber eins geht noch. Ein Bier, ein Stück Pizza, und dann zurück ins Hotel. Hm, schmeckt die Pizza lecker!

Als der Kellner kommt und ihnen das neue Bier bringt, reicht Kyra ihm die leeren Gläser an und wischt dabei den Stapel Poster vom Tisch. Ihre Schwester rutscht über den Fußboden. Lachend, jemandem zuprostend. Als wolle sie mitmachen.

»Mist«, murmelt Kyra, und der Kellner, ein älterer Mann mit lockigem Haar rund um eine Halbglatze, entschuldigt sich und hilft ihr, die Papiere aufzuheben. Plötzlich richtet er sich auf und starrt das Poster an.

»Ich habe diese Frau gesehen«, sagt er überrascht. »Wird sie vermisst? Ist sie eine Verwandte von Ihnen?«

»Sie ist meine Schwester.«

Kyras Herz schlägt augenblicklich schneller, es pocht wie nach einem Sprint, fast keucht sie.

Der Mann erklärt ihr, er habe früher im Hafen gearbeitet und sei bis vor ein paar Jahren noch täglich zwischen dem Hafen und seinem Haus im Dorf gependelt.

»Sie ist die Straße entlanggerannt«, sagt er. Er blickt auf seine Füße. »Sie war … Sie war, naja … nackt.«

»Nackt?«, fragen Kyra und Tom im Chor. Ihre Schwester, nackt? Wenn es irgendjemand gehasst hat, nackt herumzulaufen, dann Sarina.

»Sie sah schlecht aus«, fährt der Mann leise fort. »War schmutzig und hatte wirres Haar. Ihr Freund fuhr mit dem Auto hinter ihr her. Das habe ich erst nicht bemerkt. Ich habe angehalten und wollte sie zur Polizei mitnehmen. Sie weinte und war sehr verwirrt.«

Der Mann setzt sich an den Tisch, auf den Stuhl neben Kyra. Was redet er da? Er hat ihre Schwester gesehen! Ihre Schwester, die nackt die Straße entlangrannte. Verdreckt und verwirrt. Kyra schluckt und blinzelt.

»Da stieg ihr Freund aus dem Auto und mischte sich ein. Ich hatte ihn schon einmal gesehen, zwei Tage vorher im Hafen. Da war auch deine Schwester dabei. An dem Tag im Hafen hat sie dem Foto hier ähnlicher gesehen.«

Kyra findet keine Worte.

»Der Mann hat behauptet, deine Schwester hätte psychische Probleme und sei weggelaufen. Er sei froh, sie gefunden zu haben. Er würde sie nach Hause bringen, sagte er, sie müsse duschen und sich etwas anziehen.«

»Und, hat sie nicht protestiert?«, fragt Kyra. »Ist sie widerstandslos mit ihm gegangen?«

Was ist das für eine merkwürdige Geschichte? Sarina nackt auf einer Küstenstraße in Norwegen!

»Sie hat geweint«, sagte der Mann. »Sie hat eine fremde Sprache gesprochen. Ich habe sie nicht verstanden. Sie hat geweint und ist mit ihm gegangen. Ich hatte den Eindruck … Es schien, als würde er die Wahrheit sagen. Es wirkte tatsächlich so, als sei sie geistig verwirrt.«

Er schweigt und sieht Kyra kreidebleich an.

»Abends habe ich meiner Frau davon erzählt, und sie fand es verdächtig. Warum dieser Mann hinter ihr hergefahren sei, ohne etwas zu unternehmen?, wollte sie wissen. Darüber hatte ich in dem Moment gar nicht nachgedacht. Dass ich das Auto überholt hatte und sie nicht sehr weit vor ihm herrannte. Aber ich war zu erschrocken darüber, dass sie nackt war und so schlimm aussah. Ich habe ihm geglaubt, als er gesagt hat, er hätte sie schon ein paarmal gerettet.«

Kyra bemerkt, dass ihr die Tränen über die Wangen laufen. Sarina ist geflüchtet! Nicht nur einmal, sondern mehrmals. Aber jedes Mal hat der Scheißkerl sie wieder erwischt.

65

London

Einmal im Monat hat sie ein Gespräch mit Doktor Archbold, doch sie ist sich nicht sicher, ob sie ihm etwas von ihren Ängsten erzählen soll. Sie befürchtet, er würde ihre Medikamentendosis wieder erhöhen. Sie will von den Tabletten loskommen, wieder richtig leben und nicht alles nur gedämpft empfinden. Auch nicht ihre Ängste.

»Wie geht es Ihnen?«, fragt der Psychiater. Sie findet ihn sympathisch, aber manchmal ist er ein wenig hektisch.

»Gut«, sagt sie, um ihn zu bestrafen. Auf eine dumme Frage erhält man eine dumme Antwort.

»Entschuldigung, Sarah, ich bin ein bisschen müde. Möchten Sie mir erzählen, wie es Ihnen in den letzten Wochen ergangen ist? Wie gefällt Ihnen Ihre Wohnung?«

Sie erzählt ihm davon, erwähnt aber nicht den Mann, den sie ständig auf der anderen Straßenseite zu sehen glaubt. Jetzt, wo sie hier sitzt, fragt sie sich auch, ob sie wirklich richtig hingeschaut hat. Nein, natürlich hat sie sich alles nur eingebildet. Es ist eine der paranoiden Wahnvorstellungen, die ihr schon seit Jahren zu schaffen machen. Sie ist fest entschlossen, davon wegzukommen.

Wenn er es wäre, wäre ihre Angst berechtigt. Sie schluckt und spürt, wie sich ihr Puls beschleunigt. Die Angst ist nie ganz verschwunden; aber sie hat genau hingesehen, und er ist es wirklich nicht. Vielleicht sollte sie sich eine Waffe zulegen. Ein großes Messer, ein Metallrohr oder etwas Ähnliches.

»Ich bin froh, zu hören, dass es Ihnen gut gelingt, allein zu sein. Wie steht es mit den kleinen Dingen des Alltags? Mit dem Tagesablauf? Essen Sie vernünftig?«

»Ja, das klappt alles prima. Im Grunde genau wie früher. Mir macht es Spaß, für mich zu kochen.«

Gekocht hat sie auch für ihn. Er hat sie dazu gezwungen. Ihr ist noch immer nicht eingefallen, wie er heißt. Vielleicht hat er ihr auch nie seinen Namen genannt. Aber plötzlich kommt ihr ein anderer Name in den Sinn. Sarina Slagter. Natürlich! Sarina. Liebe Sarina! Tränen laufen ihr über die Wangen. Doktor Archbold sieht sie erschrocken an und zupft ein Taschentuch aus der Schachtel auf seinem Schreibtisch.

»Was ist denn mit Ihnen?«, fragt er. »Habe ich etwas Falsches gesagt?«

Sarah schüttelt den Kopf.

»Mir ist plötzlich etwas eingefallen«, erklärt sie. »Jemand, an den ich schon seit einer Weile nicht gedacht habe.«

Ihr Schluchzen wird heftiger.

»Wie kann ich bloß gar nicht mehr an Sarina gedacht haben? Ich schäme mich! Ich schäme mich für meinen Verstand, der all diese Informationen über ihn verarbeitet hat, aber nicht die über meine beste Freundin. Dabei ist mir zwischendurch immer wieder einmal etwas zu ihr eingefallen, aber ich habe nichts damit anzufangen gewusst, als wäre es nicht bis ins Bewusstsein durchgedrungen.«

»Wir haben uns auch sehr auf ihn konzentriert, Sarah«, erwidert der Psychiater. »Weil mit ihm Ihre größten Ängste verknüpft sind. Es gibt natürlich noch viel mehr, das wir noch nicht angeschaut haben.«

»Sie hat eine Schwester«, fährt Sarah mit erstickter Stimme fort. »Kyra. Ich habe versprochen, ihr eine Nachricht zu überbringen. Kyra Slagter heißt sie. Ich schreibe es für Sie auf, denn es ist ein merk-

würdiger Name. Typisch Niederländisch, mit diesem rauen ›ch‹ in der Mitte.«

Sie lächelt dem Arzt schwach zu.

»Können Sie mir helfen, sie ausfindig zu machen? Ich muss mit ihr sprechen!«

66

Als Maud am nächsten Morgen erwacht, fühlt sie sich seltsam ausgeruht. Sie greift nach dem Handy auf dem Nachtschränkchen. Schon halb neun. Immer noch kein Netz. Sie hat schon seit ein paar Tagen nicht mit ihrer Mutter gesprochen. Bereits vor ihrer Abreise hat sie sie zwei Tage lang nicht angerufen. Vielleicht ist das eine neue Phase – vielleicht kann sich eine Mutter-Tochter-Beziehung weiterentwickeln, auch wenn man schon älter ist. Maud schlägt das Oberbett zur Seite und stellt die Füße auf den Holzfußboden des kleinen Zimmers. Als sie die Vorhänge beiseitezieht, sieht sie, dass es draußen nieselt. Es ist zwar nicht kalt, aber trostlos.

Während sie sich fragt, ob sie irgendwo duschen kann, läuft sie im Schlafanzug durch das Haus. Carla ist nirgendwo zu sehen, und sie beschließt, sich anzuziehen und Kaffee zu kochen. In der Küche macht sie alles genauso, wie sie es gestern bei Carla beobachtet hat. Kaffee oben in die Espressokanne, Wasser ins Reservoir darunter. Maud stellt erstaunt fest, dass das Geschirr von gestern Abend bereits gespült und weggeräumt ist, die Flasche Aquavit, die Gläser, die Kaffeekanne, die Teller, die Töpfe, alles verschwunden.

Mit zwei frischen Tassen Kaffee geht sie hinaus und hält nach Carla Ausschau. Sie ist nirgendwo auf dem Grundstück zu sehen, aber glücklicherweise hat es aufgehört zu regnen. Maud stellt die dampfenden Becher auf den Picknicktisch. Zögernd geht sie zum Hühnerstall, öffnet den Deckel des seitlich angebrachten Legenests und holt die Eier heraus, sammelt sie in ihrem Pullover und kehrt in die Küche zurück, wo sie die Eier abspült und in einen Topf legt. Sie hat auch eine Flasche Milch gefunden; also kann sie gleich Rührei machen, so wie es ihre Mutter ihr beigebracht hat: mit einem Schuss Milch aufgeschlagen, damit es nicht zu trocken wird. Hausfrauenkniffe. Hier in diesem Haus, in diesem Leben ist nur wenig Platz für so etwas. Was man hier unter den Teppich kehrt, fällt gnadenlos auf einen selbst zurück. Niemand steckt die Socken, die man neben dem Bett liegen gelassen hat, in die Schmutzwäsche. Niemand hält einen Teller mit warmem Essen für einen bereit, wenn man nach einem langen Arbeitstag nach Hause kommt.

Auf der anderen Seite des Hauses entdeckt Maud einen großen Gemüsegarten, komplett umzäunt mit hohem Maschendraht, wahrscheinlich, um die Hühner und andere Tiere fernzuhalten. Sie geht durch das Törchen und erntet eine Schalotte, einige Kartoffeln, ein paar Radieschen, Möhren und ein paar Blätter Mangold. Rührei mit Schalotte, gebratene Kartoffelwürfel und frischer Salat. Prima Brunch.

Carla Demsterwold wirkt auf sie wie eine Frau, die das Leben liebt und gleichzeitig furchtbare Angst davor hat. Warum ist sie hierher geflüchtet? Weit weg von Freunden und städtischer Kultur, dem Herzschlag einer Stadt, ja, sogar eines Dorfs. Als sie gestern Abend darüber geredet haben, hatte Maud durchaus das Gefühl, dass in Carlas Stimme leises Bedauern mitschwang.

Auf dem Rückweg zum Haus geht sie in die Scheune, um nachzusehen, ob Carla dort ist, aber das Gebäude ist dunkel, voller Werkzeuge, ansonsten leer. Auch auf der Weide bei der Kuh ist ihre Gastgeberin nicht zu sehen, und ebensowenig bei den Schafen.

Kyra kann nicht stillsitzen. Sie müsste eigentlich schon umfallen vor Müdigkeit, weil sie kein Auge zugetan hat, aber sie ist zu nervös, kann einfach nicht abschalten. Dieser Mann hat ihre Schwester gesehen! Mehrmals hat er das bekräftigt. Er sei hundertprozentig sicher, hat er gesagt. Auf eine Belohnung kann er nicht spekulieren, denn es wurde gar keine ausgesetzt. Es ist wahr, muss sich Kyra immer vor Augen halten. Sie haben tatsächlich jemanden gefunden, der Sarina gesehen hat! Und Jerry. Vielleicht weiß er noch mehr. Irgendetwas, das sie der Wahrheit näherbringt. Und dem Täter. Und ihrer Schwester.

Die norwegische Polizei empfängt sie freundlich; der Beamte schüttelt dem Zeugen jovial die Hand. Man kennt sich. Hier kennt jeder jeden.

Sie werden gebeten, so lange zu warten, bis der Mann seine Aussage gemacht hat. Hensen heißt er. Anschließend würden sie sich mit Kyra unterhalten.

»Einverstanden«, sagt Kyra. Natürlich möchte der Polizist zunächst von einem Bekannten erfahren, worum es überhaupt geht, um den Wahrheitsgehalt der Geschichte einschätzen zu können und über die nächsten Schritte zu entscheiden.

Tom und Kyra bekommen eine Tasse Tee und werden ins Wartezimmer geführt. Tom setzt sich und nimmt eine englischsprachige Segelzeitschrift von einem Stapel. Kyra bleibt stehen. Sie stellt ihren Tee hin und ruft Maud an, die jedoch nicht antwortet. Nachdem sie es noch einmal versucht hat, ruft sie Niels Bingsten an. Irgendjemand zu Hause muss es erfahren!

»Gib mir den Namen des Ermittlers durch«, bittet Niels. »Außerdem brauche ich den Namen des Ortes, an dem ihr jetzt seid, und die Bezeichnung der Dienststelle, dann kann ich mich dahinterklemmen.«

»Ich schicke gleich eine SMS«, verspricht Kyra. Über WhatsApp mit Bingsten Kontakt zu haben, geht ihr einen Schritt zu weit. »Aber es kann ein bisschen dauern. Wir sind noch im Wartezimmer.«

»Danke.«

»Es ist ein Wunder ...«, stammelt Kyra. »Wir haben wahnsinniges Glück gehabt!«

»Ich muss jetzt leider Schluss machen«, sagt Niels. »Ich ... Ach, egal. Kyra?«

»Ja?«

Einen Moment lang herrscht Schweigen.

»Gut gemacht«, sagt Niels und legt auf.

»Ich kann nicht über meine Kindheit sprechen«, sagt Carla. Schweigend hat sie sich angesehen, was Maud als Mittagessen zubereitet hat. Obwohl ihre Augen beim Anblick der vollen Schüsseln und des gedeckten Tisches aufgeleuchtet haben, sagt sie nichts dazu.

»Setz dich.« Maud deutet auf den Stuhl und bemerkt, wie seltsam das klingt, da sie doch der Gast ist, und nicht Carla.

Schweigend nehmen sie sich von den Gerichten und beginnen zu essen.

»Köstlich!«, seufzt Carla schließlich doch und schüttelt ein wenig verwundert den Kopf. »Ich kann mich nicht daran erinnern, wann zuletzt jemand in meinem eigenen Haus für mich gekocht hat.«

Einen Moment lang schweigt sie.

»Vielleicht ist es tatsächlich das erste Mal«, sagt sie unsicher und lacht entschuldigend.

»Diese Abgeschiedenheit wäre mir zu viel«, gesteht Maud. Die Ruhe und die Weite sind überwältigend, herrlich und abschreckend zugleich. »Hast du hier Fernsehen?«

Carla streut sich noch ein wenig Salz über die Kartoffeln und schüttelt den Kopf.

»Internet?«

Auch nicht.

»Aber doch Telefon?«

»Natürlich.«

»Aber keine Glasfaserleitungen?«

Carla lacht.

»Das funktioniert alles anders hier«, erwidert sie. »Aber ich vermisse nichts.«

Die Frage ist, ob Carla den näheren Kontakt zu anderen Menschen – egal, in welcher Form – nicht vermisst oder nicht vermissen will. Nicht zum ersten Mal fragt sich Maud, was die junge Frau hierhergetrieben hat.

Als hätte sie Mauds Gedanken erraten, beginnt Carla von ihren Plänen zu erzählen, die Niederlande zu verlassen, von ihrer Suche nach einem Ort, an dem sie für immer bleiben könnte, sowie von den ersten Jahren hier.

»Inzwischen komme ich gut allein zurecht«, schließt sie. »Ich brauche niemanden. Fast niemanden.«

»Wie geht es den Hühnern?«, fragt Maud. »Sind alle noch da?«

»Vielleicht sollte ich doch mal einen richtigen Hühnerhof anlegen«, antwortet Carla. »Zwar ist es einfacher, sie frei herumlaufen zu lassen, weil sie sich dabei ihr Futter selbst zusammensuchen. Aber wenn sie immer wieder aufgefressen werden, sollte ich sie vielleicht doch beschützen, indem ich sie einsperre. Ich weiß nicht …« Sie blickt zum Fenster hinaus.

»Vielleicht ist es eine etwas direkte Frage«, beginnt Maud. »Aber jetzt, da deine beiden Eltern verstorben sind, muss es doch auch ein Erbe geben? Das Haus auf dem Nieuwendammerdijk ist ein Vermögen wert.«

Carla blickt sie stirnrunzelnd an. Offenbar versteht sie überhaupt nicht, worauf Maud hinauswill.

»Du könntest hier weggehen«, fährt Maud fort. »Du könntest die Welt bereisen. Mit einer so großen Summe wärst du auf niemanden mehr angewiesen. Du wärst finanziell vollkommen unabhängig, oder?«

Carla lächelt versonnen.

»Ich müsste Clever fragen«, erwidert sie leise. »Oder meinen Bruder. Die Männer kümmern sich um die Finanzen. Ich habe keine Ahnung davon.«

»Als dein Vater gestorben ist, musst du doch auch etwas geerbt haben?«, hakt Maud nach.

»Ich weiß es nicht.«

»Aber die Kinder erben immer ihren Pflichtanteil. Du musst doch wissen, ob du über Vermögen verfügst?«

»Ich habe das Auto bekommen«, sagt Carla. »Das haben sie nach Stockholm verschiffen lassen, aber ich habe es sofort verkauft. Ich wollte die Karre meines Vaters nicht. Und Vincent in London hatte nichts davon. Das Lenkrad war natürlich auf der falschen Seite.«

»Warum hast du es nicht in den Niederlanden verkauft?«

»Vincent hatte es schon verschifft.« Sie seufzt verärgert. »Ich möchte lieber keinen Kontakt zu irgendjemandem haben. Es ist zu … Es ist zu viel …«

Sie schweigt, gabelt die letzten beiden Kartoffelwürfel auf und legt dann ihr Besteck hin. Dann sagt sie: »Ich besitze ein Haus in den Niederlanden. Das haben meine Eltern schon früher für mich gekauft, für die Zeit nach meinem Studienabschluss. Damit ich in ihrer Nähe wohnen bleiben konnte. Es steht im Waterland, etwas außerhalb von Ransdorp. Ich komme nie dorthin. Vincent nutzt es. Vielleicht sollte ich es verkaufen.«

»Oder darin wohnen«, schlägt Maud vor. Ihr fällt ein, dass sie das Haus auf der Liste der Besitztümer der Familie Demsterwold gesehen hat. »Das Waterland ist schön. Ich habe neulich erst einen Ausflug durch das Ilperveld gemacht. Du könntest es eine Zeit lang ausprobieren. Deine Eltern sind ja jetzt nicht mehr da.«

Carla lächelt ihr ein wenig herablassend zu und nickt.

»Kannst du mir etwas über Vincent erzählen? Soweit ich weiß, war er mit Fred van Leeuwen befreundet, genau wie du.«

»Vincent war kein besonders netter Bruder«, antwortet Carla. »Er kam schon mit sich selbst nicht zurecht, war immer aufsässig. Ich habe sehr unter den ständigen Streitigkeiten gelitten.«

»Und Fred?«

»Fred ist ein ganz besonderer Mann«, antwortet Carla. »In ihm steckt viel mehr, als man auf den ersten Blick vermutet. Er hat Vincent angebetet.«

»Ich würde gern eine Aussage von dir aufnehmen«, erklärt Maud. »Über deine Eltern, deine Kindheit und Jugendzeit. Es gibt mindestens zehn Opfer in diesem Fall. Frauen. Erwachsene Frauen.«

Jetzt blickt Carla überrascht auf.

»Erwachsene Frauen?«, fragt sie.

»Wundert dich das?«

Carla denkt nach, steht auf und beginnt, den Tisch abzuräumen. Maud bleibt sitzen, weil sie befürchtet, dass Carla sonst wieder über das Thema hinweggeht. Sie will ihr demonstrieren, dass sie auf eine Antwort wartet.

»Ich habe keine Ahnung«, sagt Carla, füllt die Kaffeekanne und setzt sich wieder, als diese auf dem Herd steht. »Ehrlich. Ich weiß nicht, wer diese Opfer im Garten sind. Ich habe nie bemerkt, dass im Garten oder irgendwo sonst bei uns zu Hause so etwas vor sich ging.«

Wieder sitzen sie eine Zeit lang schweigend da.

»Ich hatte keine gute Beziehung zu meinen Eltern«, seufzt Carla schließlich. »Mein Vater war … dominant. Gefühlskalt. Zu meinem Bruder habe ich auch keine gute Beziehung, ja, im Grunde zu keinem in der Verwandtschaft.«

»Du bist nicht umsonst fortgegangen«, vermutet Maud.

Carla nickt.

»Aber was immer ich auch von meinen Verwandten halte, oder was immer auch geschehen ist – hierzu fällt mir gar nichts ein. Nicht zu zehn toten Frauen. Und das bei uns zu Hause. Es ist …« Sie sucht nach Worten. »Bizarr«, sagt sie schließlich. »Absolut bizarr.«

Sie steht auf, um Kaffee einzuschenken.

»Ich brauche deine Hilfe«, drängt Maud. »Diese Frauen müssen ihren Angehörigen zurückgegeben werden, zusammen mit Antworten auf deren Fragen. Und ich brauche Hilfe, um diesen Mörder zu fassen. Ich glaube, dass die Sache irgendwie mit deiner Kindheit zusammenhängt.«

Carla runzelt die Stirn.

»Warum glaubst du, dass der Mörder noch frei herumläuft?«, fragt sie.«

»Das letzte Opfer ist erst vor Kurzem verschwunden«, antwortet Maud. Sie sieht, wie Carla erschrickt. »Es sind Morde begangen und Frauen – Teile von Frauen – zu der Zeit begraben worden, in der dein Vater noch lebte. Aber auch, nachdem er schon verstorben war.«

Kyra sitzt auf der Beifahrerseite. Den Kopf schräg gegen die Kopfstütze gelehnt, blickt sie hinaus. Die Straße folgt in gewissem Abstand der Küstenlinie. Manchmal fahren sie unmittelbar am Meer entlang, manchmal deuten nur die Abzweigungen mit den Namen von Küstenorten und touristischen Attraktionen darauf hin, wo sie sich befinden. Die Südküste Norwegens ist ebenso sprunghaft wie schön.

»Das ist nicht wahr!«, hat Kyras Mutter ausgerufen, als Kyra sie angerufen und ihr von der Neuigkeit berichtet hat. Ob sie es wörtlich oder im übertragenen Sinne meinte, weiß Kyra nicht.

»Doch, es ist wirklich wahr, Mama«, hat sie wiederholt. Nicht nur einmal, sondern bestimmt zehnmal. Egal – ihre Mutter weigerte sich, ihr zu glauben. Vielleicht war die Vorstellung von ihrer Tochter, die nackt, verdreckt und verängstigt eine Küstenstraße entlangrannte, zu grauenvoll für sie.

Die Kripo in Norwegen hat Kyra gebeten, die Fotos zu mailen, die sie für das Poster verwendet hat. Sie wollen den Fall wiederaufrollen. Dass Sarinas Verschwinden schon fünf Jahre zurückliege, spiele keine so große Rolle, und dass sich jemand an Sarina erinnern könne, sei doch hoffnungsvoll, hat der Ermittler gesagt.

»Man darf gar nicht daran denken, dass dieser Mann noch frei herumläuft«, meinte er. Er hatte recht. Oder auch nicht. Jemand muss daran denken. Die ganze Zeit. Zu jeder Stunde des Tages. Jemand muss ihn am Schlafittchen packen und am besten gleich die Kehle durchschneiden.

Er hat Sabrina erniedrigt. Er hatte sie nackt auf dem Boot zurückgelassen, vielleicht, weil er davon ausging, dass sie niemals weglaufen würde, solange sie nackt war. Doch ihr Überlebenswille hatte offensichtlich doch die Scham überwogen, und sie war geflüchtet. Dann eben nackt. Vielleicht hatte er sie auch ausgezogen, in der Schlafkajüte auf der Jacht. Dann hatte er sie benutzt wie einen Gegenstand, ein Ding – und war eingeschlafen, selbstzufrieden und arrogant, was Sarina die Flucht ermöglichte, ohne dass sie auch nur eine Sekunde mit so etwas Unwichtigem wie Kleidung vergeudete.

Wahrscheinlich würde sie es nie erfahren. Klar ist nur, dass dieser Typ ein dreckiges Arschloch ist. Sie ballt die Hände zu Fäusten und versucht, nicht daran zu denken, was er Sarina alles angetan haben könnte. Den Schmerz, den ihre Schwester gespürt haben muss. Die Angst. Die Machtlosigkeit. Es ist zu furchtbar. Plötzlich kann Kyra ihre Mutter verstehen. Man kann nicht daran denken. Es ist zu schlimm.

Dave hat der Zeuge nicht gesehen. Weder im Hafen noch im Auto bei dem Mann, den er anhand der Phantomzeichnung identifiziert hat – Jerry Hasting.

»Das passt zu unserer Theorie«, hat Grigor gesagt, als sie mit ihm telefonierte. »Dave muss schon vorher über Bord gegangen sein, irgendwo zwischen Norderney und Fanø. Es ist unwahrscheinlich, dass seine Leiche nach Süden getrieben ist, gegen die Strömung.«

Er hat recht, aber irgendwie hatte Kyra gehofft, der Mann hätte auch Dave gesehen. Als hätte sie ihn dadurch ein wenig länger am Leben erhalten können, in Sarinas Nähe.

»Noch ein Lakritz?«, fragt sie Tom, der sich wie in Trance auf die Straße konzentriert, und hält ihm eine Handvoll weicher Bärentatzen hin.

»Danke dir.« Er steckt sich ein Lakritz nach dem anderen in den Mund, heftig kauend.

Kyra nimmt die Zeugenaussage von Herrn Henson vom Armaturenbrett und beginnt wieder, darin zu lesen. Zum hundertsten Mal. Sie kann den Text längst auswendig, und trotzdem liest sie ihn immer wieder.

… eine verwirrte Frau … blutende Wunden an den Füßen …

Sie lässt den Bericht sinken und schaut wieder hinaus. Und nun? Eigentlich hatten sie noch weiterfahren wollen. Jetzt, wo sie doch einen Zeugen gefunden haben, besteht auf einmal die Hoffnung – nicht nur für sie, sondern auch für die norwegische Polizei –, weitere zu finden. Tom, die Norweger und Niels Bingsten haben sie jedoch davon überzeugt, sich auf die norwegische Polizei zu verlassen. Bingsten hat ihr hoch und heilig geschworen, dass sie ermitteln würde – und wenn nicht, würde er persönlich darauf bestehen.

»Was machst du?«, fragt sie Tom, als er bei einem großen weißen Hotel direkt am Meer abbiegt und davor anhält.

»Wir gehen essen«, antwortet er. »Mit einem schönen Glas Wein dazu. Und wir werden hier übernachten.«

»Aber ich muss …«

»Wir sind immerhin zu zweit unterwegs, und morgen sind wir wieder zu Hause. Dann kannst du dich mit voller Energie in den Fall stürzen, genau wie letzte Woche.«

Er sieht sie zärtlich an, und sie schämt sich dafür, dass sie von der Suche so besessen ist.

»Aber jetzt tun wir noch einen Augenblick so, als wüssten wir von nichts«, fährt er fort. »Hier im …« – er schaut hinaus – »Lillesand Hotel.«

Tom steigt aus, und Kyra folgt ihm. Es ist ein schöner Sommertag. Die Sonne wärmt sie, und in der Ferne hören sie die Möwen kreischen. Die Sonne steht tief über dem Meer.

»Wir lassen uns einen Tisch draußen auf der Terrasse geben«, schlägt Tom vor. »Komm. Dann können wir uns den Sonnenuntergang ansehen.«

Kyra atmet tief ein. Am liebsten möchte sie nach Hause. Aber was will sie dort unternehmen? Das nächste Stück Papier an Sarinas Wand hängen? Das macht jetzt auch keinen Unterschied mehr. Sie sieht Tom nach, der durch die Schwingtüren zur Rezeption geht, dreht sich noch einmal um zum Meer, spürt die Sonne auf dem Gesicht und fügt sich.

Sie sind den Hügel hinter dem Haus hinaufgestiegen, und Carla deutet auf die ausgedehnten Wälder, die sich mit Wiesen, kahlen Hügeln und Seen abwechseln.

»Dort hinten sind Wasserfälle«, erklärt sie. »Nichts Besonderes, aber sehr schön. Dort kommen manchmal Wanderer hin. Und nicht weit in diese Richtung liegt schon Norwegen, ganz in der Nähe der Küste übrigens. Du kannst auch so zurückfliegen, von

Trondheim aus. Einer Großstadt.« Sie lacht. »180.000 Einwohner, immerhin. Von hier aus sind es nur zweihundert Kilometer. Ich lebe nicht so abgelegen, wie du denkst.«

»Es ist wunderschön hier.« Maud lächelt. »Nur die Mücken sind schlimm.«

»Die sind wirklich eine Plage.« Carla zuckt mit den Schultern. »Aber du musst dich auf jeden Fall bald auf den Weg machen, sonst verpasst du deinen Flug.«

Sie kehren zum Haus zurück; der Hund trottet neben ihnen her.

»Ich werde über deine Bitte nachdenken«, verspricht Carla, als sie neben Mauds Mietwagen stehen. »Ich habe noch nie mit jemandem darüber geredet. Mit niemandem. Bitte lass mir etwas Zeit.«

»Aber wir haben keine Zeit!«, erwidert Maud. »Es tut mir leid. Ich will dich nicht ... Jedes Jahr hat der Täter den Kopf einer jungen Frau im Garten deines Elternhauses begraben, und vor Kurzem hat er erneut zugeschlagen, musste aber den Kopf an einer anderen Stelle ablegen. Ich weiß, das ist grausig, aber der Kopf war schlimm zugerichtet. Anders als die Köpfe der letzten Jahre. Ich habe Angst, dass die Lage eskaliert und er sich schon bald neue Opfer sucht.«

»Aber ihr habt das Muster zerstört«, erwidert Carla. »Die Kontinuität ist durchbrochen. Bestimmt hört er doch jetzt auf, wenn das Ritual nicht ausgeführt werden kann?«

»Das letzte Opfer wurde vor dem Pflegeheim gefunden, in dem deine Mutter war«, sagt Maud. »Im Garten.«

Carla sieht sie mit aschfahlem Gesicht an.

»Im Garten des Pflegeheims meiner Mutter?«, flüstert sie.

»Irgendeine Ahnung, warum?«

»Nein, natürlich nicht!«, erwidert sie. »Aber warum bei meiner Mutter? Ich verstehe das nicht.« Sie schüttelt den Kopf. »Ich verstehe das einfach nicht.«

»Wer waren deine Freundinnen und Freunde, als du noch zu Hause gewohnt hast?«, fragt Maud.

»Ich hatte einen festen Freund, und ansonsten ein paar gute Freundinnen, eine Clique. So etwas wie eine beste Freundin hatte ich nicht.«

»Und später, als du studiert hast?«

»Ich schicke dir eine Liste mit Namen. Das erledige ich gleich. Du hast sie, noch bevor du ins Flugzeug steigst, aber ich kann mir wirklich nicht vorstellen, dass dir das hilft.«

»Bei solchen Fällen ist der Ausgang immer schwer vorstellbar«, erwidert Maud, und Carla nickt.

»Könntest du auch die Freunde deines Bruders für mich auflisten?«

»Das ist einfach«, sagt Carla. »Denn er hatte nur Fred. Der ging damals bei seinem Vater in die Lehre und war im selben Alter wie Vincent, so haben sie sich kennengelernt. Vincent wurde von meinen Eltern gezwungen, weiter zur Schule gehen, obwohl er es nicht wollte, und Fred wurde von seinen Eltern gezwungen, zu arbeiten, obwohl er lieber weiter zur Schule gegangen wäre. Dadurch hatten sie etwas gemeinsam, etwas, das sie zusammenschweißte.«

»Ich habe mit Fred gesprochen«, sagt Maud. »Ein etwas farbloser Mensch.«

»Das war er damals nicht«, entgegnet Carla lachend. »Er hat Vincent ein bisschen in der Spur gehalten. Er ist kein schlechter Kerl, ehrlich. In ihm steckt nichts Böses.«

»Ich hatte den Eindruck, dass er dich sehr gern mochte.«

Carla antwortet nicht.

»Irgendjemand will der Familie schaden«, spekuliert Maud. »Oder sie in ein schlechtes Licht rücken. Könnte jemand auf diese Art Rache nehmen? Hätte irgendjemand einen Grund dazu, der zum Beispiel einen Konflikt mit deinen Eltern, mit deiner Mutter hatte?«

Carla schnaubt.

»Ich glaube, dass es sehr viele Leute gibt, die meinen Eltern gern eins ausgewischt hätten. Aber ich kenne sie nicht mit Namen. Nicht mit ihren richtigen Namen. Und wenn ich sie kennen würde, selbst dann …« Carla starrt schweigend ins Leere.

»Ich mag dich, Maud«, sagt sie. »Deine Leidenschaft gefällt mir. Aber ich habe das schon öfter gesehen. Es führt zu nichts. Es ist gefährlich. Du solltest die Sache lieber auf sich beruhen lassen, und auch ich sollte mich besser nicht damit befassen. Das ist zu gefährlich! Wirklich.«

»Das geht nicht«, entgegnet Maud. »Das kann ich nicht. Ich kann nicht davor weglaufen. Es ist mein Leben, meine Arbeit – nämlich, dafür zu sorgen, dass solche Dinge nicht mehr geschehen, und solche Mörder aufzuhalten.«

Carla dreht sich von Maud weg und schaut zu den Hügeln hinter ihrem Haus. Ein paar Minuten lang steht sie so da, und Maud wagt nicht, sie zu stören.

»Ich werde meine Geschichte für dich aufschreiben«, verspricht Carla schließlich. »So schnell wie möglich. Ja, ich kümmere mich darum, dass du sie so schnell wie möglich erhältst.«

Während sie wegfährt, schaut Maud in den Rückspiegel, zurück zu der Frau und dem Hund, immer kleiner werdende Gestalten am Ende einer Straße.

67

London

Sarah bekämpft das Bedürfnis, sich ganz dicht an den Hausfassaden entlangzudrücken. Die Nähe zu einer Mauer und den Leute dahinter verleiht ihr ein Gefühl der Sicherheit, aber sie muss lernen, ganz normal die Straße entlangzugehen, und nicht wie ein ängstlicher Jungvogel Schutz zu suchen. Sie bemüht sich, in der Mitte des Bürgersteigs zu bleiben, mitten im Leben.

Sie umklammert ihre Einkaufstasche aus Biobaumwolle. Sie hat frisches Brot gekauft, eine Flasche viel zu teures Olivenöl, hauchdünn geschnittenen Serranoschinken, eine Schachtel kleine Tomaten und ein Schälchen Hummus.

Sie gewöhnt sich bereits zunehmend an das Leben außerhalb der Einrichtung, obwohl sie noch immer viermal pro Woche zur Therapie dorthin geht. Mabel hat einen Coach für sie gesucht, der ihr bei der Arbeitssuche hilft. Bis sie auf eigenen Füßen steht, wird sie zweimal pro Woche im Altenheim des Viertels aushelfen, beim Frühstück, beim Kaffee, beim Bingo und beim Mensch-ärgere-dich-nicht. Sie lächelt bei dem Gedanken daran, dass sie Tyler morgen wiedersehen wird. Er besucht jede Woche seine Großmutter, eine kleine, sehr liebe, aber leider hochgradig demente Frau. Er bringt ihr Plätzchen vorbei und liest ihr Zeitungsartikel vor. Die alte Frau nickt dazu und erinnert sich hinterher an kein Wort von dem, was er gesagt hat, und dennoch wiederholt er das Ritual jede Woche. Als sie Tyler zum ersten Mal gesehen hat, hat sie sich erschrocken. Er ist ein großer Mann, sehr muskulös, mit dunklen Tätowierungen auf seiner dunklen Haut und nachlässig zusammengebundenen Dreadlocks. Er glich den Typen, die sie aus der Pariser Banlieue kannte, gewalttätig und grob. Doch dann schämte sie sich für ihre Vorurteile, als sie sah, wie er seiner Großmutter die Plätzchen hinstellte und die Zeitung zur Hand nahm. Manchmal können Menschen ganz schön dumm sein.

Dennoch erwies er sich als weniger süß, als sie es sich in ihrer Fantasie ausgemalt hatte. Die Kekse und die Zeitung verbargen wohl eine Seite von ihm, die die raueren Seiten des Lebens kennt. Als er von ihrer Vergangenheit erfuhr – sie hat beschlossen, kein Geheimnis daraus zu machen, und wenn man sie danach fragte, erzählt sie bereitwillig über ihre Zeit in der Psychiatrie und den Grund für ihren Aufenthalt – hatte er gefragt, ob sie denn nicht manchmal Angst hätte. Darauf sagte sie erst mal nichts, denn über ihre Ängste redete sie immer noch nicht gern.

»Lass nur«, hatte er lachend gesagt. »Du hast mir die Antwort schon gegeben.«

Bevor er ging, hatte er ihr zugeflüstert, dass er ihr bei seinem nächsten Besuch etwas mitbringen würde. Etwas, das einen eventuellen Angreifer garantiert auf Abstand halten würde. Sie war gespannt, was das sein würde.

Sie biegt um die Ecke, verlässt die Geschäftsstraße und erreicht das Wohnviertel. Sie ermahnt sich, weiter in der Mitte des Bürgersteigs zu bleiben und sich nicht beiseite drängen zu lassen. Ihr Puls ist erhöht und sie beschleunigt ihre Schritte. Das erlaubt sie sich. Schnell gehen darf sie, rennen nicht. Dennoch überfällt sie ein Gefühl der Hast und der Angst. Sie spürt den Drang, sich umzusehen, ob ihr jemand folgt, ob eine Gefahr droht, die sie nicht kommen sieht, aber sie hält sich zurück. Lass das!, ermahnt sie sich.

»Eine beginnende Zwangsstörung müssen Sie sofort unterdrücken«, hat ihr der Therapeut geraten. »Geben Sie ihr nicht nach, sonst be-

steht die Gefahr, dass sie eskaliert.« Sie zwingt sich, ein wenig langsamer zu gehen. Vielleicht hätte sie doch eine Flasche Wein kaufen sollen. Sie vergisst immer wieder, dass sie sich auch einfach mal etwas Gutes tun kann.

Hier nach links, in eine schmalere Straße hinein. Noch zwei Straßen, dann ist sie zu Hause. Die Häuser stehen ein Stück von der Straße zurückgesetzt, weil sie kleine Vorgärten haben. Manche Anwohner haben sie hübsch gestaltet, andere benutzen sie als Lagerplatz.

»Entschuldigung«, sagt ein Mann neben ihr. Sie erschreckt. Mahnt sich zur Ruhe.

»Könnten Sie mir bitte helfen?« Er spricht Upper-Class-Englisch. Er hebt seinen linken Arm ein wenig an, den er in einer Schlinge trägt.

Sie öffnet den Mund, um ihm zu antworten, aber irgendetwas in ihr blockiert, und sie steht einfach nur da. Sie versucht zu lächeln, was ihr nur halb gelingt, und der Mann erklärt ihr, er müsse eine kleine Bank zu seiner Schwester transportieren, schaffe es aber nicht, sie in seinen Kleinbus zu heben. Er habe das Gewicht unterschätzt.

»Ich dachte, mein Arm wäre schon stärker«, sagt er. »Mein Bus steht gleich da vorn, aber ich muss mich beeilen, denn ich stehe in zweiter Reihe.«

Sarahs Herz schlägt wie bei einer Olympiasprinterin, und sie spürt, wie ihr das Blut zu Kopfe steigt.

Nicht weglaufen. Höflich sein. Hilfsbereit sein.

»Okay?«, fragt er.

Plötzlich bekommt sie keine Luft mehr. Sie kann jeden Moment bewusstlos werden! Dann liegt sie hier ohnmächtig auf der Straße. Alle Situationen, in denen sie sich hilflos gefühlt hat, schießen ihr durch den Kopf. Als er sie am Heizungsrohr gefesselt vier Tage lang hat sitzen lassen. Als er sie eine Woche lang nackt herumlaufen ließ, weil sie frech gewesen war.

»Ich …«, stottert sie und schwankt.

Er packt sie am Arm und zieht sie an den Rand des Bürgersteigs.

»Ich stehe hier direkt neben diesem Auto, kommen Sie, das ist doch nur eine Kleinigkeit.« Sein Ton ist zwingend, seine Stimme laut.

Sie reißt sich los, aber jetzt greift er ihren Arm mit einer Kraft, die sie entsetzt. Er lügt! Er will etwas anderes von ihr! Er will ihr wehtun! Sie versucht, sich loszureißen, aber er umklammert sie noch fester, und sie schnappt nach Luft. Keuchend dreht sie ihren Ellenbogen nach außen, hebt ihr Handgelenk bis kurz vor seine Brust, legt ihren Unterarm über seinen Unterarm und drückt ihn hinunter. Sie reagiert so spontan, geübt und entschlossen, dass er sie loslassen muss. Sie erhascht einen Blick auf sein verdutztes Gesicht, als sie losrennt, wild die Einkaufstasche schwenkend. Wie eine Verrückte rennt sie den Bürgersteig entlang. Zwei halbwüchsige Jungen, die ihr entgegenkommen, springen lachend beiseite. »Yo, Mama!«, *ruft einer.* »Go for it!«

Sie biegt um die Ecke, versucht, noch schneller zu laufen. Das Geräusch eines aufheulenden Motors nähert sich. In einer weiten Kurve rennt sie um die nächste Straßenecke und holt zitternd ihren Haustürschlüssel aus der Jackentasche, die Tür schon im Visier. Noch zehn Meter. Noch fünf. Sie hält den Schlüssel am ausgestreckten Arm, als könne sie die Tür schon von Weitem öffnen, muss aber kurz stehen bleiben. Sie keucht so sehr, dass sie ihre Hand kaum stillhalten kann. Hinter sich hört sie den Kleinbus stark bremsen. Die Haustür fliegt auf, und sie springt hinein, schlägt in derselben Bewegung die Tür hinter sich zu. Je zwei Stufen zugleich rennt sie die Treppe hinauf und flüchtet in ihre Wohnung. Dort schließt sie nacheinander alle Schlösser ab.

»Nummer eins ganz oben«, zählt sie außer Atem und schiebt den Riegel vor. »Nummer zwei unten.« Sie bückt sich und schiebt auch dieses Schloss zu. »Nummer drei: das normale Schloss.« Sie dreht

den Schlüssel um. »Die Kette.« Sie führt den Riegel der Kette in die Schiene. »Nummer vier, das Hängeschloss.« Sie steckt den Bügel des Hängeschlosses durch die zwei dicken Metallösen, die sie an Tür und Türrahmen befestigt hat und drückt das Schloss zu. Das laute, deutliche Klicken beruhigt sie. Dann dreht sie sich um und kontrolliert die Fenster.

68

Diese verflixte Kuh ist einfach abgehauen! Er hat absolut nicht damit gerechnet, dass sie Selbstverteidigungstechniken gelernt hat, aber dann fällt ihm ein, dass diese durchaus Teil ihrer Therapie gewesen sein können. Schließlich arbeitet er erst seit Kurzem in der Einrichtung. Er hätte verdammt noch mal vorher ihre Akte durchlesen sollen, dann hätte er es gewusst. Scheiße! Mist!

Fluchend steigt er in den Bus und fährt los, bevor die Anwohner ihn richtig zu Gesicht bekommen haben. Hofft er zumindest. Verdammt! Hoffentlich hat sich niemand das Kennzeichen des Kleinbusses notiert. Er muss die Karre schnell wieder loswerden.

Schneller als erlaubt, aber nicht zu schnell, um nicht das Risiko einzugehen, angehalten zu werden, fährt er in einen anderen Stadtteil. Auf dem Parkplatz eines geschlossenen Geschäftes reißt er die hinteren Türen des kleinen Busses auf, springt hinein, schmeißt die Bank raus, knallt die Türen wieder zu und fährt schnell weg. Innerhalb einer Viertelstunde ist er bei der Mietwagenfirma, gibt den Bus ab und zahlt ohne zu murren die Gebühr dafür, dass er nicht vollgetankt hat.

Unfassbar, dass sie ihn so überrumpelt hat! Natürlich ist es ihm auch früher schon passiert, dass jemand ihm nicht helfen wollte, aber noch nie konnte sich jemand aus seinem Griff befreien.

Verdammt! Jetzt muss er sich etwas anderes einfallen lassen, den Trick mit dem Bus kann er nicht noch einmal anwenden. Blöde

Tussi! Er hätte ihr eine knallen sollen. Er hätte sie auf der Straße verfolgen und sie in eine dunkle Gasse zerren sollen. Dann hätte er sie einfach bewusstlos geschlagen. Hätte ihr die Hose runtergerissen und sie genommen, sie kaputtgevögelt, um ihr zu zeigen, wer hier der Boss ist. Dann hätte er gewartet, bis sie wieder zu sich gekommen wäre, verwirrt, schwindelig, mit Kopfschmerzen und untenrum blutend. Er hätte sie ausgelacht, wenn sie den Schmerz zwischen den Beinen gespürt hätte, das Brennen in ihrer Fotze.

Er wird sie sich vorknöpfen. Er wird sie sich dermaßen vorknöpfen, dass sie nicht weiß, wie ihr geschieht. Rasend vor Wut überquert er die Straße und sprintet die Treppe zur U-Bahn hinunter. Er wird ein hübsches Paket für sie zusammenstellen. So etwas lässt er sich nicht gefallen. Er darf ihr nicht die Chance geben, zu sich zu kommen, Hilfe zu holen. Er muss sofort eingreifen.

Ohne auch nur einen Moment daran zu zweifeln, was er tun soll, fährt er nach Hause, zieht sich um, spült die Haare ein paar Mal im Waschbecken aus, nimmt die farbigen Linsen aus den Augen und zieht eine Jeans und ein T-Shirt mit langen Ärmeln an. Dann holt er seine Paketbotenjacke aus einer der Umzugskisten und steigt in sein Auto.

Er parkt am Einkaufszentrum und betritt ohne Umweg einen luxuriösen Geschenkeladen. Dort sucht er ein paar kostspielige Sachen aus. Einen hübschen Fotorahmen. Ein Notizbuch. Weihrauch. Wenn er etwas tut, dann gründlich. So ist es schon immer gewesen. Und wenn er ein Päckchen packt, dann richtig.

Bei der Post kauft er einen geeigneten Karton und packt die Sachen sofort ein, klebt den Karton zu und geht – die Kassiererin erstaunt zurücklassend – mit dem Päckchen wieder zur Tür hinaus.

Dann gibt er Sarahs Adresse ins Navigationssystem ein und fährt los.

69

»Kyra!«, meldet sich Maud Mertens aufgeregt. »Bist du schon zurück?«

»Nein, warum?«, fragt Kyra. Sie steht an einer Tankstelle und nimmt das Telefon in die andere Hand. Hinter ihr rast der Verkehr über die Autobahn.

»Es gibt noch etwas Neues im Fall deiner Schwester!«

Kyra hält die Luft an. So ist es also, wenn einem der Boden unter den Füßen weggezogen wird. Das meinte ihre Mutter, als sie sagte, man fiele, ohne je unten anzukommen.

»Ist sie gefunden worden?«, flüstert Kyra mit rauer Stimme.

»Nein«, antwortet Maud. Sie klingt gehetzt. »Aber es gibt jemanden, eine junge Frau, die mit deiner Schwester nach ihrem Verschwinden gesprochen hat. Und damit meine ich, ausführlich gesprochen.«

»Wirklich?« Wieder dieser seltsam flüsternde Tonfall. »Wer ist sie? Wo ist sie? Ich muss sie sprechen!«

»Sie würde dich gern kennenlernen. Aber sie kann nicht nach Amsterdam kommen. Du wirst zu ihr fahren müssen.«

Ein Lkw donnert vorbei, und Kyra hält sich mit einem Finger das freie Ohr zu, um Maud besser verstehen zu können. Du meine Güte, noch eine Zeugin!

»Kein Problem. Sagen Sie mir nur, wo ich hinmuss.« Ihre Stimme klingt wieder natürlicher. Gott sei Dank.

»Sie ist in London«, sagt Maud. »Wir haben eben den Bericht von der dortigen Kripo erhalten. Das ist zwar nicht so weit, aber trotzdem.«

London? »Ich fahre sofort los.«

»Immer mit der Ruhe. Dieser Besuch muss gut vorbereitet werden. Dabei geht es um die Frau, aber auch um dich. Wir werden nicht Hals über Kopf etwas Unüberlegtes tun.«

»Was schlagen Sie vor? Dann kann ich … Ich kann morgen da sein.«

»Wo bist du jetzt?«

»Wir sind noch unterwegs. Im Süden von Dänemark. Aber ich könnte zurückfliegen.«

»Dadurch bist du auch nicht schneller hier«, bremst sie Maud. »Fahr du jetzt mal in aller Ruhe zurück nach Amsterdam, und dann überlegen wir gemeinsam, wann du nach London fliegst. Vielleicht begleite ich dich sogar.«

»Erzählen Sie mir etwas über sie«, bittet Kyra. »Wer ist sie? Wo hat sie Sarina gesprochen, und was ist geschehen?«

Der Verkehr scheint schneller zu fließen als sonst. Mit rasender Geschwindigkeit schießen die Autos an ihr vorbei.

»Sie heißt Sarah«, sagt Maud. »Oder eigentlich Beatrice. Es ist kompliziert. Am besten, sie erzählt es dir selbst. Ruf mich an, sobald du zurück bist.«

Maud hat aufgelegt, und Kyra starrt geistesabwesend vor sich hin. Sie steckt ihr Handy in die Hosentasche und dreht sich zu Tom um, der gerade bezahlt hat und jetzt mit seinem Vater telefoniert. Als er ihr Gesicht sieht, bricht er das Gespräch ab.

»Was ist?«, fragt er und fasst sie am Oberarm.

»Jemand hat mit Sarina gesprochen«, flüstert sie. »Eine Frau. Sie heißt Sarah. Ich muss nach London, um mich mit ihr zu treffen.«

»Wann hat diese Sarah sie gesprochen? Wie? Lebt Sarina noch?«, erwidert Tom laut und hastig.

»Ich weiß es nicht«, stammelt Kyra. »Maud hat nichts von Sarina erzählt. Nein. Sie kann nicht mehr am Leben sein. Dann hätte Maud es doch gesagt. Sarah heißt sie, habe ich das schon gesagt? Sie hat Sarina gesehen. Sie kann mir von ihr erzählen. Oh, mein Gott!« Sie lacht und atmet tief ein. »Endlich! Endlich passiert etwas, endlich gibt es jemanden, der etwas Konkretes weiß!«

»Ich habe zwei Zeugenaussagen über Demsterwold aufnehmen können«, verkündet Niels. Es scheint, als sei er noch bleicher geworden. Maud hat sich mit dem Team zusammengesetzt, um gemeinsam die Ergebnisse durchzusprechen. »Es sind zwei frühere Zeugen, die ihre Aussage wiederholt haben«, fährt er fort und hüstelt. Er wird doch hoffentlich nicht wieder mit dem Rauchen angefangen haben? »Von diesen beiden Männern habe ich Namen und E-Mail-Adressen von vier weiteren potenziellen Zeugen erhalten, darunter auch zwei Frauen. Außerdem hat sich ein Journalist gemeldet, ein seriöser Kerl, Joris Verstraten, der eingehend über Demsterwold recherchiert hat und bereit ist, uns sein Material zur Verfügung zu stellen.«

»Unter der Bedingung, dass er neue Entwicklungen zuerst erfährt«, vermutet Maud.

»Er hat es nicht ausdrücklich verlangt«, erwidert Niels. »Aber eine kleine Gegenleistung wäre mehr als fair.«

»Sind inzwischen weitere Opfer identifiziert worden?«, fragt Maud, an Myrna gewandt.

»Ja, noch zwei«, antwortet John an ihrer Stelle. »Verschwunden 2013 und 2014. Peggy Kay, eine Studentin aus England, und Sylvia Kaatbergen, eine Anwaltsgehilfin aus Amsterdam.«

»Ich erinnere mich an die Fälle«, sagt Maud. »Nach beiden wurde gefahndet, nicht wahr?«

»Mit allen Mitteln«, bestätigt John. »Tragisch. Sehr tragisch. Eine Riesenscheiße.«

»Bestimmt waren sie auch blond, sportlich …«

»Die ganze Liste.« Niels schüttelt den Kopf und hustet noch einmal.

»Auf Sarina Slagter treffen diese äußerlichen Merkmale auch alle zu.« Maud kann nicht länger ignorieren, dass es möglich wäre, Sarina doch noch im Garten der Demsterwolds zu finden.

Myrna steht auf und stellt sich neben den Plan des Gartens. »Gerade eben ist eine weitere Übereinstimmung festgestellt worden«, sagt sie. »Aber es handelt sich nicht um Sarina, sondern um Laila O'Connel, eine junge Frau aus Neuseeland, verschwunden 1998.« Sie fährt mit dem Finger an den Fundstellen entlang und nennt dabei die Jahreszahlen. »1996, 1997, 1998, 2010, 11, 12, 13, 14 und 15.«

»Vor allem die letzten Jahre weisen eine große Regelmäßigkeit auf«, bemerkt Thomas. »Aber was ist zwischen 1998 und 2010 geschehen?«

»Bisher wurde nur eine Frau noch nicht identifiziert«, sagt Myrna. »Es könnte sich um Sarina handeln, aber man schätzt, dass dieser Schädel ziemlich alt ist. Er müsste schon länger als seit 2010 dort liegen, dem Jahr, in dem Sarina verschwunden ist.«

»Ich informiere die Familie Slagter erst, wenn alle Schädel identifiziert sind«, beschließt Maud. »Wenn wir genau wissen, bei wem es sich um das letzte Opfer handelt. Außerdem gibt es sowieso eine große Lücke nach 1998.«

Maud notiert sich: Pause zwischen 1998 und 2010.

»Es gibt über diese Jahre nichts Besonderes zu sagen«, erklärt Myrna. »Dafür ist diese Phase auch zu lang. Das einzig Auffällige ist, dass die Frauen, soweit wir bisher feststellen können, alle im Juni verschwunden sind.«

»Wissen wir schon etwas darüber, wie sie verschwunden sind?

Gibt es Übereinstimmungen dahingehend, wie und wo sie zum letzten Mal gesehen wurden? Zeugenaussagen?«

»Nein, Zeugenaussagen habe ich nicht gefunden. Bisher haben wir keine Ahnung, wie der Täter vorgeht. Viele Frauen haben sich allerdings an einer etwas abgelegenen Stelle aufgehalten, waren auf einem Spazierweg, einem Fahrradweg und so weiter. Von denen, die in der Stadt verschwunden sind, wissen wir nur, dass sie zum letzten Mal beim Verlassen der Uni oder ihres Arbeitsplatzes gesehen wurden. Aber ich suche weiter. Die Opferprofile ergeben ja ein deutliches Bild«, fährt Myrna fort. »Äußerliche Übereinstimmungen hatten wir schon festgestellt, ansonsten ist auffällig, dass sie alle aktiv waren: berufstätig, studierend, sportlich. Der Täter hat eine Vorliebe für hübsche, blonde, ›erfolgreiche‹ Frauen.«

Also sucht er nach attraktiven Frauen. Die etwas darstellen. Maud nimmt sich vor, darüber mit Jan Anne zu sprechen.

»Fassen wir noch mal alles zusammen«, schlägt Maud vor. »Was für ein Zimmer war das, auf das die Köpfe blickten?«

»Der Aufenthaltsraum von Ina Demsterwold«, antwortet Jolanda. »Dort soll sie meist den ganzen Tag verbracht haben.«

»Und das war schon immer so?«

»Jedenfalls in den letzten zwanzig Jahren, seit die Familie aus dem Ausland zurückgekehrt war und das Haus wieder bezogen hatte.«

»Gibt es zufällig schon weitere Informationen über das letzte Opfer?«, fragt Maud. Ihr läuft es immer noch kalt den Rücken herunter bei dem Gedanken daran, wie sie mit der bloßen Hand in der Erde gegraben hat.

Jolanda antwortet: »Das NFI hat mitgeteilt, dass nicht von ihr stammendes DNA-Material in ihrem Mund gefunden wurde.«

Ein Schweigen tritt ein, in dem jeder daran denkt, was das bedeutet.

»Also ist sie vor ihrem Tod missbraucht worden?«, fragt Maud.

»Keine große Überraschung«, erwidert Niels, aber Jolanda schüttelt den Kopf.

»Schlimmer noch«, sagt sie. »Das Sperma lebte noch. Während der Kopf von einer Leiche stammte, die schon länger tot gewesen sein muss.«

»Aber woher will die Polizei wissen, dass es sich wirklich um Sarina handelt?«

Kyras Mutter sitzt am Küchentisch, kerzengerade, eine Tasse dampfenden Tee vor sich.

»Die Frau in London hat ihren Namen genannt. Und auch meinen. Sie verlangt ausdrücklich nach mir.«

»Aber das finde ich ja gerade so seltsam, was hat das alles mit dir zu tun?«

Ob ihre Mutter verletzt ist, weil Sarah nicht nach Sarinas Mutter, sondern nach ihrer Schwester gefragt hat?

»Ich packe jetzt meine Tasche. Um 11:30 Uhr geht der Flieger. Kannst du mich morgen nach Schiphol bringen?«

Kyras Mutter verzieht das Gesicht und greift zu ihrem Handy.

»Nein, ich habe da einen Klienten«, antwortet sie.

»Papa muss auch arbeiten«, sagt Kyra. »Dann fahre ich eben mit dem Zug, kein Problem.«

»Zwei Tage, oder?« Die Mutter starrt weiterhin ihr Handy an. Kyra überlegt kurz, sie zu fragen, ob sie mitkommen möchte, aber sie hat es ihr weder von sich aus angeboten noch überhaupt etwas dazu gesagt. Ihr Vater hat das Flugticket bezahlt und ihr Geld für ein Hotel und den Aufenthalt überwiesen, aber auch er hat nichts davon gesagt, dass er mitkommen will.

»Haben sie ihr ein Foto von Sarina gezeigt?«, fragt Kyras Mutter.

Kyra zuckt mit den Schultern. Aus unerfindlichen Gründen will ihre Mutter nicht glauben, dass irgendjemand etwas über ihre ältere Tochter weiß.

»Ich gehe davon aus, dass man uns nicht ohne Grund rüberkommen lässt, Mama.«

»Uns?«

»Maud und mich.«

»Hmm.« Wieder blickt die Mutter aufs Handy. »Ich finde das alles wie gesagt sehr dubios. Eine Frau, die das Gedächtnis verloren hat, irgendwo herumirrt und dann plötzlich wieder alles weiß und Sarinas Namen nennt. Das ist mir nicht geheuer. Klingt mir eher nach einem Fall für die Psychiatrie.«

»Und die Nachbarschaftsbefragung?«, erkundigt sich Maud an Jolanda gewandt. Sie haben eine kurze Pause eingelegt, damit sich alle ein wenig lösen konnten, von der Vorstellung dessen, was mit dem Kopf des letzten Opfers geschehen sein könnte.

»Niemand hat je bemerkt, wie in dem Garten etwas vergraben wurde«, berichtet Jolanda. »Erwähnenswert ist allerdings etwas, das uns eine Nachbarin erzählt hat, nämlich dass die Limousine – vermutlich mit Chauffeur – Ruud Demsterwolds regelmäßig nachts kam, um die Kinder abzuholen, und dass auch er oft nachts für ein paar Stunden zu Hause war. Der Chauffeur wartete so lange im Wagen, und dann fuhr Demsterwold wieder weg.«

»Das ist sehr seltsam«, bemerkt John. »Hat er denn nie dort übernachtet?«

Jolanda zuckt mit den Schultern. »Ich hatte sowieso immer den Eindruck, dass das Paar längst nicht mehr zusammen war. Die Besuche fanden übrigens in den ersten Jahren statt, also in den Neunzigern und den Nullerjahren, später nicht mehr. Dazu passt, dass Carla dann schon in Utrecht studierte und Vincent in

London war. Ich glaube also, dass er tatsächlich der Kinder wegen kam.«

Nächtliche Besuche von Ruud Demsterwold, schreibt Maud unter eine Notiz über Ina Demsterwolds Aufenthaltsraum und das Opferprofil.

»Von Carla Demsterwold habe ich erfahren, dass sie ein Haus in Ransdorp besitzt«, sagt Maud. »Clever hat das bestätigt. Carla hat gesagt, sie sei seit Jahren nicht dagewesen, aber Vincent nutze es regelmäßig. Ich würde mich dort gerne einmal umsehen.«

»Durchsuchungsbeschluss?«, fragt Niels.

»Dafür haben wir keine Begründung«, entgegnet Maud. »Aber ich würde es trotzdem gerne tun. Hast du noch etwas?«

»Nur, dass Demsterwold während seines Studiums Mitglied in der Verbindung Minerva war, ebenso wie viele andere hochrangige und einflussreiche Männer in unserem Land. Sie haben gemeinsam, dass sie selbst nicht besonders kreativ sind, also zum Beispiel keine Unternehmen gegründet, sondern eine politische Laufbahn eingeschlagen haben und sich auf fetten Pöstchen hier und da die Taschen füllen. Viele dieser Männer aus der Minerva-Verbindung haben etwas mit dem Fall Demsterwold zu tun. Sie haben beispielsweise Untersuchungen unterschlagen oder zurückgehalten. Alle behaupten, die Verdächtigungen gegen Demsterwold seien völlig aus der Luft gegriffen. So auch mehrere Bürgermeister großer Städte, vor allem, wenn es um pädophile Aktivitäten in ihrer Stadt geht.«

Minerva-Verbindung, schreibt Maud auf.

»Aber nichts Konkretes?«, fragt Maud. »Keine Beweise für die Behauptungen?«

»Nichts, was dir genügen würde, Maud. Aber ich habe noch ein paar Spuren, die ich verfolgen kann.«

»Und das Modellauto?«, fragt Maud. »Wissen wir darüber schon mehr?«

»Es steht nicht besonders weit oben auf der Prioritätenliste der Forensik«, bemerkt Myrna. Ein Foto von dem verkohlten und verzogenen Auto hängt neben der Abbildung eines rosaroten Sportwagens an der Wand. »Aber ich konnte sie dazu bringen, es sich morgen anzusehen. Inzwischen habe ich auch mit Fred van Leeuwen gesprochen.«

»Dem Gärtner.«

»Genau. Er hat mir eine Stunde lang alles über seine historischen Spielzeuge erzählt, aber er hat außer dem Rolls keines vermisst. Nur dieses rosarote Modell. Die Ermittlungen zum Diebstahl haben bisher noch nichts ergeben. Ich habe van Leeuwen gebeten, aufzuschreiben, wer in den letzten Wochen bei ihm war, und er wollte mir die Liste heute noch mailen. Er hat sich sehr darüber aufgeregt, dass ihm der Rolls gestohlen wurde.«

Maud erzählt von ihrem Besuch bei Carla und dass sie ihre Geschichte für sie aufschreiben will. Sie verteilt die Aufgaben und kommt zum Schluss. Zusammen mit Niels geht sie hinaus.

»Wollen wir zuerst zu Fred van Leeuwen?«, fragt sie. »Ich möchte ihm noch ein paar Fragen über Carla stellen. Und lass uns danach mal raus zu ihrem Haus fahren.«

Van Leeuwen öffnet nicht, und sie beschließen, sofort weiter nach Ransdorp zu fahren. Plötzlich ruft eine ältere Dame aus dem Mietshaus herunter: »Wollen Sie zu Fred? Er ist in Durgerdam, auf seinem Boot.«

»Wissen Sie zufällig, wie es heißt?«, ruft Maud zurück.

»Es ist die ›Carla‹«, antwortet die Frau. »Ein langes weißes Segelboot. Dort ist er öfter als hier.«

Sie danken der alten Dame und gehen die Treppe hinunter. Niels keucht.

»Rauchst du wieder?«, fragt Maud.

»Was geht dich das an?«

»Ich hab nichts von dir, wenn du vor Müdigkeit umkippst oder krank wirst«, erwidert sie, aber Niels reagiert nicht.

»Die ›Carla‹«, murmelt Niels nachdenklich, als sie wieder einsteigen.

»Ich hatte mir schon so etwas gedacht«, erwidert Maud, als sie sich ans Steuer setzt. »Zwischen den beiden war etwas, aber ich weiß nicht, was. So auf den ersten Blick scheinen die beiden ja überhaupt nicht zueinanderzupassen.«

Sie schweigt einen Moment, dann fährt sie fort: »Ich weiß nicht warum, aber ich habe den Eindruck, dass Fred sie vor irgendetwas beschützt hat. Sie hat sehr liebevoll über ihn gesprochen. Sonst hat sie niemanden aus ihrer Vergangenheit erwähnt.«

Der Hafen von Durgerdam ist klein, aber malerisch am Deich mit den wunderschönen Hafenhäusern und Aussicht auf das IJsselmeer gelegen. Es ist windstill und das Wasser reflektiert die Sonne und eine einzelne Wolke am ansonsten blauen Himmel. Nah am Wasser steht ein rot-weiß gestreifter Leuchtturm, wie in einem Postkartenidyll.

Maud und Niels laufen über die Stege, auf der Suche nach der »Carla«. Irgendwann stößt Niels Maud an und deutet auf ein herrliches weißes Segelboot ein paar Meter weiter. Als sie sich nähern, lesen sie in schnörkeligen Buchstaben »Carla« auf dem Bug.

»Fred?«, ruft Niels. »Van Leeuwen?«

Maud geht an Bord und balanciert etwas unsicher über das Gangbord. »Meneer van Leeuwen?«, ruft auch sie.

Keine Antwort.

Auf dem Deck bleiben sie stehen. Maud ist nicht sicher, ob sie die Tür zu Kajüte so einfach öffnen soll, beschließt aber, dass sie jetzt lange genug ergebnislos herumgefahren sind und geht entschlossen darauf zu. Aus Höflichkeit klopft sie an, aber als sie keine Antwort erhält, öffnet sie. Im Inneren ist es dunkel. Die Gardinen sind zugezogen, und es dauert einen Moment, bis sich ihre Augen an das schummrige Licht gewöhnt haben.

Fred van Leeuwen sitzt auf der u-förmigen Bank am Tisch. Über seinen Kopf ist eine Plastiktüte gezogen, die unten etwas ungeschickt mit Klebeband zugeklebt ist. Auf dem Tisch liegen Lachgaspatronen und Medikamente.

»Hätte er keine undurchsichtige Tüte nehmen können?«, murmelt Niels. Das Gesicht van Leeuwens ist blau angelaufen, die Zunge hängt ihm aus dem Mund, die Augen sind weit aufgerissen.

»Selbstmord«, stellt Maud fest, in Anspielung auf eine ziemlich neue Methode unter den Selbstmördern der letzten Jahre. »Jedenfalls will man uns das glauben machen.«

70

Er findet einen Parkplatz vor ihrer Haustür. Er findet immer einen Platz, dort, wo er ihn braucht. Er parkt sein Auto, setzt seine Sonnenbrille und seine Schirmmütze auf, zieht die Paketbotenjacke an, nimmt das Paket und steigt aus.

»Sarah LeBlanc« steht neben der Klingel zum ersten Stock, und er ärgert sich erneut über die Wahl ihres Nachnamens. Sie ist weder weiß noch unverdorben noch ein unbeschriebenes Blatt. Was fällt ihr ein, sich so zu nennen? Spontan beschließt er, sie nicht sofort zu töten, sondern sich erst noch ein wenig mit ihr zu amüsieren. Das hat sie verdient. Das hat er verdient. Für einen Augenblick spürt er wieder die Wut, die ihn bei seinem ersten Mädchen ergriffen hat. Natürlich ist er inzwischen erwachsener geworden, ruhiger. Er ist in der Lage, sich zu beherrschen und das Spiel auszudehnen, ihr Leiden und seinen Genuss, aber die ersten Male – die überwältigende Wut, diese unbeherrschte, ungezügelte Gewalt – hatten auch ihren Reiz gehabt.

Er klingelt und wartet.

Keine Reaktion. Er glaubt nicht, dass sie nicht zu Hause ist. Sie liegt unter der Bettdecke, wetten? Zitternd und bebend. Blöde Kuh. Vielleicht ist sie vor Erschöpfung eingeschlafen. Durch die Ausbildung, die er absolviert hat, weiß er, dass Angst sehr anstrengend ist. Schwächlinge. Er kann sich darunter nicht mal etwas vorstellen. Er hat im Grunde noch nie Angst gehabt. Nie wirklich.

Er stellt das Paket auf die Eingangsstufe. Er hat alle Zeit der Welt. Auf einmal muss er an seine Kindheit denken. Keine Ahnung, warum, vielleicht, weil er im Dunkeln auf einer Mission ist, aber plötzlich erinnert er sich wieder an die explodierenden Frösche. Als er alt genug war, um selbst Feuerwerk kaufen zu können, war der Spaß im Grunde vorbei, aber trotzdem hatte er noch ein bisschen Zeit für sein altes Hobby aufgewendet. Ihm hatte das Heimliche daran gefallen, die Beschäftigung mit etwas, dass andere Leute ablehnen. Genauso wie jetzt. Das ist der Spaß daran.

Er klingelt noch einmal bei Sarah. Er wartet ab, und nach ein paar Sekunden knistert es endlich in der Sprechanlage.

»Ja?«

»Miss Sarah LeBlanc?«, fragt er mit verstellter Stimme.

»Ja?«

»Päckchen für Sie.«

»Ich habe nichts bestellt.«

»Es ist aber auf Ihren Namen ausgestellt.« Er liest Name und Adresse vor. »Erster Stock«, sagt er.

»Das stimmt.«

Er wartet ab. Sie sagt nichts mehr.

»Hallo?«

»Ja, ich bin noch da«, sagt sie. »Von wem ist es?«

»Es ist an Sie adressiert.«

»Ich erwarte nichts«, wiederholt sie. Vielleicht sollte er jetzt doch einen seiner beiden Trümpfe ausspielen. Er überlegt, welchen. Er könnte seinen Namen nennen – denjenigen, unter dem sie ihn kennt – und sie dadurch herauslocken, aber das wäre die am wenigsten kreative Lösung.

»Es ist von … mal nachsehen«, fügt er hinzu, als müsse er den Absender erst suchen. Das Paket steht zu seinen Füßen auf der Treppe. »Es ist von Kyra Slagter.«

Schweigen.

Er ist sich sicher, dass sie jetzt kommt, aber es bleibt still. Eine Minute später sagt er schließlich ihren Namen mit seiner Doktor-Stevens-Stimme.

»Sarah?«

Nach einem Moment antwortet sie: »Ja?«

»Hier ist Doktor Stevens. Ich bin zufällig vorbeigekommen. Hier steht ein Mann, der sagt, er hätte ein Päckchen für Sie.«

»Doktor Stevens?«

»Ich war gerade in der Gegend, und Sie hatten so viel von Ihrer neuen Wohnung erzählt, dass ich dachte ... Kommen Sie mal kurz runter?«

Jetzt hört er endlich Geräusche auf der anderen Seite der Tür. Er kniet sich hin. Die Haustür geht nach innen auf, und kurz darauf steht Sarah vor ihm. Als sie ihn erkennt, runzelt sie die Stirn.

»Hey«, stottert sie. »Was ...?«

Blitzschnell sticht er die Spritze, die er bereitgehalten hat, in ihr Bein und injiziert ihr das Betäubungsmittel. Er richtet sich auf, sieht, wie sie schwankt und versucht zu schreien, aber es kommt nur ein Stöhnen aus ihrem Mund. Er fängt sie auf, als sie fällt, unterstützt sie und führt sie zum Auto, wo er ihr auf den Beifahrersitz hilft. Ruhig kehrt er zurück, um das Päckchen zu holen, wirft es in den Kofferraum, steigt ein und fährt weg.

71

London

Jemand klopft an die Tür. Die Tür direkt neben ihrem Kopf.

Lärm. Furchtbarer Lärm.

Bohrende Kopfschmerzen.

Sie will sich an den Kopf fassen, kann die Arme aber kaum bewegen, weil sie eingeklemmt ist.

Oh mein Gott! Fürchterliche Kopfschmerzen. Fürchterliche Übelkeit. Sie öffnet die Augen und sieht nichts. Sie versucht, die Beine auszustrecken, aber sie ist eingezwängt. Als sie um sich herumtastet, fühlt sie glatte Wände, unter sich, über sich, sie kann nicht mal die Arme ausstrecken. Sie schnappt nach Luft. Sie weiß, dass sie liegt, aber es fühlt sich an, als kippe sie hintenüber, von einem hohen Felsen, in einen Abgrund.

Sie liegt in einer Kiste. Fest drückt sie gegen die glatte Oberfläche über sich, aber es geschieht nichts.

Nein.

Nein!

Ihr verwirrter Verstand versucht zu verstehen, in welcher Lage sie ist. Jemand hat sie eingesperrt. Sie versucht, die Beine auszustrecken, aber auch die hintere Wand gibt nicht nach.

Sie schreit. Sie weiß nicht, nach wem, aber irgendjemand muss dieses Ding aufmachen, sie herausholen! Sie ist nicht in der Lage, klar zu denken. Sie schreit, bis ihre Kehle wund ist.

Oh mein Gott!

Doktor Stevens.

Er war es, der vor der Tür stand. In irgendeiner Uniform, einer Art Arbeitskleidung, er war der Doktor und der Paketbote. Er hatte ein Päckchen für sie. Von Kyra Slagter. Sie versteht gar nichts mehr. Überhaupt nichts. Was will der Doktor mit einem Päckchen? Was hat er getan? Und warum?

Sie schluchzt, aber weint nicht. Etwas von ihr ist taub geworden. Gefühllos. Sie spürt, wie ihr das Bewusstsein entschlüpft, ihre Gedanken, ihre Erinnerungen.

Hier gibt es keinen blauen Himmel. Kein Licht. Nur einen schwachen Luftstrom, dicht neben ihr. Sie tastet mit den Fingern. Ein paar kleine Löcher neben ihrem Kopf. Sie dreht das Gesicht zur anderen Seite und schließt die Augen. Sie hat es versucht. Sie hat ihr Bestes getan, aber jetzt ist es genug. Mehr als genug. Sie will nicht mehr.

72

Innerhalb einer Viertelstunde wimmelt es im Hafen von Durgerdam von Streifenwagen und Kriminalpolizei. Alles verläuft routiniert: Tatort absperren, weiße Overalls überziehen, Handschuhe an. Die Koffer werden aus den Autos geholt, und sofort beginnen die jungen Kollegen, Markierungen neben verschiedenen Spuren zu positionieren. Der Fotograf stellt seine Kamera ein.

Maud und Niels beobachten den Tatort aus einiger Entfernung. Sie sind hinaus auf den Kai gegangen, da die Kajüte zu klein ist für die vielen Leute. Nach ein paar Minuten steckt der Gerichtsmediziner den Kopf hinaus und ruft nach Maud.

»Er ist schon seit einer Weile tot«, verkündet er. »Vierundzwanzig Stunden, schätze ich. Genau kann ich es nicht sagen, das weißt du ja.«

»Danke!«

Der Arzt geht wieder hinein und in dem Moment klingelt Mauds Telefon. Es ist John.

»Eine neue Vermisstenanzeige«, verkündet er. »Vielleicht ist das unsere Letzte, die aus dem Garten des Pflegeheims. Suzanna Vawrinka heißt sie.«

»Oder es ist eine andere, und er dreht durch«, erwidert Maud. »Wir sind unterwegs. Hier können wir momentan doch nichts ausrichten. Hast du schon um eine Gewebeprobe für den Gentest gebeten?«

»Ihre Mutter ist hier«, antwortet John. »Ich nehme sofort eine Probe.«

Kyra lehnt ihr Fahrrad gegen eine große Wassertonne. Am liebsten wäre sie nach ihrer Ankunft in Amsterdam sofort ins Flugzeug nach London gestiegen, aber so einfach ist es nicht.

Sarah sei labil, hieß es. Man könne nicht einfach zu ihr gehen. Das Gespräch müsse gut vorbereitet werden und solle in der Klinik stattfinden, wo die junge Frau während des letzten Jahres behandelt wurde.

»Was für eine Klinik?«, hat Kyra Niels gefragt, als er sie anrief und ihr all das mitteilte. »Weshalb musste sie behandelt werden?« Aber er wollte nichts weiter sagen.

Voll Verwunderung über die kunterbunte Sammlung von Baumaterialien, die romantischen und fröhlichen Stapel und Haufen von Steinen, Metall und Holz, zugleich aber auch schaudernd über den Verfall und den Schutt, geht Kyra durch nach hinten. Maud hat ihr erklärt, dass Jan Anne meistens irgendwo im Garten zu finden sei, in der Nähe seines selbst gebauten Hauses. Oder besser: der Hütte, oder seinem Iglu. Sie wusste selbst nicht, wie sie es bezeichnen sollte.

Für mich sieht es aus wie eine Grotte, denkt Kyra, als sie das felsenartige Bauwerk erblickt. Auf dem kleinen freien Platz vor dem Eingang steht der Mann, den sie bereits im Garten von Sebastian Narcing kennengelernt hat. In Gedanken nennt sie ihn immer noch »der Bär«. Er ist dabei, lange Metallstreben in einem Betonfuß zu treiben. Er trägt eine Taucherbrille und viel zu große Lederhandschuhe und fräst tiefe Schlitze in den Beton.

Rings um das Gebäude sieht sie Modelle dessen, was er gerade anfertigt. Lauter Metallkonstruktionen auf Betonsockeln. Manche tragen etwas wie sich hin- und herwiegende dünne Metallstangen, so wie die, mit denen er gerade beschäftigt ist, andere eine Art Windrad, das sich in der leichten Brise dreht. Kunstwerke, die zu leben scheinen, Geräusche machen, tanzen.

Jan Anne hat aufgehört zu fräsen, zieht die Handschuhe aus und kommt auf sie zu. »Kyra Slagter, herzlich willkommen!« Es klingt, als ob er sich aufrichtig freue.

»Ich musste dies hier noch ein bisschen verschönern«, erklärt er und deutet auf das Kunstwerk. »Noch ein paar Stangen dazu, dann sieht es fröhlicher aus.«

Kyra lacht und gibt Jan Anne die Hand. Als sie sich dem Kunstwerk nähern, erkennt sie die Details. Einige Stangen sind glatt und gerade, manche aber auch mit Ringen, Verdickungen und Ösen versehen. Die meisten sind aus Metall, einige verrostet, andere aus rostfreiem Stahl, manche tragen Verzierungen aus Holz. Wie viele Stunden Arbeit wohl darinstecken?

»Möchtest du eine Tasse Tee?«, fragt er, und Kyra nickt.

»Gern«, sagt sie.

Er deutet auf einen eiförmigen Stuhl, der vor dem Haus steht, und sie setzt sich. Schon bald kehrt er mit zwei großen Tassen zurück, nimmt auf einem Hocker Platz und setzt sich neben sie.

»Möchten Sie sich nicht lieber hierher setzen?«, fragt sie und will aufstehen. Jan Anne antwortet mit einer ablehnenden Geste.

»Ich sitze da jeden Tag«, erwidert er. »Jetzt darfst du mal.«

Kyra lässt sich wieder zurücksinken und freut sie sich über seine Antwort. Das Ei gibt ihr ein Gefühl der Geborgenheit.

»Maud konnte nicht kommen«, sagt Jan Anne und erzählt ihr von den Entwicklungen im Hafen von Durgerdam und dem neuerlichen Fund im Garten des Pflegeheims, in dem Ina Demsterwold gewohnt hat.

»Er hat also das Ritual verändert«, stellt Kyra fest.

Jan Anne brummt zustimmend.

»Ich weiß nicht, aber es kommt mir so vor«, fährt Kyra zögernd fort, »als würde er plötzlich impulsiv handeln. Das ist, soweit ich das beurteilen kann, atypisch. Ich frage mich, welche Folgen das haben kann.«

Wieder brummt Jan Anne zustimmend, gibt aber keine Antwort. Schweigend trinken sie ihren Tee.

»Das gesamte Muster ist abweichend«, sagt er nach ein paar Minuten. »Wenn man nicht genau hinsieht, könnte man meinen, es handele sich nicht um einen, sondern um zwei oder sogar drei Täter.«

»Für mich sah es so aus, als wären alle Köpfe genau positioniert worden.«

»In einem Bogen von hundertachtzig Grad, und alle Abstände betrugen exakt hundertsechsundzwanzig Zentimeter. In diesem Abstand lagen sowohl die Köpfe zueinander als auch die beiden Reihen hintereinander.«

Kyra schaut den alten Mann fragend an.

»Hundertsechsundzwanzig«, murmelt sie nachdenklich und sagt dann: »Es bezieht sich wahrscheinlich nicht auf die Anzahl der Morde. Das wären dann schon sehr viele.«

Jan Anne brummt.

»Hundertsechsundzwanzig«, wiederholt sie. »Eins, zwei, sechs, zwölf, sechs. Oder eins, sechsundzwanzig.«

Sie trinkt einen Schluck Tee. Das muss etwas zu bedeuten haben. Für sie nichtssagend, aber wichtig für den Täter.

»Die jungen Frauen sind alle im Juni verschwunden«, bemerkt Jan Anne.

»Am selben Tag?«

»Nein, das nicht.«

»Also nicht alle am zwölften Juni?«

Jan Anne schüttelt den Kopf.

»Wenn es immer an diesem Tag geschehen wäre …« Auch Kyra schüttelt den Kopf. »Ich verstehe das nicht. Noch nicht.«

»Ina Demsterwold hatte am zwölften Juni Geburtstag«, hilft ihr Jan Anne weiter auf die Sprünge, und sie sieht ihn ein wenig verärgert an. Warum hat er das nicht gleich gesagt?

»Es sind also Geschenke«, schlussfolgert Kyra. »Zu ihrem Geburtstag.«

»Gut so«, lobt er grinsend. »Du bist nah dran.«

»Ich habe eine Theorie über den Mörder«, fährt er fort. »Aber ich bin mir nicht ganz sicher. So wie immer. Zweifel ist eine gute Sache. Er hilft, eine Theorie zu vervollkommnen. Schlussendlich.«

Er erklärt Kyra, was er aus dem Fundort der Schädel und den Schädeln selbst abgelesen zu haben meint.

»Ich vermute, dass unser Mann – ich glaube, es handelt sich um einen Mann – aus Wut begonnen hat. Das sieht man an dem Ausmaß der angewendeten Gewalt. Später nimmt die Gewalt ab, aber nur die, die wir an den Spuren erkennen können. Möglicherweise ist er weiterhin genauso erbarmungslos und grausam zu Werke gegangen.«

»Nur auf andere Weise«, sagt Kyra.

Jan Anne nickt. »Ich glaube, er hat ein Ritual entwickelt, das ihm mehr Befriedigung schenkt.«

»Zuerst war er wie ein Kind allein in einem Süßwarenladen«, rät Kyra. »Er hat sich vollgefuttert bis obenhin. Aber als er dann zum soundsovielten Mal allein im Laden war, hat er sich nur noch die leckersten Sachen herausgesucht, um diese intensiver und länger zu genießen.«

Jan Anne schaut sie aufmunternd an.

»In der Tat«, sagt er.

»Ansonsten ist deutlich, dass sich die Wut gegen Ina Demsterwold richtet«, fährt Jan Anne fort. »Alle Köpfe sehen sie an.«

»Also hat er sie ihr geopfert?«

»So sieht es aus.«

Jan Anne reicht Kyra ein Blatt Papier, auf dem er sich Notizen gemacht hat.

»Nimm das hier mit nach London«, rät er. »Und diskutiere unterwegs mit Maud darüber. Wer weiß, vielleicht fällt euch etwas ein, das ich übersehe.«

Kyra nimmt das Blatt Papier von ihm an, wirft einen flüchtigen Blick darauf, dankt ihm und steckt es in ihre Jackentasche.

»Jetzt erzähle ich dir ein bisschen mehr über Sarah LeBlanc«, verspricht Jan Anne. »Die junge Frau in London. Das ist eine tragische Geschichte. Aber es ist bewundernswert, wie sehr sie darum ringt, wieder gesund zu werden.«

»Suzanna Vawrinka stammt aus Polen«, sagt Thomas. »Sie macht hier eine Ausbildung zur Krankenschwester, mit Schwerpunkt Neonatologie. Seit etwa zwei Wochen hat sie niemand mehr gesehen, und als auch ihre Mutter sie nicht erreichen konnte, ist sie ins Flugzeug gestiegen. Suzanna hatte weder einen Freund noch eine gute Freundin, bei denen sie sich aufhalten könnte, und außerdem, so sagt ihre Mutter, würde sie ganz sicher zurückrufen.«

Wie so häufig während einer Untersuchung beschleicht Maud das deprimierende Gefühl, dass es keine Grenze für das gibt, was Menschen einander antun. In solchen Momenten würde sie am liebsten die Arbeit hinschmeißen und für den Rest ihres Lebens Zierkissen häkeln.

»Wir haben ein Eilverfahren beantragt«, sagt Jolanda. »Gerade haben wir das Okay bekommen. In etwa fünf Stunden erhalten wir das Ergebnis. Dann können wir mit Sicherheit sagen, ob es sich um Suzanna Vawrinka handelt.«

»Wo ist die Mutter jetzt?«, fragt Maud.

»Im Sitzungsraum im ersten Stock«, antwortet John. »Ich habe ihr etwas zu trinken gebracht, und dazu ein belegtes Brötchen und ein paar Kekse.«

»Ich habe zwei Teams für die Befragung der Nachbarschaft eingeteilt«, sagt Jolanda und zeigt auf den Stadtplan von Amsterdam, der an der Wand hängt. »Eines in der Straße, wo Suzanna gewohnt hat, und eines im Vondelpark, wo sie täglich gejoggt ist.«

»Ich habe mich an mehrere Viertel-Schutzwarte gewandt«, ergänzt Myrna. »Suzanna ist leider zu alt für einen Amber Alert, aber einige Leute aus dem privatem Nachbarschaftsschutz haben sich bereit erklärt, ein Foto von Suzanna auf Twitter, Instagram und Facebook zu posten.«

»Und?«, fragt Maud. Das könnte funktionieren!

»Die Medien haben sofort darauf reagiert.«

Yvon von der Rezeption eilt mit roten Wangen herbei.

»Vorne warten zwei junge Frauen, die von zwei Schutzwarten zu uns geschickt wurden, wegen des verschwundenen Mädchens«, verkündet sie.

»Und, haben sie etwas gesehen?«, fragt Maud.

»Ja, einen Mann, ungefähr zu der Zeit, als Suzanna verschwunden sein muss. Er trieb sich ziemlich auffällig im Vondelpark herum. Er hat Smirnoff aus Dosen getrunken, sich den Mädchen genähert und ein paar von ihnen angequatscht. Sie können den Mann beschreiben!«

»Phantombild.« Maud braucht nur ein Wort zu sagen, schon greift Niels zum Telefon, um alles in die Wege zu leiten.

»Und wir brauchen einen Abgleich des Materials, das am Kopf des Opfers gefunden wurde, mit der Straftäterdatenbank und auch gleich mit der DNA von Fred van Leeuwen.«

»Apropos van Leeuwen«, mischt sich Thomas ein. »Ich habe eben erfahren, dass auf seinem Schiff verdreckte Schuhe gefunden worden sind, deren Profil dem Abdruck ähnelt, den wir am Pflegeheim sichergestellt haben.«

»Van Leeuwen?«, fragt Niels skeptisch.

»Hätte ich auch nicht gedacht«, fügt Maud hinzu.

Morgen fliegen sie nach London. Maud Mertens begleitet sie, was sich etwas seltsam anfühlt. Fast, als verreise sie mit ihrer Mutter, allerdings mit einer, die sie überhaupt nicht kennt. Was weiß sie eigentlich von Maud? Nur, dass sie eine Tochter hat und auch in Amsterdam-Nord wohnt. Aber welche Art von Musik hört sie zum Beispiel? Mit was für einem Mann ist sie verheiratet? Worüber könnte sie sich mit ihr unterhalten, außer über die Arbeit?

Kyra liegt im Bett und hat ihren Fernseher eingeschaltet. Sie sieht sich einen Krimi an, kann sie sich aber nicht darauf konzentrieren.

Sarah LeBlanc. So nennt sie sich. Eine normale Frau mit Pseudonym. Allerdings aus gutem Grund. Wenn man so viel Schlimmes erlebt hat, darf man ruhig neu geboren werden.

Kyra lässt den Blick über Sarinas Wand wandern. Die Liste, die sie vom *Bureau Vermiste Personen Noordzee* erhalten hat, mit einer Übersicht über alle bisher nicht identifizierten Leichen, die in den letzten fünf Jahren rings um die Nordsee geborgen wurden, spukt ihr durch den Kopf. Die Beschreibungen umfassen mehrere Seiten. Weiblich, fünfzig bis sechzig Jahre alt, angeschwemmt in der Normandie, Hautfarbe und ethnische Zugehörigkeit sowie besondere Kennzeichen werden ebenfalls vermerkt. Eine äußerst tragische Liste. Den Fundort jeder Toten hat Kyra mit einer roten Stecknadel auf ihrer Karte markiert, und inzwischen ballen sich an einigen Küstenstrichen kleine Wolken roter Punkte.

Bei einigen könne es sich um Passagiere von Kreuzfahrtschiffen handeln, die über Bord gegangen sind, hat ihre Kontaktperson erklärt. »Es geschient gar nicht so selten, dass Personen über Bord gehen oder springen. Letzteres behaupten die Reedereien jedenfalls meistens. ›Passagier 23‹ nennen sie das. Es war nach ihren Angaben nie ein Unfall oder vorsätzliches Handeln, sondern immer sind es Suizide. Manchmal wird so jemand angespült, aber meistens bleibt von den Leichen keine Spur.«

Die Behörde hat allen Kollegen in den Anrainerstaaten nochmals die Bitte übermittelt, die aufgefundenen weiblichen Leichen in Sarinas Alter ein weiteres Mal auf ihre Identität zu prüfen. Einige haben bereits geantwortet, dies sei bereits geschehen, und die Antwort sei definitiv negativ. Es sind nur wenige rote Punkte übrig, die den Fundort von Sarina anzeigen könnten, einer in Spanien, drei in Portugal, einer in der Nähe von Bordeaux, zwei in England und einige wenige in Skandinavien, aber Kyra glaubt nicht mehr, dass es sich bei einer dieser Leichen tatsächlich um ihre Schwester handelt. Die Wahrscheinlichkeit ist gering, und je mehr Antworten sie erhält, desto mehr ist sie davon überzeugt, dass alle Beteiligten wirklich gute Arbeit geleistet haben.

Von ihrer Kontaktperson hat sie außerdem eine Liste mit aufgefundenen Leichen erhalten, bei denen die Identifizierung gelungen war.

Sie steht auf, nimmt diese Liste und ein Kästchen Stecknadeln und geht die Daten durch. Hier, eine Frau zwischen zwanzig und vierzig in der Bretagne. Sie markiert den Fundort mit einer blauen Stecknadel. Noch eine, etwas weiter nördlich aufgefunden, in der Normandie. Wieder eine Stecknadel mit blauem Kopf. So fährt sie fort, bis alle aufgefundenen Leichen junger Frauen von blauen Stecknadeln symbolisiert werden. Es sind nicht sehr viele. In der Nordsee ertrinken hauptsächlich Fischer oder Besatzungsmitglieder von Containerschiffen. In der Regel Männer.

Sie lässt sich wieder aufs Bett fallen.

Was hat sie sonst noch? Sie betrachtet die aufgehängten Blätter mit den Ziffern 1, 2 und 3. Sie hat noch ein paar Bemerkungen darauf notiert, aber viel weiter ist sie nicht gekommen. Der Fundort: hat etwas mit Ina Demsterwold zu tun. Die Opfer: jung, hübsch, gut in die Gesellschaft integriert. Die Morde haben sich im Verlauf vieler Jahre ereignet. Der Täter: zunächst wütend, dann kalt, sucht seine Opfer unter Kindern und jungen Frauen. Nicht einmal Jan Anne wird schlau daraus. Sie ist gespannt auf Mauds Meinung.

73

Sein erster Gedanke an jenem Tag: alles erledigt. Er reckt sich und stellt fest, dass er unglaublich gut geschlafen hat und sich stark fühlt. Dafür hat er sich so viel Mühe gegeben, all die Jahre darauf hingelebt. Obwohl es schade ist, dass bestimmte Teile des Ganzen nun endgültig abgeschlossen sind, ist seine innere Befriedigung so groß, dass er seine Erektion umfasst und sich Suzanna vorstellt. Die schöne, prächtige Suzanna mit den großen Augen. Er denkt an ihren Körper, vor allem an ihren Mund, und das Bild, das er vor sich sieht, ist so klar, so lebendig, dass er schnell kommt.

Er steht auf, springt unter die Dusche und zieht sich an. Während der Kaffee durchläuft, blickt er sich zufrieden um. Alles, was er mitnehmen will, ist bereits im Bus. Den Rest kann der Vermieter behalten, ebenso wie die Kaution. Nur noch kurze Zeit, dann ist er weg, um nie wieder zurückzukehren. Sollte er je wieder in London übernachten wollen, wird er sich ein Zimmer in einem guten Hotel nehmen. Schließlich hat er Geld genug. Gestern war ein guter Tag. Er hat auf einen Schlag zehntausend Pfund verdient. So wird sein Leben aussehen: Freiheit, Geld und Frauen im Überfluss, genau so, wie er es will. Er hat es wirklich verdammt gut getroffen!

Er wirft einen Blick auf die große Kiste, die an der Eingangstür seiner Wohnung steht. Soll er es jetzt machen oder noch nicht? Sarah ist schon im Bus, aber er hat genug Platz für noch eine.

Er geht zum Fenster und trinkt seinen Kaffee, während er hinausschaut. Nur eines stört ihn, und zwar, dass er Sarah – die eigentlich Beatrice heißt – für Ed mitnimmt. Das ist im Grunde ungerecht. Was er angefangen hat, kann er doch auch zu Ende bringen. Ed soll es als Willkommensgeschenk für ihn betrachten. Oder er übergibt sie ihm, auch gut, aber dann muss er besser auf sie aufpassen. Schließlich ist sie schon einmal abgehauen, und es wäre extrem dumm, das noch einmal zuzulassen.

Das bedeutet allerdings, dass Ed bei der Ankunft sofort ein Spielzeug hat, und er nicht. Aber es ist unmöglich und auch nicht planmäßig, Kyra jetzt schon zu holen. Denn er würde mit dem Bus, all seinen Sachen und vor allem Sarah nach Amsterdam und wieder zurück fahren müssen. Sinnlos, dieses Risiko einzugehen.

Er könnte auch darauf warten, dass sie morgen in die Klinik kommt, aber das würde bedeuten, dass er Sarah wegwerfen müsste, denn die hält sich natürlich nicht so lange in der Kiste. Er kann sich nicht dazu überwinden. Eine Art Habgier überkommt ihn. Sarah, Ellen, und bald – schon in etwa zwei Wochen – wieder der Genuss der Vorbereitungen, die Jagd, der Fang und schließlich Kyra selbst.

Er klappt seinen Laptop auf und loggt sich in den Account ein, mit dem er die Vorgänge auf Kyras Mac verfolgen kann. Was macht sie nur? Seitdem er den Keylogger installiert hat, herrscht Funkstille. Dabei war der Sinn der Sache eigentlich, ihre Passwörter zu hacken, sowohl von ihrer E-Mail-Adresse als auch von ihrem Facebook-Account und so weiter, um ihr Tun und Lassen verfolgen zu können. Die hätten es ihm erleichtert, einen geeigneten Moment auszuwählen, um sie zu überwältigen.

Seine alten Tricks und Finten würden bei ihr nicht funktionieren. Schließlich kennt sie ihn. Nicht gut, aber immerhin gut genug, um ihn wiederzuerkennen, und sie ist zu schlau, um auf eine seiner Verkleidungen hereinzufallen.

Schön, dann muss er bis auf weiteres auf Kyra verzichten. Er hat die Kiste für Ellen, die geile Empfangsdame der Einrichtung, schon an der Tür stehen, aber auf einmal kommen ihm Zweifel. Improvisation ist riskant. Er schwankt. Immerhin hatte er großen Erfolg, als er ausnahmsweise einmal nichts geplant hat, sondern einfach zu Sarahs Wohnung gestürmt ist und sie mitgenommen hat. Es hat super geklappt. Und bisher vermisst sie noch niemand. Weder die Klinik noch ihr Vormund haben ihn angerufen, diese nervtötende Mabel, die sich überall einmischt, und auch die Medien haben noch nichts verlautbaren lassen. Also hat er noch ein wenig Zeit. Es wäre möglich. Er hat alles sorgfältig geplant.

Er greift zu seinem Handy und schickt der jungen Frau eine SMS. Ob sie mit ihm zu Mittag essen wolle?

Mit Vergnügen, antwortet sie schon nach fünf Minuten.

Nein, denkt er, nicht zu deinem, sondern zu meinem Vergnügen.

74

»Jan Anne hat dir von Sarah erzählt, oder?«, fragt Maud, als sie sich irgendwo über dem Ärmelkanal befinden. Sie sind gerade erst gestartet, und schon befinden sie sich wieder im Sinkflug. Die Anschnallzeichen sind gar nicht erst erloschen.

»Ja, das hat er«, antwortet Kyra. »Sie wurde in Schottland gefunden. Wahrscheinlich geflüchtet. Gedächtnisverlust. Selektiver Mutismus, aber durch intensive Therapie wieder lebensfähig.«

Maud nickt.

»Sie wurde von jemandem entführt, missbraucht und eingesperrt. Als sie gefunden wurde, war sie so gut wie nackt, total verdreckt und geistig verwirrt.«

Mit einem Schlag wird es Kyra eiskalt.

»Das hat mir Jan Anne nicht erzählt«, sagt sie mit tiefer Stimme. »Das hört sich genauso an wie bei Sarina.«

Wieder nickt Maud.

»Es hat lange gedauert, bis sie ihr Gedächtnis wiedergefunden hat, und jetzt erst hat sie sich wieder daran erinnert, wie ihr Entführer aussieht. Es soll nun ein Phantombild erstellt werden. Ich weiß nicht, ob das schon geschehen ist, jedenfalls handelt es sich um einen jungen Mann, englischsprachig, einen kräftigen Schiffer.«

»Jerry«, flüstert Kyra. »Hasting.«

Im ersten Augenblick überkommt sie unfassbare, vernichtende Wut, von der kurz darauf aber nichts als Trauer übrig bleibt.

»Warum?«, fragt sie heiser. »Warum geschieht so etwas?«

Maud erwidert mit traurigem Blick: »Weil der Täter gewissenlos ist. Und extrem egozentrisch.«

»Ein Psychopath«, stellt Kyra fest. »Oder ein Soziopath, genau wie unser Mörder, der die Köpfe begraben hat.«

»Hast du auch mit Jan Anne über dessen Täterprofil gesprochen?«, fragt Maud.

»Ja, und er wollte, dass wir auf unserer Reise weiter darüber diskutieren«, bestätigt Kyra. »Aber glauben Sie wirklich, dass Sarah Jerry Hasting in die Hände gefallen ist? Meinen Sie, es war wirklich derselbe Dreckskerl wie bei Sarina?«

»Es sieht ganz danach aus.« Im Geiste sieht Kyra Sarina die Küstenstraße entlangrennen. Erschreckend mager. Kreideweiß. Verdreckt und verängstigt, so verängstigt, dass sie sich die nackten Füße blutig rennt. Und jetzt rennt plötzlich ein anderes Mädchen neben ihr her. Auch nackt, schmutzig, in Todesangst. Wie viele Frauen hat er insgesamt verschleppt?

»Der Mörder, den Sie suchen«, sagt Kyra, »ist auch ein Psychopath. Ein kühler, berechnender, egoistischer Mann, für den nur das eigene Vergnügen zählt.«

»Stimmt«, antwortet Maud. »Der Täter aus Amsterdam und der Entführer von Sarah und Sarina ähneln einander.«

»Mist! So ein Riesenmist.« Kyra weiß einfach nicht, was sie sagen soll.

»*Cabin crew, prepare for landing!*«, gibt der Pilot durch.

»Wir reden später weiter darüber«, sagt Maud. »Ich mache noch mal für zehn Minuten die Augen zu, ich bin fix und fertig.«

Als Maud gestern erzählt hat, dass das letzte Opfer identifiziert worden sei und keine der gefundenen Schädel Sarina gehörte, waren Kyras Eltern unglaublich erleichtert gewesen. Sie selbst wusste im ersten Moment nicht, wie sie reagieren sollte. Irgendwie hatte sie schon geahnt, dass ihre Schwester nicht darunter war. Vielleicht war sie sogar enttäuscht, weil sie die Suche immer noch nicht abschließen konnte. Dieser Gedanke hatte sie zunächst erschreckt, aber Tom meinte, so abwegig sei er gar nicht. Wäre es nicht gut, wenn sie endlich einmal gefunden würde? Was immer auch geschehen ist: Nichts ist schlimmer als diese furchtbare Ungewissheit.

Vielleicht hat er recht.

Glücklicherweise haben sowohl Kyra als auch Maud nur Handgepäck dabei und sind daher nach der Landung schnell durch den Zoll.

»Wir müssen sofort weiter«, sagt Maud, während sie mit großen Schritten auf eine Reihe Taxis zueilt. »Unsere Verabredung mit Sarah ist schon bald, heute Nachmittag müssen wir zur Kripo und morgen früh vielleicht noch einmal, falls es noch offene Fragen gibt.«

»Dreißig Pfund!«, beklagt sich Maud, als sie den Taxifahrer bezahlt.

»Ist Tijssen so ein Geizkragen?«, fragt Kyra.

»Der Chef bezahlt gar nichts von diesem kleinen Ausflug«, erwidert Maud. »Die Ermittlungen zu Sarina liegen auf Eis; ich kann mich ihr nur in meiner freien Zeit widmen. Kein Cent wird dafür ausgegeben.«

»Oh.« Kyra fehlen die Worte. »Danke«, sagt sie schließlich nur.

Maud verhandelt mit dem Taxifahrer, und dieser erklärt sich damit einverstanden, für fünfzehn Pfund auf sie zu warten.

»Wenn Sie jetzt zum Flughafen zurückfahren, haben Sie auch keine zahlende Kundschaft«, argumentiert sie. »Falls es länger als eine Stunde dauert, fahren Sie einfach.«

Die Klinik befindet sich in einem stattlichen weißen Gebäude, streng und schmucklos. Über dem Vordach steht ein Geistlicher mit Mitra und Stab in einem Erker. Sie melden sich an der Rezeption, wo sie eine hübsche junge Frau mit vor Aufregung geröteten Wangen willkommen heißt.

»Aha, der Besuch für Sarah«, sagt sie erfreut. »Wie nett. Aber …« Sie schweigt kurz und schaut auf ihren Monitor. »Ihre Verabredung ist doch erst morgen?«

Maud schaut sie irritiert an und holt ihre Papiere heraus. »Nein, sie ist heute«, erwidert sie, die Seiten umblätternd. Dann schweigt sie.

»Mist. Sie haben recht. Morgen. Wie konnte ich bloß so dumm sein?« Maud schaut die Frau kopfschüttelnd an und entschuldigt sich mehrfach. »Wir müssen erst zur Kripo«, berichtigt sie sich. »Und morgen in die Klinik. Ich habe es mir die ganze Zeit in der falschen Reihenfolge gemerkt.«

»Wir haben es auch erst im letzten Moment geändert«, erklärt die junge Frau freundlich. »Ich habe die Termine selbst gemacht. Aber Doktor Archbold ist im Haus. Bitte setzen Sie sich einen Moment, ich sage ihm Bescheid.«

Sie werden zu einem ausladenden Ledersofa weiter hinten in der großen Lobby gebracht und erhalten etwas zu trinken. Maud blättert durch die Zeitschriften. Kyra kann kaum stillsitzen. Hoffentlich kann Sarah wenigstens auch etwas Schönes über Sarina berichten, nicht nur Grauenvolles.

Kyra ist nervös. So hat sie sie noch nie zuvor erlebt. Maud versucht, Ruhe auszustrahlen, indem sie ein wenig in einer Zeitschrift blättert, aber Kyras unruhiges Herumgerutsche auf dem Sofa überträgt sich auf sie. Alles ist ein wenig durcheinander, weil sie am falschen Tag gekommen sind. Zum Glück kann sich der Arzt Zeit nehmen, und da Sarah eine Therapiesitzung geplant hat, wird auch sie erwartet.

Welches Wissen diese junge Frau wohl gleich mit Kyra teilen wird? Sie hat sich geweigert, mit irgendjemand anderem außer Kyra über Sarina zu sprechen. Inzwischen gibt es mehrere Zeugenaussagen von ihr. Die britische Kripo hat versprochen, ihr Kopien zu schicken, aber sie hat bisher nichts erhalten. Auch von Carla hat sie übrigens noch nichts gehört. Dafür Nachrichten über den aufgefundenen Kopf, der tatsächlich von Suzanna stammt. Mauds Magen hat sich bei dem Gedanken an die arme Mutter zusammengekrampft. Man hat ihr davon abgeraten, von den sterblichen Überresten ihrer Tochter Abschied zu nehmen, aber sie hat darauf bestanden. Bisher war das noch nicht geschehen. Man hat beschlossen, die Leiche – oder besser das, was davon übrig war – noch nicht freizugeben, in der Hoffnung, dass die Frau es sich bis dahin anders überlegen würde.

Sehr merkwürdig war, dass der im Boot gefundene Schuh mit dem Profil, das mit dem Abdruck im Garten des Pflegeheims übereinstimmte, Fred gar nicht gehören konnte, weil er zwei Nummern zu klein war. Da das Genmaterial, das in Suzannas Mund gefunden worden war, auch nicht von Fred van Leeuwen stammte, zieht Maud in Betracht, dass er möglicherweise doch Selbstmord begangen hat. Ein Selbstmord von jemandem, der zu viel weiß und nie darüber gesprochen hat. Von jemanden mit einem Gewissen also. Und mit Schamgefühl. Wahrscheinlich hat Carla recht: Fred van Leeuwen war ein besserer Mensch, als sie gedacht hat.

Ein paar Meter weiter begrüßt die Empfangsdame mit Zwitscherstimme einen der Ärzte. »Oh, Hallo, Doktor Stevens«, gurrt sie.

Maud und Kyra blicken sich verstört um. Sie versucht also, sich einen der Ärzte zu angeln, eine gute Partie. Auch eine Art, vom Empfang wegzukommen.

Maud erschrickt. Wenn sie es nicht besser wüsste, würde sie denken, dass … Aber die Empfangsdame hat doch Stevens gesagt?

Merkwürdig. Sie steht auf und geht einen Schritt nach vorn. Sehr merkwürdig.

»Vincent?«, fragt Maud. »Vincent Demsterwold?«

Der Mann am Empfang blickt sich überrascht um. Er gibt sich große Mühe, ruhig zu bleiben, sieht Kyra, aber es gelingt ihm nicht. Wenn Maud nichts gesagt hätte, hätte sie ihn nicht erkannt, aber jetzt sieht sie genau, dass dort Vincent Demsterwold steht. Was zum Teufel tut er in der Klinik von Sarah, und warum gibt er sich als ein gewisser Doktor Stevens aus?

Vincent starrt Maud und Kyra an, er wirkt eher wütend als ängstlich oder beschämt, wie sich ein ertappter Lügner doch fühlen müsste. Ohne ein Wort zu sagen, dreht er sich um und rennt davon. Er schießt zur Tür hinaus, und ohne weiter nachzudenken, rennt Kyra hinter ihm her. Sie hört, dass Maud ihr folgt.

»Call the police!«, ruft Maud der Empfangsdame zu.

Vincent Demsterwold ist ziemlich schnell, aber zum Glück joggt Kyra noch immer regelmäßig, genau wie es ihre laufsüchtige Schwester getan hat, daher kann sie leicht mit ihm Schritt halten. Er rennt über den Parkplatz auf einen Jeep zu, der dicht neben dem Eingang der Klinik geparkt ist, springt hinein und rast los. Maud rennt zu dem Taxi, das ein Stück weiter auf ihre Rückkehr wartet und ruft dem Fahrer zu, dem Jeep zu folgen. Gerade rechtzeitig schafft es Kyra, auf den Rücksitz zu hechten, und schon nimmt der Taxifahrer die Verfolgung auf.

»Eigentlich dürfen wir so was nicht!«, ruft er, während er das Gaspedal durchdrückt, biegt mit quietschenden Reifen um eine Kurve und verpasst nur knapp ein entgegenkommendes Auto. Vincent rast eine lange, gerade Straße entlang. Rechts Gebäude und Wohnhäuser, links eine Grünfläche. Das Taxi folgt ihm. Kyra klammert sich am Vordersitz fest.

»Mir gefällt das!«, ruft der Taxifahrer. »Aber es wird Sie etwas kosten!«

Maud ruft zurück, Geld spiele keine Rolle, aber sie müssten den *bastard* erwischen.

Sie fahren noch immer geradeaus, und rechts und links huscht das Grün von Bäumen und Sträuchern vorbei. Vincent hat offensichtlich ein Ziel. Es scheint, als habe er alles gründlich vorbereitet und eventuelle Fluchtrouten ausgekundschaftet. Planmäßig, kaltblütig, hartnäckig. Das Auto biegt scharf links ab.

»Motherfucker!«, schreit der Taxifahrer, tritt auf die Bremse und reißt das Steuer herum. »Was ist das für ein Kerl?«

»Ein Killer!«, ruft Maud. »Von jungen Frauen!«

»Arschloch!«, flucht der Fahrer wieder und gibt weiter Gas.

»Es sind Trophäen«, sagt Kyra zu Maud. »Er hat seine Mutter angebetet.«

»Oder sie gehasst«, erwidert Maud.

»Aber was macht er hier in der Klinik?«, ruft Kyra, als sie beinahe ein Auto rammen. Maud antwortet nicht. Kyra ist zwischen Angst und Wut hin- und hergerissen. Mein Gott, fährt der Kerl schnell! Aber sie müssen ihn kriegen! Plötzlich sind sie mitten im Grünen, als wären sie auf dem Land. Rings um sie nichts als Natur, Wiesen, ordentlich geschnittene Hecken, Bäume mit schützendem Maschendraht um den Stamm. Ein Mann auf einem Rennrad fährt vor Schreck in die Wiese, als sie an ihm vorbeisausen.

Dann schießt der Jeep von der Straße auf den Rasen. Er vermindert nicht mal die Geschwindigkeit, sondern rast einfach weiter. Der Taxifahrer bremst ab, folgt ihm aber.

»So kann ich nicht mithalten!« Das Taxi holpert in großen Sprüngen, und die Distanz vergrößert sich.

»Gibt es hier irgendwo eine Autobahnauffahrt?«, ruft Maud. »Wohin fährt man, wenn man flüchten will?«

»Auf die A3!«, ruft der Mann. »Richtung Südküste!«

Sie rasen zwischen Bäumen hindurch, und Kyra und Maud werden derart durchgeschüttelt, dass sie mit den Köpfen gegen das Dach prallen. Beinahe überfahren sie einen Mann, der seinen Hund ausführt. Der Taxifahrer geht vom Gas.

»Sorry«, sagt er und kehrt auf dem kürzesten Weg auf die Straße zurück, aber sie haben Vincent aus den Augen verloren.

»Florence Terrace«, murmelt der Fahrer, und sobald sie wieder auf dem Asphalt sind, gibt er erneut Gas. »Ich glaube, da will er zurück auf die Straße!«

Für einen Moment befürchtet Kyra, Vincent wäre verschwunden, und plötzlich ist sie sich ganz sicher, dass sie ihn nie mehr finden werden, dass sie nie erfahren werden, was er in der Klinik von Sarah getan hat, der jungen Frau, die behauptet, mit ihrer Schwester gesprochen zu haben. Doch plötzlich taucht der Jeep rechts neben ihnen auf.

»Da!«, ruft Kyra. »Auf der Wiese, er fährt auf die Bäume zu, auf uns!«

Der große Jeep fährt noch immer mit voller Geschwindigkeit. In der Ferne sieht Kyra eine Weggabelung.

»Schwelle!«, warnt sie laut, aber der Fahrer fährt unvermindert schnell weiter. Kurz kommt das Taxi von der Straße ab, aber dann rasen sie weiter in Richtung der Kreuzung. Plötzlich hören sie einen furchtbar lauten Knall, das Übelkeit erregende Geräusch, wenn etwas Lebendiges auf Metall prallt. Der Jeep gerät ins Schleudern, dreht sich um die eigene Achse, rutscht rückwärts über die Wiese, dreht sich noch einmal und prallt gegen einen Baum. Der Taxifahrer bremst.

Kyra springt aus dem Auto und ist vor Maud am Jeep. Sie reißt die Fahrertür auf. Vincent ist eingeklemmt. Sein Bein steckt zwischen dem Armaturenbrett und dem Sitz fest. Er flucht und versucht, etwas vom Boden aufzuheben. Kyra erschrickt von seinen panikartigen Bewegungen und weiß instinktiv, dass sie ihn zurückhalten muss. Mit einem Sprung wirft sie sich auf ihn und rammt ihn mit der Schulter. Hinter sich hört sie Maud rufen, sie solle weggehen, aber sie zwängt sich zwischen Vincent und das Lenkrad, tastet zwischen den Pedalen herum, und dann fühlt sie den kalten Stahl, die Form des Laufs. Sie greift die Pistole und windet sich aus dem Auto. »Habe ich mir doch gedacht«, sagt sie, als sie sich vor ihn stellt und die Waffe auf ihn richtet.

75

Sein Kopf glüht, sein Bein brennt. Blut tropft von seiner Stirn auf die Hose. Seine ganze rechte Seite ist wie zerschlagen, aber am allermeisten schmerzt sein Knöchel. Wütend blickt er auf seine Handschellen.

Alles nur, weil andere sich nicht an Absprachen halten. Morgen sollten Kyra und die Mertens kommen, nicht heute. Und Ed hätte einfach seine Hausaufgaben selbst erledigen müssen, dann wäre er gar nicht mehr in der Gegend gewesen, sondern längst oben im Norden, in Sicherheit.

Ein Hirsch. Ihm ist ein Hirsch vors Auto gesprungen, verdammt noch mal. Schon wieder so etwas vollkommen Unlogisches. Warum bleibt das Vieh nicht einfach im Wald, dort, wo es hingehört? Mit allem hat er gerechnet, aber wenn er es nun auch noch mit der Natur aufnehmen muss …

Verdammte Scheiße, sie haben ihn erwischt. Aber warum hat man ihn verhaftet? Haben sie etwas gegen ihn in der Hand? Wissen sie etwas? Unmöglich.

Dieses Weib quatscht die ganze Zeit auf ihn ein, von wegen Verbrechen in den Niederlanden. Der britische Beamte schreit dazwischen wegen des Chaos, das er angerichtet habe. Er?! Er hat doch nicht die Verfolgung aufgenommen. Sie sind wie die Verrückten hinter ihm hergejagt, aggressiv. Er hat es der Mertens sofort angesehen, dass sie ihre Schlüsse zog. Da musste er ja flüchten.

Jetzt fragen sie ihn, wo Sarah ist. Sie ist nicht zu ihrem Termin erschienen. Ihre Wohnung ist verlassen. Sie geht nicht ans Telefon. Jemand schreit hysterisch, er solle sagen, wo sie ist.

Er lacht diesem Weib ins Gesicht, und sie sieht aus, als würde sie sich am liebsten auf ihn stürzen. Sie können ihn fesseln und einsperren, aber letztendlich haben sie keine Macht über ihn. Das lässt er einfach nicht zu.

76

Kyra hält die Arme vor der Brust verschränkt. Am liebsten würde sie ihn durch die Spiegelwand zerren und mit der Faust in sein widerlich arrogantes Gesicht hämmern. Vincent Demsterwold verweigert die Aussage.

»Erzählen Sie uns doch einmal von Ihrer Arbeit in der Klinik«, sagt Maud. Ihre Stimme ist unverändert ruhig und verständnisvoll; es ist Kyra ein Rätsel, wie ihr das gelingt. »Ich wusste ja gar nicht, dass Sie ausgebildeter Therapeut sind.« Sie lächelt wie eine Mutter, die freudig überrascht über die Leistung ihres Kindes ist.

Vincent grinst nur, sagt aber nichts. Der arrogante Blick in seinen Augen ist zum Verrücktwerden.

Rede, Idiot, rede!

Maud schaut in ihre Unterlagen. »Ich sehe hier, dass Sie erst vor Kurzem angefangen haben. Spezialist für Trauerarbeit und die Behandlung des posttraumatischen Stresssyndroms. Angestellt, um bei einer ausgewählten Gruppe von Patienten die EMDR-Methode anzuwenden.«

Vincent grinst wieder, und Kyra presst die Arme noch fester gegen die Brust. Es ist nicht zu fassen, dass sich die Klinik so leicht hat täuschen lassen. Schöne Reden, falsche Zeugnisse und vor allem dieses felsenfeste Selbstvertrauen haben Vincent genau dorthin gebracht, wo er sein wollte.

Er hat nicht mal eine Familie. Allen hat er weisgemacht, er hätte eine Frau und zwei Kinder, aber das war frei erfunden. Er ist nicht verheiratet, es gibt weder einen Eintrag im Melderegister der Niederlande noch bei den Standesämtern in Großbritannien. Eine Firma besitzt er auch nicht. Und auch keine Arbeit. Dennoch verdient er offenbar mit irgendetwas viel Geld, denn es sind mehrere Bankkonten mit ansehnlichen Beträgen entdeckt worden. Und das sind bestimmt nicht die einzigen Konten, die er hat. Wetten, dass er im Ausland noch viel mehr Geld besitzt? Es lässt ihn kalt, wenn sie die beschlagnahmten Summen erwähnen. Er reagiert überhaupt nicht.

»Wie viele Sitzungen hatten Sie mit Sarah?«, versucht Maud es noch einmal. Sie sieht ihn nicht an. Wahrscheinlich in der Hoffnung, dass er jetzt doch antwortet, aber er zuckt nicht mit der Wimper.

»Ich habe jetzt genug«, sagt er plötzlich.

»Ich möchte Ihnen aber noch ein paar Fragen stellen«, erwidert Maud mit zuckersüßer Stimme. »Wenn Sie mir diese jetzt kurz beantworten würden, wären wir fertig.«

Sie legt eine kurze Kunstpause ein.

»Wo ist Sarah?«, fragt sie dann, so beiläufig, als sei es vollkommen unwichtig.

Vincent schnaubt. »Ich brauche nicht mit Ihnen zusammenzuarbeiten«, entgegnet er. »Und es gibt eine Obergrenze der Stunden, die Sie mich verhören dürfen, und der Tage, die Sie mich festhalten können.«

»Diese Obergrenzen sind noch lange nicht erreicht, Vincent, noch lange nicht. Ich bitte Sie auch in Ihrem eigenen Interesse. Wenn Sie mitarbeiten, ist das auf jeden Fall zu Ihrem Vorteil.«

Kyras Bewunderung für Maud wächst von Minute zu Minute. Sie sitzt dort schon seit Stunden, und er hat noch nicht das Geringste verraten. Nicht über Sarah, nicht über die toten Frauen im

Garten seines Elternhauses, nicht über den Kopf im Garten des Pflegeheims.

»Erzählen Sie mir etwas über Ihre Mutter«, fährt Maud fort. »Was für eine Frau war sie? Welche Beziehung hatten Sie zu ihr?«

Vincent interessiert sich plötzlich sehr für ein Häutchen an seinem Nagelbett.

Wie schafft sie es, so ruhig zu bleiben? Dieser egozentrische Scheißkerl verdient Prügel, verdammt noch mal!

»Ich rede nur mit Kyra Slagter«, sagt er plötzlich, und Kyras Herz springt ihr fast aus der Brust. Er will mit ihr reden? Mit ihr?

»Kyra ist nicht mehr da«, behauptet Maud.

»Natürlich ist sie das«, pariert Vincent, dreht sich zum Spiegel um und hebt die Hand. »Hallo, Kyra. Wie geht's?«

»Warum wollen Sie mit ihr reden?«, fragt Maud und wartet schweigend ab.

Vincent schaut immer noch zum Spiegel. Wenn Kyra es nicht besser wüsste, würde sie glauben, er könne sie sehen. Er lächelt, einen Mundwinkel etwas hochgezogen, die Augen leicht zusammengekniffen, das Kinn angehoben.

»Das geht Sie gar nichts an«, sagt er ruhig, den Blick jetzt auf Maud gerichtet. »Ich sage kein Wort mehr. Ich rede nur mit Kyra.«

Einige Minuten lang sitzen sie einander schweigend gegenüber. Maud stellt noch ein paar Fragen, aber Vincent tut, als höre er sie nicht.

Plötzlich sieht er sie wieder an, mit hochgezogenen Augenbrauen.

»Gut«, seufzt Maud. »Ich kann es versuchen. Aber ich habe hier nicht zu bestimmen. Ich bin hier nur zu Gast, ebenso wie Sie.«

»Tun Sie Ihr Bestes«, sagt Vincent, als sie aufsteht.

Jede Zelle in ihrem Körper schreit, dass sie Kyra nicht ins Verhörzimmer gehen lassen darf, aber trotzdem lässt sie es geschehen. Maud reibt sich mit beiden Händen übers Gesicht, um die Müdigkeit und die bohrenden Kopfschmerzen zu verscheuchen. Sarah ist bereits ganze vierundzwanzig Stunden lang verschwunden, und sie haben bisher keine Ahnung, wo sie sein könnte.

Sie hatte einen Termin mit der Kreativtherapeutin, ist aber nicht erschienen. Sie ist weder zu Hause noch bei Mabel und Phil, die sie auch nicht erreichen können, obwohl sie sonst immer ans Handy geht oder schnellstmöglich zurückruft. Die beiden haben sofort Alarm geschlagen, und die Kripo hat eine große Ermittlungsgruppe auf die Suche nach ihr angesetzt. Bei der Nachbarschaftsbefragung kam heraus, dass die alte Dame, die in der Wohnung unter der von Sarah wohnt, regelmäßig einen Mann auf der anderen Straßenseite hat stehen sehen. Immer denselben, leider konnte sie ihn nicht genau beschreiben.

»Ergebnis des Gentests«, sagt einer der britischen Ermittler, als er den Raum neben dem Verhörzimmer betritt. Genau wie in den Niederlanden gibt es hier die Möglichkeit, ein Eilverfahren zu beantragen. »Das Ergebnis haben wir sofort nach Den Haag geschickt, und das Material, das am Kopf der Vawrinka gefunden wurde, stammt tatsächlich von Demsterwold.«

Maud hält den Atem an. Ihr Instinkt hat sie also nicht getrogen.

»Demsterwolds Wohnung wird derzeit gründlich unter die Lupe genommen, aber bisher haben wir nichts gefunden«, fährt der Ermittler fort.

»Vielen Dank«, sagt Maud matt. Die Frage ist, ob er Sarah ermordet und die Leiche irgendwo abgelegt hat, oder ob sie noch gerettet werden kann.

Kyra setzt sich. Maud muss sich zurückhalten. Eigentlich müsste sie Kyra sofort aus diesem Zimmer holen. Der Mann ist ein rücksichtsloser Mörder. Ein gewissenloser Sadist. Aber angenommen, er sagt etwas, wodurch sie Sarah retten können. Angenommen … Aber darf sie das Risiko eingehen, dass er Kyra traumatisiert? Andererseits: Darf sie das Risiko eingehen, es nicht zu versuchen? Darf sie mit Sarahs Leben spielen?

Ihr Handy vibriert. Eine Nachricht von Niels.

An den Handgelenken und Knöcheln Fred van Leeuwens wurde Klebstoff gefunden, schreibt er. Über eine Breite von sieben Zentimetern, ungefähr der Breite von Paketklebeband. Auch kleine Blutergüsse wurden entdeckt. Er hat sich offenbar gewehrt. Außerdem wurden in der Plastiktüte, die über Freds Kopf gezogen war, Spuren gefunden. Fasern. Haare. Schuppen. Der Beweis, dass Vincent seinen Jugendfreund ermordet hat, wird bald vorliegen.

Dort sitzt er. Ganz ruhig. Mehr noch, amüsiert.

Er muss auch derjenige sein, der seine Mutter … Kyra muss da raus! Mein Gott, wenn man die Situation von dieser Seite des Spiegels aus betrachtet, ist sie kaum auszuhalten.

»Wie nett, dich zu sehen«, begrüßt Vincent Kyra.

Nur ganz kurz. Soll sie doch einen Moment mit ihm reden.

Kyra lächelt freundlich.

Lass dir nicht anmerken, dass du dich vor ihm ekelst, Kyra. Versuche, dich mit ihm anzufreunden.

»Lange nicht gesehen«, beginnt Kyra.

Gut so, Mädchen. Lass ihn in seinem Wahn.

»Das gilt nicht für mich«, erwidert Vincent. »Nicht für mich.«

»Ach«, sagt Kyra. »Äh …«

Jetzt bloß nicht stottern und stammeln! Bleib fokussiert.

»Können wir über Sarah reden?«, fragt Kyra sachlich.

Gut so, prima.

»Der Notfallplan ist in Kraft getreten«, antwortet Vincent. »Sie ist schon abgeholt worden.«

»Von wem?«

Vincent grinst. Dann spitzt er den Mund und macht etwas Merkwürdiges mit den Lippen, seltsame, obszöne Bewegungen. Er beugt sich ein wenig nach vorn. Kurz darauf ist sein Gesicht wieder ausdruckslos.

»Aber wo ist sie?«, fragt Kyra. Sie zieht die Oberlippe ein wenig hoch, und ihr ist deutlich anzusehen, dass sie ihn verabscheut.

Pass auf, tu das nicht, lass dir nicht anmerken, was du denkst. Lächle freundlich.

Wieder grinst Vincent und macht diese dreckigen Bewegungen mit dem Mund. Maud sieht, wie Kyra erschaudert.

»An einem schönen Ort«, sagt er dann. »Sehr schön. Dort wird sie es gut haben.«

»Sie wollte mir etwas erzählen«, fährt Kyra fort. »Über meine Schwester. Es ist sehr wichtig für mich.«

»Sarina«, sagt Vincent lächelnd.

Sarina. Was hat er mit Kyras Schwester zu tun? Wieder meldet sich Mauds Instinkt. Der ganze Fall ist rätselhaft, und sie wird das Gefühl nicht los, dass dies alles sehr, sehr schlecht ausgehen wird. Für Kyra muss es ein Schlag in die Magengrube sein. Trotzdem sitzt sie dort ziemlich ungerührt. Nur an dem leichten Zucken ihres Mundwinkels ist zu erkennen, dass sie nervös ist. Daran, und an ihrer ungewöhnlichen Blässe.

»Nicht nervös sein«, sagt Vincent. »Wir unterhalten uns doch nur ein bisschen. Kein Grund, Angst zu haben. Du bist doch ein braves Mädchen, oder? Brave Mädchen bekommen immer eine Belohnung.«

Er dreht seinen Stuhl um eine Vierteldrehung.

»Dieser Polizist beschützt dich doch, du hast nichts zu befürchten«, sagt er, an den Beamten gewandt, der in der Ecke des Zimmers steht.

Dann dreht er sich zurück zu Kyra.

»Vielleicht …«, fährt er im Flüsterton fort, »wenn wir für ein Weilchen unter uns sein könnten, nur du und ich, ohne Zuschauer, ohne Tonband, vielleicht könnte ich dir dann etwas mehr erzählen.«

Kommt nicht infrage! Auf gar keinen Fall. Auch die Engländer werden das niemals erlauben.

»Ich glaube, das ist nicht erlaubt, Vincent«, erwidert Kyra schüchtern. »Auch wenn ich es gerne wollte.«

»Dann habe ich nichts mehr zu sagen.«

»Ich würde mich gern noch ein bisschen mit dir unterhalten.«

Keine Antwort.

»Nur ein bisschen reden«, fährt Kyra fort. »Wie du eben schon gesagt hast.«

Vincent beugt sich ein wenig nach vorn und kratzt sich ausgiebig am unteren Rücken.

»Ich möchte nur mal gerne wissen«, fährt Kyra fort, »ob ich richtig geraten habe, was dich angeht. Ich glaube nämlich, du hast deine Mutter gehasst.«

Vincent hört sofort auf, sich zu kratzen und starrt sie an.

»Andererseits hast du ihr zu Ehren ein eindrucksvolles Denkmal gesetzt.«

Vincent schnaubt, legt den Kopf in den Nacken und schaut zur Decke.

»Sie hat immer gesagt, ich würde nie ein Mädchen kriegen«, sagt er und schaut Kyra an. Verachtung liegt in seinem Blick. Wut und Hass, purer Hass. »Du bist zu nichts nütze. Niemand wird dich jemals lieben. Nicht einmal ich, deine eigene Mutter, kann dich in meiner Nähe ertragen. Die schönen Mädchen wirst du nie bekommen. Nie.«

Wieder schnaubt er.

»Es war reines Selbstmitleid«, fährt er fort. »Sie befürchtete, mit mir als Sohn niemals die Schwiegertochter zu bekommen, die sie verdient hatte. Eine, die sie bewundert, gefürchtet hätte. Die wie alle anderen stets Respekt vor ihr gehabt hätte.«

Er sieht Kyra an und grinst, fast fröhlich, aufgekratzt.

»Also habe ich ihr die Mädchen gegeben.« Er zuckt mit den Schultern. »Und jedes Mal, wenn ich zu Hause war, sagte ich zu ihr: ›Sie blicken alle zu dir auf, Mama. Alle.‹«

Wieder legt Vincent den Kopf in den Nacken, lacht und schüttelt den Kopf.

»Guter Witz, findest du nicht auch?«, fragt er Kyra. Verwirrt sieht sie ihn an und sucht nach Worten.

»Und Sarah?«, flüstert sie dann. »Und Sarina?«

Plötzlich beugt er sich über den Tisch und nähert sein Gesicht dem von Kyra.

»Was ist mit ihnen?«, fragt er, ebenfalls flüsternd.

Kyra blinzelt, weicht aber nicht zurück.

»Waren die auch für deine Mutter?«, fragt sie leise.

Vincent richtet sich wieder auf, runzelt die Stirn und dreht den Kopf ein wenig von ihr weg.

»Für sie?«, sagt er mit gerümpfter Nase. »Natürlich nicht.«

»Erzähl es mir«, sagt Kyra.

Nicht bitten, denkt Maud. Wenn du anfängst, ihn zu bitten, vergrößerst du seine Macht, und das ist der Anfang vom Ende. Gib ihm nicht, was er will. Appelliere nicht an seine menschlichen Gefühle. Tu's nicht! Sie hält den Atem an.

Kyra schweigt.

Vincent sieht sie ungerührt an.

»Du willst es wissen, oder?«, sagt er. »Du willst wissen, wo Sarah ist und was mit Sarina geschehen ist?«

Sie nickt, fast unmerklich.

»Du musst mich lieb darum bitten. Und es mir nicht befehlen, so wie gerade. So geht das nicht.«

Kyra sitzt reglos auf ihrem Stuhl. Fest schaut sie Vincent an.

»Wenn ich dich lieb darum bitte«, sagt sie, »erzählst du es mir dann wirklich?«

Schweigen.

»Wirklich?«, fragt sie noch einmal, aber Vincent antwortet nicht. »Oder lügst du?«

»Ich lüge nicht!« Plötzlich schlägt er mit seinen gefesselten Fäusten auf den Tisch, mit voller Wucht, dicht vor Kyras Nase, und sie fährt zurück. »Ich habe nichts mehr zu sagen«, wiederholt er. »Nichts mehr.«

Maud beschleicht die schreckliche Ahnung, dass er tatsächlich kein Wort mehr sagen wird.

Etwas abseits verfolgt Kyra die Diskussion zwischen Maud und den Briten.

»Wir sind hier fertig«, sagt sie schließlich zu ihr. »Die englische Kripo übernimmt.«

»Aber Sarah ist irgendwo da draußen!«, entgegnet Kyra. Ihre Verzweiflung ist so groß, dass ihr schier die Luft wegbleibt. »Wir können sie doch nicht … Wir können sie doch nicht …« Sie bringt es nicht über die Lippen und marschiert mit großen Schritten auf den ranghöchsten Ermittler zu.

»Ich würde tun, was er sagt«, sagt sie außer Atem. »Schicken Sie mich da rein. Ich bin einverstanden. Sie sind doch in der Nähe, auf der anderen Seite des Spiegels. Wir können ihn doch damit nicht davonkommen lassen. Er weiß, wo sie ist!«

Die Beamten starren sie an.

»Er weiß, wo sie ist!«, wiederholt Kyra noch einmal. »Er weiß es …« Schluchzend bricht sie ab, und ihr ist klar, dass sie damit ihre Chance – wenn sie überhaupt eine hatte – verspielt hat. Sie werden sie nicht mehr mit ihm reden lassen, wenn sie sich so emotional aufführt.

»Wir können nicht für Ihre Sicherheit garantieren«, antwortet der Brite sachlich.

Ihr wird schwindlig von all den Dingen, die sie gerne sagen würde. Sie würde diesen Leuten gern von Sarina erzählen, ihrer Schwester, davon, dass sie ihre Suche nach ihr schon aufgeben wollte, noch letzte Woche. Sie würde gern davon erzählen, wie ihre Schwester ihr vorgelesen und wie sie ihrer Schwester die Haare geflochten hat, wie sie beide die Augen verdreht haben, wenn ihre Mutter ihnen etwas verboten hat, und gemeinsam Pläne schmiedeten, wie sie dennoch ihren Willen bekommen konnten, von Sarinas leerem Zimmer, ihrem Foto und den Kerzen. Von ihrer Unsicherheit, ihrem Kummer und dass sie so viel mehr verdient, als sie vom Leben bekommen hatte.

»Er muss reden!«, sagt sie. »Bitte lassen Sie mich noch einmal zu ihm.«

77

Sie weint während des ganzen Rückflugs. Maud kümmert sich liebevoll um sie, aber Kyra merkt ihr deutlich an, dass auch sie darüber verzweifelt, Sarah ihrem Schicksal überlassen zu müssen.

Mindestens fünfzigmal hat Maud ihr versichert, dass die britische Polizei alles daransetzen wird, sie so schnell wie möglich zu finden. Die SOKO sei noch einmal aufgestockt worden. Das Vernünftigste sei jetzt, nach Hause zu fahren und dort weiter die Verbrechen von Vincent zu untersuchen. Vielleicht wäre in den Niederlanden etwas zu finden, das sie auf Sarahs Spur bringen würde, oder besser: auf die Spur des Komplizen, den Vincent andeutungsweise erwähnt hat, obwohl heftig darüber diskutiert worden ist, was genau er mit »sie ist schon abgeholt worden« gemeint hat.

Es ist alles hoffnungslos. Nichts hat mehr Sinn. Irgendwo leidet eine junge Frau, nicht sehr viel älter als sie und nur wenig älter als ihre Schwester Sarina unter Todesangst. Vielleicht hat er ihr etwas angetan, wodurch sie schreckliche Schmerzen hat – falls sie überhaupt noch lebt. Doch auch wenn sie nicht mehr lebt, verdient sie es, nicht im Stich gelassen zu werden. Aber was soll sie tun? Was soll sie um Himmels willen tun, wenn Vincent sich weigert zu reden und niemand ihr erlaubt, noch einmal zu ihm zu gehen, um ihn umzustimmen?

Kyras Vater erwartet sie am Flughafen und nimmt sie fest in die Arme. Sofort fängt sie wieder an zu weinen. Sie kann nicht mehr aufhören.

»Ach, Mädchen«, sagt ihr Vater. »Mein Schatz.«

Sie kann nicht erklären, wie abscheulich es war. Wie furchtbar sie sich fühlt. Hoffentlich sagt ihr Vater nicht, alles würde wieder gut. Bitte keine dummen Sprüche jetzt.

»Komm, wir fahren nach Hause«, sagt er. »Mama hat Essen gekocht, und eine gute Flasche Wein steht bereit.«

Er hält sie noch einen Moment schweigend im Arm.

»Das Hotel gegenüber des Hauptbahnhofs war ein bisschen enttäuschend«, sagt er leise. »Ich gehe nie mehr dorthin. Es tut mir leid. Hast du gehört? Es tut mir leid.«

Maud sieht, wie Kyra zu ihrem Vater ins Auto steigt. Er scheint ein netter Mann zu sein, jemand, dem an seiner Familie etwas liegt.

»Komm, ich fahre dich nach Hause«, sagt Niels.

»Gute Idee«, antwortet Maud. »Bring mich einfach im Auto auf den neuesten Stand.«

Als sie auf der A4 in Richtung Amsterdam fahren, berichtet Niels ihr von den letzten Ermittlungsergebnissen.

»Dieses Material am Kopf von Suzanna Vawrinka«, sagt Niels, »stammt von Vincent Demsterwold.«

Maud nickt. »Das weiß ich schon von den Briten. Den können wir also festnageln.«

»Da kommt er nicht mehr raus«, bestätigt Niels. »Die Testergebnisse des Genmaterials, das bei van Leeuwen gefunden wurde, können auch jeden Moment vorliegen. Zehn zu eins, dass es auch von Vincent stammt.«

»Er ermordet also junge Frauen«, sagt Maud nachdenklich. »Aus Wut, weil ihn seine Mutter jahrelang erniedrigt hat, indem sie ihm vorhielt, er würde nie ein nettes Mädchen finden. Mit einem krankhaften Sinn für Humor begräbt er sie in ihrem Garten, damit er ihr gegenüber sarkastische Bemerkungen machen kann, von denen nur er weiß, was sie bedeuten.«

»Und als sein Panoptikum fertig ist«, ergänzt Niels, »ermordet er sie und nebenbei auch seinen Jugendfreund.«

»Ich frage mich wirklich, was genau Fred van Leeuwen mit alldem zu tun gehabt hat«, bemerkt Maud kopfschüttelnd.

»Vielleicht wusste er zu viel«, rät Niels.

»Aber was hat Vincent mit Sarah LeBlanc zu tun?«, fragt Maud. Sie fahren am Kohlekraftwerk am Hemweg vorbei. Aus den hohen Schloten steigt unaufhörlich weißer Rauch. »Und mit Kyra und Sarina?«

Schweigend fährt Niels in den Coentunnel hinein.

»Ich habe es die ganze Zeit für unmöglich gehalten, dass sich Sarina unter den Opfern vom Nieuwendammerdijk befindet.«

»Tut sie ja auch nicht.«

»Aber trotzdem haben diese Morde und Sarina irgendetwas miteinander zu tun. Ich kapiere nur noch nicht, was.«

»Gibt es schon etwas Neues über Sarah?«, fragt Niels bedrückt. Wahrscheinlich, weil er ohnehin weiß, wie die Antwort lauten wird.

»Nein«, antwortet Maud. Bis auf die eine Bemerkung von Vincent. Sarah ist das einzige Opfer, das sie vielleicht noch retten könnten. Wenn Vincent nur reden würde! Wenn …

In dem Moment, als sie in den Tunnel einfahren, meldet sich Niels' Handy.

»Schau bitte mal kurz nach«, sagt er und reicht es an Maud weiter. »Vom NFI.«

»Das Material, das bei van Leeuwen gefunden wurde, stammt tatsächlich von Vincent«, bestätigt Maud, während sie den Bericht liest. »Es sind auch Spuren von ihm in van Leeuwens Wohnung gefunden worden, unter anderem im Zimmer mit den Autos.«

»Verdammte Scheiße!«, flucht Niels, und beide schweigen.

»Das Haus von Carla Demsterwold in Ransdorp wird mit Spürhunden durchsucht«, sagt Niels nach ein paar Minuten. »Der Verein Signi Zoekhonden hat seine Hilfe angeboten, und ich habe sie sofort angefordert, weil unsere eigenen Hunde bei anderen Fällen gebraucht werden.«

»Wann soll das passieren?«, fragt Maud.

»Ungefähr jetzt.«

»Dann lass uns sofort hinfahren.«

»Du musst nach Hause!«, erwidert Niels energisch.

»Nein, Niels, ich muss dabei sein, glaub mir!«

Nach einer Viertelstunde nehmen Maud und Niels die Abzweigung Amsterdam-Nord. Sie fahren unter der Ringautobahn hindurch, hinaus aus Amsterdam und in den Polder. Vor ihnen erstreckt sich eine weitläufige Landschaft, flach, grün, von Wasseradern durchzogen. Das Haus ist nicht schwer zu finden. Es liegt ein Stückchen außerhalb des Dorfkerns, direkt an der schmalen Straße nach Schellingwoude. Ein kleines Haus mit modernem Anbau, weiß verputzt und umgeben von blühenden Büschen, einige in Pflanzgefäßen.

»Geschmackvoll«, bemerkt Maud.

»Und Carla hat gesagt, dass sie nie hier ist?«, fragt Niels. »Es sieht so gepflegt aus.«

»Offenbar hat Vincent es in Schuss gehalten.«

Jan Anne steht im Vorgarten, umgeben von einer Handvoll anderer Interessierter, darunter Tijssen. Sie begrüßen einander. Die Hunde werden gerade aus dem Kleinbus geholt. Bellend und fiepend springen sie umeinander, bis einer der Hundeführer sie zur Ruhe ermahnt.

»Sie riechen es schon«, hört Maud die Frau aus dem Suchtrupp sagen. »Ich lasse sie gleich mal los.« Sie gibt den Hunden ein Kommando, und sofort rennen sie in den Garten. Die Hundeführerin, aber auch die Ermittler, Maud und Niels laufen hinterher, an der Garage vorbei nach hinten in den Garten. Dort rennen die Hunde aufgeregt über die große Terrasse, fiepen, bellen und schnuppern sich von Pflanzgefäß zu Pflanzgefäß. Die Hundeführerin gibt den Tieren eine Belohnung und geht auf Niels zu.

»Deutlicher geht's nicht«, sagt sie.

»Und schneller auch nicht«, sagt Niels ein bisschen verdutzt.

»In den Pflanzkästen sind Leichen«, stellt die Frau fest. »Oder Leichenteile.«

Nachdenklich schaut sie die Gefäße an und schlägt dann vor: »Ich nehme die Hunde mit nach vorn, dann können sie drinnen weitersuchen.«

Die Kollegen von der Spurensicherung haben inzwischen ihre weißen Overalls übergezogen und bereiten alles für die Untersuchung des Gartens vor.

Maud und Niels warten etwas abseits, aber Jan Anne verfolgt die Vorgänge aus nächster Nähe.

»Blaubart«, sagt er grimmig, als er nach einer Weile zu ihnen zurückkehrt. »Er hat sie in Stücke geschnitten und in seiner Nähe gelagert.«

Maud sucht Halt an einem Gartentisch, der auf der Terrasse hinter dem Haus steht.

»Der linke dort«, sagt Jan Anne und deutet auf einen niedrigeren, länglichen Behälter, der neben der Garage steht, »enthält vermutlich die sterblichen Überreste von Suzanna Vawrinka. Schon in Verwesung begriffen, aber noch besser erhalten als die anderen.«

Er sitzt im Knast. Sie hat dieses Monster gefasst. Was immer auch geschieht, er kann so etwas nicht noch einmal anrichten. Sie können den Familien dieser jungen Frauen mitteilen, dass die Leichen ihrer Kinder vollständig sind. Wie furchtbar, dass so eine abscheuliche Mitteilung tröstlich sein kann.

Maud setzt sich auf einen der Gartenstühle und fühlt sich ein klein wenig leichter.

Die Spaghetti mit Tomatensauce und Anchovis schmecken köstlich, aber Kyra dreht trotzdem nur ihre Gabel darin herum. Immer, wenn sie einen Bissen essen will, hat sie das Gefühl, dass ihr ein Klumpen Sauerteig im Magen liegt.

»Aus den Berichten des Psychiaters und der anderen Therapeuten geht hervor, dass Sarah in Wirklichkeit Beatrice heißt«, erzählt sie. »Offenbar will sie aber nicht mehr so genannt werden, sondern Sarah. Nach ihrer besten Freundin, Saar, hat sie hinzugefügt.« Kyra trinkt einen Schluck Rotwein. »Da sie sich später an Sarina erinnert hat, gehen Klinik und Kripo davon aus, dass es sich bei dieser Saar um Sarina handelt.«

»Aber Sarina hatte keine Freundin namens Beatrice«, wendet Kyras Mutter ein. Auch sie hat nicht besonders viel gegessen.

»Ich glaube, dass sie Sarah erst kennengelernt hat, nachdem sie von Jerry Hasting entführt worden war«, erwidert Kyra. Sie trinkt noch einen Schluck Wein, versucht die Tränen zurückzuhalten.

»Ich muss zurück«, sagt sie dann. »Ich kann doch nicht einfach hierbleiben und so tun, als sei alles in bester Ordnung? Unbesorgt ein bisschen Urlaub machen, draußen sitzen, Bierchen trinken, zum Open Air gehen – obwohl ich weiß, dass Vincent Sarah entführt hat? Es könnte sein, dass sie irgendwo im Sterben liegt!«

Sie schiebt den Teller weg und tupft sich die Wangen ab.

»Ich gehe ins Bett« sagt sie. »Ich kann nicht mehr.«

Sie steht auf, geht hinaus in den Flur und eilt die Treppe hinauf in ihr Zimmer.

»Dann konzentriere dich doch auf Jerry Hasting!«, ruft ihre Mutter ihr mit schriller Stimme nach, steht auf und folgt Kyra. »Konzentriere dich auf deine Schwester und auf … auf diesen Kerl!«

Kyra lässt sich auf ihr Bett fallen und schließt die Augen. Sie hat kein gutes Gefühl dabei, hier zu sein, während Sarah in England auf Hilfe wartet.

»Jedenfalls sind jetzt die Leichen vollständig«, stellt Thomas fest. »Außer der des kleinen Jungen. Seine Leiche war nicht dabei.«

»Wie tröstlich«, erwidert Niels säuerlich. Sein Gesicht wirkt etwas eingefallen.

Maud ist mit ihrem Team ins Café 't Sluisje gegangen. An der Theke bestellt sie eine Runde. Der Arbeitsaufwand der Ermittlungen hat längt noch nicht nachgelassen, aber sie stehen jetzt nicht mehr so stark unter Druck.

Der Täter ist gefasst. Oder besser: Ein Täter ist gefasst. Jetzt geht es darum, ausreichend Beweismaterial zu sammeln. Doch obwohl bisher nur ein kleiner Teil der Spuren untersucht wurde, scheint die Beweislast gegen Vincent erdrückend zu sein. Vincent Demsterwold hat die Frauen ermordet, deren Schädel im Garten seiner Eltern begraben lagen.

Die Diskussion um Ruud Demsterwold ist lauter geworden, nachdem bekannt geworden ist, dass der gefundene Kinderschädel von Menno Schatbos stammt. Journalisten, die vorher energisch zurückgepfiffen wurden, wenn sie über Demsterwold und den mutmaßlichen Pädophilenring berichten wollten, der seine Tentakel bis nach Großbritannien und Belgien ausgestreckt hat, werden plötzlich zu gefragten Experten, die von einer Nachrichtensendung zur anderen weitergereicht werden.

Maud verteilt Bier und alkoholfreie Getränke und setzt sich neben Niels.

»Wann hast du den Termin bei Marcel Doornbos?«, fragt sie. Dass Niels sogar so weit gehen würde, Kontakt mit Politikern aufzunehmen, um eine Akte zusammenzustellen, sodass diese der Kammer übergeben werden kann, hätte sie nicht erwartet.

»Übermorgen«, antwortet er. »Er wirkt sehr engagiert. Seiner Meinung nach wird es höchste Zeit, dass eine groß angelegte Untersuchung eingeleitet wird, koordiniert von einer Kommission. Er hat auf mein Anraten auch Kontakt zu einem britischen Politiker aufgenommen, der dort die Untersuchungen vorangetrieben hat. Sie möchten gern, dass wir mit den Briten zusammenarbeiten.«

»Da bin ich ja mal gespannt«, erwidert Maud. »Ich habe die ganze Zeit das Gefühl gehabt, dass Demsterwold von allen wichtigen Spielern etwas wusste. Dass jeder in irgendeiner Weise erpressbar ist und deswegen nie alles restlos aufgeklärt werden wird.«

»Aber nicht mal ich glaube, dass die alle pädophil sind«, entgegnet Niels.

»Das meine ich auch nicht«, erwidert Maud. »Warum sollte ein so relativ hoher Prozentsatz hoher Beamter pädophil sein? Das kann ich mir nicht vorstellen. Vielleicht geht es um etwas anderes.«

»Was denn zum Beispiel?«

»Keine Ahnung. Interessiert mich auch nicht allzu sehr. Mir reicht es, dass der Mörder dieser vielen jungen Frauen in Haft ist. Ist mir doch egal, wenn er nicht gesteht, wir haben Beweise genug.«

»Und der Tod eines zwölfjährigen Jungen lässt dich kalt?« Niels hat sein Bier bereits ausgetrunken und geht an die Theke, um eine neue Runde zu holen.

»Natürlich nicht«, sagt Maud. »Aber ich glaube einfach, dass Vincent auch mit seinem Tod etwas zu tun hat. Vielleicht war er sogar sein erstes Opfer, vielleicht ist es aus Versehen passiert, und er hat danach erst seine Wut entwickelt und später sein Ritual.«

»Du bist also nicht einer Meinung mit Jan Anne?« Niels reicht seinen Kollegen noch etwas zu trinken. »Haben Sie auch Erdnüsse?«, ruft er zwischendurch der Wirtin zu und sie gibt ihm zu verstehen, dass sie gleich welche bringt. »Du glaubst also nicht, dass es zwei oder sogar drei Täter sind?«

»Nein, ich glaube, es ist nur einer«, erwidert Maud. »Und der sitzt hinter Schloss und Riegel.«

78

»Sollen wir Lot abholen?« Tom liegt neben ihr im Bett auf dem Rücken, und Kyra hat den Kopf in die Mulde seiner Schulter geschmiegt. Als Tom zum ersten Mal bei ihr übernachtet hat, war das sehr ungewohnt für sie. Ein Mann im Zimmer ihrer Schwester. Jetzt hat sie sich schon ein bisschen daran gewöhnt.

»Gut«, sagt sie und setzt sich auf. Dass die Fotos von Sarina, die Karte der Nordsee und alle ihre Aufzeichnungen in ihrem eigenen Zimmer hängen, ist umso besser. Sie möchte das alles nicht mehr immerzu vor Augen zu haben. Früher konnte sie stundenlang darauf starren, aber seitdem sie Tom kennt, ist in ihrem Kopf etwas weniger Platz für das Mysterium rund um ihre Schwester. Tom hat seinen eigenen Teil für sich beansprucht.

Sie schwingt sich auf ihn und versucht, ihn zu kitzeln, aber schnell packt er ihre Handgelenke, dreht sie auf den Rücken und setzt sich auf sie.

»Bist du jetzt brav?«, fragt er.

Sie nickt.

»Wenn du schön brav bist, darfst du mit Gassi gehen«, sagt er.

»Wenn ich mit dem Schwanz wedeln könnte«, antwortet Kyra, »würde ich es tun.« Sie streckt ihm die Zunge raus.

Sie fühlt sich ein wenig schuldig, weil sie so fröhlich ist, trotz Sarina und Sarah, aber sie kann nicht anders. Sie kann nichts dagegen tun, dass sie glücklich ist.

»Mama?«

Roos betritt den Garten.

»Schau mal, das ist für dich gekommen.«

Roos überreicht Maud einen großen Umschlag. Ihr Name steht in schwungvoller, altmodischer Schrift darauf.

Maud reißt den Umschlag auf und zieht mehrere DIN-A4-Blätter heraus. Sie sind von Carla. Sie hat Wort gehalten.

Liebe Maud, beginnt sie. *Mir fällt es wirklich nicht leicht, meine Geschichte zu erzählen. Ich schiebe es nun schon ein paar Tage vor mir her, mich hinzusetzen und sie aufzuschreiben, so gerne ich sie Dir auch erzählen würde und so wichtig es auch wäre. Es ist eine bizarre Geschichte, und ich weiß nicht, ob Du mir glauben wirst. Manchmal glaube ich es fast selbst nicht. Außerdem ist es gefährlich zu reden. Es ist besser, wenn ich schweige. Und dasselbe gilt auch für Dich und Deinen Kollegen Niels Bingsten.*

Rasch sieht Maud nach, wie viele Seiten es sind. Etwa zehn. Von oben bis unten vollgetippt. Carla hat sich Mühe gegeben. Doch was sollen diese Warnungen? Am liebsten würde sie Carla sofort anrufen, noch bevor sie ihre Geschichte gelesen hat. Sie muss in die Niederlande kommen! Sie müssen ausführlicher miteinander reden. Insgeheim hat Maud auch das Gefühl, dass es sicherer wäre, wenn sie in Carlas Nähe bliebe. Der Gedanke daran, wie sie so allein mitten in der Wildnis Schwedens lebt, jagt ihr kalte Schauer über den Rücken.

»Vincent redet immer noch nicht«, erzählt Kyra, als sie durch das nasse Gras am Fluss laufen. Sie zieht an der Kette der kleinen eisernen Fähre, die an der Ecke eines der Felder liegt. »Dass er nicht gestanden hat, ist nicht so schlimm, denn die Beweise gegen ihn scheinen mehr als erdrückend zu sein.«

»Unheimlich«, sagt Tom. »Wenn man bedenkt, dass er die ganze Zeit in deiner Nähe gewohnt hat.«

»Ich kenne ihn kaum. Eigentlich nur vom Sehen. In all den Jahren habe ich vielleicht vier- oder fünfmal mit ihm gesprochen.«

»Aber trotzdem – dass jemand, der so viel Böses im Sinn hat, sich einfach so in deiner alltäglichen Umgebung aufhält, ist schon ein erschreckender Gedanke.«

Kyra nickt. Sie ruft Lot, und der Hund springt zu ihnen auf die kleine Fähre. Zusammen mit Tom zieht Kyra den Kahn zur anderen Seite des Wassergrabens. Tom wirft einen Stock und Lot springt hinterher. Langsam schlendern sie zurück nach Hause.

»Was mir genauso komisch vorkommt«, bemerkt Kyra, »ist, dass seine Eltern nie etwas gemerkt haben. Schlimmer noch, dass sie irgendetwas getan haben müssen, was ihn zu dem gemacht hat, was er heute ist.«

»Ist diese Art von Wahnsinn nicht angeboren?«

»Teilweise schon. Man kann Psychopathie sogar mit Hilfe von bildgebenden Verfahren sichtbar machen. Reizt man bestimmte Areale im Gehirn, sieht man einen Unterschied in der Aktivität zwischen normalen Menschen und Psychopathen. Die Störung ist also in der Tat angeboren. Aber nicht alle Psychopathen werden zu Mördern. Der größte Teil von ihnen nicht. Es gibt sogar sehr viele Psychopathen und Soziopathen. Sie sind in der Regel gewissenlose, egozentrische Leute, häufig charismatisch und erfolgreich.«

»Aber was haben ihm seine Eltern denn angetan?«

»Seine Mutter muss eine Hexe gewesen sein, und der Vater war nie da. Nie in der Nähe, wenn er ihn gebraucht hätte, und dominant und bestrafend, wenn er sich mal blicken ließ. Aber es muss noch etwas anderes geschehen sein. Etwas, das diesen Trieb in ihm ausgelöst und seine Wut angefacht hat.«

»Das kann nichts Gutes sein«, meint Tom. »Wenn man sich ansieht, wohin das geführt hat.«

Als Maud Carlas Geschichte gelesen hat, legt sie die Blätter auf ihren Schoß und atmet tief durch. Carla, Vincent und Fred. Junge Leute, die versuchten, einander vor dem Ertrinken zu retten.

Niels hat recht. Menschen wie Ruud Demsterwold müssen aufgehalten werden. Die Folgen ihrer Taten werfen lange Schatten, gehen weit über das unmittelbare Leid der Opfer hinaus.

So viele blaue Flecken hatte sie nun auch wieder nicht.

Es hieß, das Mädchen aus dem Hundekäfig sei nicht einfach nur so von ihrem Stiefvater ermordet worden. Einfach nur so. Als dürfe man solche Worte dafür gebrauchen. Es ging das Gerücht, dass ihre Eltern sie möglicherweise an einen Club vermietet hatten ... Doch diese Verdächtigungen konnten nicht erhärtet werden; man fand nie auch nur den geringsten Beweis. Gruselgeschichten. Sie machen so schnell die Runde, nehmen so schnell überdimensionale Proportionen an. Gerade, weil die Sache so furchtbar ist, reden die Leute darüber. Ehe man sichs versieht, werden die Gerüchte mit den dümmsten Details gespickt.

Was ist wahr? Wie stellt man fest, was wahr und was falsch ist? Wenn es keine neuen Opfer, Fingerabdrücke, Fotos oder Videos gibt, auf denen Täter erkennbar sind, oder man sie bestenfalls auf frischer Tat ertappt, braucht man Zeugen. Minderjährige Zeugen, oder Leute, die erst nach Jahren ihre Geschichte erzählen. So viele Jahre danach, dass sie dadurch weniger glaubhaft wirken. Außerdem wollen wir diese Art von Geschichten auch gar nicht glauben, wir können sie nicht glauben. Die Vorstellung, dass so etwas Schlimmes vor unserer eigenen Nase geschieht, ist zu schmerzlich. Und dass es teilweise von Leuten verübt wird, die an der Spitze unserer Gesellschaft stehen oder populäre Persönlichkeiten sind, ist umso beängstigender. Angenommen, der Arm der Mächtigen reicht noch viel weiter, als wir glauben?

Ihr Handy klingelt, und sie meldet sich. Es sind die Engländer. Nachdem das Gespräch beendet ist, zögert sie einen Moment und ruft dann Kyra an.

»Vincent Demsterwold«, sagt Kyra, als sie mit Tom und Lot vor der Villa am Nieuwendammerdijk steht. Die schwarzen Sichtschutzwände sind abgebaut worden, und der Betonteich liegt akkurat rechteckig im Vorgarten. Aus dem Mund eines großen Buddhas sprudelt Wasser hinein. Kyra schluckt und zögert. Eigentlich hätte sie es Tom sofort erzählen müssen. Oder Maud. Sie weiß es nicht.

»Als ich bei Vincent im Verhörzimmer war, hat er mir etwas zugeflüstert«, gesteht sie.

Tom schaut sie mit großen Augen an.

»Was denn?«, drängt er.

»Er hat gesagt, er wüsste, wo Sarina ist.«

»Wie bitte? Warum sagst du das jetzt erst? Warum hast du nichts unternommen?«

»Weil er hinzugefügt hat, dass er gar nichts mehr sagen würde, wenn ich es verrate, deshalb habe ich nichts gesagt. Zu niemandem. Aber jetzt bezweifle ich allmählich, dass das richtig von mir war.«

»Du musst sofort Maud anrufen!«, drängt Tom. »Vielleicht können die Engländer bei den Verhören etwas damit erreichen.«

»Genau deswegen habe ich nichts gesagt«, erwidert Kyra. »Weil ich genau wusste, dass sie es benutzen würden.«

»Mein Gott!«, erwidert Tom gereizt. »Und was ist mit Sarah?«

»Sobald die Engländer diese Information benutzt hätten, hätte Vincent gar nichts mehr gesagt, auch nicht zu mir. Da bin ich mir ganz sicher.«

Einen Augenblick lang starren sie schweigend das Haus an, dann kehrt Kyra zurück zum Deich.

Ihr Telefon klingelt, und sie schaut auf das Display, um zu sehen, wer es ist.

»Maud«, sagt sie.

»Dann geh doch dran.« Tom klingt noch immer kurz angebunden.

Eine Minute später beendet sie mit klopfendem Herzen das Gespräch.

»Vincent Demsterwold will mich sprechen«, sagt sie. »Er will wieder reden. Aber nur mit mir.«

79

Sie besteht aus zwei Menschen.

Einem, der überleben will, und einem anderen, der das nicht will.

Sarah öffnet die Augen. Der blaue Himmel. So hell und klar, dass es wehtut. Sie liebt ihn. Wolken. Die wattigen Kondensstreifen der Flugzeuge. Man könnte überall hinreisen. In den Grand Canyon. Zu den Niagarafällen, an einen tropischen Strand mit Palmen und einer Hängematte.

Sie würde sich so gern ausstrecken. Ihren Körper aus dieser unmöglichen Lage befreien. Die höllischen Schmerzen sind vergangen. Sie spürt ihre Beine nicht mehr, und auch ihren Rücken nicht. Ihr Körper hat aufgehört, Signale zu senden.

Sie fühlt Sand zwischen den Zehen und geht zur Bar.

Einen großen Obstsaft bitte. Orange, Aprikosen, Mango. Mit Eis. Glitzernde Tröpfchen auf dem Glas. Das Klimpern der Eiswürfel. Der göttliche Trank in ihrem trockenen Mund, in ihrer rauen Kehle, in ihrem Körper, der nach Wasser schreit. Wasser. Wasser!

Es ist dunkel. Ihr Mund tut weh. Ihre Kehle ist so trocken, dass sie keinen Laut mehr ausstoßen kann.

»Hilfe!«, krächzt der Mensch, der leben will. Zum tausendsten Mal: Hilfe!

Der Mensch, der nicht mehr will, schweigt. Blinzelt nicht mal mehr mit den Augen. Versucht nicht mehr zu atmen.

Los doch.

Wenn ich einfach aufhöre. Wenn ich den Mund geschlossen lasse.

Es ist mein Körper. Ich darf selbst über ihn bestimmen. Sie fühlt, wie der andere Mensch nach Luft ringt.

Atme! Atme! Atme ein!

Nein! Halte durch.

Dann hört sie es wieder und schnappt nach Luft. Ein Ticken. Geraschel. Sind das Schritte?

Sie stöhnt. Höre mich! Befreie mich!

Nachwort

Ebenso wie in den anderen Teilen der *Nordseemorde* sind manche Ereignisse in diesem Buch tatsächlich geschehen oder beruhen auf Ereignissen, die sich im Lauf unserer Geschichte zugetragen haben oder von denen im Internet oder in anderen Medien berichtet wurde. Der Roman ist jedoch zugleich Fiktion, und das bedeutet, dass ich verwende, was die Geschichte braucht, und das verändere, was ich für die Handlung als sinnvoll erachte. Das macht schließlich das Schreiben von Fiktion aus: dass die Autoren das Recht haben, alles erfinden zu können. Wir Schriftsteller picken uns dabei immer wieder Teile der Realität heraus – das bedeutet aber nicht, dass man uns die ganze Zeit glauben muss.

In Großbritannien laufen tatsächlich Ermittlungen gegen eine Reihe hoher Politiker, die der Pädophilie verdächtigt werden. Das Elm Guest House, das Haus am Dolphin Square und der Spartacus Club existieren wirklich und kommen in den britischen Ermittlungen vor. Dass Geoffrey Dickens darüber bereits 1984 der britischen Regierung einen umfangreichen Bericht ausgehändigt hat, der in irgendeiner tiefen Schublade landete (nachdem zweimal in sein Haus eingebrochen wurde), ist auch wahr.

In den Neunzigerjahren verschwand wirklich ein zwölfjähriger Junge in den Niederlanden, nachdem er von verschiedenen Zeugen in einem Jungen-Bordell gesichtet worden war. Die niederländische Polizei hat ermittelt, aber die Eltern wissen bis heute nicht, was mit dem Jungen geschehen ist. Was in diesem Buch mit dem fiktiven Jungen passiert ist, habe ich erfunden.

Auch das Haus am Nieuwendammerdijk existiert wirklich. Es wurde auch tatsächlich vor nicht allzu langer Zeit verkauft, aber soweit ich weiß, wurden im Garten keine grausigen Funde gemacht.